阅读之前 没有真相

午夜文库

杰夫里·迪弗
**林肯·莱姆系列**

杰夫里·迪弗 Jeffery Deaver（1950— ）

杰夫里·迪弗一九五〇年出生于芝加哥，十一岁时写出了第一本小说，从此笔耕不辍。迪弗毕业于密苏里大学新闻系，后进入福德汉姆法学院研修法律。在法律界实践了一段时间后，他在华尔街一家大律师事务所开始了律师生涯。他兴趣广泛，曾自己写歌唱歌，进行巡演，也曾当过杂志社记者。与此同时，他开始发展自己真正的兴趣：写悬疑小说。一九九〇年起，迪弗成为一名全职作家。

迄今为止，迪弗共获得六次 MWA（美国推理小说作家协会）的爱伦·坡奖提名、一次尼禄·沃尔夫奖、一次安东尼奖、三次埃勒里·奎因最佳短篇小说读者奖。迪弗的小说被翻译成三十五种语言，多次登上世界各地的畅销书排行榜。包括名作《人骨拼图》在内，他有三部作品被搬上银幕，同时也为享誉世界的詹姆斯·邦德系列创作了最新官方小说《全权委托》。

迪弗的作品素以悬念重重、不断反转的情节著称，常常在小说的结尾推翻，或者多次推翻之前的结论，犹如山车般的阅读体验佐以极为丰富专业的刑侦学知识，令读者大呼过瘾。其最著名的林肯·莱姆系列便是个中翘楚。另外两个以非刑侦专业人员为主角的少女鲁伊系列和采景师约翰·佩勒姆系列也各有特色，同样继承了迪弗小说布局精细、节奏紧凑的特点，惊悚悬疑的气氛保持到最后一页仍回味悠长。

除了犯罪侦探小说，作为美食家的他还有意大利美食方面的书行世。

## 杰夫里·迪弗 重要作品年表

### 少女鲁伊系列
1988 Manhattan Is My Beat《心跳曼哈顿》
1990 Death of a Blue Movie Star《蓝调艳星之死》
1991 Hard News《重要新闻》

### 采景师约翰·佩勒姆系列
1992 Shallow Graves《法外行走》
1993 Bloody River Blues《变奏曲》
2001 Hell's Kitchen《地狱厨房》

### 林肯·莱姆系列
1997 The Bone Collector《人骨拼图》
1998 The Coffin Dancer《棺材舞者》
2000 The Empty Chair《空椅子》
2002 The Stone Monkey《石猴子》
2003 The Vanished Man《消失的人》
2005 The Twelfth Card《第十二张牌》
2006 The Cold Moon《冷月》
2008 The Broken Window《破窗》
2010 The Burning Wire《燃烧的电缆》
2013 The Kill Room《狙击室》
2014 The Skin Collector《天使的号角》
2016 The Steel Kiss《钢吻》
2017 The Burial Hour《安葬时刻》
2018 The Cutting Edge《致命雕刻》

### 凯瑟琳·丹斯系列
2007 The Sleeping Doll《睡偶》
2009 Roadside Crosses《路边的十字架》
2012 XO《唱片》
2015 Solitude Creek《孤独的小溪》

### 詹姆斯·邦德系列
2011 Carte Blanche《自由裁决》

### 科尔特·肖系列
2019 The Never Game《游戏中毒》

**杰夫里·迪弗 重要作品年表**

**非系列作品**

1992 Mistress of Justice《正义的情妇》
1993 The Lesson of Her Death《她死去的那一夜》
1994 Praying for Sleep《祈祷安息》
1995 A Maiden's Grave《少女的坟墓》
1999 The Devil's Teardrop《恶魔的泪珠》
2000 Speaking in Tongues《说悄悄话的熊》
2001 The Blue Nowhere《蓝色骇客》
2004 Garden of Beasts《野兽花园》
2008 The Bodies Left Behind《弃尸》
2010 Edge《先手》
2013 The October List《十月名单》

# 狙击室
*The Kill Room*

［美］杰夫里·迪弗 著
四号 译

新 星 出 版 社　NEW STAR PRESS

致朱迪、弗雷德与德克斯

我不同意你说的话,但我誓死捍卫你说话的权利。

——伊芙琳·碧阿特丽斯·霍尔,
《伏尔泰的朋友们》,一九〇六年

第一部分　毒漆树

五月九日，星期二

# 1

一点闪光令他心生忧虑。

远远的一点亮光，白色或浅黄色的。

是来自海面的反光，还是来自绿松石色的祥和海湾对岸那一条狭长的陆岬？

幸好，在房间里不会有危险。这里是景色优美又与世隔绝的度假村，在这里，他能避开媒体的关注和仇敌的目光。

罗伯特·莫里诺眯眼望向窗外。虽然还不到四十岁，但他的视力却已大不如前。他把鼻梁上的眼镜推高，细看美景——套房窗外的庭院、细长的白沙滩、波光粼粼的蓝绿色海面，优美，与世隔绝……而且受保护。目之所及的海面没有船只。即使有敌人能查出这个地址，带上狙击步枪，甚至神不知鬼不觉地潜入远在一英里外陆岬上的工业区，过远的距离加上空气污染影响视线，狙击手也没机会进行有效射击。

不再有闪光，不再有光点。

你很安全，肯定的。

但罗伯特·莫里诺仍然保持警惕。他像马丁·路德·金和圣雄甘地一样，永远身处危险之中。这是他生活的常态。他不怕死，他怕的是死时有工作还没完成。他还年轻，还有很多事等着他去做。例如他在大约一小时前刚筹备完的一场盛事——绝对很盛大，肯定会万众瞩目——而这只是他来年计划筹办的数十场活动之一。

更远的未来，计划和设想更是数不胜数。

他身材壮实，穿着平实的黄褐色西装、白衬衫，系着皇家蓝的领带——嗯，特别有加勒比的风格。他喊了客房服务，点来一壶咖啡，倒出两杯后端着回到沙发旁，把其中一杯端给了正在调试录音机的记者。

"德·拉·鲁亚先生，加不加奶？或者糖？"

"不用了，谢谢你。"

莫里诺的西班牙语说得很流利，和记者也是以西班牙语对话。他讨厌英语，必要时才会讲。英语是他的母语，新泽西口音很重，"她的"讲成"塔尔"，"镜子"讲成"镜砸"，"枪"讲成"昌"。英语一出口，他的思绪马上飞回在美国度过的童年——父亲经常加班，滴酒不沾；母亲天天不上班，却常常喝得烂醉。他家的环境阴暗沉闷，他也常被附近高中的学生欺负。后来他得救了，全家搬至一个比南山仁慈得多的地方，甚至连语言也更温柔优雅。

记者说："别客气，请叫我爱德华多就行。"

"也请叫我罗贝托。"

他的本名是"罗伯特"，但他嫌这太像华尔街律师、华盛顿政客的名字，或者在海外战场上杀人如麻、草菅人命的军官的名字。

所以他更喜欢自称"罗贝托"。

"你住在阿根廷吧？"莫里诺问记者。记者身材瘦长，有点秃顶，穿着蓝衬衫和陈旧的黑西装，没有系领带。"布宜诺斯艾利斯？"

"对。"

"你知道布宜诺斯艾利斯这个名字是怎么来的吗？"

德·拉·鲁亚说不知道。他不是当地人。

"它的意思当然是'空气好'。"莫里诺说。他阅读量很大，每周读好几本书，多是拉丁美洲文学和历史书。"不过，'空气'原本说的是意大利的撒丁尼亚，不是阿根廷。典故来自撒丁尼亚的卡利亚里,有一群人到卡利亚里小山顶上定居,因为山下的老城区弥漫着,嗯,算是'刺鼻'的气味吧,所以把山顶这块地方命名为意大利文的'Buen Ayre'。西班牙探险家到了阿根廷,引用这个地名,把这座城市命名为布宜诺斯艾利斯。当然,那是到这里定居的第一批人。但是当时的土著不愿意被欧洲人剥削,所以把他们赶尽杀绝了。"

德·拉·鲁亚说:"您连讲故事都带有明显的反殖民意味。"

莫里诺笑了,但又马上停住,再次匆匆往窗外张望。

又是那该死的光点。但他还是看不到可疑的东西,只看见庭院里的花草树木,以及远在一英里外的那一道雾蒙蒙的陆地。这里是巴哈马群岛的新普罗维登斯岛,这间旅馆位于人烟稀少的西南岸,跟首都拿骚共处一屿。旅馆有围墙,有专人把守,而这座庭院仅供本套房客人使用,南边和北边竖起高高的围墙,海滩在西边。

庭院里没人。庭院里不可能有人。

可能有只鸟,树叶抖了一下。

保镖西蒙不久前检查过周围的环境。莫里诺看了看这位沉默寡言的巴西壮汉,他肤色偏黑,穿上等西装,比雇主更体面,但不花哨。三十来岁的西蒙看起来很凶悍,一看就知道是名保镖,但他不是恶汉。他原本是名军官,退役后担任安保专家。

西蒙很称职,他留意到罗伯特的视线,转了下头,箭步来到窗前向外望。

"一阵闪光而已。"莫里诺说。

西蒙建议拉上窗帘。

"没事的,不用。"

莫里诺认为,德·拉·鲁亚肯从布宜诺斯艾利斯自费坐经济舱搭飞机前来采访,他配得上观赏窗外的美景。德·拉·鲁亚体验奢华的机会想必不多,因为他是个踏实工作的记者,因敢于报道事实出名,一向拒绝为政商名人写浮夸的文章。南湾旅舍附设一间高级餐厅,莫里诺已决定请德·拉·鲁亚享用一顿丰盛的午餐。

西蒙再一次检视窗外，然后回原位坐下，拿起杂志来看。

德·拉·鲁亚按下录音键，说："我们可以开始了吗？"

"请。"莫里诺把注意力转向记者。

"莫里诺先生，您创办的'本地赋权'运动团体刚在阿根廷开设首间办公室，您当初的构想是怎么产生的？这个团体的宗旨是什么？"

莫里诺针对这个主题发表过数十次演讲，内容会根据记者或听众的不同而调整，但主旨很简单：通过发展微贷款、微农业、微商业，支持原住民达到自给自足，以此抵抗美国政府和企业的影响。

他回答道："我们抗拒美国企业的发展，也抗拒美国政府的救济和社会活动，因为他们的目的就是让我们迷上美国式价值观。他们不把我们当人看，而是把我们当成廉价劳动力和美国商品的市场。你看得到这里面的恶性循环吗？我们的人民被美国工厂压榨，然后又被诱惑去买这些公司的产品。"

德·拉·鲁亚说："我报道过阿根廷等不少南美国家的投资新闻，所以了解您发起的运动也有在南美投资，您会不会担心被人抨击，说您既怨恨资本主义又接纳资本主义？"

莫里诺梳了梳头发——略长的黑发里夹杂着不少白发。"不会。我痛恨的是资本主义被误用的乱象，尤其是美国。我把商业当作武器。只有傻子才会觉得单凭意识形态就能改革现状。想法是舵，钱才是螺旋桨。"

记者微笑起来："这句话我会写成导言。对了，有人说……我读到过有些人称赞您是革命家。"

"哈！我顶多是个发声者！"莫里诺收起笑脸，"不过要记住，世人把目光聚焦在中东的同时，却没注意到南美这股强大的力量正在苏醒。我代表的正是这种新秩序。我们不能再被忽视了。"

罗贝托·莫里诺起身走到窗前。

庭院里最高的是一棵毒漆树，大概有四十英尺高。他经常住这间套房，非常喜欢这棵大树。他视这棵树为同志。毒漆树外观雄伟壮丽，而且浑身是宝。树如其名，它们是有毒的。它的花粉有毒，枝叶燃烧也会产生毒烟，人如果吸入肺部会导致灼痛。然而毒漆树的花朵是巴哈马燕尾蝶的食物，白冠鸽则很喜欢毒漆树结的果子。

莫里诺心想，我就像那棵树，也许能作为这篇报道的配图。待会儿也可以说一下……

光点又出现了。

仅仅几毫秒的时间里，有东西扰动了毒漆树的树叶，莫里诺面前的大窗户爆开了，玻璃碎成百万颗暴风雪般的水晶，他胸前开出一朵火花。

莫里诺意识到自己跌进了身后五英尺远的沙发上。

什么……怎么了？发生什么了？我快晕了，我快晕了。

我呼吸不了。

他凝望着毒漆树。因为少了玻璃的阻隔，现在他看得更清楚了，清楚得多。海面吹来的风摇动着树枝，树叶忽大忽小。树正在为他呼吸，因为他的胸腔正在灼烧，疼痛万分，呼吸不了。

身旁是混乱的喊叫声、呼救声。

血，到处是血。

太阳沉到海面以下了，天越来越黑。现在不是早上吗？莫里诺脑海里浮现出妻子和十来岁的儿女的样貌，但他的思想慢慢消逝，到最后他脑海里只剩一样东西：那棵树。

毒和力量，毒和力量。

胸口的火渐渐燃尽、熄灭，他感到释怀，眼中涌出泪水。

黑变得更黑。

毒漆树。

毒漆……

毒……

## 第二部分　序列

**五月十五日，星期一**

# 2

"他到底来不来？"林肯·莱姆生气地问。

"医院有点事耽搁了！"汤姆的声音从门廊或者厨房之类的方向传来，"他晚点再来，他能来的时候自然会打电话告诉你的。"

"有点事。"哼，真具体。"医院有点事。"

"他就这么跟我说的。"

"他作为医生，说话就应该精确点，而且应该守时守约！"

"他是位医生，"汤姆回道，"所以随时可能要处理突发事件。"

"但他没说'突发事件'，他说'有点事'。手术预定在五月二十六日，我可不想再推迟了，不然要等太久了。搞不懂他为什么不能早点给我做手术。"

莱姆驾着他的暴风箭轮椅来到一个电脑屏幕前。他把座驾停到阿米莉亚·萨克斯坐的藤椅旁边。她穿着黑背心和牛仔裤，戴着一条钻石配珍珠的细项链。天还很早，阳光从东面的窗户照进来，在萨克斯用发簪仔细绾好的红发上诱人地闪着光泽，让林肯有些走神。他回过神来，把注意力转向屏幕，浏览一份犯罪现场报告，是他刚协助纽约警察局结的一件案子。

"快做完了。"萨克斯说。

他们在曼哈顿中央公园西街，林肯的联排别墅的客厅里。在特威德老大当权的时代，这里曾是静谧的会客室，但现在变成了犯罪现场刑侦实验室，到处是证物分析仪器、工具、电脑和电线。因为满地都是电线，莱姆驾轮椅经过时很颠簸，但他只有肩膀以上能感受到这些震动。

"医生要迟到了。"近在咫尺的萨克斯当然听到了刚刚的对话，但莱姆还是毫无必要地向她抱怨。生完医生的气，他觉得心情好了一点，小心地伸出右手够到一块触摸板，操作着把报告的最后几段看完。

"可以了。"他说。

"那我发送出去了？"

他点点头，萨克斯点击了发送按钮。经过加密的六十五页报告进入以太网，被发送到六英里外纽约市警察局在皇后区的犯罪现场研究机构。这份报告将成为检方指控威廉姆斯一案的重要文件。

"可以了。"

可以了……只剩出庭做证这一步。将要受审的毒枭威廉姆斯，竟指派十二三岁的孩子到东纽约和哈莱姆区替他杀人。莱姆和萨克斯从其中一个孩子的鞋上找到了一些微量证物和压痕，分析后查到曼哈顿一家商店的门前，追查到一辆雷克萨斯的车内地毯，再到布鲁克林的一家餐厅，最后终于查到泰·威廉姆斯的家。

这个黑帮头子自己并没有出现在谋杀现场，也没有碰过杀人用的枪，几乎没有任何证据能表明这次谋杀是他指使的，而且杀人的孩子也因为害怕而不敢出庭做证指控他。但检方遇到的这些阻碍已经不成问题，因为莱姆和萨克斯查清了从犯罪现场到威廉姆斯老巢的证据链。

他后半辈子只能在监狱里过了。

莱姆那只不能动的左手被绑定在轮椅扶手上，萨克斯伸手轻轻搭在他的左臂上，雪白皮肤下隐约可见的青筋说明她用力握了握。身材高挑的萨克斯站起身，伸了个懒腰。今早天还没亮两人就起来忙着完成这份报告——萨克斯五点就起来了，比莱姆还早一点。

莱姆注意到她走向餐桌拿咖啡杯时不适地皱了皱眉。最近她的髋骨和膝盖关节炎有点严重。当年造成莱姆瘫痪的脊椎损伤被医生评估为"极度严重"，但莱姆自己倒是一点疼痛都没有感觉到。

他心想，无论是谁，人类的肉体总会多多少少让主人失望。即使当下健康的人，也会担忧将来的身体状况。对于已经在担忧和恐惧未来的运动健将、俊男美女和年轻人，莱姆只能表示怜悯和遗憾。

然而讽刺的是，莱姆的状况刚好相反。一方面，他积极锻炼身体；另一方面，脊椎康复手术水平日新月异，即使很多实验性疗法风险很大，他也勇于尝试，所以他的身体状况正在慢慢好转。

想到这些，他又记起本该上门给他做体检和评估的医生竟然临时推迟，感到了一阵恼火。

门铃突然响了。

"我去开门。"汤姆喊道。

这栋房子自然是为身患残疾的莱姆改造过的，所以他其实可以通过电脑看见门外的来访者并与其对话，还能决定让不让人进门。他讨厌有人随便上门拜访，所以常常粗暴赶走来客——除非被汤姆抢先接待。

"什么人啊？先问清楚！"

来者肯定不是贝灵顿医生，因为他说过"有点事"忙完就会打电话过来通知。莱姆现在可没心情接待其他访客。

但现在，看护汤姆有没有截查访客都不重要了，因为朗·塞利托已经踱进了客厅。

"你在家啊，林肯。"

这毫无疑问。

大个子警探直接走向放着咖啡和糕点的托盘。

"我给你倒点新冲的咖啡吧？"瘦削的汤姆说。他今天穿着熨好的白衬衫和深色长裤，打着蓝色花纹领带，还戴着乌木或是缟玛瑙材质的袖扣。

"不用了，谢谢，汤姆。早啊，阿米莉亚。"

"你好，朗，瑞秋还好吗？"

"不错，她最近开始做普拉提了。真是个怪词，是种运动锻炼之类的吧。"塞利托穿着他常穿的皱巴巴的棕色西服和浅蓝色衬衫，然而领带却是不曾见过的。一条崭新的、猩红色条纹的领带，平整得像抛光好的木片。莱姆推测是最近收到的礼物，大概是女友瑞秋送的。现在是五月，没有什么节日，那可能是生日礼物吧。莱姆不知道塞利托的生日——其实大部分身边人的生日他也都不知道。

塞利托啜饮着咖啡，拿起一个丹麦面包，只啃了两小口——他永远在节食减肥。

多年前，莱姆就和这位警探共事，莱姆出意外瘫痪后颓废了一段时间，是塞利托让莱姆重新振作起来。他没有温柔地给莱姆灌心灵鸡汤，而是强迫他重新站起来，再次开始办案（或者说是让莱姆重新坐起来）。但尽管两人交情这么深，塞利托上门却从来不是随便看看而已。他是重案组的一级警探，在第一分局上班，而且通常莱姆受雇侦办的案子都是由他负责。他今天来肯定有事情。

"说吧，"莱姆盯着他，"有什么好事要告诉我？发生有趣的案子了，还是奇特的案子？"

塞利托边继续小口用餐边说："我只知道高层打电话问我你现在有没有空，我说你差不多忙完威廉姆斯案了，然后他们就命令我马上赶过来你这里，跟一些人会面。他们也快到了。"

"一些人？他们？"莱姆尖刻地说，"简直跟耽误我医生的'有点事'一样具体。看来这还是会传染的，跟流感一样。"

"别这样嘛，林肯，我也就知道这么多。"

莱姆向萨克斯翻了个白眼："我发现这件事没人打电话告诉我，有人打过电话给你吗，萨克斯？"

"当然没有。"

塞利托说："啊，那是有原因的。"
"什么原因？"
"这个案子现在还是机密，接下来也必须一直保密。"
他这么一说，莱姆觉得事情至少向"奇特"迈出了一步。

# 3

莱姆望着两位外形大相径庭的客人走进客厅。

一位是五十来岁的男子，一身军人气质，穿着几近黑色的海军蓝西服，但衣服有点不合身——从肩膀处看得出来。他胡子剃得干干净净，留着整齐的短发，像是海军陆战队的发型。莱姆心想，这人官衔肯定不低。

另一位则是刚过三十岁的女子，微胖，但似乎暂时还没超重。她的金发缺乏光泽，发型过时，喷了过量的发胶，硬邦邦的；由于过量扑粉，她的脸色显得很苍白，但莱姆看不见痘印或疤痕，估计她这么打扮只是个人喜好，而不是为了遮掩瑕疵。她的眼睛犹如深邃的枪口，倒是没有涂眼影之类的，但在苍白脸色的衬托下显得更黑。她的薄嘴唇也没有血色，而且很干燥。莱姆觉得她一定不经常笑。

她不停地找东西看来看去，先后紧盯着仪器、窗户和莱姆研究，直到把观察对象看透或觉得无关紧要。她的深灰色西装看起来也是便宜货，三颗塑料纽扣缝得紧紧的，排列有些歪斜，莱姆怀疑她是淘到合身的衣服后，不喜欢纽扣的颜色，于是自己另外缝了新的。她的低跟鞋穿得很旧了，鞋跟一高一低，老旧的鞋面最近才用鞋油养护过。

懂了，莱姆心想。他很自信猜对了她的工作，并因此觉得更加好奇。

塞利托先介绍了来访的男士："林肯，这位是比尔·迈尔斯。"

比尔点点头："警督好，能见到您真是太荣幸了。"他说了"警督"，这是莱姆因伤退休前最后的官衔，这说明莱姆对他工作的推测是对的：高层，而且资历很深。

莱姆驱"车"向前并伸出手。比尔注意到他的动作不太灵活，犹豫了一下才跟他握手。而莱姆则是留意到萨克斯微微怔了一下。她不太喜欢莱姆把手用在这种毫无必要的社交礼仪上。但莱姆根本忍不住。他用了近十年来反抗命运带给他的残疾，千辛万苦取得的成绩，当然要骄傲一下。

况且，玩具要是不拿来玩儿还有什么意义？

接着，比尔·迈尔斯向他们介绍另一位神秘的"某人"，她叫南希·洛蕾尔。

"叫我林肯就行。"他说，一边也跟南希握了手。她似乎握得比迈尔斯更用力，但莱姆当然不能确定——手能动了不代表他的知觉也恢复了。

洛蕾尔用犀利的目光在莱姆浓密的棕发、高高的鼻梁和目光敏锐的眼睛之间扫视，然后只简单地说了一句"你好"。

"我看，你应该是助理检察官。"莱姆说。

对于莱姆的推测，她没有做出任何反应，沉默了一会儿后才说："没错，我是。"她说话齿擦音很重，听起来脆脆的。

塞利托又向萨克斯介绍两位访客。看样子，比尔也早就听说过萨克斯。莱姆注意到，萨克斯上前去跟他们握手的时候痛得脸上抽搐了一下，走回来的时候她调整了下动作，避免疼痛。莱姆看见她悄悄吞了几粒艾德维尔。即使关节炎再严重，她都从不肯服用药效比这个更强的止痛药。

经过介绍，原来迈尔斯也是警督，负责管理一个连莱姆都没听过的新部门：特殊勤务部。他举止大方自信，眼神透露着谨慎，让莱姆觉得这人在局里应该权力不小。以后他很可能想往市政府发展。

莱姆从来没兴趣参与警察局内的政治斗争,更别说在那之上的州政府或华盛顿。现在他只对迈尔斯的来意感兴趣。警局神秘部门的高层带着猎犬般专注的助理检察官来访,意味着肯定有非比寻常的案子,也意味着莱姆受伤以来最大的敌人——枯燥无聊——可以靠边站了。

莱姆感到自己的心跳兴奋起来,但不是通过胸腔,而是因为太阳穴在微微跳动。

比尔·迈尔斯示意了一下南希·洛蕾尔:"我准备让她将案情详解化。"

莱姆向塞利托翻了个白眼,但塞利托没理他。"详解化。"莱姆不喜欢这种生硬的新造词汇,但媒体和政客倒是满口这些词。最近流行的还有什么"局势逆转者""歌舞伎"之类的。这种词汇很突兀,就像中年女子的头发挑染了亮红色,或者文在脸上的文身。

洛蕾尔又停了一下才说:"警督——"

"叫林肯就行,我已经退役了。"

又一次停顿。"好的,林肯。我正在办一个案子,出于某些特殊情况,你是调查这个案子的最佳人选——你和萨克斯警探。听说你们经常合作。"

"没错。"莱姆怀疑这位助理检察官永远绷着放不开。

"我会说明情况。"她继续说道,"上周二,就是五月九日,一位美国公民在巴哈马一家高级酒店被谋杀了。当地警方已经在调查,但我有理由相信杀手是美国人,且已回国。人很可能就在纽约。"

她每个句子前都要停顿一下,是为了思索高级词汇,还是因为怕说错话?

"首先,我不准备以谋杀罪起诉嫌疑人。因为罪案发生在国外,很难在州法院立案。虽不是绝无可能,但要花太多时间。"随之是一阵更凝重的沉默。"而且这案子必须迅速解决。"

为什么呢？莱姆心想。

有意思……

洛蕾尔接着说道："我正想办法在纽约提起别的独立诉讼。"

"密谋策划罪，"莱姆马上推测出来，"很好，很好。我喜欢。起诉的根据是谋杀是在纽约策划的。"

洛蕾尔同意道："没错。谋杀是纽约市民策划的，所以我有权起诉他。"

跟所有警察——或者说前警察一样，莱姆对法律的熟悉程度可以媲美大部分律师。他回忆着纽约刑法的相关条文：个人若有意犯罪，同意他人参与犯罪或导致犯罪行为的发生，则此人犯密谋策划罪。莱姆继续说道："即使谋杀发生在纽约州以外的地方，你也能在这里起诉，因为潜在的罪行——密谋——发生在纽约，当然也是犯罪行为。"

"是的。"洛蕾尔承认道。她可能因为莱姆分析正确而高兴，但从表情上看不出来。

萨克斯说："你刚才说这场谋杀是有人策划的，难道是有组织的犯罪吗？"

很多犯罪团伙的头目虽然犯下绑架、敲诈勒索或者谋杀等罪行，却不会因此被捕和定罪，因为警方无法将他们跟犯罪现场联系起来。但最后，他们还是会因为犯下密谋罪而被捕入狱。

然而，洛蕾尔说："不是，这次是别的情况。"

莱姆的心情雀跃起来。"但如果我们查出策划人的话，巴哈马方面会要求引渡他们的吧？至少会要求引渡枪手。"

洛蕾尔静静地看着他。她这种说话前的停顿让莱姆渐渐开始觉得心烦。终于，她开口说："我会拒绝引渡，我有超过百分之九十的把握成功。"作为三十来岁的女性，洛蕾尔看起来算年轻了。她身上有着学生特有的单纯气质。也不对，不应该说"单纯"，而是"一心一意"，莱姆想道。

说难听点儿就是"一根筋"。

塞利托问洛蕾尔和迈尔斯:"有怀疑对象吗?"

"当然。枪手的身份还不清楚,但幕后下令的两个人我已经知道了。"

莱姆微微地笑了。他心中充满好奇,而且有种狼嗅到猎物气味时的兴奋感。他相信南希·洛蕾尔也有同样的感觉,只是兴奋之情被欧莱雅粉底遮住了,看不出来。他大概猜到接下来的情况了。

这案子远超预期。

洛蕾尔说:"这是一次指定射杀,也可以说是暗杀行动,是由一名美国政府官员——NIOS的局长下令的。NIOS是国家情报特勤局①,总部就在曼哈顿。"

这跟莱姆推测的差不多,他本来想的是中央情报局或者国防部。

"天啊,"塞利托喃喃道,"你想扳倒一个联邦官员?"他看向迈尔斯,但对方并不理睬,他只好又问洛蕾尔:"能做到吗?"

她这次停顿了足有两次呼吸长,然后困惑地反问:"这是什么意思,警探?"

塞利托其实也没别的意思:"呃,他不是有豁免权吗?"

"NIOS的律师团肯定会尝试使用豁免权,但这恰好是我熟悉的领域。我曾就政府官员的豁免权写过法律评论文章。我评估过了,在州法院,我的胜算大概是百分之九十,如果上诉到第二巡回法院,胜算大概是百分之八十。要是能到最高法院,那就百分之百能胜诉。"

"豁免权的相关法律条文是怎样的?"萨克斯问。

"这关系到'至上条款',"洛蕾尔解释说,"宪法规定,若在实际情况中,州法律与联邦法律有冲突,应以联邦法律为准。如果一名联邦政府雇员的行动谨守其职权范围,纽约州就无法根据州法律

---

① 虚构机关。

起诉他。但在我们这个案子里，我确信NIOS的局长过火了，他的行为超出了职权范围。"

洛蕾尔看了看迈尔斯，后者说："我们反复思量过这一点。有确凿的数据统计证据表明，此人出于私心，故意篡改了这个案子的情报。"

思量……数据统计……

"私心指的是？"莱姆问道。

"还不确定，"警督回答，"他似乎是太痴迷于保护国家，想除掉所有对国家有威胁的人——即使有些人可能并没有危险性，只不过被他认定为不爱国，他也想除掉。他下令在拿骚射杀的人其实并不是恐怖分子，那个人只是……"

"只是言论过激的人而已。"洛蕾尔接话道。

萨克斯问："我有一个问题。司法部长同意办这起案件了吗？"

提到洛蕾尔的上司和办案许可似乎让她有点不快，她用停顿的时间压抑了一下火气，然后平静地回答道："暗杀的情报是发到我的办公室的，而NIOS就在我们的司法管辖范围内。我和地方检察官讨论过了，我想要办这起案件。一方面，豁免权我很熟悉；另一方面，我对这种犯罪深恶痛绝。我个人认为，任何指定暗杀都是违宪行为，没有经过合法程序。地方检察官问过我知不知道这起案件是地雷，我告诉他当然知道。然后他才去奥尔巴尼跟司法部长沟通，司法部长批准了。所以，我当然得到了批准。"她坚定地看着萨克斯，萨克斯也毫不动摇地看回去。

莱姆想起来，曼哈顿的地方检察官和如今的司法部长都是在野党的人。把这个因素纳入考量范围公平吗？最后他觉得，要是证据充分确凿，犬儒主义也并不过分。

"欢迎来捅马蜂窝！"塞利托说，引得大家都笑了，唯独洛蕾尔没笑。

迈尔斯对莱姆说："因此，南希来找我们的时候，我就推荐了警督您。您和塞利托、萨克斯两位警探比常规机构更加独立一些，没那么多束缚。"

林肯·莱姆在为纽约市警察局、联邦调查局或其他一些机构当法检顾问，只要他们付得起高昂的费用，而且案子必须极具挑战性。

莱姆问道："这位幕后主谋，NIOS 的局长，是谁？"

"他叫里夫·梅茨格。"

"枪手的身份有任何眉目吗？"萨克斯问。

"没有。他——或者她——可能是军人，这样的话就麻烦了。如果他是平民，那我们运气会好些。"

"运气会好些？"萨克斯不懂。

莱姆猜，洛蕾尔的意思是军法系统会使事情变复杂。但洛蕾尔说："在法庭上，军人比雇佣兵或者平民雇佣杀手更容易引起评审团的同情。"

塞利托说："你刚刚说有两个幕后策划者不是吗？还有一个是谁？"

"哦，"洛蕾尔稍微有些不屑地回答说，"就是总统嘛。"

"哪里的总统？"塞利托问。

虽然似乎没什么必要犹豫，洛蕾尔还是停了一拍才回答："当然是我国总统了。我确定每次这种刺杀行动肯定都需要总统批准的，但我不准备追查他。"

"天啊，希望你真的不要。"朗·塞利托说着，尴尬地笑了一声，"这已经不是政治地雷了，简直是核弹啊！"

洛蕾尔皱了皱眉头，迷惑得好像这句玩笑是用冰岛语说的一样："政治不是问题，警探。就算总统越权同意了一次刺杀行动，针对他犯罪行为的法律程序是弹劾。那很明显就不归我管了。"

# 4

烤鱼的香气让他一时有点分心。他闻出了青柠檬和车前草的味道，但还有一种香料的气味，他一时想不起来。

他又吸了吸鼻子，是什么呢？

这个身材紧实、棕发、平头的男人继续沿着破败的人行道踱步。路面的水泥大片大片地缺失，露出光秃秃的泥地。他扇着他的深色夹克，好让自己凉快点，心想幸亏今天没有系领带。他再次在一片长满杂草的空地旁停下脚步。时间接近中午，整条街上的房子，无论是低矮的商铺还是墙面掉漆的民居都空着。四下无人，只有两条流浪狗慵懒地趴在阴影里。

她出现在视野里。

她手里拿着一本加西亚·马尔克斯的小说，从一家名叫"深度愉悦"的潜水用品店出来，往西部湾的方向走去。

她的皮肤晒成了小麦色，长发像阳光一样金黄，一条细细的串珠辫从太阳穴垂到胸前。她的身材像一个沙漏，一个修长优美的沙漏。她穿着红黄双色的比基尼，腰上围着长及脚踝的半透明橙色围布，显出一丝挑逗。年轻的她身姿柔软，充满活力，微笑起来俏皮可爱。

就像现在一样。

"哟，看这是哪位？"她调皮地说着，来到他身边。

此地离拿骚城区有一点距离，比较幽静，商业不太发达。那几条流浪狗懒懒地呆望远方，垂下的耳朵像书页的折角。

"嗨，美女。"雅各布·斯万摘下他的茂宜晴太阳镜，擦了把脸后重新戴上。要是带了防晒霜就好了，他想着。来巴哈马的这趟本不在计划内。

"哼，可能是我的手机坏了吧？"安妮特挖苦道。

"也许是呢，"斯万苦笑了下，"好啦，我说过会给你打电话却没打，是我不对。"

不过，这最多算是轻罪而已，因为安妮特是他花钱请来的导游，所以她刚刚的俏皮话只是说说而已，并不严厉。

再说，上星期那一晚，他们便早已超出旅客和导游的关系。她只收了两小时的钱却陪了他一整晚。虽然比不上《风月俏佳人》的剧情，但那晚两人都很尽兴。

那一晚时光飞逝，微风惬意地穿过窗户，海浪低低的声音让夜更宁静。他请安妮特多留一会儿，她同意了。汽车旅馆的套房设有小厨房，雅各布·斯万在那里做了一顿简单的消夜。早些时候，他抵达拿骚之后先去采购了一番，买了羊肉、洋葱、椰奶、油、大米和辣椒酱，还买了一些当地特色调味料。他熟练地操刀将肉从骨头上剔下来，切成小块，用黄油和牛奶腌制。最后，他用文火把肉炖了六小时，到晚上十一点才终于做好上菜。配上罗讷河红葡萄酒，他们美美地吃了一顿。

接着他们就又回到床上去。

"最近生意好吗？"他一边问安妮特，一边向"深度愉悦"歪了歪头，好说清楚他指的不是她的另一门生意。但其实，在那里打工让她很容易搭上自己的客人，而这些客人付给她的钱远多于出租潜水器具挣的钱（而且两人都觉得店名取得实在讽刺）。

安妮特耸耸她诱人的肩，说："不差。经济环境不好，但有钱人还是乐意花钱去跟珊瑚和海鱼交朋友。"

杂草丛生的空地上散落着废旧轮胎和破碎的水泥砖块，还有一些破烂的家电外壳，里面的零件早就被掏空。气温逐秒攀升。炫目的阳光下，到处是灰尘、乱丢的瓶瓶罐罐、亟待修剪的小树丛和疯长的杂草。还有那阵气味：烤鱼、青柠，车前草，加上焚烧垃圾的味道。

但还有一种香料，到底是什么呢？

"我好像没跟你说过我在哪里上班吧？"安妮特也朝潜水用品店歪了歪头。

"你说过啊。"他抓了抓头发。他已经满头是汗了，于是又用夹克扇风，感觉舒服了很多。

"你不热吗？"

"早餐时开了个会，必须穿得正式一点。不过今天剩下的时间我都自由了。想看看你接下来的安排是……"

"你是说今晚吗？"安妮特说得充满暗示性。

"啊，今晚还有另外的会议呢。"雅各布·斯万的表情极少，他说话的时候直直地看着安妮特，没有因失落而皱眉，也不会像幼稚的小男生一样调情。"我是想问你现在的安排。"他想象自己眼里流露出饥渴——他心里现在的确是充满饥渴。

"上次那是什么酒？"

"那天晚餐的配酒？是教皇新堡，忘了是哪个酒庄产的了。"

"我觉得美味至极。"

雅各布·斯万不常使用这个词——应该说从没用过。但这个词挺贴切，既适用于那瓶酒，也适用于眼前的安妮特。她穿的三角裤的细绳在腰旁轻轻摇摆，似乎在引人去拉扯；脚上穿着休闲的人字拖，脚指甲涂了蓝色的指甲油，大脚趾上还戴着和耳环呼应的金环；她手臂上还有许多样式繁复的手环。

安妮特也仔细地看着斯万。她肯定会想起他的身体，肌肉发达，腰很细，胸膛和手臂肌肉紧实，充满力量。为此他可是一直在刻苦锻炼。

"我本来是有些计划的,不过……"后面的话被一个意味深长的微笑取代。

往斯万的车那边走时,安妮特挽起了他的手。斯万护着她到副驾驶位坐下。安妮特把自己住处的地址告诉了斯万,于是斯万发动了汽车准备出发。但在挂挡前,他停住了,说:"啊,差点儿忘了。虽然没给你打电话,但是我给你带了礼物。"

"真的吗!"她非常高兴,"是什么礼物?"

他从后座的背包里拿出一个盒子,说:"你应该会喜欢宝石什么的吧?"

"哪个女孩不喜欢呀!"安妮特说。

她拆礼物的时候,斯万说:"对了,这不是拿来抵费用的,是我额外送你的。"

"哎呀,别这样说嘛!"她回以笑脸,然后便继续专心地打开手上的小盒子。斯万环视街道,依然空无一人。他屈肘收回左手,用力地伸直,张开拇指和食指,用特殊的手法猛击安妮特的喉咙。

她被击得喘不上气,双眼圆瞪,弓起身子伸手护住受伤的脖子。

"呃……呃……呃……"

这一击很讲求技巧:要是太用力,可能会严重损伤气管——但他需要保留安妮特的语言能力;要是用力不够,她就有机会呼救。

安妮特瞪着他,也许是想叫他的名字——不过她只知道上周他报的假名。斯万有三本美国护照,两本加拿大的,还有登记在五个假名下的数张信用卡。他从不对不熟悉的人说出"雅各布·斯万"这个名字。

他冷静地看着安妮特,接着转身从背包里掏出一卷胶带。

他戴上乳胶手套,撕下一小段胶带,然后停了一下。没错,他终于认出了烤鱼的那种香料。

是香菜。

刚刚居然连这都想不起来。

# 5

"死者是罗伯特·莫里诺，三十八岁。"洛蕾尔说。

"莫里诺……好像听过。"萨克斯说。

"他上过新闻呢，警探。"比尔·迈尔斯警督说，"还是头版。"

"是那个……'反美国的美国人'吗？好像看见过某些新闻标题这样称呼他。"

"就是他。"警督答道，然后尖刻地加了一句，"一个浑蛋。"

这次没用奇怪的词汇了。

莱姆注意到洛蕾尔似乎并不喜欢这句评价。另外，她看起来很不耐烦，大概是觉得现在不是说闲话的时候。莱姆想起来她说需要快速行动，原因现在很清楚了：NIOS一旦发现他们在调查这个案子，必定会采取手段阻挠调查行动——应该是合法手段，但当然也可能用上非法手段。

而莱姆也没什么耐心，他急着想办一件有趣的案子。

洛蕾尔展示出一张照片，是一个穿白衬衫的英俊男子，面前有一个电台麦克风。他圆头圆脑的，头发有点稀疏。助理检察官说："这是在加拉加斯他自己的电台里拍的近照。他持有美国护照，但是一名侨民，在委内瑞拉定居。五月九日，他到巴哈马群岛出差，在酒店套房里被狙击手射杀。另外还有两人遇害，分别是莫里诺的保镖和采访莫里诺的记者。保镖是住在委内瑞拉的巴西人，记者则是波多黎各人，住在阿根廷。"

莱姆指出："媒体对此事似乎没多少报道。如果有信息指出政府机关可能是案子的幕后黑手，按说应该会引起轰动。所以，现在是谁当了替罪羊？"

"贩毒集团。"洛蕾尔说，"莫里诺创立了一个赋权组织，帮助拉丁美洲的当地人和穷人。他向来痛恨毒品走私，报道声称这惹到了波哥大和中美洲的一些大毒枭。不过我没查到任何证据能证明贩毒集团想要杀他。我相信是梅茨格和NIOS故意散布这些虚假信息，好转移视线，引开怀疑。再者，我还有另外一条线索。有证据表明，是隶属于NIOS的一名狙击手射杀了莫里诺。"

"证据？"塞利托问。

从洛蕾尔的肢体语言（不包括毫无表情的脸）看来，她很乐意细说这件事。"有一名告密者联系了我们，一个NIOS内部或是与他们有关的人。他泄露了暗杀莫里诺的命令正文。"

"就像维基解密那次？"塞利托说，然后又摇头否定自己，"不对不对。"

"没错，不会像维基解密事件那次一样的，"莱姆说，"不然媒体绝对会像疯了一样报道。告密者应该是直接且秘密地通知了地方检察官办公室。"

迈尔斯说："对，告密者将暗杀令扩散化了。"

莱姆不再纠结警督的奇怪用词，对洛蕾尔说："再跟我们多介绍一下莫里诺吧。"

她不用看资料，单凭记忆背诵出莫里诺的生平。莫里诺家曾住在新泽西，但在他十二岁那年，一家人移民到了中美洲，因为他父亲是美国一家石油公司的地质学家，当时被调到那一带工作。起初，莫里诺在那里一所美国学校上学，但在他妈妈自杀之后，他就转到一所当地办的学校去了，而他在那里学习很不错。

"自杀？"萨克斯问。

"因为她没能适应搬迁后的生活……她丈夫因为工作需要，长期在各个勘探点和钻油点之间往来，几乎没时间回家。"

洛蕾尔继续介绍莫里诺的情况。在莫里诺很小的时候，就认识到美国政府和企业在剥削中南美洲人民，并对此恨之入骨。大学毕业后，他在墨西哥城当上了电台主持和社会活动家，在他发表的文章和主持的电台节目里狠狠地抨击美国，以及他所谓的"二十一世纪帝国主义"。

"他后来定居加拉加斯，并成立赋权组织，扶助当地工人，使其能自给自足，不必靠欧美公司提供工作，也不必依赖美国的救济。这个组织有六个到七个支部，分布在中南美洲和加勒比沿海地区。"

莱姆不解道："听起来完全不像是恐怖分子啊。"

洛蕾尔说："没错。但需要注意的是，莫里诺常有赞同某些恐怖组织的言论，包括基地组织、索马里青年党，等等。他还和中美洲的一些极端组织有联盟关系，比如哥伦比亚的ELN，即其国家解放军；FARC——哥伦比亚武装力量组织，还有联合自卫军。他还跟秘鲁的Sendero Luminoso有强烈共鸣。"

"光明之路吗？"萨克斯问。

"是的。"

敌人的敌人就是朋友，莱姆心想，即使这朋友会炸死儿童。"所以呢？"他问，"因为这点事就特地暗杀他？"

洛蕾尔解释道："最近一段时间，莫里诺的博客文章和广播节目里反美情绪越来越强烈。他甚至自称'真理的信使'。他的某些言论的确很恶毒，他也是真的痛恨美国。另外，最近有谣传说，有人受他的言论启发，开始枪杀美国旅客或者军人，甚至到美国使馆和企业投放炸弹。但我没查到任何案子是真的由他下令实施的，即使只是暗示一下都没有。启发毕竟不等同于策划和下令。"

虽然莱姆才刚认识她，但他确信南希·洛蕾尔小姐真的非常仔细地调查过这些言论。

"但是NIOS声称有情报指出莫里诺正在策划一起真正的袭击：他企图用炸弹袭击迈阿密一家石油公司的总部。NIOS窃听了他的电话，录下了一段通话内容，对话是西班牙语。声纹比对结果显示其中一个就是莫里诺。"

这时她才终于从老旧的公文包里翻出资料，查看笔记后继续说："对话里，莫里诺说：'我准备对付在佛罗里达的美国石油钻探公司，星期三行动。'对话的另一方，身份目前还不清楚，说：'十日是吗？五月十日？'莫里诺回答：'是，十日中午，趁那里的员工吃午饭休息的时间去。'对方说：'你打算怎么运过去？'莫里诺说：'用卡车就行。'接下来几句对话模糊不清。最后莫里诺说：'这次只是个开头，我计划里还有很多这类信息准备发布。'"

她把资料放回公文包："这家石油公司在迈阿密及周边地区有两座设施，一个是其东南地区总部，另一个是近岸的石油钻井平台。既然莫里诺提到卡车，自然就跟在海里的钻井平台无关了。因此NIOS认定布里克尔大道上的公司总部就是袭击目标。

"同时，情报分析员查到，一些与莫里诺有联系的公司上个月一直往巴哈马群岛运送柴油、肥料和硝基甲烷。"

简易自制爆炸物的三种常用原料。俄克拉荷马州联邦大楼正是被这些原料配制成的炸弹炸毁的，而且炸弹同样是由卡车运送的。

洛蕾尔继续说道："很明显，梅茨格认为如果在炸弹被偷运入境之前莫里诺就死掉，事情就不会按他的计划进行。所以莫里诺就在事发前一天——五月九日——被射杀了。"

尽管暗杀这事还有待商榷，但听起来梅茨格的做法似乎是挽救了一些人命。

莱姆正想说这个，洛蕾尔却先开口了："只是莫里诺策划的并不是炸弹袭击，而是一场和平的抗议示威。五月十日中午，五六台卡车开到石油公司门前，上面运的不是炸弹，而是参与示威的平民。

"至于那些被认为是炸弹原料的东西，其实是莫里诺组织的巴哈马分部订购的。柴油是给运输公司的，肥料是给农业合作社的，硝基甲烷则是用来制作土壤熏蒸剂的。全部正规合法。NIOS上报的关于莫里诺案的文件里，只列出了这三项物资，最后导致暗杀获得批准。但其实同一批货物还有数吨种子、大米、汽车零件、瓶装水和其他一些普通物品。NIOS还'不小心'漏掉了这些。"

"这不算情报错误吗？"莱姆提出。

这次洛蕾尔停顿的时间更长了，好一会儿才说："不。要我说，这是故意扭曲情报。梅茨格讨厌莫里诺和他的言论。有记录显示他曾评价莫里诺是个令人憎恶的叛徒。我认为他向上提交的报告里，故意漏掉了那些情报，致使华盛顿方面的高层以为真的会有炸弹危机，于是批准了暗杀令。而梅茨格当然清楚实情并非如此。"

塞利托说："就是说，NIOS杀害了一个清白无辜的人。"

"没错，"洛蕾尔说，声音里闪过一丝得意，"不过这样也好。"

"你说什么？"萨克斯忍不住惊呼，眉头紧皱。

洛蕾尔愣了一会儿，显然她不明白萨克斯为什么这么大反应。刚才说到如果枪手是平民背景而非军人会对检方比较有利时，萨克斯也是同样不满。

莱姆出面解释："这样是因为要考虑陪审团，萨克斯。如果被害者只是一名想要行使言论自由权的社会活动家，而非真的恐怖分子，那陪审团判被告有罪的可能性更高。"

洛蕾尔接着说："对我个人来说，这两者其实没有道德意义上的差别。我认为，没经过正当合法的程序，谁也无权处决他人。谁都不行。不过林肯说得对，我的确需要把陪审团纳入考虑范围。"

"所以说，警督，"迈尔斯对莱姆说，"要办好这个案子，我们非常需要您插一脚帮忙调查。"

考虑到莱姆的主要交通工具，这句话的用词真不怎么样。

莱姆的第一反应是可以接下这个案子。案子显然很有趣，而且充满挑战性，正是他想要的。但他留意到萨克斯低头看着地板，出于习惯心不在焉地挠着头。她觉得不安,但莱姆不确定原因。

萨克斯对洛蕾尔说:"中情局刺杀了阿尔·奥拉奇,你怎么没去对付他们?"

安沃尔·阿尔·奥拉奇是一名美国公民,也是一位激进的伊玛目[①],圣战的狂热支持者,还在也门的基地组织身居高位。跟莫里诺一样,他也是侨民,但他被称为"网上本·拉登",因为他总在自己的博客上撰文,狂热地怂恿他的追随者攻击美国公民。受其影响而采取行动的人中,包括二〇〇九年胡德堡枪击案的枪手、在内裤里藏匿炸弹登上飞机的危险分子以及二〇一〇年时报广场爆炸案的犯人。

阿尔·奥拉奇和他的网站编辑最终在CIA执行的一次无人机攻击中被击毙。

洛蕾尔感到不解:"那个案子哪归我管?我只是纽约的地方检察官而已。阿尔·奥拉奇的刺杀案跟本州没有关系。但如果你是想问我,是不是只挑胜算大的案子来办,那也没错。要是去指控梅茨格暗杀某知名且危险的恐怖分子,或是暗杀非美国公民的人,那胜算是很小的。但莫里诺的案子,我可以努力游说陪审团。一旦成功起诉梅茨格和他的狙击手,之后我就可以调查更多灰色地带的案子。"她歇了一口气,"或许政府会干脆重新评估政策的合理性,以后好好地遵守宪法……再也不做这种肮脏的事。"

萨克斯瞥了一眼莱姆,然后对洛蕾尔和迈尔斯说:"我说不好,总觉得哪里有点不对劲。"

"不对劲?"洛蕾尔困惑地问道。

萨克斯一边用力地搓手指,一边说:"说不清楚……我都不确定这案子我们能不能调查。"

"你是指你和林肯?"洛蕾尔问。

---

① 伊斯兰教祭司。

"我是说这里的任何人。这明显是一起政治事件，不是刑事案件。你想阻止 NIOS 的非法暗杀行动，这很好，但为什么找我们警察，不是应该交给国会吗？"

洛蕾尔偷偷看了一眼莱姆。萨克斯说得不无道理——莱姆自己都没想到这点。法律方面的对错问题他通常毫无兴趣，只要州政府、华盛顿方面或市议院决定立案，接下来他的任务就很简单：为控方搜证和调查，帮助击败被告。

跟下棋一样。国际象棋的发明者制定了皇后权力最大、骑士必须走 L 字形路线等规则，这件事本身其实没什么要紧的。但是规则一旦定下了，参与者就必须遵守。

他没管洛蕾尔，只是看着萨克斯。

接着，洛蕾尔的姿态有了一些微妙却明显的改变。莱姆起初以为她是想辩解，但很快又明白其实不是。她是进入了"检察官模式"，仿佛她身处法庭，刚刚从律师席位起身，向犹豫不决的陪审团走去，准备发言。

"阿米莉亚，我相信正义是藏在细节里的，"洛蕾尔开始发言，"是藏在很细微的事物里。我查办一件性侵案的原因，从来不是因为侵害女性的性侵案会使社会产生动荡。我会去查办一件性侵案，只是因为有人触犯了纽约刑法第一百三十条第三十五款。这才是我的使命。这是我们所有人的使命。"

又停了一下之后，她说："拜托了，阿米莉亚。我很了解你的成就。我需要你参与进来。"

她这是雄心壮志还是理想主义呢，莱姆一边想着，一边扫视洛蕾尔那鼓鼓囊囊的公文包和造型僵硬的头发。短粗的手指上指甲有点粗糙，看来她不太注重保养；一双小脚穿着注重实用性的鞋子，鞋身磨损处倒是做过掩盖，感觉跟她脸上的粉底一样厚。莱姆最终也不知道她的办案热情来自何处，但他注意到了一件事：她的黑眼睛里似乎没有感情，这简直让莱姆有点胆寒——要知道林肯·莱姆可不是一个容易被吓到的人。

沉默中，萨克斯和莱姆眼神相接。她似乎看出了莱姆有多想办这个案子，这使她做出了最后的决定。她点点头说："我可以加入。"

"我也没问题。"莱姆说着，眼睛看着萨克斯，而不是迈尔斯或洛蕾尔。他用表情向萨克斯道了谢。

"虽然没人问过我，"塞利托清清嗓子说，"但我也很乐意为了扳倒一名联邦高级官员，把我的前途丢去喂狗。"

莱姆说："我想，当前最重要的应该是保密？"

"我们必须保密，"洛蕾尔回答，"不然证据就会逐步被消灭。但我想我们目前还不用担心，我们在办公室时竭尽全力不泄密，NIOS估计完全不知道我们正在调查。"

# 6

雅各布·斯万正开着租来的车，驶向新普罗维登斯岛西南岸克利夫顿文化遗产公园附近的一个沙洲。他的手机响了一下，提醒他收到一条短信。短信大概是说纽约警方已经开始调查莫里诺的命案，并准备以密谋罪作为侦办方向，等等。里面还说，更多细节将在几小时内查清，届时会一起发送给斯万。

行动真快，比他预想中快得多。

他听到后备厢传来撞击声。不走运的妓女安妮特·柏德尔正蜷成一团躺在里面。但撞击声很轻，而且周遭也没有人。没有拾荒者，也没有巴哈马群岛常见的闲散人群——他们通常三三两两地闲聊八卦、抱怨自家女人或者顶头上司，手里拿着沙氏或者卡力克啤酒痛快地喝着。

没有汽车，绿松石般的水面上也没人划船。

加勒比地区真是充满反差和矛盾，他一边举目四望一边想。这里既是外国人的旅游胜地，又是本地人生活的家园。人们都醉心于用美元或欧元换取服务和娱乐项目。此地以外的巴哈马群岛则死气沉沉，就像这片闷热的沙滩，长满杂草，到处是垃圾，让人不适。

他下了车，往手套里吹气，好让汗涔涔的手也凉快一下。妈的，真是热啊。他上周也来过这里。从这么远处射杀叛逆的罗伯特·莫里诺难度极大，但狙击步枪射出完美一枪，直接击碎莫里诺的心脏。

任务完成后，斯万开车来到这里，掩埋了一些衣服等证据，本来想着永远不需要再管它们。但后来他突然收到风声，说纽约州检方已经开始调查莫里诺的案子，这让他有点担忧，于是决定还是来把这些证据挖出来，更好地消灭掉。

但现在，还要先处理另一项难题……另一项任务。

斯万走到车尾，打开后备厢，俯视着安妮特。她痛苦地躺在里面，泪流满面，浑身是汗。

而且她正艰难地呼吸。

他走向车后座，打开行李箱，拿出了其中一件珍宝。他最心爱的厨师刀——日本贝印牌顶级切片旬刀。刀有约九英寸长，上有该公司标志性的槌目纹，是由日本关市的匠人精心锤制。核心刀片采用V金十号钢材，外侧则包夹了三十二层大马士革钢；刀柄选用的是优质的胡桃木。这刀花了他二百五十美元。他还有同牌子的一整套不同型号、不同用途的刀具，但这把是他的最爱。他待它像对亲儿子一样。他会用它来切鱼片，会用它把牛肉片得薄可透光，当然，也会用它来"鼓励"一些人，让他们开口回答问题。

出差时，斯万会用一个梅塞尔麦斯特刀组包带着它和其他几把刀，还有两本被他翻得破破烂烂的烹饪书，一本是詹姆斯·彼尔德写的，另一本是以清淡料理著称的法国名厨米歇尔·格拉德写的。即使是致命武器，但只要这套专业厨师刀好好地装在刀组袋里，挨着烹饪书籍放在托运行李中，海关检察人员就不会在意。另外，出远门时随身带刀有很大好处，因为斯万经常自己做饭，而不是独自去酒吧或者看电影。

像上星期那晚一样，他把羊肉从骨头上剔下来，切成适合入口的小块。

我的小屠夫，我亲爱的小屠夫……

他又听见异响，是安妮特在乱踢。

斯万回到后备厢旁，抓住安妮特的头发把她拖了出来。

"唔……唔……唔……"

她可能是想说"不，不，不"。

斯万在沙地里找到一个坑，周围有一圈芦苇一样的植物，坑里乱糟糟的，净是啤酒瓶子、旧安全套和烟头。他让安妮特翻过来躺着，自己坐到了她胸口上。

他再次环顾四周，依然没人。安妮特喉咙受到了重击，现在她就算用尽力气大喊，也不会有多大声音，但也不是完全无法出声。

"我准备问你一些问题，你可得给我组织好答案。我需要尽快知道问题的答案，你做得到吗？"

"嗯唔。"

"说'可以'。"

"可……可……以。"

"好。"他从口袋里抽出一张面巾纸，然后用另一只手捏紧了她的鼻子，逼她张嘴换气，然后趁机用纸巾包住她的舌头并用力扯住。她吓得拼命摇头，但发现这样更痛，只好停下。

她强迫自己镇静下来。

雅各布·斯万举刀向前，一边欣赏着完美的刀身和刀柄。很多烹饪器具的设计都是顶级的，跟任何其他物品相比都毫不逊色。阳光经刀身反射照进沙坑，跳跃着，像水面的粼粼波光。他谨慎地用刀尖在她舌头上划了一下，留下一道粉红色的印子，但没弄出血。

她又发出一点声音。可能是在说"求求你"。

小屠夫……

他忆起几周前自己用这把刀处理过鸭胸肉，在肉表面划出三道浅浅的口子，这样有利于油脂渗出。他俯身对安妮特说："现在，给我听仔细了。"他的嘴凑得离安妮特的耳朵很近，她温热的肌肤贴在他的脸颊上。

就像上周一样。

或者说，只是有一点像上周。

# 7

比尔·迈尔斯警督带着他那些奇怪的措辞离开了,而查案的接力棒则交到了莱姆团队的手里。

虽然这个案子有一定的特殊性,但终究不过是纽约数千件罪案之一,迈尔斯警督和他神秘的特殊勤务部当然还要忙别的事情。

但莱姆猜迈尔斯还需要和本案保持距离。他已经给予地方检察官足够的支持——当然,作为警方的一名警督,理应如此,因为警方和检方关系紧密得像连体婴。但现在,他就应该躲到某个秘密基地里了。莱姆想起他刚才察觉的迈尔斯的政治野心,如果他的感觉没错,那迈尔斯警督接下来应该站到一旁,静观局势变化,及至案子告破再光荣归来;而如果案子黄了,变成公关噩梦,他就会把关系撇得干干净净。

现阶段,感觉黄掉的可能性非常大。

莱姆倒不在意这些。迈尔斯不在对他来说更好,因为他不喜欢自己调查时有别人在旁边碍手碍脚。

塞利托理所当然留下来了,毕竟按程序来说,他才是这次调查的负责人。他坐在一张旧藤椅上,纠结着要不要吃早餐托盘上的松饼,尽管他刚刚已经吃了半个丹麦蛋糕。突然,他用力收腹几次,想看看最近坚持的减肥餐有没有成效,值不值得吃些额外的东西来犒赏自己。看来不行。

"关于NIOS的这个局长，梅茨格，你都知道些什么信息？"塞利托问洛蕾尔。

她再一次不用看笔记就背诵道："三十四岁，离了婚，前妻是单干的律师，在华尔街工作。他大学是在哈佛读的，而且隶属后备役军官训练团。毕业后参军了，在伊拉克服役。刚去的时候是中尉，回来时已经是警督。传言说他本可以继续升迁，但未能如愿。他有些个人问题，等下我再细说。退伍后他到耶鲁进修，取得了公共政策硕士和法律学位。之后他进入国务院，在五年前加入了NIOS，担任行动主任。去年，NIOS原局长退休，他就接过位子当上了局长，尽管他只是管理层最年轻的人之一。据说，只要他下了决心要当局长，什么都无法阻止他。"

"孩子呢？"萨克斯问。

"什么？"洛蕾尔说。

"他有没有孩子？"

"啊，你是想说有人拿他的孩子来胁迫他执行非法任务吗？"

"不是，"萨克斯说，"我只是单纯想知道他有没有孩子而已。"

洛蕾尔眨了眨眼，终于翻查起笔记："他有一个儿子和一个女儿，都在读中学。刚离婚时，他被判一年内禁止接触两个孩子。现在他有一定的探视权，但孩子主要由妈妈带。"

"梅茨格本人是极端的强硬派。他曾表示，要是他执政，在经历'九一一'袭击之后，他绝对会向阿富汗发射核弹，这发言是有官方记录的。他常常毫不避讳地主张我们有权先发制人，在危机出现之前将敌人消灭干净。他眼里的敌人多数是移居海外，并且从事他所谓'反美行动'的人，比如参与叛乱组织或声援恐怖组织，等等。但这些是他的想法，与我无关。"她停了停，"他有一个重要的性格特点，就是情绪不稳定。"

"怎么说？"塞利托问。

莱姆正在失去耐心，他急着想知道刑事鉴定的部分。

但因为萨克斯和塞利托办案都很"全面化"（套用迈尔斯警督的用词），他只好由着洛蕾尔继续说，自己则装出一副在认真聆听的样子。

洛蕾尔说："他有情绪管理问题，主要是易怒。我认为，怒气还是他个人的主要驱动力。他虽然光荣退伍，但其实在军中有过六七次失控，都对他的仕途造成了损害。每次事件都是暴怒发作，或者是乱发脾气，随你们怎么说，总之是完全失控。有一次还闹到要住院的程度。我收集到的一些资料里说，他现在需要看心理医生，还需要服药。他曾几次因暴力滋事被警方拘留，但没被起诉过。实话说，我个人认为他已经接近偏执狂的边缘。就算不是精神疾病，也肯定有妄想症和上瘾症——对发怒本身上瘾。说准确点，应该是对发怒带来的结果上瘾。据我研究，大发脾气带来的舒缓情绪、减轻压力等作用是会令人上瘾的，像毒品一样。我估计，下令杀掉他厌恶的人，会让他产生像吸了毒一样的爽快感。"

绝对是认真研究过的，她现在就像精神病学家在给学生上课一样专业。

"他都这样了，怎么能当上局长的？"萨克斯问。

刚好莱姆也在疑惑这一点。

"因为他非常、非常擅长杀人。至少他的服役记录是这么说的。"洛蕾尔回答道，"向陪审团解释他的性格问题会很难，但我还是准备努力试一试。我也只能祈祷他会出庭受审，如果他在陪审团面前大发雷霆，那就再好不过了。"她先后看了看莱姆和萨克斯，"办案过程中，我希望你们能尽量收集可以证明梅茨格情绪不稳定、易怒以及有暴力倾向的证据。"

这次轮到萨克斯停顿了一会儿才回答："这不太可靠，你不觉得吗？"

双方似乎在交锋。"我不太懂你的意思。"

"我不觉得有什么证物可以显示这个人有易怒之类的问题。"

"我不是说具体证物，我指的是调查的大方向。"助理检察官仰视着萨克斯——萨克斯比她高八九英寸，"根据你的档案，你的心理分析和证人盘问等评价都很高。我相信你肯定能查出很多细节的。"

萨克斯微微偏了下头，眯起了眼。莱姆也很惊讶洛蕾尔居然查了萨克斯的档案，看来莱姆的档案也难逃命运了。

研究过……

"那就这么定了。"洛蕾尔突兀地说。行，事情定下来了，查找情绪不稳定的证据，好的，明白。

汤姆从角落转出来，手里拿着一壶新煮好的咖啡。莱姆介绍他和洛蕾尔认识。他注意到，洛蕾尔看向汤姆时，化着浓妆的脸微微一颤，眼睛明显地聚焦在汤姆身上。但尽管汤姆·莱斯顿帅气又有吸引力，却绝无可能跟单身的洛蕾尔好上。但很快，莱姆又觉得，她好像并不是在意汤姆本人，只是觉得他长得像自己的熟人而已。

洛蕾尔终于不再看汤姆，并且谢绝了咖啡，仿佛喝咖啡也违反职业道德。她在包里找东西，莱姆看见里面的文件井然有序，用彩色标签标示好，还有两台笔记本电脑，休眠指示灯像眼睛一样，一眨一眨地闪着橙光。洛蕾尔抽出一份文件。

"好了。"她抬头说，"你们想看那份暗杀令吗？"

谁不想呢？

# 8

"当然，他们可不会叫它'暗杀令'，"南希·洛蕾尔说，"那只是我们为了方便，自己说的。正式来说是'STO'——'特勤令'①。"

"听着更糟了，"塞利托说，"好像消过毒的东西一样，让人有点不舒服。"

莱姆觉得他说得对。

洛蕾尔递给萨克斯三张纸说："能麻烦你把它们贴起来让大家看看吗？"

萨克斯犹豫了一下，照她说的做了。

洛蕾尔指着第一张纸说："这是上周四，也就是五月十一日，发送到我们办公室的电子邮件。"

看一下关于罗伯特·莫里诺的新闻，附件是与该事件有关的暗杀令。"级别二"是指NIOS现任局长，事情是由他策划的。莫里诺是美国公民。"CD"（Collateral Damage）意为连带伤害。"唐·布伦斯"是执行暗杀任务的探员的行动代号。

一个有良知的人。

---

① Special Task Order。

"我们试试看追查邮件的来源，"莱姆说，"罗德尼。"他望向萨克斯，后者心领神会地点点头。

她向洛蕾尔解释说，他们经常跟纽约警察局的网络犯罪调查科合作。"我给他们发一份申请，你有这封邮件的电子原件吗？"

洛蕾尔从公文包里找出一个证物袋，里面是一个闪存盘。莱姆看到证物交接链的登记卡妥当地贴在袋子上，觉得很欣慰。洛蕾尔把袋子递给萨克斯，说："可以的话最好——"

不等她说完，萨克斯就已经动笔在登记卡上面签了名。

萨克斯把闪存盘插到电脑上，开始往电脑里输入信息。

"一定要告诉他们，必须严格保密。"

萨克斯头都不抬地说："我在第一句就写清楚了。"很快，她就把申请发给了网络犯罪调查科。

"这个行动代号好像在哪里听过，"塞利托说，"布伦斯，布伦斯……"

"也许这个狙击手喜欢西部乡村音乐？"萨克斯说，"有个名叫唐·布伦斯的创作型歌手，唱民谣和西部乡村风格的歌，还挺不错的。"

洛蕾尔懵懂地歪着头，仿佛从没听过任何音乐，更不知道西部乡村音乐这么有活力的东西。

"跟资讯部联系一下，"莱姆说，"挖一下'布伦斯'有什么资料。如果这是一个非官方掩护身份，那他在现实世界可能会留下一点线索。"

顶着非官方掩护身份活动的特工，当然也是有信用卡和护照的，通过调查这些，他们就有可能找到线索指向特工的真实身份。资讯部是纽约警方的新部门，是一个庞大的信息挖掘机构，其水平也是全国最优秀的。

萨克斯发送申请的时候，洛蕾尔转回白板，指着上面的第二张纸："而这个就是暗杀令本身了。"

| 密・最高机密・最高机密・最高机密・最高机密・最高机密・最高 ||
|---|---|
| 特勤令 序列 ||
| 8/27 | 9/27 |
| 任务：罗伯特・A.莫里诺　　NIOS 编号：ram278e4w5 | 任务：阿尔・巴拉尼・拉希德　　NIOS 编号：abr942pd5t |
| 出生：4/75，新泽西 | 出生：2/73，密歇根 |
| 完成期限：5/8・5/9 | 完成期限：5/19 前 |
| 核准： | 核准： |
| 　级别二：可 | 　级别二：可 |
| 　级别一：可 | 　级别一：可 |
| 附带文件：详见"A" | 附带文件：无 |
| 重复确认：需要 | 重复确认：不需要 |
| 行动密码：需要 | 行动密码：需要 |
| CD：可，但尽量降低 | CD：可，但尽量降低 |
| 细节： | 细节：待续 |
| 　指派专员：唐・布伦斯，击杀室。 | 状态：进行中 |
| 　巴哈马群岛，南湾旅社，一二〇〇套房 ||
| 状态：结案 ||

　　白板上的最后一份文件标题就是"A"。文件的内容就是洛蕾尔早前提到的，关于船运到巴哈马群岛的化肥、柴油和其他化学物品的信息，这些货物分别来自加拉加斯和尼加拉瓜北部的科林托。

　　洛蕾尔朝刚刚那个闪存盘点点头说："告密者还发过来一份音频文件，里面是一通电话或者无线电通话，对话双方显然是狙击手及其指挥官，时间就在枪击发生前。"她满脸期待地望着萨克斯，萨克斯犹豫了一下，不情愿地回到电脑前操作起来。很快，一段对话从扬声器里传了出来：

"看来有两个……不，三个人在房间里。"

"你能确认莫里诺在里面吗？"

"我……有些反光。好了，现在好多了。是的，我确认，莫里诺在里面。"

对话在此结束。莱姆正想让萨克斯做一遍声纹分析，萨克斯已经抢先一步开始做了。莱姆说："这虽然不能证明是他开枪杀的人，但起码能证明他在现场。现在我们只需他本人的声音来做比对了。"

"'专员'，"洛蕾尔指出，"显然指的是'杀手'。"

"NIOS编码是干什么用的？"塞利托问。

"应该是用于确认目标的。要是杀错人，那问题可就大了。"莱姆读着那封邮件，"有趣的是，告密者没有告诉我们枪手的名字。"

"可能他也不知道呢。"塞利托猜测。

萨克斯说："但他好像其他什么都知道。他的良知似乎是有限度的。他愿意供出NIOS的头儿，却对领任务的枪手抱有同情。"

洛蕾尔说："我同意，告密者肯定知道。我也想找到他。只是为了信息，不为审判。他是我们找到枪手的最佳机会——确认不了枪手，密谋罪就无法成立，也没法立案。"

萨克斯说："但就算我们找到他，他也不会愿意说的吧？不然他在邮件里就会说了。"

洛蕾尔有点恍惚地说："你们帮我找到告密者，交给我……他会说的。他会开口的。"

萨克斯问："你有没有考虑过就保镖和记者的死追究梅茨格？"

"没有，毕竟只有莫里诺的名字出现在暗杀令里，他们只是连带伤害。我想尽量避免把水搅浑。"

萨克斯一脸不高兴：即使他们跟目标一样死得透透的，也只是"连带伤害"。可不能影响陪审团的判断，对吧？

莱姆说:"跟我说说暗杀过程本身。"

"我们掌握到的信息非常少。巴哈马警方只给了我们初步的报告,然后就全面掉线,电话都不回。我们只知道莫里诺被杀时在自己的套房里。"她指指特勤令,"一二〇〇号房,他们称之为'击杀室'。狙击手开枪的位置是陆地上向海里延伸的一道岩石滩,离旅店大概两千码。"

"哇,那可真是不得了的一枪,名副其实的百万美元子弹。"萨克斯惊讶地挑了挑眉。她自己就是名优秀的枪手,经常参加射击比赛,无论是在警察局内部的比赛还是民间比赛都保持着最高分纪录,只是比起步枪,她更喜欢手枪。"真是万里挑一的准头。历史上,狙击手命中目标的最远纪录也只有两千五百码。不管这个枪手是谁,他肯定很厉害。"

"这对我们来说是好消息,"洛蕾尔说,"这样嫌疑人的范围就能大幅缩小了。"

的确,莱姆想。"其他的信息呢?"

"没有了。"

没了?就只有一封邮件,一份被泄露的政府文件和幕后主谋的名字?

不难注意到,这里面缺少了莱姆最需要的东西:证物。

而这些证物远在几百英里之外,在别的辖区——妈的,甚至是在别的国家。

而他,一个没有犯罪现场可搜查的犯罪现场鉴定专家,只能干坐在这里等待。

# 9

在曼哈顿下城区NIOS总部里，里夫·梅茨格一动不动地坐在办公桌前。一道晨光从附近的高楼玻璃外墙反射过来，照在他的手臂和胸口上。

他眺望着哈得孙河，心里回想起昨天监视部门发来的加密短信，读了之后他吓得不轻。这个部门的能力，跟中央情报局和国家安全局不相上下，只是可监控范围比较小，这也让它受FISA（外国情报监听法）这类法规的限制比较小，因此它所获得的情报都有极高的重要性。

昨天是星期天，傍晚时梅茨格去看女儿的足球赛——这是一场很重要的比赛，对手是金刚狼队，实力强劲。没有任何事情能让他放弃看比赛、离开看台正中央的座位。

涉及他孩子的问题他都会极度谨慎地处理，毕竟已经得到过惨痛的教训了。

后来他收到了那条短信，于是拿出细框眼镜，擦擦镜片后戴上，然后开始阅读这条让他困惑、不安和震惊的短信，一边读，"浓烟"就一边在他心里快速腾起，无法压抑。不像蒸汽，倒更像浓稠的凝胶，包裹着他，让他感到窒息。他浑身颤抖，狠狠地咬着牙，狠狠地攥紧拳头，内心紧绷。

他慌张地告诉自己：我可以处理好的，我可以处理好的。这是工作的一部分。我本来就知道有被发现的风险。他提醒自己："浓烟"并不能定义自己。它不是自己的一部分。如果他想，随时可以让它散去。前提是他怎么想。放松心情，随它去。

他冷静了一点，不再攥紧的手隔着西裤轻拍自己骨瘦如柴的腿。其他看球赛的爸爸们都穿着休闲装，但他是从办公室赶来的，没时间换衣服。梅茨格身高有五英尺十又四分之三英寸（约一米七九），体重却只有一百五十磅。他小时候曾经很胖，但成功减肥后就没再让肥胖反弹过。他的棕发日渐稀疏，作为一个政府工作人员，他的头发稍微比规范要求的长了一点，但他就喜欢这样，完全不打算改。

他读完短信把手机放回口袋后，发现踢中场位置的女儿对他笑了，他也回给女儿一个微笑。他笑得有点假，也许凯蒂能看出来。他好想赶紧买点苏格兰威士忌喝，但这里可是布朗克斯区的中学校园，所以这里卖的最"烈性"的食物最多也只是含咖啡因而已。不过幸好还有伍德罗·威尔森家长·教师联合会提供的美味曲奇和金黄蛋糕，吃多了会产生类似醉酒的感觉。

不管怎样，喝酒也不是解决"浓烟"的正确办法。

费舍尔医生，我可是很相信你的。大概吧。

昨晚看完球赛，他回到了办公室，想了解清楚这个新情况。曼哈顿某个雄心壮志的助理检察官想要借莫里诺一案对付他。当过律师的梅茨格细细考虑之后明白，最大和最直接的罪名是密谋罪。

得知地方检察官办公室知晓此案是因为特勤令被泄露时，他大为震惊。

一个天杀的告密者！

一个叛徒。他背叛了我、背叛了NIOS，最糟糕的是，还背叛了国家！他这样想着，"浓烟"又在心里升腾起来。他幻想着自己用铲子凶狠地把这位检察官活活敲死，管他是谁。他从来无法预测他的怒火会选择以什么"形式"出现，而这次的幻境生动逼真，特别血腥，配有可怕的"背景音效"，而且持续了很久，使他既困惑，又满心畅快。

终于冷静下来之后，他开始处理问题。他打了好些电话，又发送了一些经过高等加密的邮件，尽他所能解决这个危机。

如今，周一早上，他回过神来，伸了个懒腰，不再看窗外的河。他昨晚只睡了四小时（这很不好，因为疲劳会加重怒气），睡醒后在NIOS的健身房洗了澡，现在他感觉自己勉强算是清醒。他这间二十英尺见方的办公室里，只有保险柜、档案柜、电脑、一点照片、几本书和几张地图。梅茨格慢慢喝着拿铁。他给助理露丝也买了一杯，但她那杯加的是豆奶。她常说豆奶有助于放松身心，让梅茨格不禁也想下次试试。

他看着相框里的照片，那是他和孩子们一起去布恩度假时拍的。那次他们还骑了马。马场的工作人员给他们拍了这张照片作为纪念。梅茨格留意到，这个牛仔装扮的工作人员用的是尼康相机。他派遣到伊拉克的狙击手用的瞄准镜也是来自这个厂家。他想起某次任务：他手下的一名狙击手在大概一千八百六十码的距离开枪狙击一个伊拉克人——当时那人正准备引爆一个简易自制炸弹。"森林狼"点三三八子弹击中了伊拉克人的肩膀。实际的场面跟电影里表现的完全不一样：这样的一枪，无论击中人身上哪里，那人基本就死定了。肩膀也好，腿也好，都一样。这名叛乱分子被轰得粉身碎骨，摔在沙漠里，而梅茨格也终于能放下心来。

笑一笑，梅茨格先生。您的孩子们特别棒！我帮您冲洗三张八乘十规格的，再来一打适合放进钱包的照片，好吗？

在他策划暗杀叛国者的计划时，"浓烟"并不会出现。完全不会。这点他曾跟费舍尔医生说过。但医生听了这些事情之后感觉浑身不自在，于是他们就没再继续探讨这点。

梅茨格扫了一眼他的电脑和手机。

他的眼睛是暗淡的黄绿色，显得没什么精神，还有一点儿病态，但他不在意。他又看向窗外的哈得孙河。某年九月一个晴朗的日子里，一小群疯了的白痴，炸掉了挡住这片景色的两栋大楼，如今他才有机会看到这些。那次恐怖袭击意外地驱使梅茨格转向如今的职业，这次转行对于那些还活着的恐怖分子来说，无疑是个不幸的消息。

正想着，"浓烟"又开始凝聚，跟以往他回想起"九一一"事件时一样。那段回忆通常会使他虚弱无力，但这次他只感到火烧火燎的痛。

随它吧……

他的手机突然响了。他看到来电者的名字，心一沉，这次问题大了。

"我是梅茨格。"

"里夫！"对方兴奋地大叫道，"最近怎么样？好久没有跟你聊天了！"

梅茨格不喜欢《绿野仙踪》里的魔法师。电影本身他还是很喜欢的，但魔法师总是鬼鬼祟祟、独断专行，且善于蛊惑人心，最后靠使诈当上了国王，掌握了整个国家的权力。

和现在跟他通话的这人非常相似。

梅茨格"专属的"魔法师批评他说："你怎么都不给我打电话呢？"

"我这边也还在不断收到新的信息，"他告诉魔法师，而对方远在南方二百五十英里处的华盛顿特区，"还有很多我们没查清楚的事。"

这些只是套话，因为他不知道魔法师掌握了多少情况，所以他需要根据对方的话语来调整自己的回答。

"我看是莫里诺的案子出了问题。是不是，里夫？"

"看来是的。"

魔法师说："该来的总会来。不可能每次都毫无状况的嘛，毕竟这份工作这么疯狂。那么来说说看，你的情报都是全面、反复查证过的,对吧?"

你的情报……

人称代词选得真刁钻。

"当然是。"

魔法师并没有特地提起的是,之前梅茨格向他保证过除掉莫里诺肯定会挽救无数人的生命,因为莫里诺正打算炸弹袭击美国石油钻探公司总部。结果,本来预计会发生袭击的那天基本平安无事,最惊爆的一幕不过是一名女性示威者向警方投掷西红柿,而且还没砸中。

但魔法师说话向来不怎么直白。他的遣词造句(或是他没有说出口的话语)之间隐藏着大量的深意,其实比直说出来尖锐得多。

梅茨格跟他共事好几年了。他们并不经常见面,但每次会面,这个矮壮的男人总是一脸慈祥的微笑,身上穿的蓝色哔叽(谁知道这到底是什么材质)西装似乎从来不换,一枚美国国旗的徽章别在衣服翻领上。他的袜子纹样总是很夸张。他没有梅茨格那种情绪失控的问题,每次讲话都镇静随和。

"我们当时必须迅速行动,"梅茨格说着,不甘心自己处于守势,"我们知道莫里诺是一个威胁。他资助恐怖组织,支持武器交易,他的公司还涉嫌洗钱,罪名多着呢。"

梅茨格在心里暗暗纠正自己:莫里诺*曾经*是个威胁。他已经被杀死了,他现在什么都不是。

华盛顿的魔法师用蜂蜜一样的嗓音说:"你说得也对,里夫。有时候的确需要迅速行动。疯狂的工作嘛。"

梅茨格找出指甲钳,开始慢慢地剪指甲,这有助于压抑"浓烟",只是收效甚微。这种时候剪指甲真的很奇怪,但总好过狂吃薯条和曲奇。也总好过对妻子和孩子破口大骂。

魔法师捂住了话筒,悄悄跟旁人说了一些话。

妈的,到底是谁在他旁边?梅茨格猜测着。司法部长吗?

或者是宾夕法尼亚大道①的某位大人物?

魔法师回到线上,问:"我听说还有调查行动?"

妈的,被他知道了。怎么走漏风声的?泄密对梅茨格的威胁简直不亚于恐怖袭击。

"浓烟"止不住地爆发。

"看来是有的。"

一段无声胜有声的沉默,意思明显是:这事你本来是打算拖到什么时候才告诉我们啊,里夫?

然而魔法师问:"是警方吗?"

"对,纽约市警察局,不是联邦调查局。但豁免权绝对有效。"梅茨格的法律学位虽已积了很多年灰,但他在入职NIOS前曾仔细研究过尼格尔案及大量相似案例。他就算睡着了也能背出那个案子的判决:若可证明联邦雇员的行动并未超出职权范围,则不可根据州级法律起诉该雇员。

"啊,对,豁免权,"魔法师说,"我们当然研究过这个了。"

这么快?但梅茨格其实没有特别惊讶。

一阵凝重的沉默。"你办这个案子时一切都是在职权范围内,应该挺值得高兴的吧,里夫?"

"没错。"

天啊,拜托了,现在一定要让我管好"浓烟"。

"很好,很好。对了,那次负责的专员是布伦斯对吗?"

即使信号加密得再好,通话时还是必须遵守一个规则:要么完全不说名字,要么只说代号。

"对。"

"警察找他谈过话了?"

"没有。他潜伏得很深,没人能找到他。"

---

①位于华盛顿哥伦比亚特区,连接白宫和美国国会大厦,被称为"美国大街"。

"当然，不用我们说，他也知道要小心谨慎。"

"他已经在动手落实预防措施了，大家全都在做。"

对面停了一下。"好了，这事儿聊得够多了，我就放心交给你了。"

"我会处理好的。"

"很好。因为呢，情报委员会最近开始讨论关于预算的事情了。事发突然，毫无预警。我也不知道为什么。目前还没有任何日程安排，但你知道那些委员会什么的，总是盯着钱去了哪里。我跟你说这个是因为，NIOS是他们主要留意的对象之一。实话跟你说，我听到都觉得心寒。"

并没有"浓烟"升起，但梅茨格整个愣住了，说不出话。

魔法师不管不顾地继续说道："这不是放屁嘛，是不是？你我都知道，我们尽了全力才设立起这个机构，让它运行起来。现在有人对这事感到担忧，哈！"一声毫不高兴的笑声，"我们有些信奉自由的老友不是很喜欢你做的工作。另外，友党的一些朋友们也不乐意看到你跟兰利和五角大楼抢生意。左右为难啊，真是。"

"哈哈，也许最后就平安无事了呢？啊，钱啊。为什么最后总是会扯到钱的问题上去呢？不说这个了，凯蒂和赛斯最近好吗？"

"挺好的，多谢问候。"

"那就好。我要挂电话啦，里夫。"

通话结束了。

老天爷啊。

这次真是大事不妙。

虽然魔法师穿着可笑的哔叽布巫师服和抢眼的袜子，说话也轻松愉快，但他的眼神如剃刀般锋利。刚刚的一番话其实另有深意：你根据有问题的情报错杀了一名美国公民，如果这个案子真的在州法院审理，绝对会一路向上连累到"奥兹国"。首都特区会有很多大人物密切关注纽约的情况和莫里诺一案的事态。他们时刻准备着派出狙击手处理NIOS——当然这是比喻，实际上就是狠狠地削减NIOS的行动预算。真这样的话，估计NIOS至少半年内都只能坐冷板凳。

本来，这事就跟冬眠的蛇一样无声无息——要不是出了个告密者的话。

那个叛徒。

"浓烟"遮蔽了梅茨格的双眼。他呼叫助理，又拿起了咖啡。

你的情报都是全面、反复查证过的，对吧？

嗯，说到这个嘛……

梅茨格跟自己说：冷静想想清楚。自己已经打了很多电话联系帮手，也发出去很多命令信息了。善后工作已经在有条不紊地进行着了。

"你，呃，还好吗，里夫？"露丝呆望着梅茨格拿着纸杯的手，梅茨格这才发现杯子快要被他捏扁了，冷掉的咖啡溢了出来，淋湿了他的衣袖，还弄脏了几份全美国也只有几个人有权查看的机密文件。

他赶紧松开他的死亡之握，努力挤出一个笑容："没事，还好。昨晚事情很多。"

他的助理已经六十出头了，但面容姣好，脸上淡淡的雀斑令她看起来年轻了许多。梅茨格听说，她几十年前竟然还是个嬉皮士，住在旧金山的海特街，属于"夏天之爱"组织。今天她也像往常一样，将灰白的头发梳到后面，扎成一个紧紧的髻。而她的手上则套着五颜六色的橡胶手环，代表着她支持的很多运动和理念——大概就是像关注乳腺癌啊、希望啊、和平和互相理解之类的，谁搞得清那些东西呢？但梅茨格希望她不要过分张扬，因为在NIOS这种担负特殊使命的政府部门里，像这样的主张——即使是很隐晦的——也不太合适。

"斯宾塞来了吗？"梅茨格问道。

"他说大概半小时后到。"

"他一到就让他直接来找我。"

"没问题,还需要我做什么吗?"

"暂时没有了,谢谢你。"

露丝离开了办公室并带上了门,身后留下一缕广藿香油的气味。梅茨格抓紧时间又发出几条短信,并且又收到了几条新的短信。

其中一条是好消息。

"浓烟"终于消散了一点。

# 10

莱姆留意到，南希·洛蕾尔在拿气相色谱仪的金属外壳当镜子，审视自己的脸，但最后她对此没有什么反应。看来她的确不热衷于打扮。

她回身问莱姆和塞利托："你们觉得应该怎么做？"

在莱姆心里，办案的思路早就已经厘清："我会全力负责勘察犯罪现场。萨克斯和朗会想办法追查NIOS的人，包括梅茨格和其他合谋者——比如那个狙击手。萨克斯，开始写表格吧，把本案的主要嫌疑人都写上去，尽管我们现在也没多少信息。"

萨克斯拿了一支记号笔，在白板上写下为数不多的已知信息。

塞利托说："我还准备查查那个告密者。估计会很难，他肯定知道自己现在危在旦夕，这毕竟不是通知媒体说某某黑心厂家用过期小麦制作早餐麦片，他现在可是指控政府犯了谋杀罪呢。你呢，阿米莉亚？"

萨克斯说："刚才已经找了罗德尼去查告密邮件跟特勤令了。我会跟他还有计算机犯罪调查科保持联系。要说有谁能查到匿名上传文件的人，那肯定就是他了。"她想了想说，"也找一下弗雷德吧。"

莱姆考虑了一下，说："可以，要叫上他。"

"弗雷德是——"洛蕾尔问。

"弗雷德·德尔瑞，是联邦调查局的。"

"不行,"洛蕾尔马上说,"不能找联邦调查局的人。"

"为什么?"塞利托问。

"消息可能会泄露到NIOS,这个险冒不起。"

萨克斯反驳说:"弗雷德的专长是卧底工作。只要我们让他保密,他就绝不会走漏风声。我们需要很多帮助,而他可以接触到的信息远比犯罪信息中心和州级的刑事案件资料库多。"

洛蕾尔纠结着。她圆而苍白的脸从某些角度看还算漂亮,农家女孩的那种漂亮。她的表情有了细微的变化:是担忧、生气还是抗拒?这就像希伯来文或阿拉伯文的字母:一个极小的笔画改动就会产生完全不同的意思。

萨克斯看了她一眼,坚定地说:"我们会说清楚这案子有多敏感,他知道该怎么做。"

洛蕾尔还没来得及说什么,萨克斯就抢先一步开始给弗雷德打电话。莱姆眼看着洛蕾尔怔了一下,以为她真的会抢上前去挂断这通电话。

电话里传出空洞的呼叫音,填满了沉默的房间。

"我是德尔瑞。"他压低了声音说话,看来他正在特伦顿或者哈莱姆区之类的地方卧底,不能引人注意。

"弗雷德,我是阿米莉亚。"

"啊——哎哟,最近怎么样?有一段时间没见了。我真是何德何能,明明在我这边是私密通话,你那边竟然用免提向麦迪逊花园广场开广播?我真心不喜欢免提。"

"没事的,弗雷德,这里只有我,朗,林肯——"

"唉,林肯!上次我们打的那个关于海德格尔的赌,你可是输了啊,别忘了。我每天都查信箱,但是截至昨天都还没有支票的影子。你要记得给我打钱啊,账户是'弗雷德·不要与此人辩论哲学问题·德尔瑞'。"

"行了行了,"莱姆嘟囔着,"我会付钱的。"

57

"五十块钱哦，记得。"

莱姆说："按理说朗也应该出一部分钱，都是他怂恿我打赌的。"

"放屁，我才没有！"塞利托迅速推卸责任。

洛蕾尔好像听得一头雾水。在她不擅长的事情里，插科打诨绝对是名列前茅。

也或者她只是在气萨克斯未经她同意就打电话给弗雷德。

萨克斯接着刚才没说完的话补充道："这里还有一位律师，助理检察官南希·洛蕾尔。"

"哟，看来真是个特殊的日子。好啊，洛蕾尔大律师。码头装卸工人那案子办得不错，那次是你对吧？"

停顿。"没错，德尔瑞探员。"

"我是完完全全没想到那案子能搞定的。你知道的吧，林肯？就是南区那个乔伊·巴里拉的案子。我们找了几条联邦罪名去控告那小子，但陪审团只打算给他警告处分就算了。而我们的大律师洛蕾尔，跑去州级法院告他，最后让那小子吃了最少二十年监禁。我听说，联邦律师都把你的照片贴在他办公室的飞镖靶上呢！"

"这我管不了，"洛蕾尔生硬地答道，"我很满意那次的结果。"

"好啦，你们找我到底是什么事？"

萨克斯说："弗雷德，我们要办一个案子。情况很特殊。"

"好嘛，听你的语气，这事儿有点意思。别停，继续说。"

莱姆看到萨克斯会心一笑。弗雷德·德尔瑞是FBI最好的探员之一，联系和运用秘密线人的一把好手，一个顾家的好男人、好父亲……还是业余哲学家。他多年的街头卧底工作让他形成了独特的语言习惯，跟他的服装品位一样绝无仅有。

"嫌疑犯是你的老板，联邦政府。"

这回轮到弗雷德沉默了一下。"嗯哼。"他回道。

萨克斯再次看了看洛蕾尔，后者犹豫了一下，然后重新讲解莫里诺一案的已知情况。

平常，弗雷德·德尔瑞都是冷静而自信的，但这次，莱姆感觉他回话时带着点不寻常的担心："NIOS？他们其实真不算自己人。他们有自己的次元。我这样讲不一定是好话哦。"

他没再展开说，但莱姆也觉得大家都懂了。

"让我查几件事，先别挂电话。"接着是一阵飞快的打字声，像一大堆坚果纷纷落在桌面。

"德尔瑞探员——"洛蕾尔开口说。

"叫弗雷德就行了。还有不用操心，我已经用上所有保密措施了。"

洛蕾尔眨眨眼："谢谢你。"

"好了，刚刚找了下我们这边的文件，我们的文件……"一阵长长的停顿，"罗伯特·莫里诺，又称罗贝托·莫里诺。嗯……有一些关于美国石油钻探公司的记录……我们的迈阿密分部也曾误以为会发生恐怖袭击，但最后发现完全是虚惊一场。你们想要我这边关于莫里诺的资料吗？"

"肯定要。麻烦告诉我们，谢谢了，弗雷德。"萨克斯坐到电脑前新建了一份文档。

"好嘞，听好了。这位朋友二十多年前移民出国，平均每年只回国一次。好吧，这里应该用过去式……我看看……他的名字被列入了监视名单，但从没上过任何黑名单。他基本是光说不练，所以我们也没有特别留意他。有跟基地组织、光明之路一类的组织打过交道，但也从来没有明说过要发动袭击。"他自言自语了几句，又说道，"我这边的记录写着，官方说法是贩毒集团很有可能是本案的幕后黑手，但无法证实……啊，竟然有这个。"

他一时没说话。

"弗雷德，你还活着吗？"莱姆不耐烦地问。

"唔。"

莱姆急得叹气。

德尔瑞终于说:"这点可能有用。州里的报告。莫里诺来过,来过纽约市。四月三十日晚到的,五月二日离开。"

塞利托问:"有记录他去过什么地方,做过什么事吗?"

"没有哦。这是你们要查的了,老兄。好了,我会继续留意这案子,给我在加勒比和南美的朋友打几个电话。啊,我这里还有张照片,要吗?"

"不了,"洛蕾尔急切地说,"我们要尽量减少跟你的联系次数。我觉得最好直接打电话给我、塞利托和萨克斯警探,或者林肯。谨慎是——"

"——勇敢的前提嘛。"弗雷德故意神秘兮兮地说,"交给我完全没有问题。不过,我也问问你,你确定我们的好友还没收到风声,NIOS 那边也没有?"

"他们不知道的。"洛蕾尔说。

"啊哈。"

莱姆说:"你觉得消息泄露了?"

弗雷德没有正面回答,只是嗤嗤地笑了:"祝大家好运啦!"

萨克斯挂断了电话。

"那么,我可以在哪里办公?"洛蕾尔环顾四周问。

"什么意思?"萨克斯回得有点大声。

"我需要一张桌子,餐桌也行,不一定是办公桌。够大就行。"

"你一定要待在这里吗?"

"我不可能回我的办公室去办这个案子,不是吗?"她说得好像所有人都该知道一样,"NIOS 迟早会发现这次调查的,但我必须尽量拖延,让他们晚点发现。啊,那边看起来不错。我坐那里可以吗?"洛蕾尔指着角落里一张办公桌问道。

莱姆叫来汤姆,让他搬开一些书籍和刑事鉴定仪器,把桌子清了出来给洛蕾尔用。

"我自己带了电脑,但我还是需要专用网线和无线路由。我会在上面新建一个加密的账户。我也建议你们不要共用网络。"她看看莱姆,"你这边方便安排一下吗?"

萨克斯明显不喜欢团队里多出的这名新成员。林肯·莱姆天生特立独行,但至少在办案期间,他懂得忍耐别人的存在——当然,一点也不愉快。他对洛蕾尔的话没有反对意见。

洛蕾尔把她的公文包和沉重的律师包提上桌面,然后把文件拿出来放在桌子上,分门别类一沓一沓放好,就像大一新生入学第一天刚到宿舍,把为数不多的宝贵物件放到书桌和床头桌上,还要仔细地摆好。

她边收拾边抬头说:"啊,还有一件事,办案的过程中我需要你们尽量寻找能说明莫里诺是个圣人的线索。"

"什么东西?"萨克斯问。

"把罗伯特·莫里诺塑造成圣人。他的确说了很多煽动性很强的话,也对美国非常反感。所以我需要各位的帮助,找找他做过什么好事,比如说他的当地赋权运动。还有其他的,诸如出资建设学校啊,喂三岁小孩吃饭啊,还有他是个好丈夫和好父亲这些事例,都可以。"

"你要我们去找这些事?"萨克斯几乎是在质问了,加重的语气显示出她的难以置信。

"是。"

"为什么?"

"这样就是会更好。"好像又是对谁来说都显而易见一样。

"啊?"萨克斯停了停,说,"这根本不算是正式的回答。"她没看莱姆,莱姆也不想她看过来。萨克斯和助理检察官之间的紧张氛围根本无须外力帮助,已经接近引爆点了。

"一样是为了说服陪审团。"洛蕾尔瞥了一眼刚刚帮忙说过话的林肯,"我需要展现他积极正面、品质高尚的形象,到时候对方肯定会把他描述成一个恶徒,就像律师为强奸犯辩护的时候,会说是女受害者穿着太暴露,并且主动调戏和勾引被告。"

萨克斯说:"这两个场景之间区别可大了。"

"有吗?我倒是不太觉得。"

"调查工作的重点难道不是查出真相吗?"

洛蕾尔想了一会儿来消化这句话。"如果官司打不赢,那要真相何用?"就这样,对她来说这个话题就结束了。她对大家说:"而且我们办事必须快,非常快。"

塞利托说:"对,NIOS 随时可能发现情况。证据会被他们处理掉的。"

洛蕾尔说:"那是当然,不过我不是指这个。你们仔细看看那份暗杀令。"

大家一同看过去。刚开始莱姆还没注意到什么,但很快他就想通了:"'序列',是吗?"

"没错。"检察官说。

她接着说:"到现在,我都还找不出任何关于这位拉希德的信息,身份、所在地都不知道。他的击杀室可能是在也门的某个茅草屋,也许是因为他在那里卖核武器的零部件。不过,看梅茨格的疯狂劲儿,也许地点是康涅狄格州一个普通家庭住址,而拉希德只是在博客上批判关塔那摩监狱,或是辱骂总统。但起码我们明确知道 NIOS 准备在周五前杀掉他。到时候受到连带伤害的又会是什么人?他的妻儿?某些无辜的路人?我希望在出这些事之前抓到梅茨格。"

莱姆说:"那也不一定能阻止暗杀啊。"

"对,但这起码能给 NIOS 和华盛顿那边一个警告,就是有人会严密地监督他们。他们可能会推迟行动,然后找独立的机构重新审查特勤令,看看到底是否合法。但只要梅茨格一天大权在握,这些事就一天不会发生。"

跟律师在法庭上准备总结陈词一样,洛蕾尔踏前一步,动作夸张地点了点特勤令:"还有这些数字,8/27、9/27,这些可不是日期,

| | |
|---|---|
| 密·最高机密·最高机密·最高机密·最高机密·最高机密·最高<br>特勤令<br>序列 ||
| 8/27<br>任务：罗伯特·A.莫里诺<br>　　NIOS 编号：ram278e4w5<br>出生：4/75，新泽西<br>完成期限：5/8 · 5/9<br>核准：<br>　级别二：可<br>　级别一：可<br>附带文件：详见"A"<br>重复确认：需要<br>行动密码：需要<br>CD：可，但尽量降低<br>细节：<br>　指派专员：唐·布伦斯，击杀室。<br>　巴哈马群岛，南湾旅社，<br>　一二〇〇套房<br>状态：结案 | 9/27<br>任务：阿尔·巴拉尼·拉希德<br>　　NIOS 编号：abr942pd5t<br>出生：2/73，密歇根<br>完成期限：5/19 前<br>核准：<br>　级别二：可<br>　级别一：可<br>附带文件：无<br>重复确认：不需要<br>行动密码：需要<br>CD：可，但尽量降低<br>细节：待续<br>状态：进行中 |

这些是任务序号，也就是被害者。莫里诺是第八个，而拉希德将会是第九个。"

"一共二十七个人……"塞利托说。

"这是一周前的情况了，"洛蕾尔这次毫不犹豫地答道，"谁知道现在一共有多少呢？"

# 11

里夫·梅茨格办公室的门前出现一个人，冷静沉稳，有耐心，像个幽灵。

"你可算来了，斯宾塞！"

这位是NIOS的行政主任，也是梅茨格的左膀右臂。他本来在天高气爽的缅因州休假，悠闲地待在宁静的湖岸，却被梅茨格一则突如其来的加密短信召回。他没有犹豫，直接中止休假回来。即使他有因此发过脾气（这很有可能），现在也没有流露出任何情绪。

那样做有失妥当。

乱发脾气很不体面。

斯宾塞·博斯顿是老一辈人，身上有着稍稍褪色的风雅。他的面孔像慈祥的祖父，皱纹像括号一样围绕着紧绷的嘴唇；他波浪般的头发仍然很浓密，只是已全部变白。他比梅茨格大十岁，举手投足间散发着极度冷静和理性的气息。跟那位魔法师一样，斯宾塞也没有情绪控制问题，心里不会有"浓烟"的侵扰。他走进梅茨格的办公室，自觉地关好门，切断了窥探和窃听的可能，最后在梅茨格对面坐好。他一言不发，但眼睛已经瞄到了局长手里的深红色手机。这手机极少被拿出来使用，从未离开过这栋大楼。它之所以是深红色，只是因为当时厂家只有这款可以提供，与其绝密的性质没有必然联系。梅茨格心里叫它"神奇手机"。

梅茨格这时才发现自己握手机太用力,手指都开始疼了。

他把手机放好,对斯宾塞点点头。自梅茨格接任局长以来,两人已共事数年。前一任局长退休后被卷入政治旋涡,最后消失得很狼狈。

"谢谢你能赶回来。"梅茨格短促而生硬地说,似乎是觉得有必要提一嘴毁掉别人假期的事情,以示歉意。"浓烟"对他的影响是多方面的,比如说会搅乱他的心智,使他在即使不生气的时候也不擅长做出正常人的举止。人在受病痛折磨时,总是会紧张警惕。

爸爸,你还……你还好吗?

我没事,我不是在笑吗?

算是吧……但你笑得,有点不自然。

行政主任斯宾塞·博斯顿换了一下坐姿,椅子被弄得吱呀作响——他可不是身材瘦小的人。他用一个大塑料杯喝着冰红茶,抬了抬眉头。

梅茨格说:"我们内部出了泄密的。"

"什么?不可能。"

"已经证实了。"梅茨格向他解释了目前的情况。

"不会吧,"博斯顿喃喃地说,"那你准备怎么办?"

梅茨格把难题又还给对方:"我想让你帮我找到谁是泄密者,不管用什么方式都可以。"

小心点,他提醒自己。这样完全是被愤怒控制,是"浓烟"在代替他讲话。

"有谁知道这事?"博斯顿问。

"哼,他知道。"梅茨格朝"神奇手机"使了个眼色。

一听就懂。

魔法师。

博斯顿皱了皱眉,他也感到棘手。之前他在政府的一个情报机构工作时,是一名优秀的管理者,把手下的特工运筹得很好。当时他在中美洲（是他自愿前去的）一些支点国家工作，比如巴拿马。而他的特长就是策划和影响政权的更迭。那里才是属于他的环境，而非国内政治圈。但他心里也清楚，如果没有华盛顿方面的支持，最惨的情况下，他和他的手下会被吊起来示众，最后被晒干死去。有很多次，他被革命军、叛乱分子或是毒枭俘房，经历过拷问，还有传言说他受过酷刑拷打，但他从不提起那些事。

不管怎样，他都撑过来了。回到华盛顿之后，虽然受到完全不一样的威胁，但他还是能用同样的技巧自保。

博斯顿抬手抚着自己的头发——头发虽然灰白，但还是让人羡慕——等待梅茨格继续说。

梅茨格开口道："他——"还是指魔法师，"知道了调查的事，但他没提到过泄密的事情。我认为他还不知道。我们一定要赶在他们收到风声之前揪出这个叛徒。"

博斯顿继续静静地小口喝着茶，但脸上的皱纹更密了。要是他去演出色的老掮客一类的角色，肯定能跟唐纳德·萨瑟兰竞争。而梅茨格自己，虽然比对方年轻不少，却头发稀疏，形容枯槁。他猜自己看起来就像一只黄鼠狼。

"你说呢，斯宾塞？特勤令怎么会被泄露出去？"

他往窗外看了看。从博斯顿的位置是看不到哈得孙河的，只能看到其他大楼玻璃幕墙反射的大片阳光。"我估计最有可能是佛罗里达的某个人，接下来应该是华盛顿方面。"

"得克萨斯州或者加利福尼亚州呢？"

博斯顿说："我觉得不是。虽然他们会收到特勤令的复印件，但除非他们有专员接到任务，不然都不会打开文件来看……另外，虽然我也不愿意这样说，但我们不能完全排除自己办公室里的人。"他朝门外转转头，意指 NIOS 总部全体员工。

的确。如果真的是这里面的一名同事出卖了他们，那可真是让人非常悲愤。

博斯顿继续说:"我去跟信息技术安全员检查服务器、备份文件和扫描仪,让有下载权限的人接受测谎。我还可以在脸书网页上设置自动搜索机器人,来一次地毯式搜索。不,不只是脸书,还要加上博客和我能想到的所有社交媒体,查找有权限看到特勤令的人有没有在网上发表过批判政府的言论,或者是诋毁我们任务的言论。"

任务。杀掉坏人。

博斯顿的计划很合理,梅茨格很佩服。"很好,任务繁重啊。"他又望向窗外远方,看到一名工人在大楼外的悬吊平台上清洁外墙,跟往常一样,马上又想起了"九一一"事件中跳楼丧生的人。

"浓烟"马上在他的肺里扩散开来。

深呼吸……

把"浓烟"驱走。但他做不到。因为,在那个可怕的日子,那些无助的人根本无法呼吸。他们的肺部灌满了黑烟,而产生黑烟的大火只差几秒就要吞噬他们的生命。烈火席卷了十二平方英尺大的办公室,只留下一条路让他们选择:跳出窗外,摔向这辈子最后一片水泥地面。

梅茨格的手又抖了起来。

他留意到博斯顿正关切地看着自己,于是装作随意地挪了挪桌上他跟孩子们骑马玩的合照。那时候,精密的透镜组在相机镜头里,帮助记录下了珍贵的亲子回忆;但在另一些情况下,透镜则装在瞄准镜里,会指引子弹击穿人的心脏。

"警方有掌握任务完成的证据吗?"

"我想没有,状态那里只标注了'结案'而已。"

暗杀令只会写这么一点内容——完成某项任务的指引。不会有任何书面文件提及确切的暗杀任务真的已经完成。若被盘问,标准应对程序就是否认、否认和拼命否认。

博斯顿问:"我们有没有做什么——"

"我打电话通知过一些人了。唐·布伦斯当然已经了解情况了。

还有另外一个人也知道了。我们……正在努力处理。"

正在努力处理……这模棱两可的语气,听着有点像魔法师。

斯宾塞·博斯顿除了白发傲人,在间谍工作方面也经验超群。他轻轻喝着茶,吸管在杯口摩擦出一点声音,有点像弓箭手把弓拉紧时的声音。"别担心,里夫,我一定会找到泄密的人。"

"谢谢你,斯宾塞,有任何发现随时打我电话。不管什么时间都可以。"

博斯顿站起来,扣好外套纽扣——这件外套有点不合身。

他离开后,梅茨格的神奇手机震了震,是监视和数据挖掘小组给他发来的信息。

已确认南希·洛蕾尔为主检察官。纽约市警察局的调查员身份也将很快查明。

看到这条消息,他心中的"浓烟"终于散去了一点。

终于查到了,起码迈出了第一步。

# 12

在拉瓜迪亚机场海空航站楼停车场，雅各布·斯万走向了自己的汽车。

他将行李放进日产轿车的后备厢，动作极其谨慎——毕竟他的宝贝刀具在里面。它们当然是不能随身携带上飞机的，只能托运。然后他重重地坐进驾驶座，边深呼吸边伸了个懒腰。

他觉得很累。大约二十四小时前，他离开布鲁克林前往巴哈马，到现在为止才睡了三个多小时，大部分还是在路上睡的，一点也不舒服。

解决安妮特比他预想的快。但抛尸后他又花了一点时间，找了一处别人烧垃圾剩下的余烬，烧掉了自己上星期入境的证据。接下来他又处理好了几件琐事，包括到安妮特的公寓去了一次，还很冒险地回到莫里诺被杀害的现场——南湾旅社。幸好，结果证明这趟去得很值。

最后，他用跟上次一样的方法离岛：从米拉斯海峡的一个码头偷渡。他认识那里的一些码头工人，这些人经常聚在一起抽骆驼牌香烟或者大麻，喝沙兹或者卡利克啤酒，当然更经常喝三B牌麦酒。业余时间，他们还会接各种特殊的活儿，非常高效，而且绝对保密。他们用小船将斯万快速地运到弗里波特，在那里会有安排好的直升机将斯万送回迈阿密南部。

加勒比就是这样，有政府海关，也有私人海关。后者专为雅各布·斯万这样有大把钱财的人（当然，斯万的开支是 NIOS 给报销）服务，把他们运送到想去的地方，而且不会被发现。

在他用刀划伤安妮特来逼供之后，确信了安妮特真的没有跟任何人提过他，一周前两人在一起时，他装作随口问起的关于南湾旅社、一二〇〇号套房、莫里诺的报表甚至莫里诺本人的事情她也没有说出去。如果有人知道了这些看似毫不相关的小事，汇总起来，可能会得出一些很有说服力的结论，那时他就危险了。

他只用他的宝贝刀子割了几次，切割、切割、切割……其实可能根本不用出动刀子，因为安妮特当时已经吓得不轻。但是雅各布·斯万是个一丝不苟的人。如果水加热得太快，你精心准备的滋滋作响的牛油面糊就会轻易毁掉，做不出美味的酱汁。而且这种事一旦犯错，就没有回头修改的机会了。一切全由几度和几秒之差决定。再说了，既然有机会练习刀法，为什么不好好抓紧呢？

他把车子驶向停车收费亭，缴费离场。在中央大道开出一英里之后，他停下来换了车牌，然后继续向位于布鲁克林的家驶去。

安妮特……

对于妓女安妮特来说，这事真是倒霉。两人相遇时斯万正在策划怎么办好莫里诺的事情，监视途中他看见莫里诺的保镖西蒙·福洛雷斯在跟安妮特打情骂俏。两人刚从同一个房间出来，根据他们的肢体语言和说话内容，斯万马上判断出他们刚刚在做什么。

啊哈，应召女郎。简直完美。

他等了一两个小时，然后装作随意地四处闲晃，发现安妮特在酒吧里，正喝着劣质的酒水，她的美色像鱼钩上的饵料，引诱着潜在的顾客。

而带着上千美元无法追踪的钞票的斯万，很乐意像一条大鱼一样游向她。

在结束了美好的鱼水之欢并享用了更加美好的晚饭后，斯万已经掌握了大量重要信息。但他那时没料到任务竟然会受到调查,所以就没有彻底清除证据和痕迹,结果又要过去一趟。

如今任务顺利完成了,他很满意。

他终于回到亨利街附近高地上的家,把车停进了小巷里的车库。进门后,他把包丢在门厅,马上去洗了个澡。

家里的客厅和两个卧室的家具都很少,多数还是不值钱的旧货,只有几件是宜家买来的新家具。整体看起来,这里和纽约市其他单身汉的家没什么区别,但有两点完全不同:第一,他的衣柜里有一个巨大的枪械保险柜,里面满是他的步枪和手枪;第二,则是他的厨房,这是一座连专业主厨也可能会羡慕的厨房。

洗漱完后他径直往厨房走去。里面尽是高级的设备:维京牌、美诺牌、凯膳宜牌、Sub·Zero牌等各色厨房电器应有尽有;还有分离式冰箱、藏酒用的冷柜和一些辐射灯烘焙器——这可是他自己发明的。厨房大部分地方用的都是不锈钢和橡木,锅具整齐地陈列在沿墙装设的玻璃柜里。有些厨房会设计垂吊式碗碟架,但用这种开放式架子放餐具的话,每次使用前又要再洗一遍,何苦呢?

斯万给自己做了一杯法式咖啡,边喝边考虑早餐做什么吃。

最后他决定做一份土豆炖肉。斯万喜欢挑战厨艺,而且自己创作了许多菜谱,这些菜谱的水平堪比赫斯顿·布鲁门达尔或戈登·拉姆斯的作品。他也很清楚,食物要做得好吃,重点不是花里胡哨。他在巴格达服役期间,每次出任务后,总会到营地的厨房,用军粮和在市集上买来的菜给战友们做饭吃。他对烹饪的态度极其谨慎又自视甚高,甚至有点过火,但从没有谁敢拿这事开他的玩笑。一是因为他做的每一顿都是绝好的佳肴;另外一点嘛,大家都知道斯万是个怎样的人。他那天很可能花了一个上午折磨俘虏,用刀切开俘虏的膝盖,逼问失踪武器的下落。

跟这样的人开玩笑,说错一句话就没命了。

斯万从冰箱里拿出一块一磅重的肋排,除去厚厚的封装蜡纸。

肉是他自己早前切好的，形状完美，切口平整利落。大概每过一个月，斯万就会购入半头牛。有商家用冷库储存这样的肉，专门供应给斯万这样的业余高级厨师。把牛扛回家后，他就会用接下来美好的半天时间，仔细把肉从骨头上剔下来，分切好牛里脊、小腿、后腿肉、肩胛肉、牛腹和牛胸。

有的人这样买牛回家是为了享受牛脑、牛肚之类的内脏，但斯万对这些部位毫无兴趣，总是将其丢弃不用。但这并不是出于道德或是情感之类的原因。斯万认为肉就是肉，除了最要紧的口味，其他事不必在意。谁不喜欢煎得又香又酥的小牛腰子？可是大部分内脏都有苦味，而且会带来一些麻烦。比如说腰子，只要煮一次，它的气味就会占据厨房，好几天都散不了；而脑子则是脂肪过多，却没什么味道（而且还含有超高的胆固醇）。所以斯万更喜欢把时间花在肉上：穿好围裙，挥舞刀具，尽全力把肉全部从骨头上剔下来，再仔细切成完美又经典的形状。对他来说这简直是一种运动锻炼，甚至是艺术。

这使他心情轻松舒畅。

我的小屠夫……

他把肋排放到砧板上——他从来都只选用木砧板，因为其他材质会损伤刀锋——用手轻轻抚着肉块，感受着肉的紧致和纹路，感受着脂肪。

切肉前，他细心地洗干净爱刀，再用丹氏黑硬阿肯萨斯磨刀石把刀磨锋利。磨刀石的价格跟这把刀不相上下，但它简直是这个星球上最好的磨刀石，所以很值。早些时候，他把安妮特压在身下拷问时，用刀子划过她的舌头和手指，不慎刮到了她的骨头，所以现在需要把刀重新打磨到完美状态。

终于磨好刀后，他开始处理肋排，将其切成边长四分之一英寸的小方块。

他其实可以切大块一点，这样也可以快点完工。

但既然是在做自己喜欢的事，干吗要赶时间？

切好后，他给肉块裹上鼠尾草跟面粉混合的调料（这是他给经典菜谱做出的一个小改良），然后放到铸铁锅里煎熟，在肉中心还微微泛红的时候盛出备用。接着他切了两个红土豆和半颗甜洋葱，放到锅里用油炒至断生，把肉块重新放回锅里，加入一点小牛高汤和切碎的意大利香芹，最后再把整锅料理放进烤箱里烤。

几分钟后，菜便出炉了。他往菜里撒上一点盐和胡椒，配上几块迷迭香司康饼，端到餐桌上，坐下来美滋滋地享用。名贵的柚木餐桌位于广角窗前，那里风景极好。司康饼是他前几天就烤好了的，他感觉放了几天之后，香料跟手磨面粉互相融合得到升华，味道更好了。

斯万跟往常一样文雅地慢慢吃着。对于吃饭狼吞虎咽的人，他心里充满近乎鄙视的不屑。

刚一吃完，他就收到了一封电子邮件。看来里夫·梅茨格强大的国家安全情报机器正一如往常地高效运转着。

已收到你的消息，很高兴知道今天的任务成功了。

你需要削减/消除的累赘：

一、了解特勤令的证人和盟友——建议彻查莫里诺四月三十日到五月二日访问纽约的行程。

二、已确认南希·洛蕾尔为领头检察官，纽约市警察局调查员身份也将查出。

三、泄露特勤令的人。已经有人在追查此人，你或许有其他方法查明，根据你的判断行动即可。

斯万给技术部的人打了个电话，请他们帮忙挖一些数据。然后他戴上厚厚的黄色塑胶手套开始洗碗。洗锅时，他用盐巴用力地搓洗，然后用热油浇烫。铸铁的炊具绝对不能碰到肥皂或者水。接着，他用极烫的水刷洗碗碟和刀叉。他很享受这个过程，皆因看着窗外花园里那棵银杏树时，他的思考质量是最高的。银杏是一种很有趣的东西，亚洲人会拿它来做菜，比如做日式蒸蛋时就会放一颗银杏在中央。但要是食用过量，这小东西就会产生剧毒。当然，吃饭本来就有风险。谁敢保证自己吃的东西里绝对没有沙门氏菌或者大肠杆菌？另外，斯万在日本吃过河豚，这种鱼因其内脏有剧毒而恶名远扬。他不怎么喜欢，不是因为担心有毒（毕竟受过训练的厨师完全可以把毒去除得干干净净），而是因为觉得味道太淡了，不合他的口味。

刷洗，刷洗，洗净金属、玻璃和瓷器表面任何残留的食物残渣。同时努力思考。

因为暗杀令已经不再是秘密，要是除掉相关的证人，肯定会给NIOS等机构招来更多怀疑。这点很棘手。在其他状况下，他可以很轻松地制造一些"意外"来让目标惨死，或是虚构一些人物，让他们背黑锅，就像梅茨格声称是贩毒集团暗杀了莫里诺一样，他可以说是一些囚犯出狱后，找以前逮捕和起诉自己的警察和检察官寻仇。

但这些方法现在行不通。斯万能做的只有他最拿手的：在梅茨格尽力否认特勤令存在的同时，保证消除一切证据，确保他这次"清洁工作"不会被查出跟莫里诺案的关系，也不会被查到与NIOS的联系。

他肯定能做好。雅各布·斯万是个一丝不苟的人。

而且，他也必须消除这些威胁，因为NIOS做的工作太重要了，他绝不能让NIOS受到任何伤害。

斯万一边想着，一边用厚厚的抹布擦干洗好的餐具，严谨得像在手术后给病人缝针的医生。

# 13

## 罗伯特·莫里诺凶杀案

**犯罪现场一**

- 巴哈马群岛，新普罗维登斯岛，南湾旅社，一二〇〇号套房（击杀室）。
- 五月九日。
- **被害者①：罗伯特·莫里诺。**
  - 死因：枪击，细节有待补充。
  - 备注：三十八岁，美国公民，旅居海外，居于委内瑞拉。反美情绪强烈。绰号"真理的信使"。
  - 四月三十日至五月二日于纽约市逗留三天。目的？
- **被害者②：爱德华多·德·拉·鲁亚。**
  - 死因：枪击，细节有待补充。
  - 备注：记者，案发时正对莫里诺进行采访。出生于波多黎各，居于阿根廷。
- **被害者③：西蒙·福洛雷斯。**
  - 死因：枪击，细节有待补充。
  - 备注：莫里诺的保镖。巴西国籍，居于委内瑞拉。

- 嫌疑人①：**史锐夫·梅茨格**[①]。
  - 国家情报特勤局局长。
  - 情绪不稳？疑有狂躁倾向。
  - 通过篡改证据，非法授权通过特勤令？
  - 离异，有耶鲁大学法律学位。
- 嫌疑人②：**狙击手**。
  - 代号：唐·布伦斯。
  - 情报部门在查找相关资料。
  - 已获得声纹样本。
  - 犯罪现场报告，尸检结果等细节有待补充。
  - 谣言称案件为贩毒集团所为，可能是假消息。

**犯罪现场二**

- 唐·布伦斯的狙击点，离击杀室两千码，位于巴哈马群岛新普罗维登斯岛。
- 五月九日。
- 犯罪现场报告有待补充。

**补充调查**

- 调查泄密者身份。
- 泄密者身份不明。
- 通过邮件寄送。
- 已联系纽约市警察局计算机犯罪调查组；等候结果。

  阿米莉亚·萨克斯双手叉腰，看着白板上的内容，思索着。

---

①史锐夫是里夫的全名。

她注意到莱姆只是略略瞥了一眼她记在白板上的笔记，并不感兴趣，因为莱姆办案时最看重的是物证。在搜集到物证之后，他才会注意白板上的内容。

这时屋里只有萨克斯、洛蕾尔和莱姆三人。朗·塞利托回了下城，准备从比尔·迈尔斯警督的手下挑选一批精兵，负责搜查和监视工作。出于保密考虑，洛蕾尔不想简单地调派普通的巡警。

萨克斯不喜欢坐着不动——过去几小时里她就一直坐立不安。由于没别处可去，她的坏习惯又压不住了：她狠狠地抠自己的指甲，又把头皮抠到流血。出于天性，她忍不住想走动，想出门，想开车。她父亲跟她说过一句话，她一直奉为圭臬：

只要你保持移动，别人就抓不住你……

这句话对于赫尔曼·萨克斯来说有很多意义。首先当然是因为父女俩的职业：警察。赫尔曼当巡警时巡逻的区域是堕落街[①]和时报广场一带，彼时城里的谋杀犯罪率正处于历史最高峰，想活命的话，脚步要快，观察要快，脑子也要动得快。

在生活方面也一样。保持移动……尽量缩短自己作为受害目标的时间，无论伤害来自爱人、上司还是敌人。他经常念叨这些话，直到他去世（有些东西还是注定逃脱不掉的，比如自己日渐衰老的身体）。

但所有案子都需要背景调查和书面工作，本案尤其如此。因为犯罪现场远在天边，证据难以搜集，所以萨克斯只能待在室内，逐份检查文字资料、通过电话秘密调查，苦闷得像在坐牢。她在白板和自己的座位之间来回踱步，心不在焉地抠着指甲，抠痛了，她没在意；资料染上了血迹，她也没管。

她坐立不安有一部分是因为"工头"在场，这是萨克斯在心里给南希·洛蕾尔起的外号。按萨克斯的习惯，工作的时候无论被谁

---

[①]纽约第七大道和第八大道间的第四十二街。

盯着,即便是自己的上司,都会令她觉得很不舒服——而且作为一名三级警探,她可是有一大堆的上司。洛蕾尔现在简直像在这里安家了,她的两台高级笔记本电脑高速运行着,另外还有很多厚厚的档案不停地被送进来。

她接下来不会带张行军床过来住下吧?

洛蕾尔本人倒是十分适应,照常毫无笑容,神情专注。她潜心研读资料,把键盘敲得噼里啪啦响,用极小又很工整的字迹做着笔记。一页一页的资料陆续被她审阅、标记和整理。她看完电脑上的文件后,要么就作废处理,要么打印出来,归到梅茨格一案的档案里。

萨克斯又在座位和白板之间往返了一次,想着从莫里诺最后一次来纽约的行程里可以查到什么。她已经查了很多旅店和汽车出租公司,打了很多电话,只有其中三分之二能跟服务人员对上话,其余都是无人接听,最后转到语音留言。

她看看房间对面的莱姆。莱姆也在打电话,想争取巴哈马警方配合调查。看他的表情就知道运气也很差。

这时萨克斯的电话响了,是纽约市警察局网络犯罪调查科的罗德尼·萨内克打来的。虽然莱姆是比较传统的证物鉴定专家,但近年来他跟萨克斯办案时,越来越多地需要跟这个小组合作。因为电脑和手机会保留大量极有价值的证据,而且似乎永远消除不了,常常成为破案的关键。萨克斯猜萨内克应该是四十几岁,但很难确定,因为他的气质让人感觉他很年轻:整天披头散发,把T恤和皱巴巴的牛仔裤当工作制服,而且对"盒子"有着狂热的爱——"盒子"是他对电脑的称呼。

还有他迷得上瘾、又吵又难听的摇滚乐——从电话背景里可以听到,正在大声播放。

"哎,罗德尼,"萨克斯说,"你介意把音乐声调小一点吗?"

"抱歉。"

萨内克是找到那位泄密者的关键。他正在往前追溯那封泄密邮件的来源，试图查出邮件发送时那台设备所在的位置。

"这事可费时间了。"他说，背景里的音乐低低地轰鸣着，"邮件通过代理服务器绕了半个地球，不对，应该是绕了地球一整圈。目前为止我从地方检察官的办公室追溯到了台湾一带，又再往前查到罗马尼亚。跟你说啊，那些罗马尼亚人可不配合了。但我还是查到了他'盒子'的一些信息，他想耍手段还击，但是弄巧成拙了。"

"你是说你查到他电脑的牌子了？"

"也许吧。其实是查到了他的代理使用者字符串……呃，你知道这是什么吗？"

萨克斯坦诚地说不知道。

"这是一种信息，你的电脑联网时会发给路由器、服务器和其他电脑。只要愿意，任谁都能查到你电脑的操作系统和浏览器。好了，我查到你们那位泄密者的电脑装的是苹果电脑的 OS9.22 操作系统和 IE5 浏览器。这些都是老古董产品了。我认为这绝对大幅缩小了范围。我猜他用的是 iBook 笔记本电脑，这是第一款装有内置天线的便携式苹果电脑，方便使用者连接 Wi-Fi，无须借助额外的调制解调器和服务器。"

萨克斯还真没听过这种电脑。"你说的旧是有多旧啊？"

"十年以上。可能是给现金买的二手货，以避免被人调查。这点就是他耍聪明的地方，但他没想到我还能查出他电脑的牌子。"

"这电脑大概什么样子？"

"运气好的话，它应该是贝壳形翻盖机，双色配色，一般是白色搭配某种鲜亮的颜色，比如绿色、橙色之类的。形状就跟名字一样。"

"贝壳形状。"

"没错，圆边的。另外还有一种型号，是长方形的，石墨黑，方方正正的。但这种电脑很大一台，比现在的笔记本电脑厚将近一倍，你一眼就能认出来。"

"太好了,谢谢你,罗德尼。"

"我会继续查路由器,罗马尼亚人迟早要投降。到时候看我怎么谈判了。"

说完他又把音乐声调大,挂断了电话。

萨克斯抬头一看,洛蕾尔正看着她,脸上没有什么表情,却又似乎透着很强的询问之意。她怎么做到的?萨克斯把通话内容跟另外两人说了,莱姆没有多大反应,回去继续听他的电话,但没有说话,萨克斯估计是对方让他等着。

洛蕾尔倒是点点头——颇有点赞许的意味,然后对萨克斯说:"你能不能把这些记下来然后发给我?"

"哪些?"

洛蕾尔停顿了一下:"就是你刚刚说的关于追踪和电脑牌子等内容。"

萨克斯朝白板一指说:"我正准备写到白板上呢。"

"我比较喜欢把全部事情都及时记录归档。"助理检察官毫不相让地拍拍自己的那堆文件,"如果你不介意的话,帮个忙?"

她把礼貌用语当成随意指使别人的工具来用。

萨克斯其实很介意,但她懒得争了,于是把刚刚通话的要点输入电脑。

洛蕾尔说:"谢谢你了。你发一封邮件给我就行,我自己打印。记得用安全服务器发哦!"

"我知道。"萨克斯窝火地发了邮件。她感觉洛蕾尔这些讨厌的细节并没有影响到莱姆。

她的电话又响了。她看了看来电显示,有点惊讶。

终于有扎实的线索了。来电的是精英礼宾车服务公司的一名秘书。早些时候萨克斯致电十多家类似的公司,询问罗伯特·莫里诺是否曾在五月一日使用过他们的服务,现在查出来了。秘书告诉她,莫里诺叫了车,但是选的是"后提供地址"一项,就是说他在上车之后才告诉司机自己要去哪里，公司系统里面便没有行程路线的记录。但这位秘书还是提供了司机的身份信息和电话号码。

萨克斯马上联系司机，表明身份后问他是否能前去拜访，了解案件相关情况。

司机说话口音很重，萨克斯听得很费力，但他同意让她登门拜访，并提供了地址。萨克斯起身，拿上外套就要走。"查到莫里诺五月一日在纽约时给他开车的司机了，"她对莱姆说，"我现在去找他问问情况。"

洛蕾尔急切地说："要不你走之前先把德尔瑞探员那边的新消息写下来？"

"等我回来马上就写。"

她注意到洛蕾尔愣住了。这次，不愿意争斗的人换成了洛蕾尔。

# 14

在以往，案子办到这个阶段，莱姆就会请来最好的刑事化验专家梅尔·库柏协助分析证物。

但如今手边根本没有证物可供分析，叫他来也无济于事，所以莱姆只是通知了他一声，让他随叫随到。这话的意思就是到时候只要一通电话，梅尔就必须直接奔来实验室，任何事情必须丢下，除非他是在接受心脏手术。

现在看来，梅尔是不需要紧张了。莱姆还在继续他奋战了一上午的任务：试图拿到莫里诺枪击案的哪怕一点点物理证物。

他现在是第四次被人说"稍等"了，对方是皇家巴哈马群岛警察拿骚警察局。终于，对面有人说话了："你好，请问有什么可以为您效劳的吗？"是一个低沉甜美的女声。

可算是接通了。尽管又要从头解释一遍，他还是努力压抑自己的烦躁："我是林肯·莱姆警督，隶属于纽约市警察局。"他懒得再说"顾问"之类含混不清的话了，不然解释起来又复杂又显得不可信。他之前让塞利托给了他一个非正式的编制，如果有人打电话去警察局确认，这就可以派上用场（他倒是希望遇上这样的人，因为这种人多数是最后能办成事的）。

"纽约，好的。"

"我希望能跟你们那边证物分析部门的人通话。"

"犯罪现场,对吗?"

"是的。"莱姆想象着,这个女人大概是一个懒懒散散、又不太聪明的典型公务员,坐在落满灰尘的办公室里,没有空调,只有一把慢慢转着的小风扇。

这样揣测别人大概不太妥当。

"不好意思,您说哪个部门来着?"

看来刚刚的推测基本是对的。

"证物分析部门。找一位主管,这是有关罗伯特·莫里诺命案的。"

"好的,您请稍等。"

"不要,麻烦你……等一下!"

咔嚓一声,电话挂断了。

妈的。

五分钟后,他打过去的电话又被同一个女人接起来了,但对方似乎已经不记得他了。或者她只是装作忘了。他重申了请求,而且这一次他灵感爆发,加了一句:"抱歉要一直催你,只是我这边电话要被媒体打爆了。如果我不了解情况,没法跟他们对线,就只能把他们转接给你了。"

这只是临场发挥,他完全不知道这样"威胁"会有什么作用。

"媒体记者?"她半信半疑。

"CNN、ABC、CBS 和 FOX 等,全都有。"

"我明白了,好的,先生。"

看来这计谋起作用了,因为这次莱姆只等了三秒钟。

"你好,我是波提耶。"一个男人在电话另一头说,声音低沉悦耳,英国口音,但有点受加勒比口音影响。莱姆能听出来可不是因为他去过加勒比,而是因为他把很多加勒比地区的人关进了监狱。牙买加的黑帮甚至比意大利黑手党更凶残。

"你好,我是纽约市警察局的林肯·莱姆。"他本来还想加一句"无论发生什么情况都别他妈再叫我稍等了",但还是忍住了。

这位巴哈马警察谨慎地答道:"啊……你好。"

"你是哪位?是波提耶警官吗,我有听错吗?"

"我是米夏尔·波提耶警官。"

"那你是犯罪现场调查组的吗?"

"不,我是莫里诺枪击案的调查负责人。等等……你说你是林肯·莱姆?莱姆警督?天啊。"

"你听说过我?"

"我们图书馆里有一本你写的证物鉴识书,我读过。"

这大概能争取来一点点合作。不过,波提耶并没有说他喜不喜欢那本书,也没说书的内容有没有用。在那本书最新的版本里,作者简介提到莱姆已经退休了,幸运的是波提耶似乎还不知道。

莱姆开始说明情况。他告诉对方,纽约方面认为莫里诺案跟美国这边有关系,但他没提到梅茨格和NIOS。"对于这件案子我有很多疑问,你现在有时间吗,我们谈一谈?"

电话那头停顿了好一会儿,简直可以媲美洛蕾尔:"怕是不行,长官。莫里诺案现在已经停摆了,有些情况……"

"不好意思,你说什么,停摆?"一周前发生的未结案的凶杀案,现在本该是调查最紧张的阶段,怎么就停摆了?

"是的,停摆了,警督。"

"为什么?你们抓到嫌疑人了吗?"

"没有,长官。首先,我不清楚你说的跟美国有关系是指什么。案子是委内瑞拉一个贩毒集团的成员犯下的,这基本已经确定了。我们要等收到委内瑞拉政府的新消息之后,才会采取下一步行动。而我个人还有更紧急的事情要处理。有一个半工半读的学生刚刚失踪了,是个美国女生。呃,这种案子在这边时不时会发生。"但他马上又为自己国家辩护,"其实还是很少的。极少。你知道的,长官。一个漂亮的女学生失踪了,媒体就大肆报道,像秃鹰扑向腐肉一样。"

媒体。这就是莱姆刚刚成功打通电话的原因,他的虚张声势触到了某个痛处。

波提耶警官继续说道:"我们这边强奸案比纽瓦克和新泽西都少,少得多。但女学生失踪案会引来极大的关注。我还要说一句——没有冒犯您的意思——贵国的新闻媒体是说话最不公道的。还有英国媒体。但因为这次失踪的是美国学生,所以会是CNN这批媒体闹得最凶。像秃鹰。不好意思。"

他在没话找话,扯开话题,莱姆听出来了,赶紧插嘴道:"警官——"

"特别不公道。"波提耶重复道,"一个学生从美国来了我们这里,她可能是来度假或是学习一个学期。但出了什么事都是我们的错。那些媒体总是很恶毒地诋毁我们。"

莱姆耐心尽失,要咬紧牙关才能保持冷静:"我们回到原来的话题吧,警官,回到莫里诺的案子行不行?我们很确定贩毒集团与本案无关。"

波提耶沉默了,跟他刚刚叽里呱啦扯的一大堆话形成强烈对比。然后他回答说:"呃,我目前的工作重心是找到失踪的女学生。"

"我现在不关心那个学生的事!"莱姆生气地说,可能这样说很不好,但他现在确实不关心。"罗伯特·莫里诺,麻烦你。的确是跟美国有关系的,我正在调查。而且还有一些紧急情况。"

任务:阿尔·巴拉尼·拉希德(NIOS编号:abr942pd5t)

出生:2/73,密歇根。

"序列"里的下一个人,"拉希德",到底是谁?莱姆感觉调查根本无从下手。他估计,这人不会只是康涅狄格州某个无辜的父亲这么简单。但他也同意洛蕾尔的说法,无论那人是谁,都不应该基于错误或伪造的信息而被暗杀。

完成期限:5/19前……

莱姆继续说:"我想要一份犯罪现场调查报告的复印件,现场的照片和狙击手开枪地点的照片，尸检报告和实验室分析报告。所有相关文件。还有你们能查到的，有关'唐·布伦斯'的资料，他在案发前后在岛上活动的所有记录。这是那名狙击手的假身份。"

"呃，其实我们还没有拿到最终的报告。只有一些笔记，但不完整。"

"不完整？"莱姆喃喃地说，"案子五月九日就发生了啊？"

"应该是吧。"

应该？

莱姆突然感到一阵担忧扎进胸膛："现场应该已经搜查过了吧？"

"查过了，这是自然。"

好吧，这听着还算是让人放心。

波提耶说："莫里诺先生被害的第二天我们就着手搜查了。"

"第二天？"

"是的，"波提耶犹豫了，看来他似乎知道自己说错话了，"我们那天有别的事……同一天里的另一个案子。一位有名的律师在办公室里被杀害，财物被洗劫一空。这案子当时要优先处理。莫里诺先生不是本国公民，但那位律师是。"

有两种情况会使犯罪现场对调查者的价值急剧下降。一种是进出现场的人——包括粗心的警方人员——对其造成污染。另一种就是时间的流逝。有很多可以用于确定嫌疑人身份，甚至定罪的证物，会在几小时内蒸发掉，而且是字面意义的蒸发。等过一天再去搜查犯罪现场，能找到的关键证物可能只剩一半不到。

"现场还封锁着吗？"

"是的，长官。"

这点还不错。莱姆用自认为足够严肃的语气说："听着，警官，我们现在参与这项调查的原因，是因为我们认为杀害莫里诺的人还准备继续杀人。"

"真的？你们真这么想？"他有点担忧，"还在我们这边？"

"这个我们还不确定。"

这时,那边有人跟波提耶说话。波提耶用手盖住了话筒,莱姆听不清那边在说什么。不久,他回到线上说:"我可以记下你的电话号码,警督。如果我们查到什么,我就给你打电话。"

莱姆紧了紧下巴,把号码报给对方,问道:"能麻烦你再搜查一次现场吗?"

"不好意思,长官,您在纽约拥有的资源远比我们多。而且说实话,这些事开始让我有点吃不消了。这是我第一次调查凶杀案。外国社会活动家、狙击手、高级度假村——"

"第一次办凶杀案?"

"呃,是的。"

"警官,没有不尊重你的意思,"莱姆也被惹得说了这句话,"我能跟更高级的负责人通话吗?"

波提耶说:"等我一分钟。"语气听起来没有生气,话筒又被盖住了。莱姆只听到只言片语,大概是"纽约""莫里诺"之类的。

很快波提耶回来跟他说:"抱歉,警督,我的上司现在没空。但我已经记下您的号码了,我一查到更多消息就马上给您回电。"

莱姆感觉自己只剩最后一次机会了:"再跟我说一件事,你们有找到弹头吗?"

"有一颗,还有——"他突然停住,"呃,我不确定。请原谅,不过我现在要挂电话了。"

莱姆急忙说:"那颗子弹,是重要的证物,你告诉我——"

"子弹是我记错了,我必须挂断了。"

"警官,你当警察之前是做什么工作的?"

又一阵停顿。"工商执照稽查,长官。再之前是交通部的。"

电话挂断了。

# 15

雅各布·斯万驾着他的灰色日产阿蒂玛驶过一座房子，房子的主人是罗伯特·莫里诺的专车司机。

技术人员早些时候联系了斯万。他们得知莫里诺五月一日在纽约时叫过精英礼宾车服务公司的车，而且每次都指定同一个司机，这人名叫弗拉德·尼科洛夫。作为莫里诺的御用司机，他或许掌握着一些调查人员想要知道的信息。斯万要保证调查人员无法得到这些信息。

他迅速用预付款的手机给司机家里打了一通电话，对方接起来后斯万马上说"不好意思，打错了"，借此确定了司机在家。司机说话有浓重的俄罗斯或是格鲁吉亚口音，声音昏昏沉沉的，估计他昨晚值晚班。很好，短时间内他不会出门了。但斯万知道还是必须迅速行动。虽然警方不能像他的部门一样不受限制地搜查数据，但他们迟早还是会查到司机的身份。

斯万下了车，伸展了一下身体，观察着四周。

很多专车司机住在皇后区，因为曼哈顿的停车场状况实在可怕，房价也非常高。还有，专车服务经常要跑拉瓜迪亚机场和肯尼迪机场，而这两者都位于皇后区。

弗拉德·尼科洛夫的房子样式普通，但打理得很好。最近气温宜人，春雨连绵，花园里的植物长势良好，环绕着米黄色砖墙的小平房。草坪修剪过，通向房门的石板路最近一两天也打扫过，甚至可能搓洗过。院子中央有两株黄杨木丛，也经过了精心修剪。

信息部门查过尼科洛夫的账单信息、用电情况、食物购买情况和其他琐碎的信息，可以看出四十二岁的他是独自居住。这对于俄罗斯或者格鲁吉亚移民来说很不常见，因为他们通常热衷于组成家庭。斯万心想，可能他在他的祖国有家庭吧。

不管怎样，他独居对斯万大有好处。

他徒步经过房子，朝窗内瞥了一眼，里面拉着薄薄的蕾丝窗帘。也许尼科洛夫有个女朋友，偶尔会来一次。俄罗斯男人不像是会买蕾丝制品的类型。如果屋里还有其他人的话会很麻烦。斯万并不在意把她也杀了，但是一次死两个人会引起更多的注意，也会更快地把警察吸引过来，更不用说媒体的疯狂报道了。他希望司机的死保密得越久越好。

斯万走到街区尽头，迅速掏出一顶白帽子戴上，又把外套脱下来，里外一反，重新穿上。目击证人通常只会记得上身和头上的衣物。如果现在有人朝这边看，只会记得有两个人路过这栋房子，而不是同一个人走了一个来回。

任何一丝怀疑都要尽量避免。

这一趟他没看目标房子，而是在看街上的车子和附近的房子。显然没有警方的巡逻车，也没看见不带标识的警车。

斯万走到尼科洛夫房子的正门，从背包里掏出一根六英寸长的管子，里面塞满了铅制的小珠子。他用右手握住这根管子，形成一个强有力的拳头。握着这个，在他击打受害者的时候，就不怕手指会因为击中骨头之类坚硬的东西而骨折了。之前他受过教训：有一次他想击打目标的喉咙，却打中了脸颊，导致他小指骨折。虽然最后他还是掌握了局面，但手指痛得要命。后来一段时间，他右手用刀都很不得力。

然后他又从包里拿出一个空白的信封。

他四下观察了一番,街上没有人。于是他摆出欢快的笑脸,用指关节按响了门铃。

没有回应。他在睡觉吗?

他从口袋里掏出纸巾,试着扭门把手。是锁着的。纽约都这样。克利夫兰和丹佛的郊区则恰恰相反。他上个月在那边杀了一个情报贩子。跟高地农场周围所有住户一样,那人没有锁门,窗户也没锁,甚至连宝马轿车都没锁。

斯万正打算绕到房子后面,看看有没有可以强行入侵的路径,却听到门内有一些响动。

他再次按响门铃,让尼科洛夫先生知道来访者还在等。正常访客都会这样做。

任何一丝怀疑……

厚厚的房门后传来一点人声,没有不耐烦,只是很疲惫。

门开了,斯万又惊又喜:罗伯特·莫里诺的御用司机只有大约五英尺六英寸高,体重绝对不超过一百六十磅,比斯万轻起码二十五磅。

"什么事?"司机问道,带着很浓重的斯拉夫口音。他看着斯万左手里的信封。斯万的右手藏在背后,他看不见。

"是尼科洛夫先生吗?"

"是我。"他穿着棕色的睡衣和拖鞋。

"我这里有一份TLC给您的退款,需要您签收一下。"

"什么?"

"出租车礼宾车服务委员会,给您的退款。"

"噢,对对对,TLC。是怎么来的退款?"

"他们多收您费用了。"

"你也是那个委员会的人?"

"不,我只是负责联络的。我就是跑跑腿,把支票送过来。"

"哼,他们都是浑蛋。我没听说过什么退款的事,但他们收费高得离谱。浑蛋。等下，我怎么知道他们不是想害我？弄不好我签了字，就不知不觉把我的权利也放弃了。我是不是应该叫个律师？"

斯万举起信封："您可以先好好读一遍再决定。别人都收下了，但也没谁说过您必须收。您可以找个仲裁人了解清楚情况。我不在乎，反正我只是来跑腿的，您不想要就不要。"

尼科洛夫打开了门锁："好吧，给我吧。①"

虽然斯万很欣赏司机毫无幽默感，但这用词选得太不幸了，让斯万都觉得可笑。

门一开，斯万马上往前抢了一步，握着管子的右手猛地朝司机的腹腔神经丛打去。斯万瞄准的不是司机的睡衣，而是睡衣后面两英寸深的地方。出拳就应该这样，不能只打表面，不然就无法打出最大的力道。

尼科洛夫倒吸了一口气，开始反胃，倒在了地上。

斯万迅速跨过他进入室内，赶在他开始呕吐之前，拉着他的衣领将他整个拖进屋里。斯万又狠狠地朝他的肚子踢了一脚，然后观察窗外。

街道还是平静宜人。没有人遛狗，没有人经过，也没有汽车驶过。

他戴上乳胶手套，锁好门，把他的管子收好。

"有人吗？有没有人啊？"他朝屋里大声喊道。

没有回应。只有他和司机在。

斯万把司机拉过最近才打了蜡的地板，推到一个小房间里，避开窗户。

他俯视着司机，后者正痛苦地喘气，整个人因疼痛而扭曲着。

牛里脊肉，是位于牛前腰和上腰之间的大块腰肌，肉质非常嫩，若料理得当，用餐的人只需用叉子就能将它切开。但这块常用于威

---

①原句为"Lemme have it"双关"把信封给我／给我一拳"。

灵顿牛排和菲力牛排的肉，处理起来其实工序复杂，非常耗时，主要考验厨师的刀功。首先当然是要剔除坚韧的部分，但最麻烦的，是要剔掉几乎包裹整块肉的白色筋膜。

处理完美的肉，筋膜必须被完全剔掉，但里面的肉要完好无损。这里的诀窍是，要使刀子一直维持合适的倾斜角度慢慢地锯。当然了，说起来容易，真要做好还是必须经过大量的练习。

雅各布·斯万一边回忆着相关的刀法技巧，一边抽出他的爱刀，蹲在司机身旁。

# 16

阿米莉亚·萨克斯独自开车前往莫里诺专车司机的家。不用再被工头管着,她觉得悠闲自在。

好吧,这样埋怨她不太好。

从德尔瑞的称赞和她为这个案子做的大量准备来看,她应该是个不错的检察官。

但这也不代表萨克斯非得喜欢她。

查一下莫里诺平时去哪所教堂吧,阿米莉亚,查一下他为慈善事业捐了多少钱吧,查一下他扶了多少老太太过马路吧。

麻烦你……

那么积极你就自己查,我才懒得理你。

起码萨克斯现在能出来走动了,而且动得飞快。她开着红褐色的一九七〇款福特托里诺眼镜蛇,这是菲尔兰的后继型号,能输出整整四〇五马力和四四七尺磅扭矩。不用问,萨克斯当然选了四挡的变速箱。车里的赫斯特变速杆很难拉动,而且脾气多变,但萨克斯就喜欢它这样。她觉得,变速杆比引擎更感性。这车外形老旧,在如今的纽约街头跑,显得有点突兀。而车上唯一有点跳脱的,是方向盘上的喇叭盖子。这是她从她第一台、也是最爱的一台肌肉车——雪佛兰科迈罗 SS 上移过来的。她在几年前一次追捕行动中失去了那辆车。

她开上第五十九大桥。这里原名皇后大桥，她爸爸说过保罗·西蒙为这座桥写过一首歌。她知道后就时不时想着要上iTunes上找来听听。在爸爸去世后，她也想着要找来听听。后来每过大约一年，她都想着要找来听听。

但她直到现在都还没听过。

一首描写一座桥的流行歌。有趣。她又一次提醒自己记得找这首歌。

东向的交通很顺畅，于是她提高车速，踩下离合，挂到三挡。

腿上一阵疼痛，她不禁皱起了眉。

该死。又是膝盖。一会儿膝盖痛，一会儿髋骨痛。

该死。

她常年受关节炎侵扰。她患的不是类风湿性关节炎。类风湿性关节炎是免疫系统疾病，会让所有关节都难免疼痛。她患的是普通的关节炎，导致她患病的可能是遗传，也可能是她二十二岁时的一场摩托车比赛。准确地说，是因为她离赛道终点仅剩四百多米时，摩托车自行决定冲出跑道，让她严重摔伤。不管是哪个原因，关节炎都让她吃尽了苦头。她知道阿司匹林和布洛芬有点用，但软骨素和葡萄糖胺是没用的——起码对她的情况没用。不好意思了，喜欢吹嘘鲨鱼骨作用的各位。她试过注射透明质酸，但不久后引起了严重发炎，导致她数天无法活动。说到底，这种药也只是临时措施。现在，她已经习惯了不用喝水直接吞下药片。她也绝不服用标明"仅限取药三次"的处方药。

但她学到的最重要的事是，要保持微笑，假装不疼，假装自己的关节还跟健康的十二岁小孩一样。

只要你保持移动，别人就抓不住你……

但这病痛严重影响她的关节，让她逐渐不能像以前那样迅速行动了。她在心里这样比喻：紧急刹车线生锈了，就不能完美发挥作用了。

拖着，拖着……

最糟的是病情可能会害她无法执勤。她又担心起来，今早比尔·迈尔斯警督有没有注意到她疼得差点儿摔倒？每次身边有上司在她都努力隐藏自己的病情。今早有没有掩饰好呢？应该是有的。

终于过完桥，她换回二挡，让转速同步，好保护引擎。这样做只是为了向自己证明，其实疼痛没那么严重，是她想太多了。要换挡随时可以轻松完成。

但当她提起左腿踩离合的时候，又一阵剧痛传遍全身，疼得她流出眼泪。她生气地把眼泪擦掉。

接下来她只好小心翼翼地驾驶了。

十分钟后，她来到皇后区一个宜人的街区。这里的草坪和灌木丛都修剪得整整齐齐，行道树在圆形的花圃中生长。

她慢慢地查看门牌号。过了半个街区后，她找到了那位司机的房子，是一座小平房，院子打理得很好。在车道上，有一辆林肯城市车，一半露在车库外面，黑色的车身锃光瓦亮，像阅兵仪式上要用的枪。

萨克斯把自己的车并排停在旁边，把警察局的标识牌丢到仪表盘上，看了看房子。她看到窗帘微微掀起一角又落回原处。

司机在家，太好了。很多时候，警察一到访，市民就会想起自己有急事，要赶紧去城市另一头办，或者有的人会干脆躲在地下室，不肯应门。

萨克斯下了车，试了试左腿能不能站稳。

站得住，但还是疼。现在还不到服药时间，于是她忍住了再吃一颗布洛芬的冲动，毕竟这药对肝脏不好。

然后她对自己这沮丧的态度失去了耐心。看看莱姆，全身只有百分之五能动，人家什么时候抱怨过？真是的。别再叽叽歪歪了，好好工作。

她来到屋门前，按响了门铃。屋内响起西敏寺大教堂的钟声。

房子这么小，门铃声却这么雄伟，有点好笑。

司机知道多少事情呢？莫里诺有没有觉得自己被跟踪，有没有提过自己受到死亡威胁，有没有人闯进过他的酒店套房呢？司机有没有留意到潜在监视者的样子呢？

屋里传来脚步声。

有人在门后，隔着薄纱窗帘向门上的小窗外窥视——与其说看到，不如说只是一种感觉。

门锁响了。

门被打开了。

# 17

"你好,警官。啊不对,是警探。你在电话里说的是警探没错吧?"

"对,没错。"

"我叫阿塔什,直接叫我塔什就行。"他态度谨慎,跟之前通电话时一样。不过大概因为看到萨克斯是漂亮的女警,他似乎放下了一些戒备。虽然他说话中东口音很重,但面对面聊还算容易听懂。

他满脸笑容地请萨克斯进屋。屋里装饰着很多伊斯兰艺术品。塔什穿着白色衬衫和宽松的斜纹棉布裤子,身材瘦削,肤色黝黑,头发又黑又密,五官带有中东人的特征。萨克斯猜他可能是伊朗人。他全名是阿塔什·法拉达。他有点自豪地介绍,自己已经在精英礼宾车公司工作超过十年了。

一位年龄跟他相近的女子——萨克斯估计她大概四十五岁——热情地跟她打招呼,问她想不想喝茶或是其他饮料。

"不用麻烦了,谢谢你。"

"这是我的妻子,法耶。"

她们握了握手。

萨克斯对法拉达说:"你们公司说莫里诺通常会找另一位司机,是吗?"

"是的,是弗拉德·尼科洛夫。"

萨克斯向他问了这个名字的拼法，记到笔记里。

"但他五月一日那天生病请假了，所以才找了我去代替。请问能告诉我这是关于什么的调查吗？"

"很遗憾，莫里诺先生被杀害了。"

"不是吧！"法拉达马上没了笑容，非常难过，"请告诉我是出了什么事。"

"我们现在正在全力调查。"

"这太可怕了，他是那么好的一位绅士。是遇到抢劫了吗？"

萨克斯仍旧避而不答，反问道："我希望了解那天莫里诺先生搭你的车去过哪里。"

"他去世了，"法拉达对妻子说，"去世了，你听见了吗？太可怕了。"

"法拉达先生？"萨克斯耐心且坚定地重复道，"能不能告诉我那天你载他去过什么地方？"

"载他去过什么地方……去过什么地方……"法拉达看起来很惆怅。有点太惆怅了，甚至惆怅得有些刻意。

最后他说："很遗憾，我不能保证全都想起来。"萨克斯听了并不意外。

好吧，她懂的。"这样吧，我付钱请你带着我走一次当时的路线，从你接他上车开始，这样应该有助于恢复记忆吧？"

他的眼神飘开了："噢，是，应该会的。不过，这段时间公司可能会给我派单……"

"我付双倍。"萨克斯说着，心里有点忐忑——在凶杀案调查中给潜在证人付钱，会不会有道德问题？唉，不过这个案子本来就充满了道德争议。

法拉达说："那样应该就可以了。发生这样的事真令人痛心。您稍等我一下，我打几个电话。"

他转身一边朝书房之类的地方走去，一边拿出手机。

法拉达的妻子又问了一次:"真的不要喝点东西吗?"

"不用了,谢谢你。真的。"

"你长得真漂亮。"法耶又羡慕又嫉妒地说。

法耶自己其实也很有魅力,只是身材矮矮胖胖。萨克斯心想,人们都会嫉妒别人有而自己没有的东西,比如萨克斯自己,在刚刚两人握手的时候她就留意到,法耶走路姿势很好,没有受到病痛的干扰。

法拉达回来了,身上加了一件黑色的夹克。"我接下来没有任务了。我带你走一趟,希望能把当天去过的地点都想起来!"

萨克斯意味深长地盯着他,他马上会意地补充道:"但我想一旦上路,记忆应该就会自动重现的!记忆就是这样的,对吧?就像有自己的意识一样。"

他跟妻子吻别,并保证晚饭前就回来,还朝萨克斯使了个眼色,请她帮忙说说话。

萨克斯说:"我估计两三个小时就能搞定了。"

两人步出房子,坐进林肯城市车。

"你不坐后座吗?"法拉达不懂萨克斯为什么坐到了副驾驶座。

"不用。"

阿米莉亚·萨克斯不是那种对豪华轿车感兴趣的女性。她只坐过一次,就是在爸爸的葬礼上。她并没有因为那次经历厌恶加长版轿车,她只是单纯不喜欢坐别人开的车,而坐后座更会加深她的不适感。

他们出发了。法拉达驾驶技术很好,车子稳稳当当地在车流里前行。他驾驶礼仪也很好,即使数次遇到不守交规的行人,也完全不按喇叭。要是换作萨克斯开车,早就猛按喇叭把那些人赶回人行道了。

他们的第一站是中央公园南边的赫姆斯利旅店。

"那天十点半左右,我就在这里接了他上车。"

萨克斯下了车,到旅店的前台询问情况,但毫无收获。接待员虽然热情,但不知道任何有益于调查的信息。莫里诺叫过几次客房服务,包括点餐,但没有过任何其他通话,打入和拨出都没有。也没人记得是否有人来探望过他。

萨克斯只好回到车上。

"下一站呢?"她问。

"一家银行,我记得地址但是不记得银行名。"

"直接去吧。"

法拉达把车开到第五十五大道,美国独立银行与信托公司一家分行的门前。萨克斯再次前去询问。此时已经接近下班时间了,有些员工都已经离开了。接待员找来一位经理,但因为萨克斯没有法院的证明,所以经理没告诉她多少事情。但她告诉萨克斯,莫里诺那天来,是把自己的资产全部转移到加勒比地区的某一家银行,并且注销了在这里的账户。她没告诉萨克斯是加勒比的哪家银行。

"总资产大概有多少?能告诉我吗?"

"六位数,大概是五十万。"

听起来不像是为黑帮洗钱,但也有点可疑。

"他在这里还有存款吗?"

"没有了,他说要对自己所有的银行账户都执行同样的操作。"

回到车上后,萨克斯问:"这之后呢?"

"一位美女。"司机回答说。

一时间,萨克斯还以为法拉达是在说她。但她很快就笑自己自作多情,因为法拉达说,当时他们开到了东区,接了一位女子上车,之后,这位女子就一直陪着莫里诺。莫里诺告诉司机一个地址,是列克星敦大道和第五十二街的交叉口,让司机停在一栋大楼前。

车子开到了这里,萨克斯审视着大楼,问:"她是谁?"

法拉达说:"深色头发。大概五英尺八英寸高,应该是三十岁出头,但显得很年轻。很有吸引力,懂吗?很性感。她穿的裙子也很短。"

"其实……我是想问她的名字和职业信息。"

"我只听到了她的名,是莉迪亚。姓氏没听到。至于职业……嗯。"他腼腆地微笑起来。

"什么意思?"

"这样说吧,我很确定他们在这次之前互相是不认识的。"

"你这样说我也不明白啊。"

"是这样,警探,在做这一行的时候,我们会学到很多事情。比如人的天性。有些事,客人不希望我们知道。还有些事,我们自己不愿意知道。我们应当是'隐形人',但我们很会察言观色。我们安静地开车,除了'您需要去什么地方'之外不问任何其他事。但我们一直在观察。"

这一大通暗号一样的话让萨克斯有点不耐烦,于是她朝司机挑眉表示不懂。

司机神秘兮兮地小声说:"我觉得她明显是……懂了没?"好像有谁在偷听似的。

"陪护?"

"性感啊,记得吗?"

"这也不能说明一切啊。"

"还有钱的事情呢。"

"钱?"

"干我们这一行要学会'看不见'很多事情。"

又来?她叹了口气:"到底什么钱?"

"我看到莫里诺先生给了她一个信封。我从他们拿信封的姿势就看得出来,里面肯定是钱。而且他说:'这是事先说好的。'"

"她说了什么?"

"'谢谢您'。"

萨克斯想,高洁的南希·洛蕾尔检察官要是得知,她那圣人般的受害者罗伯特·莫里诺竟然大白天召妓,不知道会做何感想。"这个女人看起来跟这栋大楼有关系吗?她会不会是在这里上班?"

"我们到的时候她就已经在门厅等着了。"

萨克斯估计这种特殊服务人员,应该也不会在这种地方设有幌子吧。也许这位莉迪亚是临时代班的,或者是她自己找的兼职?萨克斯给塞利托打了个电话,报告了目前的情况,并描述了一下这位女子。

"很性感的。"法拉达在一旁打岔道。

萨克斯没理他,把大楼的地址报给塞利托。

塞利托说:"我去迈尔斯的部门组织一支寻访队伍,让他们逐层排查,看看能不能找到这个莉迪亚。"

结束通话后,萨克斯问:"接下来他们去了哪里?"

"下城区,华尔街。"

"我们也去一下。"

司机把车开回路上,加速。车子虽然很大,却像海绵一样灵活,在密集的车流里行动自如。尽管萨克斯要受限于副驾驶座,但起码开车的是技术高超的司机。她宁愿车开得快、遇上一点小剐蹭,也不想坐开得慢悠悠的车。而且在她的观念里,越快就越安全。

保持移动……

路上,萨克斯问:"你有听到他们的谈话内容吗?"

"当然,但跟我想象中的不一样。我以为他们会聊她的工作,你懂的。"

性感……

"他大部分时间在谈政治。像是一种说教。莉迪亚一直很有礼貌,不时问些问题,但都是那种无关痛痒的。就像你去参加不熟识的人的婚礼或者葬礼时会问的那种,你也不在乎会得到什么答案,只是随口一问。闲聊而已。"

萨克斯还是坚持问:"跟我说说他讲过什么。"

"嗯……我记得他对美国充满怒气。这让我不太舒服。我感觉受到了冒犯，说实话。他可能见我像中东人、口音也是中东口音，就以为说这些没问题。他可能以为我们有某些共同点。但你要知道，'九一一'当天，世贸大厦倒塌的时候，我可是哭了。那天我失去了很多客人，其中有很多我视为朋友的人。我把美国人当成兄弟。当然，有时候兄弟也会惹人生气。你有兄弟姐妹吗？"

他高速绕过一辆巴士和两辆出租车。

"没有，我是独生子。"萨克斯努力保持耐性。

"有时候人们是会跟兄弟置气的，但过一段时间就会重归于好。这样的感情才是真的。因为毕竟大家血浓于水。但美国对莫里诺做了不好的事，他不愿意原谅这个国家。"

"对他做了不好的事？"

"对，你知道吗？"

"不知道，"萨克斯开始感兴趣了，"请告诉我。"

# 18

明明做了那么多准备，结果竟然还是出了这么大的差错。

好比你打算做鲜奶油，却忘了提前冷冻碗和搅拌棒，那么最后只会做出黄油。

但不能让这事影响自己的情绪。

技术部门查到了莫里诺的专车司机，于是斯万找上门准备逼问他那天工作的细节，竟发现他偏偏在那天生病请了假。即使已经被斯万仔细地切掉了好几条肌肉，面前躺着的这个男人还是说不出代班司机的名字，那说明他的确不知道。

筋膜……

雅各布·斯万反省自己。他本该想到会有这种事情，本应做好准备。这让他稍微冷静了点。不应该随便做出预设。要做出一顿佳肴，第一准则就是先做好准备工作。提前做好所有准备工作，食材要切好，该称重的称好，要煮的高汤煮好。

所有方面都得做好。

然后才能好好地烹饪，做出一份好菜。

他迅速地清理弗拉德·尼科洛夫家里的现场，想着这时间也不算完全白费，起码磨炼了一下自己的刀功。而且，即使尼科洛夫那天没有为莫里诺开车，他也可能知道一些对警方有益的其他事情（虽然经斯万拷问，发现他真的不知道）。接下来斯万还要处理检察官南希·洛蕾尔和告密者等很多人,所以他需要尽量推迟尼科洛夫的尸体被发现的时间。他用很多毛巾把渗血的尸体包裹起来,又套上好几层垃圾袋,用胶带裹紧封好。他把尸体拖到地下室,藏到一个小隔间里。这样,尸臭起码一周都不会散发出来。

然后,他用司机的手机打电话给精英礼宾车公司,装作英语说得很差,带有斯拉夫口音的样子,谎称自己是弗拉德·尼科洛夫的表亲。他骗对方说,家族里有亲戚去世了,尼科洛夫需要赶回祖国——但没说是回莫斯科还是基辅,因为斯万不知道究竟是哪里——为此需要请假几周。对方有意见,但不是因为发现了破绽,而是排班上很难安排。斯万没听下去,直接挂断了电话。

斯万重新检查拷问司机的区域,发现自己留下了一些细小的证物。之前他已经用垃圾袋和毛巾铺在地上防止血流遍地,现在他开始细心清理其他地方,用漂白水把周围都擦干净。最后他把毛巾和司机的手机装好带走,准备在回家路上丢到垃圾处理站。

他准备离开时收到了一份加密通知。看来 NIOS 查到有趣的事情了。虽然梅茨格已经派人处理告密者的事,但目前还没查到告密者的身份。另一方面,技术部门已经查到了警方调查队伍其他人的身份。领导调查的有两人:一名是纽约市警察局的警探阿米莉亚·萨克斯,另一名是个顾问,名字有点奇特:林肯·莱姆。

是时候再多挖一些数据了,斯万边想边拿出了自己的手机。世上最好的烹饪书《烹饪的乐趣》的厉害之处在于,作者对知识做了详细和高质量的整理。重点在于知识,而不是把菜做得花里胡哨。

# 19

"你知道巴拿马吗?"塔什·法拉达问萨克斯。他讲话兴致很高,似乎很享受高速穿过车流的感觉。

萨克斯说:"那条运河。好像有过一次入侵事件之类的,好久之前了吧。"

司机大笑起来,加速超过小罗斯福路上慢慢挪动的一列车队。

"'一次入侵事件。'没错。我会读很多历史书,很喜欢。八十年代巴拿马发生过一次政权更迭。一场革命吧,就像我们国家一样。"

"啊,伊朗,是在一九七九年对吧?"

他皱着眉瞥了萨克斯一眼。萨克斯赶紧改口说:"我是说……波斯。"

"不是啦,我是说一七七六。我是美国人。"

哦。我们国家。

"不好意思。"

他又皱了一次眉,不过这次是原谅的意思。"没事,说回巴拿马。诺列加原是美国的盟友,抗击邪恶的当权者,协助中情局和缉毒局对付毒贩……不过当然,他也有反过来帮黑帮头目对付中情局和缉毒局。但他这样玩,最后还是引火烧身。一九八九年,美国受够了,于是直接入侵了。但这场战争不干净。你读过乔治·奥威尔的书吗?"

"没有。"萨克斯说。她也许很久之前读过,记不清了。但她从不会不懂装懂。

"奥威尔在《动物农场》里面写:'动物都是平等的,但有些动物比其他动物更加平等。'战争都是不好的,但有些战争比其他战争更加不好。巴拿马当时的领袖很腐败,他的手下也腐败。他们都是很危险的人,用暴力镇压民众。但美国的入侵也很严酷,很残暴。罗伯特·莫里诺当时和他父母住在巴拿马的首都。"

萨克斯想起和弗雷德·德尔瑞的对话。他当时说罗伯特也叫"罗贝托"。不知道他是办了改名手续,还是只是用这个名字当假名。

"他当时还小。那天他们搭我的车时,他告诉莉迪亚自己的家庭并不幸福——父亲经常出差,母亲终日悲伤不已,没多少能力照顾他、陪伴他。"

萨克斯也想起莫里诺父亲在石油公司工作,经常要长时间工作,而他的母亲最后自杀了。

"莫里诺儿时似乎跟巴拿马城的一家人成了朋友,他跟那户人家的两兄弟玩得很好。恩里科和何塞,好像是叫这个名字。听他的语气,三人应该是同龄人。"

法拉达的声音越来越小。

萨克斯大概猜到了后面的剧情:"这两兄弟在入侵战争中去世了吗?"

"其中一个吧——罗伯特最好的朋友。他不知道是谁开的致命一枪,但他全怪在美国头上。他说,政府改变了规则,他们并不如他们声称的那样,关心人间疾苦和人民的自由。他们本来支持诺列加,对毒品的事睁一只眼闭一只眼。直到眼看诺列加要出问题,美国便开始担心运河会被封锁——那样会导致石油运输被阻断,所以就发动了侵略。"他的声音轻得几乎是在说悄悄话了,"莫里诺先生发现了他朋友的尸体,他说他现在还会因为这事做噩梦。"

尽管根据目前得到的证据来看,莫里诺似乎不像洛蕾尔期待的那样是个圣人,但萨克斯还是为这件往事感到难过。不知道洛蕾尔会不会有同样的感受?想来是不会的。

司机继续说:"莫里诺讲这件事情的时候,声音都忍不住发抖。但突然他又开始大笑,还朝周围挥手。他说这是在跟美国道别,而且他很高兴。这次是他最后一次来美国。他以后不能再回来了。"

"不能再回来了?"

"没错,他就是说'不能'。他说'摆脱了也好'。"司机阴郁地说,"我那时候想,我们摆脱他才是好事。我爱我的国家。"他停了一下,"你知道,他去世了我很难过。但他说了我祖国很多坏话。而我认为美国是世上最好的国家,一直都是。"

他们来到华尔街附近,萨克斯朝"九——"事故地址点点头:"他是想来看这个吗?"

"不是,我当时也以为是这样。他说了那么多坏话,我以为他是想拿这件事来嘲笑美国。如果他敢这样做我就会请他下车,但他没有,他只是沉默了。"

"他们去了哪里?"

"他们只是在这里下了车。"他在富尔顿街百老汇旁边停了车,"我觉得有点奇怪,就停在这个街角。他们下了车,说需要离开几小时去办事,如果我不能停在这里等他们的话,到时候就用电话联系我。于是我把名片给了他们。"

"你为什么觉得奇怪呢?"

"在这一带,只要不是在施工,我们礼宾车司机能开去任何地方。但是他好像不想让我看见他们去了哪里。我猜是某家酒店吧,千禧酒店之类的。因为他们就是往那边走的。"

为了跟"性感的"朋友幽会,那为什么不干脆就选在上城区的酒店呢?

"他打电话给你了吗?"她希望能从司机的通信录里拿到莫里诺的电话号码。

但司机说:"没有。我一直在这里等着,他们也自己回来了。"

萨克斯下了车,朝司机说的方向走。她询问了步行可达范围内的三家酒店,但当天没有叫莫里诺的人在任何一家登记入住过。虽然他们可能是用了莉迪亚的身份登记,但在获得关于莉迪亚的更多信息之前,这条线索作用不大。萨克斯还给酒店员工出示了莫里诺的照片,但没人见过他。

会不会是莫里诺付钱请她去跟别人发生性关系呢?他们有没有在这里的某家酒店或某个办公室跟人会面,以此作为贿赂或者勒索的条件?她从酒店回到街上,环视四周的数百座建筑——办公室、商店还有住宅。要彻查这片地区,警察局的一支小队即使忙一个月也可能出不了结果。

萨克斯还想,莉迪亚收他的钱会不会有其他原因。她会不会是莫里诺合作的某个恐怖组织的成员?他们会不会是跟某个准备袭击华尔街的团体会面了?

这个猜想虽然在萨克斯看来挺合情合理的,但肯定不会是洛蕾尔愿意听到的。

你是说,你不能保持开放的心态……

萨克斯回到车上。她伸了伸懒腰,关节炎又害她痛得厉害。她忍不住抠起指甲,心里叫自己住手,手上却抠得更狠了,都抠出血了,只好擦在自己的黑色牛仔裤上。

"这之后呢?"

"之后我就把他们载回酒店了。两人一起下车的,但是下车后就分开了。莫里诺进了酒店,莉迪亚自己往东去了。"

"他们拥抱了吗?"

"不算是吧。他们碰了碰脸颊,仅此而已。莫里诺给了我很多小费,虽然车费里面本来已经包含小费了。"

"好吧,那我们回皇后区吧。"

司机发动车子,往东行使,汇入下班高峰期的车流。已经将近晚上七点了,他们的速度比来时慢得多。萨克斯问:"你当时有没有觉得他被跟踪监视?他有没有坐立难安,或者表现得很多疑?"

"我想想……我觉得他是挺警觉的。他频繁地环视四周,但我觉得没有特别需要担心的东西。他也没有说'那辆红色的车在跟踪我们'之类的话。他只是习惯留意四周的状况吧,就我看到的来说。商务人士很多都这样的,大概在当今世道就是需要多注意点吧。"

萨克斯有点沮丧。到现在还是没得到什么有用的线索,反而引出了更多的问题。而且特勤令上下一位受害者的预计受害日期近在眼前了,她感到越发焦虑。

我们明确知道NIOS准备在周五前杀掉他。到时候受到连带伤害的又会是什么人?他的妻儿?某些无辜的路人?

车子开上威廉姆斯堡大桥时,萨克斯的电话响了。

"嗨,弗雷德。"

"你好啊,阿米莉亚。听着,我查到了些事。我叫人查了委内瑞拉的信号情报,辨识出大概一个月之前的一通电话里有莫里诺的声音,可能跟案子有关。他说:'是,五月二十四日,没错……消失得无影无踪。这之后就是天堂了。'"

现在离二十四日只剩不到两周时间。他是不是在策划某种袭击,打算袭击之后像本·拉登一样藏起来?

"知不知道他说的是什么意思?"

"不知道,我们会继续查。"

她把今天在司机法拉达这里了解到的情况也跟弗雷德说了。

"好像对上了,"弗雷德说,"对,对,很可能是他有什么邪恶计划要实施。有道理——尤其是加上我准备跟你说的另一件事。"

"你说。"萨克斯马上准备好记笔记的纸笔。

"我们捕捉到了另一句电话对话,他死前十天说的。他说:'我们能找人把他们炸飞吗?'"

萨克斯紧张起来。

"技术部的人认为他提到了'五月十三日',还有'墨西哥'。"

十三日是两天前了。萨克斯想不起来墨西哥发生过什么大事,但那边几乎就是个战场,跟毒品有关的小型战争简直就是常态,美国新闻都见怪不怪,懒得报道了。

弗雷德说:"我们也会查查那天发生了什么。还有最后一件事,是莫里诺的出行记录,准备好了没?"

"说吧。"

"五月二日,莫里诺从纽约飞到墨西哥城,也许是计划炸弹袭击的事。第二天去了尼加拉瓜。第三天去了哥斯达黎加的圣何塞,待了几天。七日飞往巴哈马,几天之后就遇上了我们的神枪手唐·布伦斯先生。

"他在墨西哥城和哥斯达黎加的时候,我们有对他安排常规的监视,在我国大使馆外看到过他。但没有迹象表明他会带来威胁,所以没人逮捕他。"

"谢了,这些信息很有用。"

"我会继续查。但是跟你说啊,阿米莉亚,本人时间有限。"

"怎么了,在忙什么大项目?"

"正准备改名然后移民去加拿大呢,加入他们的骑警队。"

他挂断了电话。

萨克斯没笑。弗雷德的"笑话"直指核心:这个案子像不稳定的爆炸物一样危险,最好远离。

半小时后他们回到了出发点,法拉达把车停好后两人下了车。法拉达摊出手掌,意图明显。

"要给多少钱?"萨克斯问。

"嗯,通常我们是算出发点和终点之间的距离,但你这次不行,毕竟只是绕了个圈。所以这次我就按时间算了。"他看看表,"我们四点十二分出发的,现在是七点三十八分。"

好嘛,算得够细的。

"我给你去掉零头好了,算四点十五分到七点半。三小时十五分钟。"

好一把速算。

"每小时多少钱?"

"九十美元哦。"

"一小时吗?"萨克斯又问,然后才想起自己刚刚问的就是每小时多少钱。

司机微微一笑:"一共是三百八十二美元五十美分。"

该死。萨克斯预计的价钱只是这个的四分之一。又多了一个不坐豪华礼宾车的理由。

司机又说:"还有,之前……"

"我说了要出双倍。"

"所以一共是七百六十五美元。"

天啊。萨克斯说:"你再捎我一程?"

"如果不用花太长时间就可以,该吃晚饭了。"他朝房子一指。

"只是去最近的取款机。"

"啊,没问题!这趟不收你任何费用!"

# 20

是她多心了吗?

不是。

萨克斯开着眼镜蛇回曼哈顿,半路上确认自己被跟踪了。

从中城隧道出来时,萨克斯朝后视镜看,辨别出一辆浅色汽车在跟踪,但品牌和款式她没认出来。车子大概是灰色、白色或银色的,没有明显特征。从法拉达家离开时萨克斯就见过它。

怎么可能呢?工头不是信誓旦旦地说NIOS方面还不知道调查的事情吗?

就算他们知道了,又怎么可能查出她的私人车,还能定位追踪她呢?

但萨克斯和莱姆几年前办过一个案子,了解到只要有一套数据库,随便谁都能轻易地搜寻和定位某人。车牌的影像资料、面部识别数据、电话通话和信用卡记录,还有GPS定位、公路电子收费系统数据、R.F.I.D芯片等都会暴露个人行踪。[1] 而且,不用猜也知道NIOS拥有的绝对远不止初级数据库。萨克斯已经很小心谨慎了,但看来还不够谨慎。

眼下的问题不难解决。

---

[1] 见《破窗》。

她微笑着开始炫车技，高速转了一连串极端复杂的弯，把车胎都磨得冒白烟，虽然只挂了二挡，但车速还能飚到时速六十英里。

转完最后一个弯后，眼镜蛇几乎要撞到一个锡克教徒开的车。她把车子稳住，朝对方灿烂地笑笑以示歉意。她相信跟踪者已经被甩开了。

在他们再次搜索到她之前应该不用担心了。

即使那辆车真的在跟踪，又算不算得上是真的威胁呢？

NIOS可能会想从她身上获取信息，当然也会想把调查拖慢甚至带偏，但萨克斯不认为政府部门会敢对纽约市警察实施人身伤害。

除非威胁不是来自政府，而是来自一个恰好为政府工作的怒火攻心的疯子。也许这人想利用职务之便，消除那些他妄想症中不如他一样爱国的人。

也有可能这次跟踪与莫里诺一案根本无关。阿米莉亚·萨克斯可是把好些人关进了牢里，这些人当然不会很高兴。

萨克斯真切地感受到一股寒意攀上脊椎。

她回到了中央公园西边，停好车后把市警察局的牌子丢到仪表盘上。下车后，她确认了一下自己的格洛克手枪是否还在原处。她感觉附近的每一辆车都是浅色的、没有明显标志的，而且都有一名鬼鬼祟祟的司机在朝她看。附近高楼顶上的每一条天线、每一座水塔和每一根管子都像是一个狙击手，正用瞄准镜对准她的后背。

她快步回到家里，但没有去客厅，因为洛蕾尔还在里面起劲地工作——跟几小时前萨克斯出门时一模一样。萨克斯去了莱姆的康复训练室，莱姆正在里面锻炼。

汤姆在一旁看守莱姆。莱姆坐在一辆做工精细的固定脚踏车上，手脚用绑带固定着。这是一台电信号刺激治疗仪，通过电线向肌肉传输电脉冲信号，模拟大脑的信号，指挥肌肉蹬脚踏车的踏板。眼下，莱姆正像环法自行车赛选手一样蹬得起劲。

萨克斯笑了，吻了吻他。

"我浑身都是汗呢！"他喊道。

的确没错。

但萨克斯又吻了他一次，这次时间更长。

这台治疗仪其实不能治好莱姆的瘫痪，但它能让莱姆的肌肉和血管保持良好的状态，也能改善他的皮肤状况，这些都有助于减少由严重残疾带来的，比如褥疮之类的病痛。莱姆经常自嘲说："毕竟像我这种残疾人，总是要花很多时间坐着！"

另外，这种运动治疗对神经系统的恢复也有好处。

除了这些，它还有助于恢复颈肩的肌肉，正是这些肌肉让他现在能运用右手，而这些肌肉还能让他的左手也动起来——前提是几周后的手术顺利。

萨克斯马上后悔自己产生了这么没信心的念头。

"查到了什么？"他喘着气问。

萨克斯把下午的调查告诉他，一直说到莫里诺童年的好友死在侵入巴拿马的美军手下。

"积怨已久啊。"但他对莫里诺的心理动机毫无兴趣——他一向都觉得心理分析什么的都是废话。他更在意其他事情：莉迪亚、注销银行账户、秘密会面，还有莫里诺单方面地将自己驱逐出美国——消失得"无影无踪"——和疑似策划五月十三日在墨西哥城制造爆炸案。

"弗雷德会继续查下去，巴哈马那边怎么样？"

"全部碰壁。"他喘着气抱怨道，"不知道是政府无能还是政治原因——也许两个都有——我后来又打过去三次，但每次那边都让我稍等，等到我忍不住挂电话。今天一共七次了。我恨死'稍等'了。后来我气得想打给那边的大使馆或者领事馆，让他们介入，但洛蕾尔认为这样不妥，阻止了我。"

"为什么？怕 NIOS 听到风声吗？"

"没错。我想了想，她说得也对。她确信如果 NIOS 发现我们在调查，就会把证据一个接一个地消除掉。可问题是……"他做了一次深呼吸，用能动的右手把自行车的车速调高了一点，"……现在他妈的根本就没有证据啊！"

汤姆说："别那么急躁。"

"你指什么？是我的抱怨，还是我的锻炼？啊，听起来还有点诗意，你说是不是？"

"林肯。"

莱姆还是叛逆地又骑了三十秒才调低车速。"骑了三英里！"他宣布，"有点艰难呢。"

萨克斯拿来毛巾，边帮他擦了擦汗边说："我觉得已经有人盯上我们的调查了。"

莱姆的双眼马上像雷达一样转向她。

于是萨克斯跟他说了回程时疑似有车辆尾随的事情。

"就是说狙击手可能已经查到我们的身份了，你认出他了吗？"

"没有。也许是他太出色了，或者是我想太多了。"

"我倒是认为，办这个案子，我们疑心病多重都不为过，萨克斯。你应该去跟我们客厅里的新朋友说说。啊，你跟她说过她的圣人莫里诺可能并不那么圣洁的事了吗？"

"还没有。"

她发现莱姆表情奇怪地看着她。"怎么了？"她问。

"你为什么不喜欢她？"

"大概就像水和油吧，混不到一起。"

莱姆咯咯一笑："恐水症哦！但其实它们是可以混合的，萨克斯。只需把水里的气体除掉，水和油就可以完美混合了。"

"是是是，早知道就不跟你这个科学家说这种比喻。"

"况且，你说这个也不算回答了我的问题。"

气氛有点凝重。萨克斯过了好一会儿才答道："我也说不清为什么不喜欢她。可能是我很烦被管得太细吧，这算一个。她倒是不怎么管你。可能就只是女人之间互相看对方不爽而已。"

"要是聊这个，我就没什么见解了。"

萨克斯用力地挠着头，叹了口气说："好吧，我现在去跟她说。"

她走到门边又停下来，回头看着在自行车上努力锻炼的莱姆。对于他将要接受的大手术，萨克斯心情很复杂。这种手术风险很高，有可能引起严重的并发症。这些并发症对于四肢健全的人来说一般不算什么，但对于四肢瘫痪的莱姆而言问题就大了。萨克斯当然希望莱姆好起来。但是和其他人一样，人的心灵总是比肉体更重要。他难道不清楚这一点吗？人类的身体总会出毛病，都是在所难免的。就算在街上被人盯着看又怎样？也不是只有他一个被人盯着看啊，萨克斯也整天被盯着看，而且看萨克斯的人眼光更变态。

她想起自己当时尚模特的时候，因为美貌过人，时常被周围的人排挤、边缘化，甚至被物化、被视作高价花瓶。她又生气又伤心，最后不顾母亲的极力反对，毅然退出这个行业，追随父亲的脚步，当上了一名警察。

个人的信念、知识、抉择和立场……作为一名警察，这些才是重要的品质。长得好不好看并不重要。

当然了，林肯·莱姆的残疾非常严重。任谁陷入这种情况，都会希望好起来，希望能再次用上自己的双手、能重新用双脚走路。但萨克斯有时会觉得，莱姆不顾高风险坚持要接受手术，是为了她，而不是自己。他们极少说起这件事，即使聊到了，莱姆也躲躲闪闪，好像子弹撞在坚硬的岩石表面弹开。但其实弦外之音很清楚：你干吗非要跟我这个残疾人混呢，萨克斯？你完全可以找到更好的人啊。

首先，要"能找到更好的人"，意味着萨克斯要有心去找"完美的人"，但她从没有过这样的想法。在莱姆之前，她只谈过一次认真的恋爱——跟另一个警察，尼克。那次恋爱的结局简直是灾难（但尼克最后还是出狱了）。之后她跟不同的人约会过几次，但只是为了打发时间。而且最终她发现，跟别人相处时的无聊感，比独处更加难挨。

她对自己现在比较独立的状态很满意。而如果莱姆没有出现在她的生活里,她感觉独自生活也挺舒服,如果再没遇见其他人的话,甚至这样过一辈子也可以。

做你自己想做的吧,她在心里对莱姆说。不管你最后决定要不要接受这次手术,我都会陪着你。但你只需考虑自己就行了,不要顾虑我。

她又看了莱姆好一会儿,浅浅地笑了。然后她收起笑容,走向客厅,去向工头报告最新查到的线索。

圣人莫里诺可能并不那么圣洁……

# 21

阿米莉亚·萨克斯独自开车前往莫里诺专车司机的家。不用再被工头管着,她觉得悠闲自在。

好吧,这样埋怨她不太好。

从德尔瑞的称赞和她为这个案子做的大量准备来看,她应该是个不错的检察官。

萨克斯把从司机法拉达那里得到的线索抄在白板上的时候,南希·洛蕾尔转了一下椅子,面朝萨克斯坐下。

她正在消化萨克斯刚刚告诉她的事情。"一名陪游?你确定吗?"

"还没有,但起码是一种可能性。我已经打电话告诉塞利托了,他从迈尔斯的队伍里找了一些巡警出去排查,看看能不能找到她。"

"应召女郎。"洛蕾尔很困惑。

萨克斯本以为她听了会很失望才对,毕竟莫里诺作为已婚男人,竟然找了一名妓女陪自己周游纽约,这种事对打赢官司可没有好处。

更令萨克斯惊讶的是,洛蕾尔竟然漫不经心地说:"没什么,男人时不时犯错很正常。采取一点小技巧就可以避免出问题。"可能她是想找个男性占多数的陪审团——估计男性会对莫里诺犯的这点错误比较宽容吧。

但如果你是想问我,是不是只挑胜算大的案子来办,那你猜得没错……

萨克斯继续说："就算她是妓女，对我们来说也有好处。他们不一定一直都待在床上。也许莫里诺带着她去见了什么朋友，也许她会注意到被NIOS的人跟踪。如果她是职业妓女，我们还可以抓住这个把柄，逼她交代情况。她肯定不愿意被人仔细调查。另外，也可能她根本不是陪游，而是别的什么人，甚至是在参与犯罪行动。"

"是因为那笔钱吧。"洛蕾尔向白板偏了下头。

"对。我认为，不排除她跟恐怖分子有关系。"

"莫里诺不是恐怖分子，这点我们已经确认了。"

萨克斯心想，只有你自己确认了而已，事实是怎样还不知道呢。"但我还是觉得有可能性，"她也朝白板偏了偏头，"再也不回来美国，清空银行存款，完全消失，还有疑似要在墨西哥城引爆某个东西。都很可疑。"

"'某个东西'可以指代很多东西，比如建筑工地、拆除工地，等等，也许是他的某家工厂也说不定。"她嘴上是这么说，实际上却似乎在为这些新发现发愁，"司机觉得被跟踪监视了吗？"

萨克斯跟她说，法拉达注意到莫里诺常常不安地观察周围。

洛蕾尔问："司机知不知道莫里诺看见了什么特殊的情况？"

"他不知道。"

洛蕾尔往前挪了挪椅子，细细地盯着白板看，那样子居然跟驾着暴风箭轮椅停在白板前的莱姆有几分相似。

"没有关于莫里诺慈善工作的线索吗？任何正面消息都没有？"

"司机说他很绅士，还有小费给得很多。"

但这些看来不是洛蕾尔想要的信息。"好吧。"她说着看了看表，已经快晚上十一点了。她愣了一下，大概是以为时间还早。有一瞬间，萨克斯以为洛蕾尔肯定是在考虑今晚要留宿在客厅里了。但洛蕾尔开始收拾桌面上成堆的文件，一边说："我先回家了。"她朝萨克斯瞥了一眼。"我知道时间挺晚的了，但如果你愿意整理一下你和德尔瑞查到的线索，然后发——"

"给你,而且是通过安全的服务器。"

"可以的话当然最好了。"

莱姆驾着轮椅在白板前来来回回地移动,上面线索寥寥无几。萨克斯在她的电脑那边断断续续地打字。

她好像不怎么高兴。

林肯·莱姆则更是完全高兴不起来。他又看了一遍白板,这该死的白板……

案子查到现在,得到的都是些道听途说、含混不清、胡乱猜测的线索。

虚无缥缈。

一丁点实际的证物都没找到,当然没机会检测证物,并开展分析推理了。莱姆沮丧地叹了口气。

一百年前,法国犯罪学家埃德蒙德·罗卡说过,在任何犯罪现场,犯罪嫌疑人与现场或被害者之间,必定会发生接触和物质交换。这些证物也许不是那么容易看见,但肯定存在,等待着被你发现……当然,你要知道怎么找,还要有足够的耐心和毅力。

像莫里诺案这样的情况,罗卡定律绝对再正确不过了。一场枪击总会留下大量线索:子弹、弹壳、指纹、射击残留物、脚印,更别说狙击手射击点的大量其他线索。

莱姆当然知道线索在哪——远在天边,无法触及,他只能干着急。每一天,甚至每一小时,这些证物都会变质、受到污染甚至被偷走,其价值也不断下降。

莱姆无比希望亲自分析、摆弄和检测所能找到的证物——用他自己的手触摸。残疾让他多年无法享受这份强烈的乐趣,十分难熬。

但时间一点点过去,巴哈马方面却完全没有消息传回来,他这个愿望实现的可能也越来越渺茫。

信息技术部那边有工作人员打电话过来，报告了一下最新情况。他说虽然数据库里有很多个"唐·布伦斯"或者"唐纳德·布伦斯"，但他们用隐藏关系查找系统（ORA）检查过，没有一个符合。ORA 是信息技术部的一个算法系统，只要提供姓名、地址、所属组织和活动记录等信息，运用超级计算机就可以查出被检索人的一些隐藏社会关系，这是传统人工办案做不到的。虽然结果不尽如人意，莱姆却没有很失望，因为他本来就没奢求多少：那种水平的政府特工——特别是狙击手一类——肯定经常更新掩护身份，付钱只付现金，尽一切努力避免在网络上留下踪迹。

莱姆向萨克斯望去，她正在把自己的笔记整理到电脑里，准备发给洛蕾尔。幸好，侵袭她脚踝和膝盖的病症放过了她的手指，所以她打字又快又准，好像从来不用按退格键来纠正错误。他想起多年前自己刚当上警察的时候，女警绝不承认自己会打字，因为她们害怕会被视为行政助理，只能坐办公桌。但如今状况不一样了，打字快的人往往能更快地查到更多信息，调查工作也更有效率。

但萨克斯现在的样子就像一个遭受了虐待的秘书。

汤姆的声音突然传来："要不要给你拿点——"

"不用。"莱姆迅速打断他的话头。

"哈！但我的问题是问阿米莉亚的，"汤姆毫不客气地回击道，"所以不如来听听人家怎么说吧。你想要点吃的或者喝的吗？"

"没事，先不用了。谢谢你，汤姆。"

这让莱姆小肚鸡肠地暗喜了一下。他也拒绝了汤姆的提议，然后回去继续生他的闷气。

这时萨克斯接到了一个电话。莱姆听见电话里传来嘈杂的音乐声，马上就知道是谁了。萨克斯打开了免提。

"有什么好消息啊，罗德尼？"莱姆说。

"好啊，林肯。进展很慢，我顺着泄密者的邮件从罗马尼亚查到了瑞典。"

莱姆看看时间,斯德哥尔摩现在是大清早。可能技术宅的生物钟有自己的运行规律吧。

罗德尼说:"事实上,我还真认识操作代理服务器的那家伙。几年前我跟他就《龙文身的女孩》争执了一番,后来搞得互相黑掉了对方的电脑。他挺厉害的,不过还是没我厉害。哎,反正我说服他来帮忙了,只要保证他不用出庭做证就行。"

虽然莱姆现在心情不怎么样,但还是笑了:"这老派的网络还真是不会消失啊,我是说真实的人际网络。"

虽然背景的音乐太大声,但萨内克大概也笑了笑。

"他告诉我,那封邮件肯定是从纽约地区发出的,而且没有经过任何政府的服务器,用的是商业无线网络。泄密者可能是盗用了别人的账号,或者是在咖啡店、酒店之类的地方用的免费公共 Wi-Fi。"

"有多少可能的地点?"萨克斯问。

"纽约区域没有密码的 Wi-Fi 账号得有七百万个左右吧,基本是这么多。"

"唉哟。"

"啊,不过其中有一个被我排除了可能性。"

"就一个?哪个?"

"我自己的。"他把自己给逗得大笑起来,"没事别急,我们很快就能把范围缩小的。我有个密码要破解,准备向哥伦比亚大学借一下超级电脑。一有发现我就马上通知你们。"

莱姆几人对他道了谢,结束了通话。罗德尼又沉进他那难听的音乐和心爱的"盒子"堆里,萨克斯又回去生气地打字,而莱姆则回去瞪着几近空白的白板。

莱姆自己的手机响了,他拿起来,区号是二四二。

好嘛,这就有趣了,他一边想着一边接听了电话。

## 22

"喂?是你吗,警官?"

"对,是我,警督。"皇家巴哈马警察局的警官米夏尔·波提耶答道,还轻轻地笑了,"您是不是有点吃惊?您本来以为我肯定不会回电了,对吧?"

"我的确是这么想的。"

"现在挺晚的了,我打扰到您了吗?"

"没有,你能给我打电话我可高兴了。"

话筒里传来铃响的声音。波提耶是在哪里?时间已经很晚了,但莱姆能听见他那头有人群的嘈杂声,而且是很多很多人。

"早前我们通话的时候,我旁边有其他人,很多事不方便明说。"

"我就说嘛。"

"我那样做,可能会让您觉得我不愿意跟您合作了。"他停住了,好像在回想自己的话有没有语法错误。

"是会有点。"

波提耶那边突然响起很大声的音乐声,像用风笛吹奏的,曲风轻快明亮,有传统马戏团的风格。

波提耶继续说:"您大概也在想,为什么要把一件看起来这么重要的案子交给我这个没有办凶杀案经验的年轻警官。"

"你还年轻吗?"莱姆问道。

"我二十六岁。"

这个岁数,在一些情况下算是年轻的,在另一些情况下则不算。但就办凶杀案来说,这的确算是菜鸟的年纪。

一阵金属碰撞的巨大嘈杂声包围了波提耶。

波提耶说:"我现在不在办公室。"

莱姆大笑着说:"这个我也留意到了,你在街上吗?"

"不,我晚上还打着一份工。是在天堂岛一个度假村的赌场当保安。就在很有名的亚特兰提斯附近,您听说过吗?"

莱姆没听说过这些,他这辈子都没去过什么海滨度假村。

波提耶问:"您那边的警官们会干这样的副业吗?"

"有些是会的,光靠当警察的薪水很难过上好生活。"

"是的,您说得没错。其实我也不愿意来这边上班,我更想继续调查学生失踪案,但我缺钱嘛,没办法……哎呀,时间不多了。我特地买了一张电话卡,只能通话十分钟。请让我解释一下莫里诺一案,还有我参与调查的情况。是这样,我当时正排在调动到中央警探组的名单里,已经排了好一段时间了。我一直想当个真正的警探。上周一位高管跟我说,我被提拔到中央警探组的一个初级岗位了,之后更让我吃惊的是,他们直接就让我负责主持侦办一个案子,就是莫里诺案。我本以为至少还要过一年,他们才会考虑要不要让我进中央警探组,至于让我接受并负责案子,根本想都不敢想。但既然这事发生了,我也还是很高兴的。

"后来他们跟我说,让我负责这个案子是因为当时这案子只算行政事务。我之前也说过,这案子应该是贩毒集团做的,而且这个集团很可能来自莫里诺先生的祖国委内瑞拉。杀手当然早就逃出国境,回到加拉加斯了。我的工作只是搜集一下证据,到莫里诺先生遇害的旅店搜集证词,再交给委内瑞拉警方。如果他们想到现场取证调查,我就充当一下联系人,仅此而已。后来我就被叫去协助其他高级警探调查另一个案子了,我之前说过的。"

那个有名的律师。

又是一阵碰撞声和人群的吵闹声。什么情况，老虎机吗？

波提耶停了一会儿，然后跟附近的人说："不，他们喝醉了。看紧他们，我这边有点事，必须打完这通电话。他们要是闹事就把他们丢出去。叫塞缪尔处理。"

他回到线上："您怀疑高层有幕后黑手故意阻挠这起案子的调查，从某些方面来说的确是的。首先，贩毒集团为什么要杀他？莫里诺先生在拉丁美洲很受欢迎。贩毒集团也是商人，如果他们杀掉人人尊敬的莫里诺先生，人们就会仇视他们，他们就没有制毒的工人和运毒的'骡子'了，他们可不想这样。所以我自己做了些调查，我认为贩毒集团跟莫里诺先生是互帮互助的。"

莱姆说："同意。"

波提耶停了一下，又说："莫里诺先生总是毫不留情地发表反对美国的言论。而且，他的组织越来越受欢迎，组织宣传的反美情绪也一样。这些您都知道吧？"

"当然了。"

"他还跟一些有恐怖主义倾向的组织有联系，我想，这事您应该也知道了。"

"这点我们也查到了。"

"所以，我是偶然想到的……"他紧张地降低了说话的音量，"也许贵国政府希望除掉他。"

莱姆心想，看来自己之前小看这位警官了。

"所以您也看得出来，我的上级，甚至整个国家安全局和政府都发现自己陷入了巨大的危机。"他现在声音低得近乎耳语，"如果我们调查后发现，真是美国中央情报局或者五角大楼派了狙击手来射杀莫里诺先生呢？万一警方的调查行动查出了这个杀手，甚至牵出了他背后的组织呢？那事情就闹得太大了。要是揭穿了这种丑闻，贵国政府可能会修改针对巴哈马的移民法案，或者是出入境管理法，这会对我国造成很大影响。我国经济现在不怎么好，很需要依靠美国。我们需要美国家庭前来旅游，一家老小在海滨尽情消费，真的承担不起失去这些游客带来的后果。所以我们可不想触怒贵国政府。"

"你是觉得，如果深入调查的话，会没好果子吃，对吗？"

"这样想是很合理的，不然就没法解释为什么本案的主导调查员——也就是我本人——明明两周前还在检查新落成大楼的消防出口是否合格、水上摩托租赁店有没有按时缴费之类的杂事，现在竟然会被派来调查这么大的案子。"

说到这儿，波提耶突然提高了音量，语气刚毅了很多："不过我必须声明，虽然我之前只是在工商执照核发部门工作，但我经手的每一次核发，都是及时、完善且公正地完成的。"

"我相信你一定做得很好。"

"所以，我真的很烦他们指派我来调查这个案子，却又不让我好好地调查。您懂我在说什么吧？"

两人都沉默了，只有老虎机的声音轰隆作响。

片刻后，老虎机暂时停了下来，波提耶说："警督，莫里诺一案现在在我们这边算是搁浅了，但我估计您那边应该是在全力调查吧？"

"没错。"

"我猜，您应该是向着密谋罪的方向调查的吧？"

之前的确是太小看他了。"也没错。"

"我查了一下那个名字，唐·布伦斯，您说过这应该是掩护身份的名字。"

"对。"

"我查了海关、护照管理部门和酒店记录，都没有这个名字。不过，他其实有很多途径可以很轻松地偷偷登岛，不会被人发现。这不难做到。但有两件事，也许对您有帮助。我得说我真的没有轻视这个案子。之前说过,我访问过几名证人,南湾旅社前台接待员表示,莫里诺入住的前两天,曾有人打电话到前台确认预约信息,是名男性,美国口音。但莫里诺的随从一小时前刚刚来电确认过信息,所以接待员很疑惑第二次来电的人到底是谁,为什么这么在意莫里诺的行程。"

"你记下电话号码了吗?"

"前台说,区号是美国的,但完整的号码查不到。说白了,就是我被人禁止继续深究下去。好了,还有第二条线索,就是枪击案前一天,有人在旅社里打探消息。一名男子找清洁女工问了很多事,比如莫里诺先生住的是哪一间房,酒店是否有工作人员常驻门外,那个套房有没有窗帘,他的保镖住哪里,莫里诺先生的出入行程,等等。我猜这就是前一天打电话的那人,但当然不能确定。"

"有没有问到外貌描述?"

"是白人男性,大约三十岁,浅棕色的短发。美国口音。清洁工说,他身材瘦而精壮,像是军人。"

"就是他了。先打了电话确认莫里诺的入住信息,然后又到酒店检查现场情况,肯定是他。他开车了吗?有其他信息吗?"

"没有了,就这么多。"

哔。

莱姆听见电话里传来"哔"的一声,心想:该死,被NIOS窃听了。

但波提耶说:"啊,我只剩几分钟了。刚才响起的提示音说明电话卡限时快到了。"

"我会再打给你——"

"我现在得挂了,希望——"

莱姆着急地说:"等等,拜托了,跟我说一下案发现场的情况,之前我问过的,关于子弹的事。"

本案的关键……

波提耶停了一下才说:"狙击手开了三枪,开枪的地方距离旅社很远,超过一英里。有两枪打偏了,子弹打在套间外的水泥墙上,碎了;打中莫里诺的那颗子弹已经找到了,基本是完好的。"

"只有一颗子弹?"莱姆有点疑惑,"那其他被害者是什么情况?"

"哦,他们没有中弹。枪击的威力非常大,把玻璃窗完全击碎,玻璃碎片飞溅到所有人身上。保镖和记者都被严重割伤,在送医院途中就失血过多而亡了。"

真是神枪手啊。

"那弹壳呢?"

"我叫过鉴证部门去搜索可能的开枪地点,不过……"他又越说越小声,"我才刚调任嘛,资历太浅,那些老油条说懒得查了,我都管不了。"

"懒得?"

"他们说,那块地形很复杂,坑坑洼洼的,搜查会很困难。我还想争取一下,但是紧接着上头就命令不能继续查这个案子了。"

"你可以自己去搜查,警官。我可以教你如何找到狙击手开枪的地点。"莱姆说。

"可是,我也说过,本案已经被勒令停办了。"

哔。

"你只需找一些很容易就能找到的东西。狙击手再谨慎,通常还是会留下很多线索的。真的不会花很多时间——"

哔,哔……

"不行啊,警督。那名失踪的学生还没找到呢——"

莱姆更着急了:"行吧,但至少麻烦你把相关的报告、照片和尸检结果发给我,拜托了。如果还能拿到死者的衣服,尤其是鞋子,就更好了。还有……那颗子弹,我们真的很需要那颗子弹。我们对待证物很严谨的,一定会办齐手续,不会损坏或者丢失的。"

又是一次停顿:"唉,抱歉,警督,真的不行。我必须挂断了。"

哗，哗……

断线前，莱姆最后听见的是赌博机器响起的一阵噪声，还有个烂醉的游客吼道："真行，你简直是天才！花了两百美元赢回来三十九美元！"

# 23

晚上，莱姆和萨克斯一起躺在他的 SunTec 床上。

萨克斯跟莱姆说，这张床真是舒服到难以置信，但莱姆可没法感觉到床的舒适，他只知道枕头的感觉。当然，这枕头也是高级货。

"看。"萨克斯轻声说。

莱姆卧室的窗台外面有一团毛茸茸的东西在动，但是混在夜色里看不太清。

一片羽毛飞起，飘到视野外，然后又是一片。

看来现在是它们的晚餐时间。

莱姆住进这栋房子之后，一家游隼也在这个窗台上安了窝，这让他很高兴。作为一名科学家，莱姆完全不相信什么运势、预兆、超自然现象之类的东西，但他并不反感"寓意"这个概念。他用隐喻的心态看待这些游隼，想着大多数人都不知道的一则小知识：游隼捕猎时几乎是一动不动的。它们会收拢翅膀，爪子前伸，矫健的身体呈完美的流线型，从高空中以两百英里的时速俯冲而下，用巨大的冲击力杀死猎物，根本不用撕咬。

一动不动，却富有掠食性。

游隼夫妇低头吃着它们的主菜，又一根羽毛轻轻飘走。它们的晚餐生前是一只粗心大意的胖鸽子。隼类猛禽多为昼行性动物，会在黄昏前捕猎，但住进城市后，有的隼会改为晚上觅食。

"很好吃的样子。"萨克斯说。

莱姆笑了。

萨克斯又往莱姆身边凑近了些,莱姆闻到她头发的香气,有洗发露的花香。萨克斯不喜欢用香水。莱姆抬起右手,轻轻把她的头搂过来。

"你会继续跟进波提耶那边吗?"她问。

"肯定要再争取一下。他好像真的不肯再帮忙了,但我想,他的上级阻止他继续查这个案子,肯定让他很受挫。"

"这案子可不简单啊。"

莱姆低声学迈尔斯说话:"那么,被'再调派'成'初等玩家',你感觉怎么样?能不能适应啊?"

萨克斯大笑起来:"我都不知道他那到底是什么部门,特殊勤务部,迈尔斯警督?"

"你才是在职警察啊,我还以为你知道。"

"完全没听过。"

他们沉默了下来,然后,莱姆从还有正常知觉的肩膀感受到萨克斯的身体有点紧张和僵硬。

"怎么了?跟我说说。"莱姆问。

"就是……莱姆,我有点怕这个案子。"

"你是说之前你跟南希谈到的事?觉得调查梅茨格和这个狙击手超过我们的能力范围了?"

"是。"

莱姆点点头:"你说得也对。我这么多年来查过的案子都是黑白分明的,所以我从来没有质疑过它们的性质。但这次的案子真的哪里都是灰色地带。不过有一点,萨克斯,我们要记得。"

"我们是自愿参与的。"

"对。什么时候我们不愿意了,就撒手不管,迈尔斯和洛蕾尔爱找谁找谁。"

萨克斯静静地躺着，一动不动——起码莱姆用自己还有知觉的身体部分感受到的是这样。

莱姆继续说："你从一开始就不喜欢这个案子。"

"是啊，而且我也有点想退出。我们对涉事各方知道得太少了，不知道他们心里在想什么，也不知道动机。"

"你就是我的动机女王。"

"而且我说的涉事各方，是包括比尔·迈尔斯和南希·洛蕾尔的，不只是梅茨格和布伦斯——或者随便他叫什么鬼名字都好。"她停了一会儿，"我对这事有种不好的预感，莱姆。我知道你不信这一套。但你的职业生涯绝大部分都是在跑犯罪现场，而我是街头巡警。真的是有直觉这东西的。"

他们一时都没再说话，静静地看着窗外的雄隼展开翅膀轻轻扇动。隼体形不大，但它整理羽毛的时候却会散发出帝王般的高贵气质，时不时转眼往屋内一瞥时更是如此。它们的视力好得惊人，可以从数英里外看见猎物。

寓意……

"你想继续查下去对吗？"萨克斯问。

"我明白你的想法，萨克斯。对于我来说，这就像一个结，我忍不住要去解开。但你不一样，你没必要坚持参与。"

萨克斯毫不迟疑地回答道："不对，我是和你一起的，莱姆。是'我和你'，只有'我和你'。"

"那就好，我——"

萨克斯突然吻住了他，打断了他的话。她急切地掀开被子，爬到了莱姆身上，抱住他的脑袋，爱抚起来。他感觉到她抚摸自己的后脑、耳朵、脖子和太阳穴。莱姆吻向她的秀发和耳朵，最后又重新吻她的嘴唇。

自从右手能动以来，他就一直用它来操作显微镜、电话、电脑和一些证物分析仪器，但这是他第一次把萨克斯搂得更近，抓住她的睡衣领子之后温柔地脱掉。

他觉得如果自己努力一下,应该是能好好地解开那些纽扣的,但情况紧急,他才用了更直接的办法。

## 第三部分　变色龙

### 五月十六日，星期二

# 24

莱姆驾驶着轮椅，从客厅来到了门厅旁的玄关处。

他的专属脊椎治疗医生——维克·贝灵顿医生紧随其后。汤姆把客厅门带上后，也跟上了他们。医生到病人家出诊，好像已经是别的年代，甚至是别的次元的事情了。但有些病患伤势过于严重，要自行前往医院就诊跟登天一样难，许多敬业的医生就会为病人专门上门诊疗。

但贝灵顿倒也不是很传统的那种医生，他今天背一个黑色的耐克背包，而不是常见的公文包，而且他还是骑自行车从医院过来的。

"谢谢你这么早赶过来。"莱姆对他说。

现在才早上六点半。

莱姆很喜欢这位医生，所以饶了他，没问他昨天导致约诊推迟的那个紧急状况——或者说"一些事情"——最后怎么样了。换作是别的医生，早就被莱姆用火烤了。

贝灵顿医生刚刚为莱姆做完手术前最后一套体检，为定在五月二十六日的手术做好了准备。"我会把你的血液送检，看看结果怎么样。不过我看你的状况没怎么变化，血压很正常。"

血压问题是脊椎重伤患者的死敌。自主神经反射异常一旦发作，血压就会激增，如果医生或者护工不及时处理好，病人很容易就会中风，甚至死亡。

"还有,每次见你,你的肺活量都更大了,我觉得你肯定比我还健壮。"

莱姆问:"我手术成功率是多少?"

贝灵顿医生从不信口开河,所以莱姆知道他肯定会如实回答。

"恢复左手和左臂的功能吗?那个我基本可以保证百分之百的成功率。移植韧带和植入电极这些都是肯定没问题的——"

"不,我不是说那个。我是说接受手术的话,我活下来的概率是多大,还有术后患上严重并发症的概率。"

"啊,这就不太一样了。这点我能给你百分之九十的保证。"

莱姆沉思起来。这次手术对他的腿不会有任何影响。医学技术是没办法挽救这双腿了,至少五年,甚至十年内都不行。但多年来,莱姆逐渐认识到,对于残障人士来说,手和手臂是他们接近正常人的关键。要是一个残疾人能正常地用手使刀叉,或者跟人握手,别人就不会太在意他还坐着轮椅。但如果手不能动,需要别人帮忙喂饭和擦口水,那这人的存在就会散发令人不自在的气息,好像烂泥被四处泼洒,搞得人人不愉快。

然后在场的其他人要么就是把视线移开,要么就会对你投来该死的同情的目光:你太惨了,你太惨了。

百分之九十……能挽回人生中一个重要的部分,这也很划算。

"那我就接受这个手术吧。"莱姆说。

"行。如果血液检测有什么不对劲,我会跟你说,当然,我看是不会有问题的。那我们还是定在五月二十日号手术,术后一周你就可以开始复健了。"

莱姆跟医生握了握手,准备分别时又问:"啊,还有一件事,手术前一晚我能不能喝上一两杯?"

汤姆说:"林肯,你应该保持身体最佳状态去接受手术才对啊!"

莱姆咕哝道:"心情我也想保持最佳状态啊。"

医生若有所思地说:"按理说,这种大手术前四十八小时都不应该摄入酒精的。但是最直接简单的准则是，术前一晚的晚饭后开始就要空腹，这之前你吃什么我倒不太在意。"

"谢谢你，医生。"

医生离开后，莱姆驶回证据分析室，研究起白板上的线索。萨克斯正把米夏尔·波提耶昨晚跟他们说的事抄写到白板上。她做了一些修正，还用较粗的记号笔把最新得到的信息标示出来。

莱姆研究了好一会儿，然后突然大喊："汤姆！"

"我就在你旁边呢。"

"我还以为你去厨房了。"

"我没去，一直在这儿。怎么了？"

"你帮我打几通电话。"

"可以是可以，但你现在不是更喜欢自己动手吗？"汤姆说着，看向莱姆的右手。

"我是喜欢动手去打电话，但我不喜欢被人说稍等，然后把我晾在一边。我有预感，等一下你肯定会被人晾着。"

"所以我是要成为你的'稍等代理人'了。"

莱姆想了想："这样说也行，就是这名字不够威风。"


## 罗伯特·莫里诺凶杀案

**犯罪现场一**

- 巴哈马群岛新普罗维登斯岛，南湾旅社，一二〇〇号套房（击杀室）。
- 五月九日。
- 被害者①：罗伯特·莫里诺

　　死因：枪击，胸口中一枪身亡。

　　备注：莫里诺，三十八岁，美国公民，旅居海外，居于委内瑞拉。反美情绪强烈。绰号"真理的信使"。计划于五月二十四日"消失得无影无踪"。可能跟五月十三日在墨西哥发生的恐怖袭击有关，据称其曾寻找可以"将他们炸飞"的人选。
- 四月三十日至五月二日于纽约市逗留三天。目的？
- 五月一日，租用了精英礼宾车公司的服务。
- 司机为阿塔什·法拉达（莫里诺常用司机为弗拉德·尼科洛夫，当天因病请假，目前还在尝试联络）。
- 注销了在美国独立银行与信托公司还有其他银行的账户。
- 于列克星敦大道和第五十二街交会处接了一名女子"莉迪亚"上车，该女子当天全天同行。疑为妓女？莫里诺向其支付了费用？详细身份正在调查中。

- **被害者②：爱德华多·德·拉·鲁亚**
  - 死因：被碎玻璃严重划伤，失血过多身亡。
  - 备注：记者。案发时正对莫里诺进行采访。出生于波多黎各，居于阿根廷。

- **被害者③：西蒙·福洛雷斯**
  - 死因：被碎玻璃严重划伤，失血过多身亡。
  - 备注：莫里诺的保镖。巴西国籍，居于委内瑞拉。

- **嫌疑人①：史锐夫·梅茨格**
  - 国家情报特勤局局长。
  - 情绪不稳？疑有狂躁倾向。
  - 通过篡改证据，非法授权通过特勤令？
  - 离异，有耶鲁大学法律学位。

- **嫌疑人②：狙击手**
  - 代号：唐·布伦斯。
  - 情报部门在查找布伦斯相关资料。
  - 查无有效信息。
  - 疑于五月八日独自前往南湾旅社。白人，男性，约三十五岁，浅棕色短发，美国口音，瘦削但精壮，"像是军人的样子"。打探有关莫里诺的信息。
- 疑于五月七日致电南湾旅社确认莫里诺是否抵达。来电号码带有美国区号。
- 已获得声纹样本。
- 犯罪现场报告、尸检结果等细节有待补充。
- 谣言称案件为贩毒集团所为。考虑此为假消息。

**犯罪现场二**
- 唐·布伦斯的狙击点，离击杀室两千码，位于巴哈马群岛新普罗维登斯岛。
- 五月九日。
- 犯罪现场报告有待补充。

**补充调查**
- 确认泄密者身份。
  - 身份未明者泄露了特勤令。
  - 通过邮件寄送。
  - 纽约市警察局计算机犯罪调查组追踪结果：线索上溯至中国台湾、罗马尼亚、瑞典。初始发出地为纽约地区，通过公共无线网络发送，未经政府服务器。
  - 所用电脑为旧机型，疑为机龄十年以上的 iBook 电脑，可能是贝壳形翻盖机，鲜艳双色配色（比如绿色和橙色）。或为传统型号，石墨色，远厚于当今笔记本电脑。
- 疑有人驾驶浅色轿车跟踪萨克斯警探。
  - 品牌及车型未确定。

## 25

史锐夫·梅茨格刚去地下室找过NIOS的技术部门——也叫"偷窥小组",现在回到了顶楼。

他在楼道里的时候注意到,很多工作人员都不敢正眼看他,有的还生硬地拐弯,躲进洗手间,虽然他们明显没有三急。但他没放在心上,因为他正忙着回忆情报员们的调查报告。他们都在用特别精密复杂的设备搜集情报,而且关键是,从官方层面来说,这些设备都是"不存在"的(NIOS在美国本土并没有管辖权,所以当然不能窃听电话、审查电子邮件和入侵别人的电脑,但梅茨格一句话就解决了问题:走后门)。

他又留意到更多的工作人员纷纷避开,自己也有点走神。他又开始幻听,但不是之前那种,这次更像是记忆的碎片。

把你的怒气想象成一个图像。一种象征,或者一种比喻。

好。你建议我想象成什么呢,医生?

这可不是由我来决定的,史锐夫。你得自己选。其他人会选某些动物,电视节目里的坏人,或者烧热的炭。

炭吗?他想了一会儿:那我也决定一个吧。这样一来,他心里那猛兽般的怒气就有了一个形象。他想起自己青春期时的一件事:那时他还是个肥仔,在纽约州北部上中学。一个秋天,有人点燃了一堆落叶来取暖,他羞涩地留意着火堆旁的一个女生。火烟在四周飘浮。夜色很美。他假借被烟熏到,靠近那个女生,对她微笑着打了个招呼。她说:"别靠火堆太近了,你这么胖,很容易被火烧到的。"然后她转身走了。

这简直是为心理医生量身打造的故事。费舍尔医生听得津津有味,他之前听梅茨格说自己下令杀人之后怒气会消减的时候,可没这么感兴趣。

那就用"浓烟"吧,首字母要大写的……选得好,史锐夫。

他走近自己的办公室,远远地看见露丝在里面,站在他的办公桌旁。平常他要是看到别人擅闯他的私人空间,肯定会气得爆炸,但在大部分情况下,他是特许露丝进入他的办公室的。而且,他从未对露丝发过脾气。这待遇,NIOS的绝大部分其他工作人员都享受不到。他经常批评其他工作人员,对他们大吼大叫,甚至还会狠狠地扔文件或者电话簿,只不过不是扔在被骂的人身上。但对露丝真的完全没有过。也许是因为露丝的岗位离他最近,在工作中来往比较密切吧。但转念一想,他又觉得不对:露辛达、凯蒂和赛斯够亲密了吧,但他还是多次忍不住对自己的妻子和孩子大发雷霆,最终给自己闹来一纸离婚协议,他们惊恐流泪的样子也深深地刻在了他的记忆里。

也许是因为露丝从没有激怒过他?

也不对。梅茨格常常因为自己臆想别人是在冒犯他,或是预感人家可能冒犯他,便心生怒火。一些话语在他心头打转,那是周日晚,他看完凯蒂的足球赛后,便驾车回办公室,一路上他心里就在组织语言,想着要是被警察拦下来的话要怎么骂那个警察。

你一个破蓝领,人民公仆怎么当的!……给你看看我的联邦政府雇员身份!看好了!你现在是在妨碍我执行有关国家安全的重大任务!你可把你的饭碗给弄丢了,老兄!……

他走进办公室,露丝朝她刚刚放在桌上的一些文件点点头,报告说:"是华盛顿来的一些文件,仅限你一人查看。"

不用问，里面肯定是关于莫里诺一案的质询，还会批评我们搞出的大麻烦。妈的，那些官僚行动太快了，像鲨鱼一样。他们自己倒是舒舒服服地坐在华盛顿的办公室里，轻轻松松地站在道德高地随意猜测和指责别人。

魔法师跟他的老伙计们哪儿会知道最前线的工作有多困难。

他深呼吸了一下。

怒火慢慢地退去了。

"谢谢你。"他拿起文件袋，那上面有一条鲜红色的带子。之前赛斯要去马萨诸塞州的夏令营，需要梅茨格签一些表格，同意让他在没有监护人的情况下搭乘飞机，装那些表格的信封就跟这个很像。那时，十岁的赛斯有点慌张，眼睛不安地四处看。梅茨格安慰他说："没事的，去好好玩。"但接下来他就注意到，孩子紧张似乎是因为父亲还在身边。在他离开父亲、跟上机组人员之后马上就活跃了起来。

父亲就像个定时炸弹，孩子当然会想不顾一切地远离。

梅茨格拆开手上的信封，从胸前的口袋中抽出眼镜戴上，开始看这些文件。

然后他笑了起来。刚刚猜错了，这些文件不是上面来的指责，只是一些情报和评估结果，是针对未来有可能出现的特勤任务的。这也是他的"浓烟"带来的一个负面影响：让他老是胡乱臆测。

他迅速浏览了一下文件，心里祈求这些信息是关于阿尔·巴拉尼·拉希德的任务的，他可是在队列里排在莫里诺之后的首要目标。

天啊，梅茨格很想干掉拉希德，想得咬牙切齿。

他把报告放下，看向露丝："你是今天下午要赴约吗？"

"对，没错。"

"会顺利的。"

"会的，会的。"

露丝回到她自己的桌子旁坐下，桌上摆着她家人的照片——是她那两个十来岁的女儿和她第二任丈夫。她的第一任丈夫在第一次海湾战争中牺牲了。现在这位也当过兵，在战斗中负过伤，被迫在一家条件一般的退伍军人医院住了好几个月。

这么多人为这个国家做出了巨大的牺牲，却鲜有人感激他们……

魔法师真该跟露丝聊聊天，了解一下她为国家付出了多少——一位丈夫失去了生命，第二位丈夫又失去了健康。

梅茨格坐下来想细读刚收到的报告，但莫里诺的事让他心情烦躁，集中不了精神。

我打电话通知过一些人了。唐·布伦斯当然已经了解情况了。还有另外一个人也知道了。我们……正在努力处理。

这些善后工作当然是违法的，但起码目前进展顺利。他的"浓烟"又消下去一些。他让露丝帮他找斯宾塞·博斯顿过来，自己则重新开始看那份加密报告，报告是关于阻碍警方调查的。

博斯顿几分钟后就来了，像往常一样穿着西装，打着领带。老派的情报人员好像都有一套独特的穿着准则。博斯顿一进来，就本能地关上了办公室的门。梅茨格留意到，在门关紧之前，露丝正在往这里看。

"查到什么了？"梅茨格问。

斯宾塞·博斯顿坐了下来，扯了一下裤子上的一个小毛球，发现那其实是个线头，于是停了手，避免越扯越多。他看起来睡眠不足，精神不太好，而且他已经六十多岁了，所以更显得憔悴。梅茨格心想，不知道自己现在是什么鬼样子？他边想边摸摸脸颊，检查自己有没有剃胡子——幸好没忘。

虽然梅茨格的暴脾气人尽皆知，但博斯顿跟他报告坏消息的时候从不犹豫。中美洲的经历让博斯顿锻炼得刚毅而沉稳，无论遇上的后辈官僚再怎么暴躁，博斯顿都不会受影响。他平静地说："查不到，史锐夫。什么都查不到。每一个登录系统查看暗杀令的账号我都查过了。所有对外发送的邮件、FTP和上传服务器，我都找信息技术人员查过有没有蹊跷。霍姆斯提德的安全员我也调查过了。除了跟任务有关的人，再没有人下载过这份文件。所以，应该是有人从这里、华盛顿或是佛罗里达把纸质文件顺出去了，然后拿到复印店或者家里扫描复印了。"

在 NIOS 和相关单位内部复印资料，都是会被系统自动登记的，所以这一步当然只能在外面完成。

"复印店……天啊。"

博斯顿继续说："我又回头查了一遍内部人员的背景，没发现有谁可能会对局里的任务有意见。不过，其实大部分人进来之前就清楚我们是干什么的了。"

NIOS 是在"九一一"事件后设立的，主要执行一些官方称之为"修正目标"的阴暗任务，甚至还会做一些很极端和龌龊的任务，像是绑架、贿赂等见不得光的事。局里的大部分特工都有军事背景，而且在加入 NIOS 之前，就曾经在工作任务中取过人性命。很难相信这些人中会有谁突然变心，还搞出这样的事情来祸害 NIOS。至于其余的工作人员，博斯顿说得对：大部分人决定加入之前都是知道 NIOS 的内情的。

当然，除非他们就是为了推翻 NIOS 才故意进来当卧底。内奸，简直卑鄙无耻。

梅茨格说："还是得继续查下去。还有，天啊，不能再走漏更多风声了。那个人知道得够多了。"

像是在用魔法搜集风声一样。

博斯顿雪白的眉毛紧紧地皱了起来，小声说："他们不会是……这事不会闹得让我们出局吧？"

梅茨格难受地意识到自己也不知道华盛顿方面打的什么主意，因为自第一次通电话以来，魔法师就再没传来过任何消息。

因为呢，情报委员会最近开始讨论关于预算的事情。事发突然，毫无预警。我也不知道为什么……

"老天爷啊,史锐夫。可不能让他们这么干啊。这是最适合我们的工作。"

这话没错,但现在看来,他们显然不是最适合保守秘密的人。

这一句梅茨格没说出口。

博斯顿问:"警方的调查有什么新消息吗?"

梅茨格谨慎起来:"不多。为安全起见,只能多做些准备。"他说着瞧了一眼那部红色的神奇手机,屏幕显示没有收到新的消息。这手机里面有一颗装着强酸的胶囊,如遇紧急情况,可以在几秒内销毁硬件。

梅茨格呼出一口气,说:"其实,我认为调查进展不会很快。我们得到了参与调查的人员名单,看过他们的情况了。警方为了保持低调,没有用正规的纽约警察局调查队伍,而是找了一个精简的小组。主要人员只有那个检察官南希·洛蕾尔,两个调查员和一些打杂帮忙的。警方的人是个叫阿米莉亚·萨克斯的警探。另一个就有趣了,叫林肯·莱姆,是个顾问。之前是警察,不过退役好一段时间了。他们的调查工作就在他家进行,上西区,私人住宅,不是警方设施。"

"莱姆……哎,我好像听说过。"博斯顿皱着眉说,"他好像很有名?我看过一个电视节目介绍他,好像是全国最好的犯罪现场鉴定专家。"

这点梅茨格当然知道,他昨天就收到消息说另一名调查人员是莱姆。"我知道。但他是个残疾人,四肢瘫痪。"

"那又有什么关系?"

"斯宾塞,你说犯罪现场在哪儿?"

"哦,对,在巴哈马。"

"没错。他一个残废能怎么样呢?难道他还能跑去沙滩上打滚,搜集子弹壳和轮胎印吗?"

# 26

"这就是加勒比了!"

莱姆兴奋地说。他驾着糖苹果一样红的轮椅,从拿骚的林丁平德林国际机场驶出门外,迎接他的是又湿又热的风。印象中,他已经好多年没遇上过这样的空气了。

"差点儿被闷死啊,"他大声地说,"不过我喜欢!"

"悠着点儿,林肯。"汤姆说。

但莱姆可听不进去。他现在简直像圣诞节早上的小孩一样兴奋,毕竟他已经不知道多少年没出过国了。众所周知,莱姆不怎么出门,所以这趟旅行让他兴奋不已,但他更期待的是这次出远门可能收获的东西:莫里诺一案的切实证物。他决定来这一趟,是因为一样他羞于承认的东西:直觉,萨克斯总是挂在嘴上的这个靠不住的玩意儿。他认为,唯一能取到那颗关键的子弹以及其他证物的方法只有一个,就是当面跟米夏尔·波提耶要。而且必须莱姆亲自前去。

莱姆很清楚,波提耶心里很在意莫里诺一案,也很不甘心被上司当成傀儡利用,弄得案子的调查停摆。

虽然我之前只是在工商执照核发部门工作,但我经手的每一次核发,都是及时、完善并且公正地完成的……

莱姆心想,说服他帮忙应该不难。

所以汤姆不辞辛苦地给各家航空公司和旅店打电话,无数次被

"稍等",忍受了无数次电话里难听的音乐,终于给莱姆安排好了行程——因为莱姆身体情况特殊,要完成这项任务极其复杂困难。

但结果其实没他们想的那么麻烦。

像莱姆这样的残疾人士要搭乘飞机出远门,当然有好些复杂的问题要解决,比如需要适用于飞机客舱的特制轮椅、特制的枕头;暴风箭轮椅的搬运和存储要特别谨慎;还有莱姆自身的大小便问题也要处理。

但这一趟旅程下来还挺顺利的。在交通安全局眼里,人人都是残废,都是动不了的物件,都只能像行李一样被随意拖拉。同行的正常人平常都习惯独立自由地行动,如今却处处受限,莱姆反而感觉自己比他们适应得更好。

他们来到机场的一楼,大量刚刚抵达的旅客和本地人堆在马路边,正争抢着出租车或者小面包车想要离开机场。莱姆高兴地驾驶轮椅冲过去,挤过人堆,去看机场花坛里的花草树木,其中有很多品种是他从没见过的。莱姆当然对园艺毫无兴趣,但植物学的知识对于刑事鉴定非常有用,所以他对这里各种新奇的植物很感兴趣。

另外,他还听说当地的朗姆酒是顶好的。

他回到了正在打电话的汤姆身旁,自己也打电话给萨克斯语音留言。"顺利到达,我……"一阵刺耳的大叫吓得他回过头,"乖乖,把我吓死了。这儿有只鹦鹉在说话!"

鹦鹉是当地的旅游协会放在那里的,笼子上的标牌写着这是一只阿巴克巴哈马鹦鹉。这只鸟儿身上长着灰色的羽毛,尾羽却是鲜绿色。它正在大声地叫着:"你好!好吗!欧拉!"莱姆把它的招呼声录了下来,发给了萨克斯。

莱姆又深深吸了一口潮湿又带着咸腥味的空气,里面混着一股酸腐味,他认出这是焚烧东西时产生的烟味。难道是什么东西着火了?但是周围的人都对此毫无反应。

"行李都拿齐啦。"一个声音从背后传来。

纽约市警察局的巡警罗恩·普拉斯基——一个瘦削的金发年轻人——用手推车运着行李走来。他们这次来没打算待很久，但因为莱姆身体状况特殊，所以还是要带很多行李。比如药品、导尿管、其他各种复杂的管子和消毒剂，还有一个用来预防莱姆生褥疮引发感染的空气枕。

莱姆看着汤姆从袋子里抽出了一个从没见过的小包裹，还绑到了轮椅背后，就问道："你那是什么东西？"

"是便携式呼吸机。"普拉斯基说。

汤姆补充道："电池驱动，有两个氧气罐，够你用两三个小时的。"

"啊？干吗要带这破玩意儿来？用得上吗？"

"比如，因为你要在七千英尺的高空中承受七个小时的飞机客舱气压。"汤姆平静地说，好像这是小孩子都懂的事情，"比如你可能要承受巨大的心理压力，等等。要用到它的情况多了去了，带着也不会死。"

"我看起来心理压力很大吗？"莱姆咬牙切齿地问。他几年前就通过努力锻炼让自己摆脱了辅助仪器，可以正常地自主呼吸，这是他受伤后最骄傲的成就之一。但很明显汤姆已经忘了这项杰出成就，或是根本就不认同这个成就。"我才不要呢。"

"我也希望你用不着。装上它也没什么坏处，就装着吧。"

莱姆没再理他，倒是看了一眼普拉斯基，说："对了，这玩意儿不叫呼吸机。呼吸是氧气和二氧化碳的交换，它只是向肺部提供气体，所以应该叫供氧器。"

普拉斯基叹了口气："你说得都对，林肯。"

至少这菜鸟改掉了以前的坏习惯，不再称呼莱姆为"长官"或者"警督"了。

但他又问道："叫什么都行吧？很重要吗？"

"当然重要了！"莱姆教训他，"什么事都要讲求精准！我们的车到底在哪儿？"

汤姆的又一项任务，就是在巴哈马给莱姆找一辆适合残疾人乘坐的车子。那通电话还没打完，他苦笑着看向莱姆："我又被叫稍等了。"

最后，汤姆终于联系到负责人，几分钟后，一辆面包车便来到了他们面前。这辆白色福特外表破破烂烂的，里面也积着陈年的烟臭，窗户还黏黏腻腻的。开车来的是一个皮肤黝黑的瘦子，他递给汤姆一些文件签名交接。汤姆付好了费用后，司机就徒步离开了。普拉斯基趁这段时间把行李都装到了车尾。莱姆心想，这车该不会是偷来的吧？但马上又觉得这样胡乱猜测别人不太好。

他在心里跟自己说：现在身处新世界了，这里可不是曼哈顿。心态放宽点吧。

汤姆发动了汽车，他们沿着主高速公路向拿骚开去。这条两车道的公路倒是维护得挺好。从机场出来的车非常多，大多是老款美国车、进口日本车、老旧的货车和小面包车。车流里基本没有SUV的影子，当然，这里不会结冰，不会下雪，也没有山地，汽油价格又很高，开SUV不太合适。奇怪的是，因为这里曾是英国殖民地，按照交规车辆要靠左行驶，但很多车都是左舵的，跟美国一样。

他们一路向东，莱姆留意到，沿途有很多小商铺都没有招牌，从远处根本看不出是什么店。房屋之间不时有一些空地，里面乱糟糟的，一些小贩把自己的货车停在那里，车尾是大袋的水果或蔬菜，但小贩们都懒懒散散的，似乎懒得做买卖。他们又经过几栋很不规整的房子，房子本身就很大，还带着院子和闸门，但看起来很老了。很多小房子和棚屋似乎已经被废弃，没人住了，莱姆猜是因为经受了飓风灾害。

几乎所有当地人都是深色皮肤。男人多穿着T恤或短袖衬衫，衣服下摆都不束好，随意地飘着；下身穿着牛仔裤或短裤，都显得很随便。女性的着装也不怎么讲究，但起码她们的裙子大多颜色鲜艳，或者有花朵的图案。

"哎哟！"眼看就要撞到路上的一头山羊，汤姆一脚急刹车避免了事故，吓得自己喘不过气。

"这个厉害了。"普拉斯基说着，用手机给山羊拍了个照。

汤姆遵循GPS的指示，在进入拿骚市区前离开了主路和拥挤的车流，开上了小路。车子避震很差，开起来一直颠簸，在小路尤其严重。途中，他们还从一座古堡的石砌围墙边经过。几分钟后，几人终于开进一家汽车旅馆的停车场。这旅馆毫不起眼，但还挺干净整洁。汤姆先和普拉斯基一起把行李交给了侍应，然后到前台办理入住手续，还检查了旅馆的无障碍设施水平。都办妥后，他回到车上告诉莱姆，情况不错。

"这是夏洛特城堡的一部分。"普拉斯基看着一个牌子说。牌子竖在旅馆通往古堡的小路边。

"什么？"莱姆问。

"夏洛特城堡。这个城堡建好后，巴哈马就再也没受到过外界侵犯。呃，应该说新普罗维登斯岛就没再被侵犯过。就是我们这个地方。"

"呵呵。"莱姆毫无兴趣。

"快看这个！"普拉斯基说着，指向一只趴在大门边一动不动的蜥蜴。

莱姆说："绿蜥蜴，是美洲的一种变色龙。它妊娠了。"

"它什么了？"

"怀孕了，不是很明显吗？"

"'妊娠'是这个意思啊？"菜鸟问。

"学术上准确的说法是'因怀有卵而腹部膨胀'。所以，也叫怀孕。"

普拉斯基笑了："你开玩笑的吧！"

莱姆向他吼道："啊？一只蜥蜴有什么好拿来开玩笑的？"

"不，我是说，你怎么连这些也懂啊？"

"因为我要来的是我不熟悉的地区。好，菜鸟，你说说，我的刑事鉴定书第一章的内容是什么？"

"搜查刑事现场的时候，必须先了解当地的地理知识。"

"没错。我需要知道一些也许对调查有用的知识，包括基础地理、植物学和动物学的知识；夏洛特城堡建成后再也没人入侵过这里——这种知识对我来说一点用都没有，所以我就不会费劲去管它。另外，像鹦鹉和蜥蜴、卡力克啤酒和红树林这些，是可能有用的信息。所以我在飞机上看了很多相关资料。你又看了些什么呢？"

"呃，人物杂志。"

莱姆嘲讽地哼了一声。

蜥蜴眨眨眼，扭了一下头，然后又静止不动了。

莱姆从上衣口袋里拿出手机。他上一次接受的手术很好地修复了右手臂的功能。虽然现在他的动作还有些不太顺畅，但已与常人差别不大，旁观者不细看的话，基本不会留意到异状。他拿的是一台iPhone，刚开始用的时候，他花了好久来练习刷手机、打开应用，等等。因为他以前用语音识别已经用了太长时间，再也不想用语音识别了，所以他关掉了Siri，只用手操作。他点开最近通话，轻轻一点，拨出了一通电话。接通后，一个口音浓重的女声说道："这里是警察局，您遇到紧急情况了吗？"

"没有紧急情况，我需要跟波提耶警官通话，请问可以吗？"

"您稍等，先生。"

幸好，这次等的时间很短。"您好，我是波提耶。"

"波提耶警官对吗？"

"对，请问您是哪位？"

"林肯·莱姆。"

双方沉默了好一会儿。"哦……"这一个字意味深长，波提耶现在大概非常忐忑，毕竟在局里通话，肯定远没有在赌场的时候安全。

莱姆说:"那时候我本可以给你报我的信用卡号,让你拿去付话费,或者回拨给你的。"

"我那时真的不能再多说了。另外,我现在手头也有很多事要忙。"

"失踪学生的事?"

"的确。"浑厚的男中音答道。

"有线索了吗?"

波提耶犹豫了一下。"目前还没有。已经超过二十四小时了。她学校和兼职的地方都没有新消息。只知道她最近在跟一个比利时人交往,那人贫困潦倒,不过……"最后半句他不再说完,任它随风飘逝,然后他又说:"恐怕我是不能帮您查您的案子了。"

"警官,我想跟你见一面。"

迄今为止最长的停顿。"呃……见一面?"

"对。"

"呃,怎么见?"

"我到拿骚来了。我提议可以在警察局之外的某个地方见面。地点你挑,你喜欢哪里都行。"

"但……我……你……你来这里了?"

"远离警察局应该比较好。"莱姆又说了一遍。

"不行,不可能。我不能去见您。"

"我真的必须跟你谈谈。"

"不行啊……我得挂电话了,警督。"他有点绝望,声音带上了一点哭腔。

莱姆抢着说:"那我们就直接上门找你了。"

波提耶不敢相信地又问:"您真的在本地?"

"我是过来了。这个案子很重要,我现在可是很严肃认真地在跟你说话。"

皇家巴哈马警察局里大部分人似乎都没有认真工作这个品质,这跟波提耶严谨认真的工作态度是相反的。所以莱姆特地强调了

"严肃认真"想要刺激波提耶,虽然好像过于直白,但他深信只要逼得够狠,波提耶就会服软。

"我刚说了,我现在很忙。"

"那你能见见我们吗?"

"这个真的做不到。"

波提耶咔嗒一声挂断了电话。

莱姆看了看蜥蜴,然后转向汤姆,大笑着说:"既然我们现在在加勒比,被这么美的大海环绕,那就来搅出一些风浪吧!"

# 27

奇怪。太罕见了。

阿米莉亚·萨克斯穿着海军蓝的丝绸背心、黑色牛仔裤和靴子，走进了他们的"实验室"，心里再一次为这个案子的奇特情况震惊。

往常的其他谋杀案，要是已经发生了一个星期，实验室肯定已经乱成一团。梅尔·库柏、普拉斯基、莱姆和萨克斯肯定会忙着分析各种证物，往白板上记录线索、结论和疑点，还会不停讨论，对线索进行修改和增删。

而如今，紧迫感当然还在：被泄露的暗杀令贴在她面前，提醒着她拉希德以及其他数十人即将被杀害，然而房间里却安静得像陵墓一样。

这措辞可不吉利啊，她心想。

虽不吉利，但很贴切。南希·洛蕾尔还没来，而莱姆则是到国外去了。萨克斯笑了，世上也许没几个鉴定专家会愿意这么千辛万苦地跑去勘察一个犯罪现场。不管怎么说，萨克斯很高兴莱姆能下决心出去这一趟，这对他有好处。

但莱姆不在身边还是让她处处不自在。

奇怪……

她心里感到冷冰冰、空荡荡的。这感觉真讨厌。

我有种不好的预感，莱姆……

她从一张长桌旁走过，看着桌上众多的证物分析仪器和工具叹气。因为没证物可分析，其中很多一次性的工具甚至还没拆封。

萨克斯在她的临时工位上坐下，开始工作。她打电话给精英礼宾车公司，找罗伯特·莫里诺的常用司机弗拉德·尼科洛夫，希望他知道一些关于那位疑似妓女或是恐怖分子的莉迪亚小姐的信息。结果，礼宾车公司告诉她这位司机因家有急事已经离开美国了。萨克斯只好给礼宾车公司和司机的私人电话都留了口信。

如果过一段时间还没有新消息传来，她就再回来跟进。

她登上本州及联邦执法部门的综合数据库，设定搜索范围为五月一日，开始查询法拉达让莫里诺和莉迪亚下车的地点附近有没有疑似恐怖活动的行为。她查到几份搜查令和监视申请，但都是关于银行或交易所的内线交易和投资诈骗之类的事，毕竟是华尔街附近，属于正常情况；而且，这些都是旧案子了，看不出来跟莫里诺案有什么关系。

但不久后，好消息终于来了。

萨克斯的电话响了起来，她一看见来电号码就赶紧接通："罗德尼？"

锵咔锵咔锵咔……

背景里的摇滚乐非常刺耳。他的音乐是不是二十四小时都不停的？而且为什么只听摇滚，不能听听爵士或者歌剧之类的吗？

音乐声被调低了，但只调低了一点点。

萨内克说道："阿米莉亚，超级电脑真的是我们的朋友，你可要记得哦。"

"我尽量。你查到什么了？"萨克斯看着半空的起居室，窗户透进来一束阳光，灰尘在其中轻轻地飘着，像是极远处的热气球。她又一次心痛地意识到莱姆不在这里。

"我查到他发出那封邮件的地点了。我就不拿节点啊网络架构啊这些东西烦你了，直接跟你说，他是在莫特路和赫斯特路交叉处附近，一家叫爪哇小憩的咖啡店发出的邮件。你可想想看，一家来自俄勒冈州波特兰市的咖啡连锁店竟然敢在小意大利开店，那位'教父'不知道会怎么说。"

萨克斯转向白板，看了看邮件复印件的抬头，说："邮件发送的日期准确吗？他有可能伪造日期吗？"

"没事，日期是真的。他想打什么日期都随便，但路由器的数据错不了。"

所以，五月十一日，午后一点零二分的时候，泄密者就在咖啡馆里。

电脑专家继续说："我查过了，那儿的 Wi-Fi 不用任何验证，随便就可以登录使用，只要同意那又臭又长的服务协议就行了——不过很明显，虽然人人都会点同意，但历史上肯定没有任何一个人会去读它。"

萨克斯跟他道了谢，挂了电话，然后给那家咖啡店打了电话，找到店经理并说明情况，表示希望前去谈一谈。她还问了一句："您店里有监控摄像头吗？"

"有的，每家分店都会装，您懂的，要预防抢劫嘛。"

萨克斯不抱希望地问："监控录像是多久覆盖一次呢？"她心想，多数情况下，过几个小时左右，新录像就会把旧数据覆盖掉了。

"哦，我们用的是一个容量 5T 的硬盘，一般都储存着三个星期的录像。只是画质很不好，而且是黑白的。但要从里面认脸应该没问题。"

萨克斯心中一阵狂喜："我半小时后到您店里。"

她穿上一件黑色外套，把头发扎成马尾，从柜子里取出格洛克手枪，对枪做了一番例行检查，然后装进枪套里，最后还在左腰上挂了装着两个弹夹的皮套。拿背包的时候，她的手机响了。不知道是不是莱姆打来的。虽然她知道莱姆平安抵达巴哈马了，但还是担心长途旅行会给他的健康造成伤害。

但来电的是塞利托。

"早啊。"

"嗨,阿米莉亚。特勤小组在莉迪亚出现的那栋楼里,已经询问了快一半地方了,还没问出有用的。倒是已经问到了很多个'莉迪亚'了——谁能想到这名字这么大众呢——没一个是我们要找的。真是的,给孩子起个'缇雅拉''艾斯坦兹娅'之类的名字很难吗?那样就容易查得多了啊,妈的。"

萨克斯向他汇报了咖啡店的线索,并说了自己正准备前去进一步调查。

"很好。有监控录像,真不错。哦对了,林肯真的到加勒比去了?"

"对,平安降落了。不知道当地人会怎么对他,毕竟他完全是不速之客。"

"他肯定能应付得来的。"

一阵沉默。

有情况,萨克斯心想。塞利托虽然经常郁闷,但他郁闷时总是会发牢骚,而不是沉默不语。

"怎么了?"她问。

"好吧,我说,但你听了别说是我告诉你的。"

"行。"

"比尔早些时候来找过我。"

"那个警督?比尔·迈尔斯?"

那么,被"再调派"成"初等玩家",你感觉怎么样啊……

"就是他。"

"然后?"

塞利托说:"他问起了你的事,问你情况怎么样。是说身体健康情况。"

糟糕。

"因为我走路跛了吗？"

"可能吧，他没说，我也不能问啊。总之他就是突然问我。我跟你说，像我这样又老又胖，身体差，就算有几天跛着也不会被人盯着看。但你还很年轻啊，阿米莉亚。又很瘦。他查过你的档案和任务记录类，知道你自愿参加过很多战术任务，还老是冲在队伍前面，第一个破门闯进危险区。他问我，你在出任务的时候有没有什么问题，还想知道其他人有没有反对你参加攻坚和救援任务。我当然告诉他没有，绝对没有，你可是顶尖的。"

"谢谢你帮我说话，朗。"萨克斯喃喃道，"他是不是想要我去体检？"

"倒是没说这个，但没说不等于他没想过。"

要到纽约市警察局当警察，必须经过一次严格的体检。但跟消防员、急救人员不同的是，警员的体检是一次过的，入职后就不用再体检了，除非是因特殊情况，上司下令要体检，或者是警员想要升职，才需要再参加一次。萨克斯只接受过入职体检，已经是好多年前了。写着她有关节炎的病历在她的私人骨科医生那里，别人谁也别想看到，即使是迈尔斯队长也不行。但如果他强制要求萨克斯体检，那这个问题就肯定会暴露了。

绝对会是一场灾难。

"还是谢谢你，朗。"

通话结束后，她静静地站了好一会儿，心想：这个案子，要处处提防敌人不说，竟然还要处处提防自己人。

然后，她再次检查了一遍武器，昂首走出屋门，骄傲地拒绝向剧烈的疼痛屈服。

## 28

雅各布·斯万发现阿米莉亚·萨克斯现在使用的还是3G网络的手机。

好消息。虽然破解和窃听3G手机比破解GPRS——亦即2G手机——要难一点，但起码是有办法的，因为3G手机还是沿用老式的A5/1语音加密。

他的技术部门肯定是无权入侵别人的手机的。

斯万十分钟前才跟技术支援部门的主管随口聊起这个问题——当然纯粹是就技术方面讨论了一下而已。然后，不知道哪里出了些莫名的差错，才过了十分钟，斯万的耳机里就突然传来了阿米莉亚·萨克斯通话的声音，听着低沉、性感。

才窃听了没多久，斯万就获得了大量重要信息。有些是特定针对莫里诺案的调查的，另外一些虽然没那么特殊，但很有用。比如他刚刚得知，这位警探阿米莉亚·萨克斯的健康有些问题。

同时，他还听见一些坏消息：本案的另一名调查员林肯·莱姆已经到巴哈马去了。这情况可不容忽视，所以斯万马上联系了巴哈马那些爱喝沙氏和卡力克的线人，做出了一些紧急安排。

发完命令后他就没空再顾忌巴哈马的事情了，因为他现在还有更要紧的事要办。他正潜伏在一条臭气熏天的后巷，忙着撬开一个商店的后门锁。这家店名叫爪哇小憩，是一家想赶上星巴克的咖啡店。斯万手上戴着很薄的乳胶手套,旁人粗看根本看不出来。

天气很热,手套和风衣更是让他热得满头大汗。虽然没有在巴哈马跟安妮特相处时热,但还是挺不好受的。

而且这气味真是太臭了。这就是纽约。就不能派人定期用漂白水清洁一下吗?

锁终于被撬开了,斯万稍稍推开门往里观察。他看见一间办公室,里面空无一人;有厨房,一个拉丁裔的员工正在那里忙着洗碗;再远处就是餐厅一角。店里人不多,斯万心想,如今小意大利这地方已经沦为纯粹的旅游观光区了,这个店繁忙的时间应该是集中在周末吧。

他悄悄地溜进店里,把后门掩上,只留下一条缝,随后走进了办公室,调整了一下风衣,确保自己的刀子装在称手的位置。

哈,电脑就大大咧咧地放在那里,播放着监控画面。监控探头缓慢地来回转动,黑白的画面令人昏昏欲睡。他只要把日期倒回到五月十一日,就可以看到是哪个混蛋把特勤令等机密发送出去的了。

然后他注意到旁边有一排按钮,上面写着"1·2·3·4"。

他按了一下"4",屏幕上马上出现了四块小画面。

啊,糟糕。

这店里原来有四个监控摄像头,而且其中一个现在正对着斯万,拍着他鬼鬼祟祟的样子。因为角度问题,摄像头现在只拍到他的背,但这可够严重了。

他迅速查看了一下这台电脑,绝望地发现,他心里原来的计划——拆开电脑、盗走硬盘——是不可能实现了,因为电脑主机是用结实的钢条和巨大的螺栓固定在地上的。

呵,弄得好像真的有谁会来偷走这台五年前的、还在用 Windows XP 系统的老古董一样。用他那厨师的眼光来看,这破玩意儿就像希尔斯百货里的廉价塑料拌面盆,而斯万拥有的是 KitchenAid 品牌,价值六百美元,配有揉面专用铁钩和制意面的机器,两者简直是云泥之别。

他突然紧张起来,因为不远处传来交谈的声音:一个是年轻女子,一个是拉丁口音的男人。斯万伸手,准备拿出自己的刀子。

但那两人走远了,外面的走廊没人了。斯万得以继续完成他的任务。他尝试拆掉钢条和螺栓,但最后失败了,毕竟他手头没有合适的工具。这个情况,他身上带着的基础工具套装也搞不定,恐怕得用电锯才能锯开。

他叹了口气。

只好退而求其次了。他计划着,即使拿不到这份录像,也绝不能让它落到警方手里。

真糟糕,这可不是他想要的最好结果,但目前已经没其他路可选了。

又有声音从前面的餐厅传来,他听到一个女人说:"你好!麻烦一下,我想找杰瑞。"

是那个警察吗?应该是了,这声音听着耳熟。

老式的A5/1语音加密……

"您好,我就是杰瑞。您就是刚刚打电话来的警察对吗?"

"对,我叫阿米莉亚·萨克斯。"

她来得可真快,出乎意料。

他弯着腰,避免摄像头拍到他的动作,从包里取出一个自制爆炸装置。这个装置是针对人体的,不但可以炸坏电脑,还会在爆炸的时候喷溅出无数尖利的碎片,把咖啡店这后半块地方都炸个遍。他在心里盘算了一下。他当然可以把定时器设为一分钟,但最后还是决定要再延迟一点,这样一来,萨克斯小姐就能有充分的时间进来办公室、开始查看录像带,然后被炸弹好好照顾一下。

于是他把炸弹设定好,丢到了电脑后面。

弄好后,他慢慢直起身子。为了避免被摄像头拍到,他倒退着,悄悄地离开了办公室,正如他悄悄地来一样。

# 29

"爪哇小憩"的空气里充满了丰富的气味：有香草、巧克力、肉桂、树莓、菊花、肉豆蔻……哟，竟然还有咖啡的气味，谁能想得到呢。

店经理杰瑞身材瘦长，双臂布满夸张的文身。作为一名全国大型连锁咖啡店的经理，文身恐怕多了点。即使这店的总部设在潮流都市波特兰也说不过去。杰瑞用力地和萨克斯握了握手，同时瞄了一眼她的臀部——很多人都这样，但他们其实不是在觊觎萨克斯的身材，而是想看一眼她的配枪。

店里有十几位客人，大多抓着各种电子设备在忙着看消息、打字；有几个人在看报纸；仅有一位老妇人不像其他人一样忙，只是静静地坐着，看着窗外发呆，享受着时间和咖啡。

杰瑞问："想喝杯东西吗？我们店里请。"

萨克斯婉拒了。她急着想查清这条线索，毕竟到现在为止，只有这条线索有点价值。她说："麻烦你，我想尽快看看监控录像。"

"没问题。"杰瑞一边说着，一边又想去看萨克斯的枪。萨克斯心里庆幸自己把外套纽扣扣好了。她猜想，等下他肯定要问她最近有没有开过枪，想跟她聊枪的口径之类的事情。

男人老是这样，不是性就是枪。

"您看，我们的其中一个摄像头在那边。"他指向收银台上方，

"只要是走进店门的人都至少会被拍到一次，而且距离还挺近的。您找的这人是传了什么东西？内线交易信息之类的东西吗？"

"差不多吧。"

"银行的人啊，他们可讨厌了对吧？还有两个摄像头在那边和那边。"他一一指出。

其中一个装在一面墙上，缓慢地摆动着，有点像草坪喷淋器。它的角度跟餐桌是垂直的，看来是拍不到客人的正脸了，但应该还是能看到泄密者的大致容貌。

不错。

另一个摄像头对着店门左侧一块小区域。那个区域里面只有四张桌子，这个摄像头也能拍到客人的样子，而且距离还更近。

"我们去看看录像吧。"萨克斯说。

"那要到办公室里。您先请。"他伸手指路，手臂上满是各种颜色的汉字文身，足有上百字。

萨克斯心想，这些字到底是什么金玉良言，值得他忍受那么大的痛苦刺到身上呢。

更别说他以后要怎么跟自己的外孙解释了。

# 30

哎哟,热天下午的这个后巷真是太恶心了。

不得不说,纽约市的小巷还是有点魅力的。你得这样看:这些小巷就像穿越到现代的历史,像开放的博物馆。在小意大利这里,公寓大楼的门面和各种商铺隔几年就会更新换代一次,但这些后巷却基本保留着一个世纪前脏乱差的样子。随处可见金属制或木制的警示牌和路牌,都已经严重褪色,像这块写着"货车请用楔子固定!"的牌子一样。砖石砌的墙没有涂过漆,也没人清洗过,邋邋遢遢的。当然还有一扇扇破旧的门、装卸货口、大量不知通往何方的管道和没人敢碰的电线。

真是臭气熏天。

像这样的热天,这名厨房帮工特别不愿意把垃圾拿去公共垃圾站,因为那里是几个餐厅共用的,而寿司店的人前一晚就把他们的垃圾扔在那里了。不用猜都知道今天这巷子里是什么气味。

鱼腥味。

这条巷子唯一一点让他喜欢的,就是爪哇小憩上方的房子,听说是一位名人的故居。侍应桑切兹告诉他说那是一个著名的美国作家。好像是叫马克·体温[①]吧。帮工的英语阅读还是过得去的,他曾

---

[①]译注:该角色没有准确记住马克·吐温(Mark Twain)的原名,原文为 Mark Twin。

经跟桑切兹说自己会去看一下"体温"这位大作家的书,但到目前为止还没落实。

他憋着气倒完垃圾,回身往自己工作的熟食店走去。然后他看到爪哇小憩附近停了一辆车,是一辆红色的福特都灵眼镜蛇。

哇,太帅了。

但停在那里只有被拖车拖走的份儿。

帮工意识到自己还在憋着气,于是呼吸了一下,臭得皱起了鼻子。这空气臭得能把鼻子熏出血。

隔夜的鱼臭味,热烘烘的鱼臭味。

他有点想吐,但还是坚持走过去看那辆车。他很喜欢车子。他的姐夫曾经偷了一辆很好的宝马M3新款车,那可不简单。像本田雅阁之流,小孩都能偷走;但想偷M3,只有有胆量的真男子汉才敢下手。只不过,有胆量不等于有脑子,像他的姐夫拉蒙就不怎么聪明,偷到车之后两小时二十分钟就被捕了。但还是得给他鼓鼓掌。

哦,看这个!这车仪表盘上放着纽约市警察局的标识牌!什么警察会开这样的好车啊?难道——

巨大的火球炸开了爪哇小憩的后门,帮工被炸得飞起来,狠狠地撞在一堆废旧纸箱上,再滚落到又湿又油的鹅卵石地上,他吓蒙了。

天啊……

浓烟和烈火从咖啡店喷涌而出。

帮工拿出手机,努力憋着泪水。

他用力眯眼想要看清按键,准备报警。但突然想到如果自己拨出了这通电话会发生什么事。即使匿名报警也没用。

先生,请报一下您的姓名、住址和电话号码好吗?顺便问一下,您有驾照或者护照吗?出生证呢?绿卡呢?没事,先生,我们这边是有记录您的手机号码的……

他还是选择把手机收起来了。

没关系的,他心想。肯定已经有别人报警了。而且,爆炸这么强烈,里面肯定都无人生还了。另外,马克·体温先生的故居恐怕用不了多久就会变成烧焦的废墟了。

# 31

车子沿着港湾路行驶,穿过拿骚市区,经过一些木屋小店和一些涂成浅粉色、亮黄色和淡绿色的住宅,莱姆回忆起来,这颜色跟自己小时候过圣诞节时喜欢吃的薄荷糖一样。

这座城市基本是平的,没什么高楼大厦,天际线的主宰是海面上的巨型轮船,动辄几百英尺高,在海边看,它们就像直插云霄的摩天大楼一样。这些船有的停在码头,有的正在慢慢地航行。莱姆从没有近距离看过这种大船。

进入城区,莱姆感觉这里干净整洁,比机场周边地区好多了。跟纽约不一样的是,这里树木很多,而且都枝繁叶茂,鲜花怒放,粗壮的树根紧紧地扎在路面和人行道上。

城里的商业发达而多元,鱼龙混杂,上至提供专业服务的律师、会计事务所和保险公司,下至水很深、只要能让游客掏钱就不管什么都卖的杂货店。卖得最火的自然是海盗服装道具。街上的孩子个个都戴着海盗船长的骷髅帽子、拿着塑料剑乱舞。

车子经过了政府部门的一些办公楼,莱姆看到是国会广场。广场前面有一座维多利亚女王的雕像,手持权杖坐在王座上,目视远方,好像在忧心更重要也更麻烦的殖民地问题。

当地的车子多是小巴,或是跟莱姆他们的车相似的面包车,区别是莱姆那辆加了专供轮椅使用的斜坡。跟之前一样,这里的车开得也很慢，慢得让人生气。莱姆看出，这不是因为当地人开车开得太优哉，而是车太多，道路不够，才导致行车速度过慢。

这里还有很多电动车，它们倒是可以灵活地在车流中穿梭。

"这真的是最佳路线吗？"莱姆开始抱怨了。

"是真的。"汤姆说，一边右转开上市东路，往南驶去。

"比我预计的费时间啊。"

这次汤姆就没理他了。他们越往南走，景象就越萧条，飓风受灾户越来越多，到处都是简陋的棚屋，也越来越多山羊和鸡。

他们经过了一个警示牌：

<blockquote>
管好自己的东西！<br>
每！次！都！要戴套！
</blockquote>

他们出发之前，莱姆被迫打了好多通电话才问出米夏尔·波提耶的办公地点——当然不是打给他本人，毕竟问他他也肯定不会说的。拿骚市设有中央警探组，但其办公地点不在警察总署。波提耶提到过他是在这个组上班，莱姆打电话过去询问，电话接待员说虽然波提耶应该是在这个组上班，但好像不是在这栋楼办公，她也不清楚波提耶的办公地点在哪儿。

最后，莱姆直接打到了警察局的总机，才问出波提耶的办公地点其实就在市东路的警察总署里。

他们到达时，莱姆透过布满污渍的车窗观察，看到这栋建筑糅合了好几种不同的建筑风格，但搭配得很混乱。主楼是现代风格的，外墙漆成浅色，俯瞰轮廓像一个放倒在地的十字架。很多附楼胡乱地分布在周边，感觉毫无规划。其中一座看起来像是拘留所，而且它旁边的道路还叫"监狱路"，应该错不了。广场上铺着草坪，有些地方是修剪好的，但也有不少是没修剪过的，花草参差不齐；停车场的地面上也散落着小碎石和沙砾。

一座只重视实用性的执法部门建筑。

他们从车上下来,又闻到了那股烟味儿。莱姆环顾四周,很快就确认了臭味的来源:附近的确有人在焚烧垃圾。真是哪儿都有这种事。

"看那边,林肯,我们也该弄一个那东西。"普拉斯基指着主楼那边说。

"弄一个什么东西?"莱姆又吼他,"一栋楼,一根天线,还是一个门把手?"

"我是说一个徽章。"

的确,这警察总署建筑不怎么样,徽章却设计得很华丽,上面有小小的文字,向民众承诺警察们会勇敢无畏、忠于人民和秉公执法。世上哪儿还能在这么小的东西上找到三个如此宝贵的品质呢?

"行了菜鸟,之后我给你买一件纪念 T 恤。"莱姆说着,启动轮椅冲进大堂。大堂里平平无奇,墙上、地面上满是污渍,还有很多坑坑洞洞;蚂蚁等小虫满地乱爬,苍蝇则在空中横冲直撞。这里面似乎没有便衣,每个警察都穿着制服,最多人穿的款式是白色外套加黑色长裤,裤腿侧面有低调的红色条纹;少数几位女警官穿着同样的外套,搭配条纹裙子;大部分警察都戴着传统警察帽或是白色遮阳头盔。有趣的是,警察都是黑人。

殖民地特色……

大堂里有一些来报案的当地人和游客,或是在排队,或是在长椅上坐着等待。他们大多一脸难过,但没有谁情绪失控崩溃。莱姆估计,他们遇到的应该只是相机或者车子被盗之类的失窃案,或者就是像丢了护照、被色狼袭击了这样的小案子。

莱姆感觉到,自己和同行的两人进来后,引来了不少关注。一对夫妇正排在队伍最末,大概是美国人或加拿大人。那位妻子对莱姆说:"哎呀,您先请吧。"她的语气好像是在对五岁小孩儿说话,"必须您先请。"

这是在用表面的礼貌来掩饰自己对残疾人的轻蔑，莱姆最痛恨这样的行为。汤姆僵住了，心想这两人少不了要挨莱姆一顿臭骂。出乎意料的是，莱姆竟然只是笑笑，然后感谢了他们，便排进队伍里了。

莱姆当然想大闹一场，不过是针对皇家巴哈马警察总署，这些路人他才瞧不上。

排在莱姆前面的是一个身着牛仔裤和衬衫的黑人，皮肤黑得发亮，身材高大。他正向接待台后一位相貌姣好、神情专注的女警员报案，说自己养的一只羊被偷了。

女警员说："羊有可能是自己走丢的。"

"不是不是，拴羊的绳子是被人切断的！我还拍照了！你要看看照片吗？一看就知道是用刀切断的！我真的拍下来了！是我隔壁屋那人干的，绝对是他干的！"

每把刀都有自己特殊的印记，如果绳索是被刀切断的，那只要拿切割痕迹跟邻居家的刀具比对一下就行了。麻绳纤维的附着力特别强，作案用的刀具上免不了会沾着一些。而且这里最近下过雨，肯定还有脚印等线索。

小儿科啊，莱姆想着，在心里笑了笑。他真希望萨克斯也能在这里，那样就能跟她分享讨论这些小趣事了。

羊……

最终，报案的男子被警员说服了，决定自己先回去再找一找。

轮到莱姆了，他把轮椅挪到接待台前。接待警员微微起身才能俯看到莱姆。莱姆跟她说，要找米夏尔·波提耶警官。

"好的，我帮您通知他。麻烦问一下，您的姓名是？"

"林肯·莱姆。"

她拨通了电话："警官，您好，我是警员贝瑟尔，在接待台。这里有一位林肯·莱姆先生和他的几位同伴来见您。"她盯着米黄色的老式电话机，脸色逐渐变得凝重，"呃，是的，警官，我是说，他就在这里……呃，他现在就在我面前呢。"

不知道波提耶有没有叫她谎称他不在。

莱姆说："麻烦你跟他说，如果他在忙，我愿意等。多久都愿意等。"

她为难地看向莱姆，向话筒说道："唔，他说……"但她被打断了，看来波提耶已经听到了莱姆说的话。"好的，警官。"她挂了电话，说，"他马上就过来。"

"谢谢你。"

于是一行人离开了接待台，挪到了等候室一个空着的角落里。

"愿上帝保佑你。"刚刚给莱姆让位的女士又说。

汤姆怕莱姆会发火，紧张地伸手按住了他的肩膀。但莱姆只是再一次和蔼可亲地笑了笑。

然后，他们一行人离开排队区。汤姆和普拉斯基找了一张空的长椅坐下，莱姆的轮椅挨着他们。在他们头顶，是皇家巴哈马警署历年来的各位领导人的大幅肖像，有的是画的，有的是照片，排了长长的一排，可见历史悠久。世界各地的执法机关都会有这种照片墙。莱姆逐个地看着，肖像上的人也跟世上其他地方的执法人员一样——还很像之前看到的维多利亚女王像——面无表情地看着远方，而不是看着画师或者相机镜头。虽然肖像上的他们没有表情，但可以想见，在数百年的执法过程中，他们肯定看过无数奇案怪案。

渐渐地，莱姆开始走神，心想不知道波提耶多久才会出现，但很快便有一个年轻人从走廊那头过来，直接去到前台。他穿着制服——带红色条纹的黑色长裤，腰间配着一把半自动手枪，浅蓝色短袖上衣纽扣散开着，脖子上挂着一条链子，链子另一端塞在胸前的口袋里。莱姆猜那可能是哨子。这位年轻的警官没戴帽子，头发剪得很短但发量充足，圆圆的脸上写满了不高兴。

接待员贝瑟尔指了指莱姆等人的方向，警官回过身一看，惊得夸张地眨起眼睛。看得出他很努力地控制自己了，但他还是马上看向了莱姆的轮椅和双腿。他又眨了眨眼睛,浑身不自在。

莱姆明白,自己的残疾让这位年轻人很尴尬,其程度甚至高于莱姆直接上门找他。

谋杀案和地区政治这些麻烦事暂且不提,我竟然还要跟一个瘸子打交道?

波提耶犹豫了好一会儿,似乎是希望自己侥幸没被看到,想找机会溜掉。但最终他还是逼着自己离开前台,往莱姆这边走来。"莱姆警督!哎,哈哈。"他努力说得很随意,还带着点儿欢欣鼓舞。这腔调跟刚刚让位的女人几乎一模一样。同时,他不情不愿地伸出手,半张着手掌,似乎很不想跟莱姆握手,但出于礼貌和道德不得不勉强自己。莱姆也抬起手,波提耶非常迅速地握了一下就马上松开了。

我这残疾不会传染的好吗?莱姆心酸地想。

"你好,警官。这位是纽约市警察局的罗恩·普拉斯基警官,还有这位,是我的护理汤姆·莱斯顿。"

他们一一握手,这次波提耶没有任何难堪,但他仔细地打量了汤姆一番。可能对于他来说"护理"是个全新的概念。

波提耶不自觉地看了看周围,发现好几个同事呆呆地望向这边,姿势各异地僵在原地,好像在玩"木头人"的小孩。

他回过头来,注意力马上又落在了莱姆那毫无知觉的双腿和轮椅上。但比起这些,莱姆那动作迟缓的右手似乎才最吸引他的注意。最终,他简直使出了吃奶的力气,才终于让自己成功地看向莱姆的双眼。

对此,莱姆最开始当然是生气。但很快,他就产生了一种久违的心情:羞耻。他觉得自己这样的状况很可耻。他想把这种心情转化为愤怒,但没有成功。他觉得自己在萎缩,觉得很虚弱。

波提耶的目光烧灼着莱姆的自尊心。

羞耻……

他尽力忽略刺痛的心情,冷静地说:"警官,我需要跟你讨论一下这起案子。"

波提耶又开始四处乱看："我能说的恐怕都已经告诉您了。"

"我想看看证物检测报告，还想直接看看犯罪现场。"

"那太不实际了，现场已经封锁了啊。"

"那是对于公众来说的，总不能连搜证警官和法医都被封锁在外吧！"

"但您……"他顿了顿，又在控制自己不去看莱姆的腿，"您不是这边的执法人员啊，莱姆警督。在这里您只是平民百姓。真的很抱歉。"

普拉斯基开口了："让我们协助调查吧。"

"我现在真的很忙，时间都排满了。"波提耶很高兴能转开视线看向普拉斯基——起码他腿脚没事，能正常地站着。"都排满了啊。"他傻傻地重复了一句，目光飘向一块公告板，上面钉着一张告示，大标题写着"失踪"。标题底下是一张金发女性的照片。她很漂亮，微微笑着。照片感觉像是从 Facebook 上下载的。

莱姆说："那是你提过的失踪女学生对吗？"

"对，就是那个您……"

他肯定是想说"就是那个您毫不关心的女学生"，绝对是，莱姆很确定，但波提耶没说下去。

当然了，毕竟他们现在可不是在公平对话。莱姆可是残疾人，脆弱至极，一句普通的刻薄话就可能把莱姆彻底击溃，无法复原。

他的脸红了。

普拉斯基说："那这样，警官，我们能不能就看一下证物分析报告，还有尸检报告？我们就在这里看，保证不带出去。"

一步好棋，莱姆暗想。

"这恐怕也不可能，抱歉，普拉斯基警官。"波提耶又艰难地向莱姆看了一眼。

"至少让我们快速地看一眼现场吧！"

波提耶尴尬地清了清嗓子："这……我需要保持现场完好，最后要根据委内瑞拉政府的消息，采取相应的措施。"

莱姆顺着他的话说下去："我也保证不会污染现场，会把现场完好地留给他们。"

"还是不行。真的，很对不起。"

"莫里诺案的真相，跟贵国的调查方向是不一样的，你自己那天也指出来了。但我们仍然需要在这边调查很多东西。"要不然，你那晚在赌场冒险给我打电话不就全浪费了？这个言外之意已经非常明显了。

莱姆很谨慎地避免提起美国的国家安全机构或者狙击手等事情。如果巴哈马政府打算借机对委内瑞拉毒贩出手，那莱姆可不能扰乱人家的计划。但他真的很需要那些该死的证物。

莱姆扫了一眼失踪学生的告示。她长得挺漂亮的，笑容灿烂又温柔。但提供线索者只能得到五百美元的报酬。他小声地对波提耶说："你们这里是有枪支火器调查部门的，我在你们官网上看到过。至少让我看看子弹的检测报告吧，行吗？"

"他们部门还没着手调查这个呢。"

"他们也在等委内瑞拉政府的消息？"

"嗯，没错。"

莱姆使劲吸了一口气，试图保持冷静："真的，麻烦你——"

"波提耶警官。"一个新的嗓音像刀片一样切过大堂传来。

一个穿着卡其制服的男人站在一扇打开的门前，他身后是昏暗的走廊。此人脸色黝黑，不光是肤色，神情也是黑着脸，正死死地盯着这头的莱姆等人。

"波提耶警官！"他很严厉地重复了一遍。

波提耶惊恐地眨眨眼，转过身去："是，长官。"

一秒停顿："你把那边的重大事项忙完了之后，麻烦来一下我的办公室。"

莱姆推测，这位严厉的长官，大概就类似皇家巴哈马警察总署版本的比尔·迈尔斯警督。

"明白，长官。"

波提耶回过身来，浑身颤抖："那位是助理署长麦福森，整个新普罗维登斯岛都由他负责管辖。行了，你们现在必须离开了。来吧，我送你们上车。"

他领着莱姆等人往外走，还跑上前去为他们推开门，但眼神仍然努力回避身患残疾的莱姆。

莱姆驶出室外，汤姆和普拉斯基跟在后面，大家一起往车子的方向走去。

波提耶悄悄说："警督，我给您打电话、跟您通报南湾旅社的可疑人物等，都是冒了很大风险的。但我本来指望您会在美国本土调查，而不是跑到这边来。"

"我当然很重视你告诉我的信息。但这些还不够，我们需要实际的证物。"

"那真的不可能。我跟您说过别来的。对不起，我真的帮不上忙。"年轻瘦削的波提耶回头看了看，像是害怕顶头上司还在远处监视。莱姆看得出来，波提耶满心怒气，很想发火，但他最后只是象征性地拍了拍自己的头。

愿上帝保佑你……

"您在警署这边是不会有收获的，长官。不如放松一两天，到周边玩一玩，找些好餐馆吃点东西。我估计您不经常跑出……"他突兀地刹住话头，然后换了个说法，"我估计您应该总是忙着工作，都没时间放松享受一下。海边码头那一带有几家餐馆很不错，很多游客都说好。"他是想说那些餐馆有残障人士设施，毕竟那些大游轮载来的旅客很多都是七老八十、行动不便的。

莱姆看到机会，马上紧咬不放："我不是提议到别的地方见面聊嘛，你还是拒绝了我。"

"我没想过您真的会亲自来。"

莱姆对汤姆和普拉斯基说："我想跟警官单独聊两句。"

于是汤姆和普拉斯基先回到了车上。

波提耶又扫视了一遍莱姆的双腿和残疾的躯干，开口说："我希望您——"

"警官！"莱姆吼道，"不要再跟我玩这些垃圾游戏了！"他心里的羞耻感终于结成了恼怒的冰凌。

波提耶吓得连连眨眼。

"你之前告诉我的那些线索，如果没有刑事鉴定做证明的话，连狗屎都算不上！都是无用功！你还不如省着你那些见鬼的电话费呢！"

"我只是想帮忙。"波提耶尽力平和地说。

"你只是想减轻自己的罪恶感。"

"我的——"

"你不是为了帮我才给我打电话的！你是因为自己警察当得太垃圾，才打电话跟我说那些事，好让自己心里舒服一点！你就想给我丢几块没肉的骨头，才能心安理得地缩回你的龟壳里去，遵循上司的命令'等待委内瑞拉政府的消息'！"

"你懂什么！"波提耶顶了回来，他也压不住自己的火气了，虽然出了一脸汗，但他的眼神专注而炽烈。"你们在美国拿着我十倍的工资，快快乐乐生活！如果这份工作干得不顺心了，随便就可以换一份新的，一样能拿那么高的工资，甚至更多！但我们可没那么好的选择，警督！我已经冒了太多险了。我冒着风险私下跟你通报了线索，你，你……"他开始结巴，"你倒好，直接就跑过来了！现在我顶头上司发现这事了！我家里还有老婆和两个孩子要养，我是很爱他们的。你有什么权力跑来闹事，害我丢掉饭碗？"

莱姆也嚷嚷道："你的工作？你的工作是查清五月九日南湾旅社到底发生了什么，查清谁开的枪，查清是谁在你的管辖区域夺走了几条人命！那才是你的工作，你的责任！而不是躲在你上司的美丽谎言后面瑟瑟发抖！"

"你懂个屁！我——"

"我懂的是，既然你宣称要当个好警察，那就给我尽心尽力地当！要是不愿意，就滚回去弄你的工商执照！再会了！"

莱姆灵活地把轮椅转了个向，驶向汽车。汤姆和普拉斯基正站在车旁，一副疑惑和为难的表情。

莱姆留意到，临近的一扇窗户里，有个人一直盯着这边看。他很确定那就是助理署长。

# 32

汤姆开车载着大家离开警察总署,沿着拿骚狭窄又坑洼的路往西北方向驶去。

"好了,菜鸟,我给你个任务。你给我到南湾旅社去实地调查一下。"

"啊?我们不走吗?"

"那当然不走了。你是能好好听完,还是非要一直打断我?"但莱姆自然不会等他回答,而是紧接着对他强调波提耶那晚打电话来说过的两件事:包括从美国拨出的、打探莫里诺入住信息的电话,和枪击发生前一天去跟旅社员工打探消息的男子——唐·布伦斯,他们在找的金牌狙击手。

"大约三十岁,美国人,运动员体格,身材短小精悍,棕色短发。"普拉斯基把白板上的笔记背得很熟。

"真不错。那么,你也知道,我现在不适合亲自进去,"莱姆说,"我会闹出太大动静。我们就在停车场等你。你直接杀到前台,把警徽盖他们脸上,然后把那个电话号码问出来,另外那个实地勘察的男子的信息也是,能问出多少都全问出来。千万不要跟对方解释太多,含糊一点,说自己是参与调查的警官就行了。"

"我可以说我刚从皇家巴哈马警察总署总部过来的。"

"嗯,不错。适度地传达了权威,但同时又很模糊。如果你问到了电话号码——不是，你一问出电话号码，我们就联系罗德尼·萨内克，让他找电话公司进一步调查。你全都听懂、记清楚了没？"

"妥妥的，林肯。"

"什么意思啊，'妥妥的'？"

"我会处理好的。"普拉斯基说。

"满嘴胡话。"莱姆还在生波提耶的气，觉得他不肯帮忙是一种"背叛"。当然，不肯帮忙只是一部分原因，另一部分，让莱姆不只是生气，还很伤心。

车子一蹦一跳地往前开着，莱姆突然灵光一闪："这样，你等下到旅社以后再查一件事，看看那个身亡的记者爱德华多·德·拉·鲁亚有没有遗留物品在旅社里，行李、笔记本、电脑，什么都行。要是有的话，不管怎样你都给我拿到手。"

"啊？怎么拿啊？"

"我不知道，我不管，反正你给我办好。我想要德·拉·鲁亚做的任何笔记或者录音。这边的警察搜集证据不怎么上心，说不定还有东西落在酒店里呢。"

"说不定莫里诺会谈到有人盯上了自己，那个记者给录下来了。"

莱姆刻薄地说："或者他会说'有人在对我进行监视'。"

普拉斯基叹了口气，汤姆反而笑了。

年轻的普拉斯基思考了一会儿说："德·拉·鲁亚是记者，他应该有相机的吧？说不定他拍下了枪击发生前房间原来的模样。"

"我倒是没想到这点。行啊，不错。说不定他还拍下了某个跟踪监视的人。"但说着说着他又生起气来，"委内瑞拉政府，去他妈的。"

莱姆的手机震动了起来，他看了看来电号码。

哟，这是什么情况？

他接通了电话："你好啊，警官！"

他是不是被炒鱿鱼了？还是说想道个歉，顺便再次强调他不可以帮忙？

波提耶声音压得很低，还带着点怒气："我习惯很晚才吃午饭。"

"你说什么呢？"

"因为轮班时间很难安排，"波提耶继续恶狠狠地说，"我都要下午三点才吃午饭。你想不想知道我一般都去哪儿吃？"

"呃……我……想吗？"

"不是很简单的问题吗，莱姆警督！"波提耶警官怒道，"你到底想不想知道我每天都去哪儿吃午饭！"

"好，好，我想知道。"莱姆完全摸不着头脑，只得呆呆地低声答应着。

"我都是去白楼山路那家飓风餐厅吃午饭的，在城西大道附近。我就是在那里吃午饭的！"

说完他就挂断了。虽然手机里只是传来了轻轻的按键声，但莱姆想象着，波提耶肯定是狠狠地用大拇指戳在按钮上挂断的。

"好了，"莱姆对其他两人说，"听起来他最后还是愿意帮我们了。"

普拉斯基说："说不定是想把我们逮捕了呢。"

莱姆本想反驳，但仔细一想，他说得也有道理。于是他做出决定："假设你是对的，菜鸟。那么计划有变。汤姆跟我一起去吃饭，或是去让人逮捕，说不定两者皆有。你自己一个人去旅社那边调查。我们再给你租一辆车。汤姆，我们刚刚不是经过了一个租车的店吗？"

"是，叫阿维斯。要我开回去吗？"

"废话，难道我是因为好玩才问你的？"

"你天天二十四小时都保持着这么积极向上的心情，不会很累吗，林肯？"

"租车店，麻烦你，现在去。"

莱姆现在才发现有一通来自朗·塞利托的未接来电。他当时正在跟波提耶"聊天",没留意到。他点开查看,塞利托没有留语音留言,于是他打回去,但塞利托没接电话,电话转到了语音信箱。无奈,莱姆给他留了个口信叫他回电,然后把手机放回口袋。

汤姆根据GPS的指示往阿维斯租车店开去。但不久,他就紧张地说:"林肯?"

"怎么了?"

"有人跟踪我们,我能确定。"

"菜鸟!别往后看!"因为一些众所周知的原因,某个时间开始,莱姆就没再执行过外勤任务,但在他还经常出外勤的年代,经常要出入犯罪现场"热区"——因为疑犯有可能还在那里没走。疑犯会为了了解哪些警察负责这个案子、他们找到了什么线索而在附近逗留,有时甚至会尝试当场杀害调查人员。尽管莱姆肢体瘫痪了,但多年来进出这类现场而培养出来的本能却没有生锈。遇上这种事的时候,最重要的一条规则就是,别让对方知道你发现了。

汤姆说:"本来有一辆车朝着我们开过来的,但我们一错位它就马上调头了。开始我没在意,但我们刚刚走的路还转了挺多弯的,结果那辆车还跟在后面。"

"什么样的车,你形容一下。"

"金色的福特水星,车顶是黑色胶皮,我估计车龄有十年左右。"

这一带大多数车都是这么旧的。

汤姆看了看后视镜。"车里两——不是,三个人。黑人男性。三十岁上下。一个穿灰色短袖T恤,一个穿绿色短袖T恤,还有一个穿黄色背心。相貌看不清。"

"你现在说话活像专业巡警啊,汤姆。"莱姆耸了耸肩,"应该只是一些警察在盯我们梢。那个助理署长,麦福森什么的,不是很乐意我们这些外人跑来他的地盘上。"

汤姆又看了看后视镜:"我觉得他们不是警察啊,林肯。"

"怎么说?"

"那个司机戴着耳环,副驾上的人还梳着雷鬼头。"
"卧底警察嘛。"
"但他们还在抽大麻呢,互相传来传去的。"
"好吧,那可能真的不是警察。"

## 33

简易自制爆炸装置爆炸后产生的气味令人作呕,世间少有比这更难闻的味道了。

阿米莉亚·萨克斯感觉自己的鼻腔里灌满了这种气味,甚至连舌头都能尝出这令人反胃的味道。她被恶心得浑身颤抖。

紧接着,她开始耳鸣。

她正站在爪哇小憩的废墟前面,不耐烦地等排爆小组完成搜查。她很想自己搜查这个现场,但来自格林尼治村第六分局的爆炸物专家必须先进场排查,以防场内有延时启动的爆炸物。有的疑犯会在现场放置这样的延时炸弹,企图炸死前来搜救和调查的工作人员。这是很常见的手法,至少,在某些会用炸弹来表达政见的国家是很常见的。说不定,唐·布伦斯是在国外学到的这门手艺。

萨克斯在自己两耳边各打了几个响指,发现即使正在耳鸣,她的耳朵还是能听得清响指的声音。太好了。

挽救了她和店内人员性命的,是一件本来让她哑然失笑的事。

不久前,店经理杰瑞把萨克斯带到狭窄昏暗的办公室里调查监控。两人在椅子上坐下,杰瑞输入密码将电脑解锁,然后找出了一些文件。

"这就是控制监控摄像头的程序。"他启动程序,然后教给萨克斯一些基本操作,包括播放、快进、快退、剪辑和另存,等等。

"明白了,谢谢你。"

她凑上前去细细地看着屏幕,画面分成四等分,分别播放着四个不同摄像头拍到的画面:两个对着店面,一个对着收银台,还有一个对着办公室。

她刚开始倒放,打算倒回五月十一日——泄密者来店里的那天——但马上留意到,画面上一个男人正在他们现在所处的办公室里往前走。

嗯?有些不对劲。她按下暂停。

是哪里有问题呢?

哦,知道了,哈!她忍不住笑了。因为她现在是在倒放,所以在其他画面里,人们都是倒退着走路的,唯独画面上的这个人是往前走的。这说明他当时是倒退着离开办公室的。

为什么他要这样走路呢?

她跟店经理说了这件趣事,对方却笑不出来:"您注意时间戳,这是十分钟之前。但我不认识这个人,他不是我们的员工。"

画面上的男人身材精瘦,虽然戴着棒球帽,但看起来应该是留着短发;他身穿一件防风外套,背着一个小背包。

杰瑞起身去查看后门:"是开着的!妈的,我们被人撬锁了!"

萨克斯把录像又往前倒了一段,然后开始正常播放。他们看到这名男子鬼鬼祟祟地溜进了办公室,想解锁电脑,但试了好几次都没成功;然后他又试着把电脑搬走,最后还是败给了固定电脑的钢条。然后,他看了屏幕一眼,肯定是留意到自己被摄像头拍了个正着,于是他就倒退着离开了办公室,成功避免了转过脸来对着镜头。

萨克斯知道,这肯定就是那名狙击手了。

他肯定是通过什么途径知道了泄密者的存在,然后特地来想查出他的身份。然后他又听到了萨克斯和杰瑞走过来的声音,就匆忙逃走了。萨克斯又把这段看了一遍,这次,她注意到他在离开前放了一个小物件到电脑后面。是什么——

糟了!

他在电脑后面放了自制炸弹!他发现一时间没法偷走这台戴尔,就打算把它炸了!来不来得及拆除?不行,估计他设的定时不会太久,现在随时可能爆炸。萨克斯大喊:"出去出去,全部出去!把店里的人全部赶出去!有炸弹!马上把全部人员疏散到外面!"

"但——"

萨克斯毫不犹豫地抓起杰瑞那刺满汉字的手臂,拽着他来到前场,对着服务员、洗碗工和顾客大吼,命令他们逃跑。她举着警徽大叫:"警察!所有人现在马上疏散到室外!有煤气泄漏!"

解释炸弹的事太麻烦了。

其他人全都跑出去了,只有个年轻的学生自作聪明,偏要回来说自己还没续杯,萨克斯赶紧把他推出店门外。他的脚跟刚刚踏出店面,炸弹就爆炸了。

爆炸那一刻,萨克斯还在店里,爆炸震撼了她的胸腔和耳朵,还通过地面震得她双腿发疼。两扇落地玻璃窗被震得粉碎,店里的很多东西也被炸成碎块,恶臭的浓烟瞬间充满整个店铺。萨克斯赶忙跳出门外,稳稳地站着。要是她学电影里面那样来个前滚翻,那她的两个膝盖一辈子都不会放过她。

排爆小组终于检查到前门了。一个组员对萨克斯说:"安全了!"但她耳朵里还在嗡嗡作响,像塞着棉花听见的这句话。爆炸的音量实在太大了,有些塑胶炸药冲击波的传播速度大概能有每秒两万五千英尺。

"是什么炸弹啊?"萨克斯问道,然后看到对方笑了,她突然意识到,因为耳鸣,她刚刚是大吼着说出来的。

"现在还说不准,得送去联邦调查局和烟火管理局分析之后才知道。但我觉得应该是军用炸弹,因为我们找到一些有迷彩伪装的碎片。这种炸弹本来是针对人的,但用来炸毁物品当然也是非常有效。"

"比如炸个电脑什么的。"

"炸什么？"排爆警察问。

因为听力受到影响，这次她又讲得太小声了。"我说电脑。"

"炸电脑那绝对是效果超群啊。"对方说，"里面那电脑硬盘全碎了，很多碎片甚至熔化了。真是炸得妈都不认得。"

萨克斯谢过他，两人继续回到各自的工作。皇后区来的一支犯罪现场小队开来一辆面包车，里面满是搜证专用的工具器材。来的两位警察跟萨克斯问好，一位亚裔女警察和一位佐治亚州来的小胖警察，萨克斯都认识。但他们只负责辅助，实际的搜证工作还是萨克斯独自完成——当然是按照莱姆定下的规则。

她双手叉腰，呆望着爪哇小憩冒着烟的废墟。

唉，要命……

除了气味无与伦比以外，在污染现场的能力上，自制炸弹也让其他东西望尘莫及。

她穿上一件特卫强的全身防护服。这是明晰系列出品的高级款，在保护穿着者不受危险物质伤害的同时，也能防止现场被搜查者身上掉下的东西污染。然后，因为现场的黑烟仍然很浓烈，她又戴上了密封护目镜和防毒面具。

这时，她心里闪过的第一个想法是：这面具这么厚，我说话林肯会不会听不见？

然后她又记起来，这一次莱姆并不会像以往一样通过无线电跟她保持通话。她现在孤身一人。

早上那股冷冰冰、空荡荡的感觉又一次袭来。

别想了！她在心里喝止自己。好好执行任务！

她带上搜证工具，进入现场开始走格子。

她在废墟里搜索着，尽力搜集跟炸弹有关的碎片，但是跟刚刚的排爆警察说的一样，这炸弹也没剩下多少东西了。她感到恐慌，歹徒明明可以只放一个很小的炸弹，只要炸毁电脑就行了，他却肆无忌惮地选用了一个杀伤力如此巨大的炸弹。

随后，萨克斯着重去搜查出入口的路线和后门附近的区域，因为布伦斯曾在这里逗留、撬锁，而且这些地方受爆炸影响最小。她连走廊的痕迹和门框上沾着的东西都搜了个遍，采集到数十种证物，基本把这片城区常见的物质元素都集齐了。要是这里面有什么突兀的东西，那很可能就跟歹徒有关，甚至可能有助于查到歹徒的家或者办公室。

但实际到底有多大用处呢，她真的不确定。这里跟纽约任何其他后巷一样，干扰物数不胜数，要从里面筛选出跟案情有关的证物谈何容易。证物太多跟证物太少一样，也会让人很头疼。

走完格子后，她就赶紧把防护服脱掉了，不是因为害怕污染物，而是因为她天生有幽闭恐惧症，这全身密闭的套装让她浑身不舒服。

她暂时闭上眼，做了几次深呼吸，把不安的情绪稳定下来，慢慢消散。

录像现在没了，要怎么找到泄密者呢？

她有点绝望。这人既然这么谨慎，费尽心思隐藏自己的邮件路径，那肯定也会很谨慎地选择上传文件的地点。他肯定不是这里的常客，也不会用信用卡在这里消费。突然她灵光一现，当事人难以入手，但其他客人呢？五月十一日下午一点左右在店里消费的客人，她应该还是能查出来几个的。也许其中有人会留意到泄密者用的那台奇特的电脑，还可能有游客用手机拍了照片，把泄密者给拍进去了。

店经理杰瑞看着刚刚炸毁的店铺，在一旁瑟瑟发抖。萨克斯走上前去，询问他能不能调查信用卡消费记录。杰瑞艰难地从废墟上移开充满哀伤的目光，然后打电话给他们公司总部请求帮忙。短短十分钟之后，萨克斯就拿到了当天可疑时间段的消费记录和名单。她对杰瑞表示感激，把这些信息发送给塞利托，然后直接给塞利托打了电话。

电话接通后，萨克斯问塞利托，能不能从比尔·迈尔斯的特勤队那里要几个人，帮忙查查名单上的消费者当时有没有拍过照片，或者有没有人记得当时是谁在用一台奇特的老式电脑。"

塞利托说："没问题，我去安排一下。"他哼了一声，"这次的案件真是升华到一个前所未有的层次了，对吧？自制炸弹。你觉得是那个布伦斯干的吗？"

"我觉得肯定是他。虽然录像里看不清，但能辨认的细节基本符合南湾旅社员工对他的描述。他是在做善后清理工作呢，估计是梅茨格指使的。"

"天，梅茨格和布伦斯真是玩得太大了，为了瞒住这个暗杀令，竟然敢危害无辜民众的生命安全。"

"唉，朗，你听我说，我想这事要暂时保密。"

塞利托大笑道："哈！当然可以，不就是一个该死的炸弹在曼哈顿炸开了花吗，这还不容易保密？"

"能不能对外宣称事故是由煤气泄漏引起的？详情仍在调查？争取几天时间。"

"我会尽力，但你知道那些垃圾媒体是什么德行。"

"我就求你这么多，一两天就行。"

塞利托嘟哝着说："我只能试试啊。"

"谢谢你。"

"对了，正好你打来了电话——迈尔斯手下的小子们找到了那个跟莫里诺搭车兜风的女孩儿，莉迪亚。马上就能问到她的电话号码和家庭住址。"

"那个妓女对吧。"

塞利托咯咯一笑："哈哈，等你当面跟她聊的时候就知道了，我是不会再叫她妓女了。"

# 34

林肯·莱姆缓缓抬起右手，给自己喂了一块油炸海螺肉丸。这东西炸得非常好，外脆里嫩，蘸上店家自制的辣椒酱吃，美味极了。然后他又拿起一罐卡力克啤酒吸了一口，简直绝配。

飓风餐厅（在当地经常遭受飓风毁灭性打击的情况下，起这么个名字真是奇怪）位于拿骚闹市区一条杂草丛生的路上，店面装修非常简朴，木地板年久失修，很多木条都弯曲变形了；墙面是浅蓝色和红色相间的，上面挂着一些照片，好像是本地的海滩风景照，但也可能是加奥或者泽西州的海滩，谁知道呢，看着都差不多。苍蝇们很喜欢停到这些照片上歇脚。天花板上有几台电扇，缓慢地转着，在降温事业上毫无建树，只能赶得苍蝇四处乱飞。

虽然环境很差，但这家餐厅的菜却做得非常好，莱姆觉得其中一些简直是自己这辈子吃过最好吃的东西。

当然，在他心里，只要一道菜是他能自己用叉子插起来吃，而不用别人喂的，那就是绝世好菜。"海螺，"他自言自语，"我从来没遇上过哪个案子是涉及单阀组织生物的。遇见过一次蚝壳。这个可真好吃，家里能做吗？"

汤姆听了，便起身去问主厨讨要食谱。神情威严的女主厨头上绑着一条红头巾，看起来像个革命者。她把这道菜的做法写下来交给汤姆，还很严肃地提醒他一定要用新鲜螺肉："绝对不能用罐头螺肉，一定要记得啊！"

接近三点了，波提耶还没出现。莱姆不禁开始想，波提耶可能真的是故意送出这诱人的邀约，先让莱姆等人在餐厅傻等着，而他就跟普拉斯基猜的那样，正在集结队伍准备过来逮捕他们。

我就是在那里吃午饭的！

他又想，算了，先不管他了，多吃点美食、喝点啤酒不好吗？于是他又放宽心吃了起来。

一只灰色的小狗来到他们腿边讨要吃的，莱姆没管它，汤姆从炸海螺的碟子里捡了一些碎屑喂给它，还给了它一些面包。小狗挺健壮，大约两英尺高，耳朵耷拉着，脸长长的。

"以后它就会跟你一辈子了，知道吧？"莱姆哼哼着说。

"它多可爱啊。"

服务员说："我们叫它青豆饼狗，是岛上特有的品种。因为我们会拿做青豆饼用的米饭、青豆之类的去喂流浪狗，所以就这么叫它们了。"这个服务员除了瘦一点、年轻一点之外，几乎跟主厨一模一样。两人大概是母女吧。

"它们总是这样跑进餐厅里吗？"莱姆故意讥讽道。

"对啊，顾客都很喜欢它们的。"

莱姆无话可说，只好转头看向门外。不知道等下波提耶会是一个人来，还是带着一群当地警察，全副武装地来逮捕他们。

他的手机又震了一下。他接起来问："怎么样，菜鸟？查到什么了？"

"我现在还在旅社里。我查到那通电话是从曼哈顿的一个基站打来的。"

"棒。听着，这号码肯定是预付的，无法追踪。但我们让罗德尼帮忙，他能把范围缩小很多。也许能查到办公地点、健身房，说不定还能查到这位狙击手在哪家星巴克享用拿铁呢。不会花多长时——"

"但是——"

"不不,这很容易。罗德尼可以从基站回溯,往邻近信号塔的信号里插入一些特殊数据包。狙击手完成任务之后肯定会丢掉手机,但通信记录应——"

"林肯!"

"什么呀?"

"这卡不是预付的,而且他现在还在用呢。"

莱姆语塞了好一会儿。这运气好得让人无法相信。

"我继续说了,你准备好了没有?"

莱姆吼他:"赶快说重点,你这菜鸟!"

"号码是登记在唐·布伦斯名下的。"

"我们的狙击手。"

"对。他登记的时候,留了一个社保号码,还有地址。"

"哪儿的?"

"布鲁克林区的一个邮政信箱。户名是德拉瓦尔的一个公司,当然是特地设立的空壳公司,社保号也是假的。"

"但我们知道电话号码了。让罗德尼马上开始搜索使用记录和地点。现阶段肯定没法申请窃听,但看看朗他们能不能用美色诱惑一下地方法官,给争取一个五秒左右的窃听机会,把他的声音录下来,就可以做声纹比对了。"

要是取得这个证据,拿去跟泄密者提供的音频文件做对比,就可以证明现在使用这个号码的是不是那个狙击手了。

"再跟弗雷德·德尔瑞说一下,请他帮忙查查那个空壳公司背后是什么人。"

"了解,我会去办。另外还几件事呢。"

还"有"几件事才对,但莱姆忍住了没说出来。今天骂这小子骂得够多了。

"那个记者,德·拉·鲁亚,没有任何东西遗留在旅社里。他来采访的时候,是带着背包或者公文包的,但这里的员工说,警察调查之后运走遗体的时候,把他们的随身物品都一并带走了。"

莱姆心想,这样,如果波提耶是以求合作的心态过来的话,也许可以让他开个后门看看那些遗物。

"我还在等那个清洁工,准备问实打探消息的那人的事情。她还有半个小时才上班。"

"干得真不错啊,小子。对了,你有没有保持警惕?有没有看到之前跟踪我们的那辆车或者抽大麻的跟踪者?"

"我有留意,但没见到。你们呢?……唉,等等,你这样问,那就是说你们已经把他们甩掉了。"

莱姆笑了,这小子真的有长进。

## 35

"就是说,莉迪亚真的不是妓女。"阿米莉亚·萨克斯总结道。

"完全不是,人家是翻译员。"朗·塞利托答道。

"翻译员真的不是幌子吗?也许是拿这个来掩饰妓女的真实身份?能确定吗?"

"确定啊,她真的是合法合规的翻译员,当商业翻译已经有十年了,主要跟大公司和律师事务所合作。背景我也查过了,没有任何前科。市里、州里、联邦调查局等都没有犯罪记录,清清白白。莫里诺好像以前就聘用过她。"

萨克斯羞愧地笑了:"是我不对,随意猜测别人。什么陪游、恐怖分子之类的。唉,真是的。既然她是清白的,那莫里诺应该不会拉她参与什么违法犯罪的活动,但她也许会知道一些重要信息。说不定她手上有很多莫里诺的资料。"

"肯定会有的。"塞利托也同意。

莉迪亚到底知道什么呢?雅各布·斯万心想,期待地往前挪了挪。他现在在中城,坐在他的日产车里,又一次窃听着阿米莉亚·萨克斯的通话。她没在咖啡店被炸得烟消云散真是太好了,毕竟这条线索真的跟金蛋一样宝贵。

"她都会哪几种语言?"萨克斯问。不久前,技术人员告诉斯万,通话另一端的人是朗·塞利托,又一位市里的警察。

"俄语、德语、阿拉伯语、西班牙语和葡萄牙语。"

有趣。现在,斯万前所未有地渴望知道她的全名和住址。麻烦说一下吧,谢谢您。

"我马上去见她。"

太好了,这多方便啊:阿米莉亚·萨克斯警探跟一个证人同时待在一个私人公寓屋里。只要雅各布·斯万带上他的旬刀赴会就完美了。

"有纸笔吗?"

"有,你说。"

我也准备好了,雅各布·斯万心想。

塞利托说:"她全名是莉迪亚——"

"等一下!"萨克斯喝止了他。

斯万被巨大的音量震到,马上把手机举得远远的。

"怎么了?"

"有些不对劲,朗。我突然想到了。疑犯是怎么知道爪哇小憩的?"

"什么意思?"

"他不是跟踪我过去的,反而比我先到。他到底是怎么知道那地方的?"

"该死,你觉得他窃听你的电话了?"

"很有可能。"

哎哟,见鬼。斯万叹了口气。

萨克斯说:"我另找一部电话打给你,用座机联系吧,我会直接打给总局再转接给你。"

"可以。"

"等下我就停用这部手机了,你也停用你的吧。"

通话结束了,只留下雅各布·斯万呆呆地听着耳机里的寂静。

# 36

一开始,阿米莉亚·萨克斯只是把手机电池拿掉,觉得这样应该就够了。

但很快,多疑就渗进她的内心,就像她以前住处的地下室漏水一样。她越想越不安,最后干脆把手机直接丢到了下水道里。

她找到一位巡警,拿出十美元想换零钱,可对方也没带多少零钱,结果只换回来四美元,但也够了。她用附近的公共电话打给警察总局,然后转接塞利托。

"我是塞利托。"

"朗。"

"你觉得他真的在窃听吗?"

"不管有没有,我都不想冒这个险。"

"好,谨慎点也好,我同意。但这太气人了,我手机是新买的。操蛋玩意儿。好了,这次你准备好了吧?"

萨克斯已经准备好了纸笔:"你说。"

"她全名叫莉迪亚·福斯特。"塞利托把她的电话号码和在第三大道上的住址也报了一遍。

"搜查队怎么找到她的?"

"全靠腿啊,"塞利托说,"从她出来上车的那栋大楼顶层开始问,一层一层地往下走,问了二十九层,下到三楼才问到她的事,花了他们八百年时间。她现在接了个私活,在给一家银行做翻译。"

"我现在就给她打个电话……朗,你说布伦斯到底是怎么接到我电话里窃听的呢,这可不是随便谁都做得到的。"

塞利托嘟囔说:"这家伙的资源太他妈多了。"

"还有,他现在也知道你的号码了。"她指出这一点,"你可得注意啊。"

他粗声一笑:"这种陈词滥调,林肯可不喜欢哪!"

这话让萨克斯更加想念莱姆了。

"我查到新的线索再跟你联络。"

几分钟后,萨克斯就跟莉迪亚·福斯特通上了电话,跟她说明了情况。

"啊,莫里诺先生,我听说了,太让人难过了。去年我还给他当过三次翻译呢。"

"全都在纽约吗?"

"对。他每次会见的人都能讲流利的英语,但他总是希望大家都能讲各自的母语,所以就要通过我的翻译来交流。他觉得这样更自在。我不只要翻译句子,还要帮他揣摩对方的意思。"

"我之前询问过五月一日载你们的司机,他说您跟莫里诺先生聊得挺投机?"

"对,莫里诺先生是很活跃、很喜欢社交的。"

萨克斯感到心跳加速,看来莉迪亚会是很重要的证人。

"最后一次行程,你们总共见了多少人?"

"我记得应该是四个人吧。首先是俄罗斯人,运营一个慈善组织的,然后是迪拜的人,还有巴西大使馆的人。最后他还单独见了一个人。最后见的这个人英语和西班牙语都会,所以他没带上我,我就一直在办公室楼下的星巴克等着。"

或者他是不想让你知道谈话的内容呢,萨克斯暗想。

"我希望能过去找您当面谈谈。"

"没问题,只要我能帮上忙。我今天都在家呢。我可以把那次工作的资料全都给您整理出来。"

"那些资料您全都存了备份吗?"

"全都留着。客户们经常弄丢我发给他们的文件,也没有备份,次数多到你不敢相信。"

这更好了。

这时,萨克斯的手机震动起来,显示她收到一封备注"紧急"的短信,她跟莉迪亚说:"您稍等一下,不好意思。"然后打开了短信。

布伦斯手机仍在使用。声纹已比对,确认是他。正在实时跟踪。他现在在曼哈顿。给罗德尼打电话。

——罗恩

她说:"福斯特小姐,不好意思,我临时要去跟进另外一件事,但我会尽快赶去您那边的。"

# 37

莱姆刚把啤酒喝光,身后就传来一个声音。
"各位好。"
是米夏尔·波提耶。
他背着一个背包,身上的衣服被汗浸得透湿,穿的裤子也沾满了沙子和泥点。他朝服务员打了个招呼,服务员笑了。但看到他竟然跟那个残疾的美国人坐到一桌的时候,她吃了一惊。都不用波提耶点菜,服务员就直接给他下了一单,还端来一份椰汁饮料,看来波提耶真是常客。

"抱歉我来晚了,因为我们找到那个失踪学生了,但很遗憾,她已经身亡了。看来她是游泳的时候出意外溺亡的。再等我一下,我得把报告上传。"他从背包里拿出一台带破旧皮套的iPad,写了一下报告并发送了出去。

"这样就能争取到一点时间,跟您好好地聊一聊。我跟他们说了我在跟进几条线索。"他朝iPad点点头,"很不幸的事故。"他脸上写满了哀伤。莱姆想起,波提耶一开始是交警,后来是做工商执照方面的工作,这些岗位都没什么机会让警员直面这种会从根本上改变一个人的惨痛悲剧——经历这些事后,有些人会变得坚强,也有些会变得很脆弱。

"她溺水的水域其实并不危险,但她游泳前似乎喝了酒。我们在她车里找到一些朗姆酒和可乐。唉，年轻学生啊，总以为自己是永生不死的超人。"

"我能看看情况吗？"莱姆问。

波提耶把 iPad 转向莱姆，莱姆研究着上面的照片。死者的遗体因失血而显得惨白，还因为长时间泡水而严重发皱。海里的鱼类等生物把她面部和颈部的绝大部分都啃食掉了，很难判断年龄。莱姆一时想不起来那张告示上面是怎么说的，就主动提问。

"她二十三岁了。"波提耶回答道。

"她在学什么专业？"

"这学期是在拿骚大学学习拉丁美洲文学。课余时间有兼职打工，当然还有，跟朋友开派对、疯玩。"他叹了口气，"明显是疯过头了。我已经致电她在美国的家人，他们很快就会来认领遗体。"他越说越小声，"以前从来没打过这种电话。这太难了。"

照片上的女孩身材窈窕，很健康，看得出来常锻炼；肩上有一个低调的文身——一颗小星星——她还很喜欢金饰，戴着很多金首饰，唯独脖子上的是一条银项链，坠着一片小叶子。但她美丽的脖颈如今也被毁得皮开肉绽。

"是被鲨鱼咬的吗？"

"不，大概率是金枪鱼。这一带很少发生鲨鱼伤人事件。而且金枪鱼只能算是在进食，因为是她死后鱼才开始咬她的。金枪鱼偶尔会咬一下游客，不过一般都只会造成极小的伤口。她应该是遇上了急流，溺死了，然后这些鱼才开始啃咬她。"

莱姆注意到，死者颈部的伤势是最严重的，颈动脉清晰可见，连头骨的一大部分也暴露了出来。他又用叉子扎起一些炸丸子，吃了起来。

他把 iPad 放了回去，说："依我看，警官，你应该不是来逮捕我们的吧。"

波提耶笑了："我还真考虑过，因为当时太生气了。说正事吧，我当然不是来逮捕你们的,我是来再帮你们一次的。"

"谢谢你了,警官。礼尚往来,我也跟你说一下我们了解的情况。"他把 NIOS、梅茨格和狙击手的事都解释了一遍。

"击杀室,真是冷漠无情的名字。"

既然波提耶现在多少也算是自己人了,莱姆就把普拉斯基在旅社等着调查清洁工的事告诉了他。

波提耶无奈地皱起脸说:"一位纽约的警官被迫替我做我该做的工作,真行。政治万岁。"

这时,服务员把波提耶的餐食端来——是一盘炖菜,里面有各种蔬菜和一些肉片,莱姆猜可能是鸡肉或者羊肉;盘子里还配着一些烤面包。波提耶撕下一小块面包,喂给桌旁的小狗,然后把盘子拉到自己面前,往领子里塞上餐巾,又拿过 iPad,输入了一些东西,最后抬头说:"我要开始吃饭了,如果汤姆先生您愿意听,我可以边吃边给您介绍一下巴哈马群岛的历史文化、风土人情。"

"当然愿意了。"

波提耶又把 iPad 推给莱姆:"至于警督您呢,应该很想看看这边的美景吧!我的相册里有很多风景照。"

于是,波提耶便转向汤姆,两人很快高兴地聊了起来,而莱姆则自己打开 iPad 里的相册开始浏览。

首先是波提耶一家——应该是吧——在海边照的全家福。他的妻子很漂亮,两个小孩玩得很高兴,正大笑着。然后是一张他们在烧烤店的合照。

一张日落的照片。

一张小学音乐会上独奏表演的照片。

一张罗伯特·莫里诺谋杀案报告首页的照片。

波提耶像间谍一样用 iPad 把这份报告偷拍下来了。

莱姆看向波提耶,但对方故意没理他,继续跟汤姆介绍殖民历史,还把自己的午饭又分了一点给小狗。

报告开头是莫里诺遇害前最后几天的行程，看来是波提耶警官好不容易拼凑出来的。莫里诺和他的保镖西蒙·福洛雷斯于五月七日星期天深夜抵达拿骚。星期一他们一直在外面，估计是在跟人会面——莫里诺看起来不像是喜欢去海里骑摩托艇或者跟海豚共舞的人。接下来，周二，他从早上九点开始接见一些访客。客人离开后不久，大约十点半，记者爱德华多·德·拉·鲁亚便前来采访。而后，枪击案就发生在十一点十五分左右。

波提耶已经查清前面来的访客的身份，并且亲自调查过他们。他们只是当地几家农业和运输公司的负责人。莫里诺打算在巴哈马开设赋权运动的分部后，跟这些公司开展合作，所以才找他们来商谈。这几位访客长年在拿骚进行商业活动，是拿骚商业协会会员，都是正直守法的人，而且受人尊敬。

他们没有留意到可疑人物，也没听莫里诺说过是否觉得被监视。

然后莱姆翻到案发现场的部分开始读，但他很快就失望了。搜证队伍在现场搜集到了四十七枚指纹（被害者的除外），但目前为止只比对了一半，而且已查清的指纹全是酒店员工的。这一页底下竟然有备注写着："其余指纹样本已丢失。"

至于从被害者身上采集线索的工作，他们更是懒得费心。一般的狙击枪杀案中，被害者所处地的情况不会带来很多线索，毕竟狙击手作案时离得非常远。可是这次不同，因为狙击手亲自到旅社里来过，甚至可能进入过那个套房去确认视野和射击角度。虽然他是案发前一天来的，但即使没留下指纹，也仍有可能留下了其他的微量证物。然而从报告上来看，搜证人员基本没有从套房里搜集出有用的证物，只是搜集了一些糖纸和烟灰缸里的烟头。

没想到，接下来的几页里，击杀室的照片却很有启发性。莫里诺中枪时，身处套房里的客厅。房间里的所有人和物品都被碎玻璃雨砸得遍体鳞伤。莫里诺四肢大张，仰躺在沙发上，头无力地垂着，咧着嘴；他胸口上有一个深黑的洞，大量的血从洞里流出，染透了衣服。他背后的沙发套上也有大量血迹，看来子弹贯通人体并射出后造成了巨大的伤口。

其他的被害者躺在沙发旁边，一个是身材高大的拉丁美洲人，照片里标注他是莫里诺的保镖西蒙·福洛雷斯；另一个男子稍微瘦一点，光头但蓄着胡子，五十多岁，这是那个记者德·拉·鲁亚。两人全身上下多处被碎玻璃严重划伤，皮开肉绽。

子弹在穿过莫里诺的身体和沙发之后，嵌进了后方的地毯里。搜证人员在旁边放了标号十四的标识牌，并给子弹拍了照。

莱姆继续翻页，想看后面的报告。

但之后一张又是波提耶和妻子一起坐在海滩上的照片。

波提耶根本没看过来就说："就这么多了。"

"没有验尸报告吗？"

"目前只完成了一具尸体的尸检，而我们还拿不到结果。"

莱姆又问："死者的衣物呢？"

波提耶终于看向莱姆："在停尸房。"

"我同事在南湾旅社调查了，说记者德·拉·鲁亚的相机、录音机等随身物品也被一同带走，收到你们停尸房去了。我很想直接看看这些证物。"

波提耶意味不明地笑了一声："哈！我本来也要看的。"

"'本来'？"

"没错，您听懂了。我当时去提请查看这些证物的时候，它们已经失窃了，随着一些更贵重的个人物品一起消失了。"

莱姆想起来，刚刚的照片里，那个保镖戴着劳力士手表，胸前的口袋装着一副欧克利太阳眼镜；记者的身边有一支金色的钢笔。

波提耶说："看来，在这儿办案，一定要抓紧保护好证物才行。我算是得到教训了。您记得我提到的律师吗？"

"那个有名的律师。"

"没错。他遇害后，我们警察还没赶到现场呢，办公室里已经有半数财物被劫走了。"

莱姆说："起码子弹还在吧。"

"对，锁在证物柜里呢。但您刚刚来之后，助理署长麦福森不是把我叫去了吗？他命令我把莫里诺案的证物全部转交给他。现在他全权接管了那些证物，而且还锁得严严实实的，除了他谁也拿不到。他还命令我无论如何不能再跟您接触。"

莱姆叹了口气："他们真是完全不希望这案子的调查能有进展啊，对吧？"

波提耶回答时，语气中带着一点之前没有过的苦涩："但是这案子还真的有了进展——现在已经算是结案了。对外宣称的结论，是贩毒集团为了一些无谓的原因报复杀害了这些人。反正那些贩毒集团神秘莫测，谁也不了解他们，当借口用再好不过了。"他苦笑了一下，随即低声说，"对了，莱姆警督，虽然我很希望帮您弄到证物，但这实在是不太可能。不过，我还能给您当一下导游。"

"导游？"

"没错。我们新普罗维登斯岛西南海岸有一处很著名的风景区，一块半英里长的半岛。因为飓风袭击得厉害，那里大部分地表都是光秃秃的岩石和沙滩。附近有三个主要景点，一个垃圾填埋场，一家污染严重、经常吃罚单的金属加工厂和一家废旧轮胎回收处理厂。"

"听起来很吸引人啊。"汤姆说。

"确实很吸引人，至少很受某一位美国旅客的关注。他五月九日去过那里，就在当天早上十一点十五分的时候。另外一处他很喜欢的景点是南湾旅社。两地之间视野开阔，毫无阻挡，相隔正好两千一百一十码。我想着，您既然来旅游，应该也会喜欢这番景色的，对吗？"

"你猜得真准，警官。"

"那我们现在就出发吧，我这导游可没法当很长时间。"

# 38

阿米莉亚·萨克斯开着车飞快地往市中心赶去，挂断了跟计算机犯罪调查组专家罗德尼·萨内克的通话。她自费买了一部预付费的手机，当然，付的现金。现在她比较安心，这样应该不会再被他们正在追捕的人窃听了。

萨内克说，NIOS的狙击手现在正在华尔街附近通话，而且看来是在步行。计算机犯罪调查组把狙击手的大致方位告知了萨克斯，所以她现在正全速往那边赶。等她赶到那边就会再通知罗德尼，罗德尼会尽力查出狙击手的准确坐标。

她猛地把离合踩到底，用力地换挡，汽车轰鸣着加速向前，在地上留下两道焦黑的车胎印。

她在车流中左穿右插，快速赶往华尔街，但突然遇上堵塞路段。"嘖！不是吧！"她猛打方向，想调头钻进小巷，但旁边突然闯出一个不守交规的行人，她赶紧刹车闪躲，弄得车子在原地甩了一圈。躲开行人后，她终于把车开到了小路上，直奔东南方的下城区而去。

"该死！"竟然又遇上另一处堵车，她气得骂出了声，决定"征用"附近的又一条小路——虽然这条路很不巧是单行路，跟她要走的方向相反，但起码还算通畅，现在管不了那么多了，她直接逆行冲了进去。对向驶来的众多司机被吓得半死，纷纷鸣响喇叭，奏出一段难听的交响乐，有人甚至对着萨克斯这边竖起中指。萨克斯全部忽略不管，超过一辆黄色出租车，逼得对方轧上了人行道。她终于成功来到百老汇附近，道路比较顺畅，于是继续往南疾驰，但每每遇上红灯还是得停下来。

关于电信运营商是否可以向执法人员提供手机用户的使用和位置信息一事，向来是有很多争议的。一般来说，只要是紧急情况、警察带了授权令，那运营商都会乖乖配合。但其他情况，运营商还会要求出示法院命令书。罗德尼·萨内克不想抱有侥幸心理，所以他一得知狙击手的手机号就找了一位地方法官，申请下来了一批许可文件，现在他们可以合法地进行五秒监听、录音和声纹比对，也可以合法地获知其准确定位了。

萨内克运用传统的三角定位法，查到狙击手的手机信号大概就在沃伦街和百老汇交界的一带，但碍于技术限制，暂时还查不到更准确的定位。他现在用上了插值法，从基站的资料里筛选疑似的信号。在市区追查手机信号比在郊区和乡村容易，因为相较之下市区的基站数量多很多，容易查到更精确的定位；但相应的，手机用户也多得多，所以要从大量的用户中排查、分辨出特定嫌疑人的信号也很困难。

萨内克努力想搞定 GPS 信号，因为这是追踪行动中的黄金要素，可以准确找到嫌疑人的所在，误差小到只有几英尺。

萨克斯终于赶到目标地点附近。她动作飞快，车子在四十英里的时速下甩尾，以毫厘之差避开一辆公交和一个热狗摊，稳稳地停进一个车位。车胎在地上摩擦生烟，升腾的气味让她觉得安稳舒心。

她下了车，扫视了一圈，看到的数百个行人中起码有百分之十在用手机。这里面有没有那个狙击手呢？会是这个精瘦、平头，穿卡其裤和工装上衣的年轻人吗？他看着像参过军的人。或者是这个脸色阴沉、穿着不合身西装的男人？他戴着墨镜，鬼鬼祟祟地四处张望，感觉像是杀手——当然也可能只是个会计。

不知道布伦斯的电话还会打多久。萨克斯心里着急。其实，只要布伦斯不拆掉手机电池,即使电话挂断了他们也能继续追踪,但对于身在现场的萨克斯来说,当然是直接目击一个正在打电话的人比较容易。

她也在心里提醒自己,这有可能是个陷阱。刚刚经历的爆炸还记忆犹新呢。狙击手是知道调查行动的,显然也了解萨克斯的情况——毕竟他是因为窃听了萨克斯的手机才知道咖啡店的事。恐惧再次像电流一样刺激着她的脊骨。

她的手机震动起来。

"是我。"

"在GPS上查到他了。"罗德尼·萨内克兴奋得像个在玩游戏的青少年(他曾说过当警察就跟玩《侠盗猎车手》一样有趣),"我现在在用运营商的服务器实时追踪,他在百老汇路的西侧,现在走到维西路上了。"

"我马上过去。"萨克斯急忙往那边走,左髋部开始疼起来。光膝盖疼还不够折磨吗?她伸手到后口袋里,摸到折叠刀和一小包药。她把药拿出来,咬开包装袋,匆匆吃下,最后丢掉包装袋。希望这样能撑一会儿吧。

她尽量以最快速度往目标方向赶去。

萨内克说:"他停下来了,可能在等红灯。"

萨克斯灵巧地避开来往的行人,来到十字路口。红灯把南向的行人和汽车都留在原地。

"他还在那,没动。"萨内克说。现在他的办公室里没有了吵闹的音乐。

萨克斯看到,大约四十英尺外的红灯转成绿灯了。等在路旁的大群行人立刻拥上斑马线。

"他走动了。"

萨克斯立刻跟上。走了一个街区后,萨内克毫无波动的声音传来:"他挂断了。"

妈的。

萨克斯快步向前,观察有没有人正准备收起手机,但一个都没有。她忍不住想,刚刚那通电话可能是狙击手用那台手机打的最后一个电话了。毕竟他也是专业的高手,肯定知道手机有漏洞。甚至,说不定狙击手已经注意到跟踪而来的萨克斯,于是也准备把手机扔进下水道口。

来到德伊路,又遇上了红灯。萨克斯停下脚步,周围大约有二十名路人,里面有商人、建筑工人、学生和游客;不光职业多种多样,人种组成也很丰富,盎格鲁人、亚裔、拉美人、黑人等都有。

"阿米莉亚?"萨内克说。

"怎样?"萨克斯答道。

"有电话打进他的手机,现在应该开始响铃了。"

萨克斯右边一名男子口袋里的电话响了起来,两人相隔仅仅几英寸。

简直是肩并肩站着。

这名男子的外形基本符合南湾旅社员工和米夏尔·波提耶警官的描述:白人男性,运动员体格,短小精悍。他穿着长裤,衬衫和防风服,还戴着棒球帽。萨克斯看不出他的发色是不是棕褐色——看起来更像是深金色。但目击者要描述成棕褐色也没问题。他头发剪得很短,也符合对狙击手外貌的描述。他的系带皮鞋擦得很亮,简直光可鉴人。

军人的作风。

萨克斯高兴地对自己的电话说:"行啊,听着不错。"

萨内克问:"他离你很近吗?"

"完全正确!"她心里警告自己,别演得太夸张了。

绿灯亮起,萨克斯特地停了一会儿,让可疑男子先走。

萨克斯脑筋不停地转,有没有什么办法能查清他的身份?几年前她和莱姆办某个案子的时候,曾找过一位年轻的女魔术师帮忙。

她不仅精通多种魔术手法，还锻炼出了高超的扒窃手艺——她当时笑着发誓这手艺肯定只会用于娱乐表演——萨克斯此刻真想找她帮忙。她能不能从他衣服口袋里偷出一个钱包或者一张收据之类的呢？

她最终还是觉得没戏。即使她掌握了扒窃的技术，应该也无法成功，因为这个男人太警惕了，频繁地四处观察。

他们过了马路，继续朝百老汇走去，把自由路抛在身后。然后狙击手突然右转走进祖科提公园。萨内克也报告："他向西走进了祖科提公园。"

萨克斯心里犯难，目前没有足够的证据逮捕和拘留他。

"我能跟多久就跟多久，试试能不能拍到照片。"说完，她有点担心说得这么直白会不会有危险，但一看狙击手已经走得比较远，离开听力范围了。"如果运气好，他可能会回自己的车上，那我就把车牌记下来。或者他可能会去搭地铁，我就要跟着他一直搭到远洛科威。到时候再联络。"

她挂断了，但装作还在通话的样子，加快几步超过了狙击手，然后在红绿灯处停下，随意地回身，装作沉浸在通话中的样子，实际则把手机摄像头对准了狙击手，连按了好多下快门。绿灯亮起，萨克斯再次让狙击手先走了。而狙击手也正忙着打他的电话，看来没留意到萨克斯。

萨克斯重新跟了上去，同时打电话给萨内克。萨内克说："他刚刚挂断了。"

萨克斯看着狙击手把手机装回口袋，在瑞克特路上往一栋十层到十二层高的楼走去。路两旁都排满了高楼大厦，就像是走在峡谷底。狙击手来到大楼旁边，却没有从前门进去，而是继续沿着大楼外围走到一条小巷子里。走到巷子正中，他转身面向一扇门，并用挂在脖子上的门卡在一个机器上刷了一下，走了进去。萨克斯看到，那里面像是个停车场，但围墙上装设了防盗线网，看起来可不只是用来唬人的。

萨克斯一边注意隐蔽,一边叫萨内克帮忙把电话转给塞利托。她告诉塞利托说已经找到狙击手了,现在需要一个小队来盯梢。

"干得好,阿米莉亚,我现在就找特勤部的人过去。"

"我会上传几张他的照片。叫监视队的人联系罗德尼,罗德尼能继续追踪他的手机信号,掌握他的行踪。我在这里等到监视队过来吧。交班之后我再去采访莉迪亚·福斯特。"

"你现在在哪儿呢?"塞利托问。

"瑞克特路八十五号。狙击手刚刚从一扇侧门进了这栋楼,里面像是停车场。也可能是小广场之类的。我没法靠太近。"

"没问题,我们再查。那栋楼是什么地方?"

萨克斯哑然失笑——她现在才注意到一块不起眼的牌子。

国家情报特勤局。

她说:"这就是他办公室。老巢。"

# 39

这消息太可怕了：那位可敬可亲的莫里诺先生竟然去世了。

莉迪亚·福斯特在她第三大道上的公寓里心烦意乱。她从数百种口味的胶囊咖啡中选出一个榛果口味的，放到咖啡机里给自己做了一杯咖啡，忙完又回到客厅毫无意义地踱步，心想那位萨克斯警探不知道什么时候来。

莉迪亚挺喜欢莫里诺先生的。他既聪明又彬彬有礼，为人非常绅士。莉迪亚知道自己身材很好，也常被人称赞说很迷人。很多找莉迪亚当翻译的男性客户都会忍不住对她调情，但莫里诺先生从不这样。数月前她第一次为莫里诺先生当翻译的时候，莫里诺先生就迫不及待地把自己孩子的照片拿出来给她看。他的孩子特别可爱。莉迪亚知道，这是很多男人的惯用手法，用孩子的照片开场，然后一步步开始勾引女性。她觉得，即使是单亲爸爸，用这样的手法也特别低劣。然而莫里诺先生紧接着又给她看自己妻子的照片，而且高兴地说他们的结婚纪念日快到了，他特别期待。

多好的人啊。还特别有礼貌——尽管他已经雇了专业司机，莫里诺先生还是会亲自帮莉迪亚打开车门——有魅力，也很健谈。他们在路上聊了好多话题。他们都对语言特别着迷：莫里诺先生是著名的博客作者、杂志专栏作家和电台主持人，而莉迪亚则是整天要与各种语言打交道的职业翻译。他们不光探讨了不同语言之间比较表面的相似之处，还讨论了很多语法方面的学术性问题。

莫里诺先生说，尽管英语是他的母语，但他非常厌恶英语。这让莉迪亚觉得有点奇怪。她知道有人会因为一些浅层原因而不太喜欢某些语言，比如因为发音过于生硬而不喜欢德语和萨科语，或者因为太难熟练掌握而畏惧日语。像莫里诺先生这样说到厌恶的份儿上，莉迪亚还是第一次听说。

他说，英语又随便又懒惰，语法混乱，让人觉得难以理解，也很不优雅。但说着说着，莉迪亚听出来了，他讨厌的东西其实另有所指。

"他们就那样满世界跑，硬把自己的语言塞进其他国家的人嘴里，把其他国家弄得必须依赖美国，根本不在乎人家愿不愿意。"

莫里诺先生对很多事情都有自己的主见，尤其是政治。一旦说到政治，他的话匣子就锁不上了。几次之后，莉迪亚就开始识相地避免谈及政治话题。

莉迪亚准备等一下告诉那位萨克斯警探，当时莫里诺先生似乎在担心自身的安全，一直坐立不安。当天他们在汽车上的时候，以及步行前往会面地点的时候，莫里诺先生都频繁地回头张望。

有一次，在他们结束一场会面，正准备赶往下一场的时候，莫里诺先生还突然停了下来。

"你看那个男人，我们是不是刚刚在别的办公室外面见过他？他是不是在跟踪我们？"

那是个神情阴郁的年轻白人，正在看一本杂志。这让莉迪亚感到毛骨悚然，因为她想起了以前看的一部老电影，有一段就是私家侦探装作在街头看报纸，实则是在监视一名嫌疑人。当今时代，哪还会有人在纽约街头看纸质读物？大家肯定都是看自己的手机啊。

莉迪亚又确认道：这件事等下也要跟那位警探说，说不定那个男人真的跟莫里诺先生的死亡有关系。

她仔细地翻着自己的文件夹，把以往为莫里诺先生当翻译时的资料都整理出来。所有资料她都存了档。她不时会为警察和法院系统当翻译,因此养成了整理、保存资料的习惯。毕竟在审问过程中,若是错误理解或翻译错了某些话,可能会造成案件误判,导致冤假错案或者罪犯逍遥法外。这个好习惯也被她应用到了商业翻译的工作上。

到时候警方可以得到上千页的文件,都是关于莫里诺先生行程和会面的资料。

门口的对讲机响了,她接起来说:"您好,哪位?"

"是福斯特小姐吗?我是纽约市警察局的。"一个男子的声音说道,"萨克斯警探跟您联系过了对吗?她有事耽误了,让我先过来问您一些关于罗伯特·莫里诺的事情。"

"啊,没错,您上来吧,门牌是12B。"

"谢谢你。"

很快就有人敲门。莉迪亚从猫眼往外看,看到一个五官端正的男人,大概三十岁,穿着警服,还举着一个皮夹,上面有一面金色的警徽。

她把门锁打开,招呼道:"您请进。"

男子点点头,走了进来。

她在关上门的瞬间,留意到男子的手有些古怪——那上面有一些奇怪的褶皱。不对,是他戴着肉色的橡胶手套!

莉迪亚皱起眉头:"等一下——"

对方突然一手击向她的喉咙,她完全来不及出声。

她摔在地上,想喊叫,但喉咙只能发出一点哑哑的声音。

## 40

有时候,雅各布·斯万会琢磨"人"这种生物。

一个人,要么对事情很上心,要么就不上心。比如,一种人会把烹饪后粘在炒锅上的焦痕全都细心地刷洗干净,另一种则懒得管它;一种人会点舒芙蕾作为甜品,还会耐心地等它从小碗里膨胀出来,而另一种则会嫌麻烦,直接点哈根达斯雪糕。顺便一提,这个品牌虽然名字听起来一股斯堪的纳维亚半岛的气息,但其实是地道的美国货。

看着跪在地上、不断咳嗽喘息的莉迪亚·福斯特,他想起了阿米莉亚·萨克斯。

她非常聪明,实实在在地毁坏了她的手机(技术人员说,确实是完全损坏了,不是只拿掉了电话卡而已)。但紧接着她就犯了一个致命的错误,那就是用爪哇小憩附近的公用电话打给了朗·塞利托警探。这电话离那家咖啡店才不到二十五英尺,而就是那么巧,NIOS总部的极客们当时监听了附近的好几台公用电话(当然,官方对外肯定是宣称他们根本没有这样的技术,就算有也绝不会使用)。

就好像你打算烤小羊腿,已经把羊腿腌制好要放进烤箱了,却发现你的美诺高级烤箱偏偏在这时坏掉了。遇上这种情况,你就必须临场发挥了,而且有时候临场发挥会收获惊喜。

结果,萨克斯和塞利托果然沟通了关于莉迪亚·福斯特的重要信息，还一不小心让雅各布·斯万知道了。

制服了莉迪亚后，斯万谨慎地检查了整个套房，确保没有其他人在。他应该不会有很多时间审问莉迪亚。虽然萨克斯说了要晚一点来，但肯定不会太久，她现在随时都可能打电话过来甚至直接上门。要不要等她来了之后，两个女人一起解决掉呢？但她也许不会独自前来。虽然斯万带了枪，但不到万不得已他并不想用，因为用枪解决问题就是投机取巧，没有意思，比不上用刀子细细地处理。

但如果萨克斯真的是独自前来呢？那样选项就多了。

他把刀滑进口袋收好，回到可怜的口译员身边，揪着她的头发和衣领把她拉扯起来，扔到一把沉重的就餐椅上。他又割下台灯的电线，把莉迪亚的手拴在椅背上。当然，这次用的只是一把便宜的刀，他可舍不得把贵重的旬刀用在这么粗糙的事情上。即使在烹饪最爱的牛肉卷的时候，他都不舍得用那把旬刀来切捆扎绳。

莉迪亚·福斯特用受伤的喉咙努力喘着气，脸上满是泪水，浑身颤抖，但还在挣扎。

斯万从刀鞘里抽出旬刀，但她没有更加惊慌。人只会害怕未知的事情，而现在的状况下，她肯定早就设想过斯万会拿出武器了。

我的小屠夫……

他蹲到椅子旁边。莉迪亚开始剧烈地颤抖，嘴里不住地呜咽。

"待着别动。"斯万对她轻声耳语道。

他想起那天在巴哈马的事。他在海边棕榈环绕的空地上用橙色的藤蔓勒死安妮特的时候，她也是像这样呜咽。

莉迪亚并没有服从，但是冷静了一点。

"我有几个问题要请教你。我需要拿走你给罗伯特·莫里诺当翻译时的全部资料。你们谈过什么、见过哪些人，我都要知道。但首先告诉我，你跟多少警察说过罗伯特·莫里诺的事？"斯万担心在阿米莉亚·萨克斯之后还有警察给莉迪亚打过电话。

莉迪亚摇了摇头。

斯万摸着莉迪亚被绑紧的左手，说："这不是一个数字啊。到底多少？"

莉迪亚含混地发出一些怪声，不愿配合。于是斯万把刀锋贴到她的手指上，轻轻剐蹭。

她屈服了："没有说过。"

她朝房门看了一眼。这表明她认为只要自己尽力拖延，就能为警察争取时间前来，自己就会得救。

斯万屈起左手手指，用指关节抵住旬刀的侧面，把刀锋压到莉迪亚的中指和无名指上。这是任何专业厨师都会用的手势：把辅助手的手指收起来，避免被刀切到。切东西的时候要非常小心。斯万也曾几次切到过自己的手指，那种疼痛难以形容，因为手指上的末梢神经比哪儿都多。

他轻声说："听好了，我再问你一遍。"

## 41

从南湾旅社开车去狙击手的埋伏点花的时间比预计的长。

米夏尔·波提耶给汤姆指路，东绕西绕了好远，才终于开到通往目的地的高速路上。这是为了看看之前那辆车还有没有在尾随他们。波提耶保证说，那辆车上绝没有当地警方的监视小组。那群人也许跟莫里诺一案有关，也可能完全出于别的目的而跟踪莱姆他们。比如，像莱姆这样穿着光鲜亮丽却又坐着轮椅、脆弱不堪的美国游客，应该会引起很多强盗和窃贼的兴趣。

莱姆打电话给还在旅社的普拉斯基，告诉他这边的行程。普拉斯基等的那名旅社员工还没来。

离开机场周边区域之后，交通就没那么拥堵了，汤姆踩下油门，车子在西南环岛高速公路上沿着缓和的大弯道前进。路边不时有一些装设着门禁、带有精致园林的高档小区，后来也有一些棚户区，破烂的平房之间点缀着露天晾晒的衣物和养着山羊的羊圈。之后车子又经过了一些沼泽地，最后看到一片无尽的绿林：是克利夫顿国家遗产公园。

"慢点，在这边转弯。"波提耶说。

他们来到一条泥路上。路向右弯曲，通往一扇敞开的、锈迹斑斑的大铁闸门。大门后更远处，一道狭长的陆岬插进克利夫顿湾，足足有半英里远。陆岬只高出海面几英尺，地面有点邋遢，零零散散地长着一些小树和灌木丛；沿岸布满破碎的岩石和沙滩，分布不均。路边立着不少"禁止游泳"的警示牌。虽然牌子上没写为什么不能在这里游泳，但这里的海水呈现出一种令人作呕的绿色，一看就知道有毒，谁看到都会退后几步。

汤姆沿着陆岬北岸开，经过了之前波提耶在餐厅时提到的那几座工厂。第一座是个垃圾处理厂，就建在路口，里面有几处正在焚烧垃圾，还有十来个人在里面游荡，捡拾垃圾堆里的宝物。接下来是一个轮胎回收厂，最后就是那个金属加工厂。组成厂房的几间板房看起来很不牢靠，别说飓风了，简直好像来点微风就会倒塌。几座厂子都没有像样的招牌，只是在外墙上手写了厂名。周围的围栏顶上缠着带刺的铁丝网；几条凶巴巴、身强体壮的狗在里面巡逻，跟刚才那只青豆饼狗完全不一样。

这片区域的上空沉淀着大团大团灰黄色的烟气，非常厚重，仿佛能吹倒厂房的微风也奈何不了它们。

汤姆继续往前开了一点，经过了厂区，景色豁然开朗，大片碧绿色的海面无穷无尽，棉花一样的白云在湛蓝的天空中自在地游荡。大约一英里处的对岸，是一片土黄色的陆地，可以看见那上面南湾旅社的建筑群。这时他们离陆岬尽头还有大概一百码远。案发当天，狙击手应该就埋伏在这一段路上的某处。

"就是这里，我们停车吧。"汤姆停下车，熄了火。引擎静下来后，两种新的声音填满了车内空间：一种是金属处理厂发出的有节奏的重击声，另一种是海浪轻轻拍在岸边的声音。

"先说一件要紧事，"波提耶伸手进自己的背包掏出一件东西，递向莱姆，"你要不要拿上这个？"

一把手枪。格洛克的。跟阿米莉亚·萨克斯那把很像。波提耶检查了一下，确保弹夹已经装好，又上膛了一颗子弹。格洛克手枪是没有装保险的，使用者只需简单地扣下扳机就能开枪。

莱姆看了看枪，又看了看汤姆，最后用右手接下了枪。他以前从不关心枪械,因为他几乎不会遇上要用枪的情况。起码在他的专业领域——搜证和鉴证里是这样。他也总担心要被迫开枪,但不是因为下不去杀手,而是因为枪击造成的冲击波和残余物等会严重污染犯罪现场。

即使在此时此地,这些担忧也还是存在的,但有趣的是,握到枪让他心生一股力量感。这感觉,跟受伤瘫痪以来一直裹挟着他的强烈无助感形成了鲜明的对比。

"好。"他说。

虽然他的手指其实感觉不到这把枪,但他觉得枪好像慢慢跟他的皮肤熔铸到了一起,成为他新手臂的一部分。他小心地往车窗外的水面瞄准,回忆着以前的射击训练:要预设每一把武器都已经上膛并随时可能开火;绝不把手中的武器指向自己不准备射击的目标;不清楚自己的目标背后有什么就绝不开枪;还没准备好开枪的时候,手指绝不触碰扳机。

作为一名科学家,莱姆的枪法相当不错,因为他会运用物理和数学知识计算怎样能让子弹准确地击中目标。

"好。"他又说了一次,把枪装进自己身侧的口袋。

他们下了车,观察了一下四周:一些水管和沟渠把工厂产出的污水带进了海里,淤泥堆积出了十几座小山,像恶心的蚁丘;空心砖块、汽车零件、废旧电器和很多工业废料满地都是。

禁止游泳……

有道理。

汤姆说:"这里空气污染也太严重了,旅社又离这么远,他到底怎么看清的?"

波提耶说:"我认为他用了特殊瞄准镜。应该用了一些适用于这个状况的透镜,激光设备等。"

莱姆笑了。虽然上头不允许跟进此案,但波提耶显然还是暗地里做了很多调查,早就超出了允许的范围。或者说,超出了助理署长麦福森能容忍的范围。

"也可能那天污染轻一点,视野比较明朗。"

"这附近基本不会有污染轻的时候。"波提耶说着,伸手指了指那些工厂,只见轮胎厂的烟囱正不断冒出胆汁绿和灰黄色的浓烟。

然后,他们忍着污染烟雾的臭鸡蛋味和烧橡胶味,往海边靠近。莱姆仔细研究着地形,看哪里适合狙击手部署——既要有很好的掩护,又要有地方支撑狙击步枪。感觉有六七个地方都挺合适。

目前为止,还没有人过来干扰他们调查,甚至都没几个人在附近。有一辆皮卡慢慢驶来,停在路的另一侧。满是汗渍的司机下了车,一边打电话一边走到车尾,把一袋袋垃圾拖下来,丢到路边的阴沟里。看来在巴哈马没有"乱扔垃圾是违法犯罪行为"的概念。莱姆还听见厂房那边传来一些笑声和说话声。除此之外,这地方就完全属于莱姆一行人了。

三人慢慢向前推进,在杂草丛、泥潭和沙坑中寻找伏击点。路面情况特别差,但暴风箭轮椅还是行驶得很平稳。莱姆靠近不了岸边,但波提耶和汤姆可以,于是莱姆告诉他们要留意什么:包括被修剪过的灌木丛、新鲜的凹痕和走向平坦地带的脚印,等等。"那些沙地也要留心。"要是能找到物证,即使是一个小小的空弹壳也能提供相当多的信息。

"他绝对是很专业的,"莱姆解释说,"极可能会用到三脚架或者沙包来架着狙击枪,当然也有可能用石头堆出了合适的形状,用完之后就那样留着了。看看有没有明显是人为摆放的石头,可能是两块叠在一起,稳固、平衡。要击中这么远的目标,狙击枪开火时必须非常稳定。"

浓烟和海风让莱姆的眼睛疼起来。他用力眯起眼说:"真想找到弹壳啊。"但他知道没多少可能。职业杀手通常都会细心地把自己遗留的弹壳收集起来带走,毕竟那上面带有关于枪支和枪手的大量信息。莱姆又看向水里,想着会不会有弹壳掉到了那里。水体一片漆黑，应该相当深。

"要是能来个潜水员就好了。"

"署里的潜水员不会来的，警督，"波提耶懊悔地说，"毕竟我们现在这样，完全不是正规调查行动。"

"只是一次环岛观光。"

"完全正确。"

莱姆驶近岸边，看向水底。

"你可当心啊。"汤姆大声说。

"其实，"波提耶说，"我会潜水。我可以下去看看水里有没有什么线索，回去借个水下探照灯就行了。"

"真的可以吗，警官？"

波提耶也俯身看着水面："可以的，明天我——"

接下来发生了一连串的事。

但似乎全部发生在一瞬之间。

后方传来汽车老旧的避震声和吵闹的引擎声，莱姆、汤姆和波提耶一同回头，看见那辆金色的福特水星开了过来，但车上只有两个人。

莱姆马上醒悟过来。他一扭头，发现那个穿灰衣服、乱丢垃圾的男人全速跑了过来，一头撞向波提耶。波提耶急忙拔枪，却被那人抢先扑倒在地，枪也脱手掉到远处。一起倒地的袭击者又马上跳起身，对着波提耶的侧腹和头部猛踢。

"喂！停手！"莱姆大吼。

水星车停了下来，两个人跳下车，正是不久前见过的跟踪者。其中绿衣服的人跑到汤姆身边，夺走汤姆的手机，又往他肚子上狠狠揍了一拳，把汤姆打得跪倒在地。

"不要！"莱姆忍不住又吼道，但毫无作用。

灰衣服的人问两个同伙："还见没见到其他人？"

"没有了。"

怪不得他刚才在打电话。他根本不是来丢垃圾的,他是跟踪着莱姆一行人来到这里,然后通知自己的同伙说猎物已经进入狩猎区了。

波提耶努力喘着气,按着疼痛的侧腹。

莱姆坚定地说:"我们是美国来的警官,正在与FBI合作调查案件。这件事没必要闹得更大了,对你们没有好处。劝你们现在就放弃不切实际的想法,趁早离开。"

但他们仍然我行我素,好像莱姆根本没说话一样。

灰衣男子走向刚才掉在十英尺外的枪。

"别动。"莱姆命令道。

那人回头一看,眨了眨眼,停住了。另外两名歹徒也不敢再动,因为莱姆已经把格洛克手枪举了起来。他举得不稳,但在这么短的距离内,莱姆轻易就能把子弹打进袭击者的上身。

那人缓缓地举起手,紧张地盯着莱姆的枪,一边慢慢转身面向他:"好,好,先生,别太上火。您别开枪。"

"你们三个,全部往后退,然后给我趴到地上。"

后来的两人求助似的看向灰衣男子。

但三人都没按莱姆的命令做。

"这句话我只说一次。"莱姆思考着后坐力会对自己的手腕有什么影响。他估计会对肌腱造成一定的伤害,但只要在开出第一枪之后继续把枪抓稳就行。只要打死那个头目,那两个手下马上就会惊慌失措。

他心里想到那份特勤令。不用走程序,也没有审判。自我防卫。在你的敌人伤害你之前先把他的命夺走。

"您准备开枪吗,先生?"灰衣男子研究着莱姆,突然嚣张起来。

莱姆直接面对袭击者的次数不多。以往的案子里,他基本都是在出庭做证的时候才会见到犯人,那时所有人都已经远离犯罪现场了。但即便如此,他现在面对灰衣男子也毫无惧色。

这时，那个身穿黄衣服、肌肉发达的歹徒朝前踏了一步，想走过来。但莱姆马上把枪口指向他，他停住了。

"哎呀，别紧张老兄，别紧张嘛。"他吓得举起了手。

莱姆重新瞄准了灰衣男子。灰衣男子仍然高举双手，但微笑了一下："当真？你要开枪打我？我觉得不会。"他朝莱姆挪了几英尺，然后自信地直奔莱姆走去。

行，不用再废话了。

莱姆有点紧张，希望后坐力不会破坏精密手术为他恢复的手部功能，希望开枪后他还能抓紧这把枪。然后他给食指传达了扣下扳机的指令。

什么也没发生。

格洛克手枪，奥地利制造，非常可靠，扳机的力度只有几磅。

但就这么一点力量，莱姆也使不出来。他拯救不了汤姆，也拯救不了冒着丢饭碗的风险来帮他查案的警官。

灰衣男子继续大步向前，可能是以为莱姆没种开枪。但其实莱姆已经全力在扣动扳机了。更讽刺的是，灰衣男子完全没有迂回躲避，而是直直地向着枪口走来。

最终，他走到莱姆旁边，用肌肉发达的手轻易地缴了莱姆的枪。"有没有人跟你说过，你真是个奇葩，老兄。"他抬起脚，瞄准莱姆的胸口用力一踹。

暴风箭往后滑行，从土路上翻了下去。莱姆连人带椅跌进水里，溅起大片水花。他赶紧吸进一大口空气，然后慢慢沉了下去。

他发现水其实没有预想的那么深，黑颜色都是化学剂、垃圾等污染物造成的。下沉了十英尺左右，轮椅就触到了水底。

莱姆感觉头一阵一阵地疼，肺也因为无法呼吸而憋闷起来。他努力转头，用牙扯松了绑着急救袋的绳子，又猛地甩头，把袋子拖到自己面前漂浮着，然后用右臂环着它，用牙拉开拉链，探头进去捕捉呼吸机的吸嘴，找到后赶紧咬到嘴里。

污水几乎快要把他的眼睛灼瞎了,但他坚持睁着眼寻找呼吸机的开关。

终于找到了。

他按下了按钮。

一些小灯亮了起来。机器正常运作起来,他吸进了一口鲜甜的氧气。

又吸了一口。

但再没有第三口了。明显是水攻进了机器内部,造成了短路。

灯都熄了,没有氧气了。

同时,莱姆听到了一个声音。虽然被水减弱、模糊了,但不可能听错。准确地说,是两声。

枪响。

这是为他朋友鸣响的丧钟,一位他仿佛认识了一辈子,一位是短短几个小时前才熟络起来的。

莱姆下一口吸入的全是水。

他心里想着阿米莉亚·萨克斯,身体慢慢放松了。

## 42

不会吧。

天哪……不要啊。

时间接近五点,萨克斯来到第三大道,把车停在莉迪亚·福斯特的公寓楼前,还有一段距离。

但车没法再靠近了,因为众多警车和救护车把路堵得水泄不通。

理智告诉她,这些车出现的原因绝不是那位翻译员的死亡,毕竟萨克斯过去的一个半小时都在跟踪那名狙击手。此时此刻,狙击手应该还在他的办公室里。萨克斯可是一直在监视他,等到迈尔斯的特勤队派来监视小组来接替后,她才离开。再说了,狙击手怎么可能知道莉迪亚的身份和住址呢?萨克斯都已经谨慎地改用固定电话和预付款手机了。

理智是这么告诉她的。

然而她的直觉却表示完全不同意。直觉说,莉迪亚死了,而且都是萨克斯的错,因为他们一直都没考虑到这个可能性,那就是一共有两名嫌疑人。她现在才意识到,肯定是这样。一名嫌疑人就是萨克斯一路跟踪的狙击手——她很确定,因为声纹比对结果是肯定的;而另一个,则是杀害莉迪亚·福斯特的凶手,一名未知嫌疑人。这完全是另一个人,也许是狙击手的搭档,比如观察员,狙击手一般都会搭配一名观察员。也有可能是独立承包商,一名"专员",是史锐夫·梅茨格专门雇来给暗杀任务善后的。

她迅速停好车,把警察局的停车牌丢到仪表盘上,赶紧下车往大楼跑去。大楼没什么特征。空调外机在墙上留下水痕,好像大楼在哭泣。

楼门前有一名瘦削的非裔警探正在集合搜查队伍。萨克斯弯腰钻过封锁胶带,快步走向那名警探。萨克斯不认识他,但对方显然认识萨克斯。他点点头说:"你好,警探。"

"是莉迪亚·福斯特吗?"她都搞不懂自己为什么还要问。

"是啊,和你在跟的案子有关?"

"对。朗·塞利托主导,比尔·迈尔斯负责。我是跑外勤的。"

"那这现场就全归你了。"

"是什么情况?"

萨克斯注意到这警探浑身发抖,眼神游移不定,握笔的手也微微颤抖。

他咽了咽口水:"我跟你说,现场太恐怖了。她受了酷刑,最后被人用刀捅死。从没见过这么可怕的。"

"酷刑?"萨克斯轻声问。

"她手指的皮肤全被切下来了,切得很慢很仔细。"

天哪……

"嫌疑犯怎么进去的?"

"是莉迪亚出于某种原因让他进去的,没有强行闯入的痕迹。"

萨克斯心里一阵慌乱。情况很明显了,他们真的窃听了电话,很可能就是爪哇小憩附近的公用电话,于是获知了莉迪亚的信息。然后他就可以上门,用假警徽冒充警察,说自己是跟萨克斯合作的,骗过了莉迪亚。那么他现在肯定也知道萨克斯的姓名了。

萨克斯和塞利托的那次通话,竟然变成了专属于莉迪亚·福斯特的"特勤令"。

她心里爆发出一股对杀手的盛怒。他对莉迪亚所做的一切——

他制造的那些痛苦——是毫无必要的。要从平民口中获得信息,只需要威胁就足够了。肉体上的折磨是完全没有意义的。

除非施虐者很享受这个过程,除非施虐者觉得,一定要这样展示自己纯熟的刀法,并且从中取乐。

"你们怎么接到报警的?"她问。

"那浑蛋下手太重,致使莉迪亚出血量过大,渗透了地板。楼下的人看到血从天花板上渗出来,就报了警。"那名警探回答,"整间屋子被翻得天翻地覆。不知道他要找什么,但他把所有地方都翻遍了。屋里没有电脑和手机,都被他拿走了。"

莉迪亚为莫里诺翻译的时候做的资料。现在也许已经被烧毁了,或者被碎纸机碎掉了。

"搜证小组来了吗?"

"我向皇后区分局申请了一队,应该随时会到。"

萨克斯的车后备厢里有一套基础的搜证工具。她回到车子旁,穿上了搜证用的防护服,准备立即开始搜索现场。每浪费一分钟,证物就会消失一点。

而且每过一分钟,还会让犯下罪行的恶魔逃得更远。


走格子。

萨克斯把自己全身裹得密不透风,像手术医生一样,来到了莉迪亚·福斯特的公寓里走格子。这是一种很传统的现场搜索办法。搜索人员要先从一面墙开始,一小步一小步地往对面墙走,每走一步就要对地面、墙面和天花板等空间进行仔细的观察和搜索。走到对面的墙边之后,就往旁边跨一小步,折返,往回继续搜索,直到把现场全部搜索完。

这种方法是最费时,也是最彻底的。莱姆就一直坚持用这种方法,在受伤以后,也一直要求为他跑腿的人用这种方法。

现场搜索可以说是调查中最重要的一环。现场的照片、录像和速写稿很重要；出入口、移动路线、子弹壳的位置、指纹、精斑和喷溅的血迹也很重要。但现场搜索工作最重要的是找到至关重要的证物。多谢了，罗卡先生。[①] 在走格子的时候，搜证人员要向现场打开自己的所有感官，要仔细闻、仔细听、仔细触摸，还有最重要的——仔细看。要不带感情地扫描全场。

这就是萨克斯现在的任务。

她不觉得自己天生就适合做搜证和鉴定的工作。她不是科学家，思维不像莱姆那么敏捷，没法瞬间做出令人震惊的推理。她的优势在于同理心。

显然，在两人第一次合作的时候，莱姆就在萨克斯身上发现了一种他自己没有的能力——代入行凶者思维的能力。在萨克斯走格子的时候，可以很好地代入杀手、强奸犯、绑架犯或窃贼的角色，揣测他们的行为。这会使她心里发慌、筋疲力尽，但也会驱使她去检查一些不明显的藏身处、监视点、出乎意料的入口和逃离路线，等等。换作别的搜证人员，很可能就会忽略这些细节。

在这些地方，她经常能找到一些本可能永远丢失的重要证物。

皇后区的搜证小队到了，但跟往常一样，搜查工作还是由萨克斯独自完成。有人会觉得，参与的人员越多，搜证工作就完成得越好，但这其实只有在案发现场面积很大的时候才成立，比如大规模枪击案一类的。在普通的现场，独自搜查不容易受干扰，而且执行者知道不会有人帮忙补救搜查漏洞，就必须更加专注。

犯罪现场搜证就是这样，只有一次机会找到重要线索，别想着以后能再来一遍。

萨克斯在公寓里慢慢地走格子，而莉迪亚的遗体坐在椅子上，双手被绑着，头往后垂，浑身是血。萨克斯很想跟莱姆通话，告诉

---

[①] 为法语，指法证之父埃德蒙·罗卡。

他自己现在看到的、闻到的和想到的一切，但这个愿望现在无法实现，在爪哇小憩感觉到的空虚又一次让她心凉。莱姆不过是在一千英里之外，她却觉得他好像已经不在人世了一样。

她又不自觉地想到莱姆即将要接受的手术。她不愿想的，但控制不住。

万一他撑不过手术怎么办？

萨克斯和莱姆都是活在死亡边缘的人。萨克斯总是习惯冒险、追求高速，而莱姆则是身体状况不佳。也许，只是也许，正是这些风险让他们变得更亲密。大部分时间，她愿意接受这点。但现在，莱姆远在国外，而她独自搜索着这个尤为棘手的现场，犯下罪行的人还对她了如指掌，她不禁想到，只消一枪或者一次错误的心跳，两人就可能阴阳永隔了。

别想了，她在心里使劲吼自己，甚至可能吼出了声。不管了，快好好工作。

但她发现，面对这个现场，她的同理心没能发挥作用。她在房间里搜索的时候，感觉自己被隔绝在外。就像作家或者艺术家失去了灵感。不管怎样检查，她脑子里就是没有思路。首先很重要的一点是，她不知道犯人到底是谁。现在手头上的信息让人迷惑，这边的犯人显然不是那名狙击手，估计是梅茨格手下的专员吧，但到底会是谁呢？

另外，她也不了解犯人的动机。如果他只是想除掉证人、阻碍调查，何必这样下毒手折磨人？从皮肤被切下的形状来看，他切得很仔细、很精准，甚至有点悠闲自在？萨克斯看着掉在椅子下的皮肉，不觉分了心。那摊鲜血……

他的目的到底是什么？

要是莱姆现在能跟她通话，陪她一起走格子，情况或许会不一样，可能突然就会有灵感了。

可惜现实就是莱姆不在，萨克斯也抓不住犯人的心理。

搜证花的时间不长。犯人的动机姑且不论，他行凶的时候真的十分谨慎，全程戴着橡胶手套——因为她看到莉迪亚身上有一些发钣的血手印。他还很小心地避免了踩到血，所以也没留下明显的脚印。萨克斯用静电棒扫描了没铺地毯的地面，也没有任何发现。她只好采集了一些微量证物，又从挂在浴室的牛仔裤口袋里翻出几张收据，然而再也找不到更多证物了。她又去检查遗体，再次因精细的切口而胆寒。致命伤是胸口上仅有的一刀，伤口周边有瘀伤，似乎是凶手为了找到避开肋骨、直插心脏的路线，曾用力按压过这里。

为什么要这样呢。

感觉没什么可以查的了，萨克斯呼叫楼下的同事，让他们上来给现场拍照、录像。

她走到门边，回头看了一眼莉迪亚·福斯特的遗体。

对不起，莉迪亚。是我不够谨慎，害了你。

我本该考虑到对方可能会窃听爪哇小憩附近的公用电话。我本该考虑到其实可能不止一名嫌疑人。

她又后悔起另一件事：她来晚了，没能得到莉迪亚打算提供的资料。这些资料肯定很重要，否则凶手何必严刑逼供？

可是，莉迪亚已经失去了生命，她竟然还产生这么自私的想法。萨克斯又向莉迪亚·福斯特道了一次歉。

出去后，她把防护服脱下来，装进了焚化袋里——那衣服已经沾满了莉迪亚的血，不能再用了。她用消毒水把双手消毒了一遍，然后检查配枪，扫视着街上看有没有潜在的威胁。目及之处，有上百扇黑洞洞的窗户，无数的胡同小巷，数十辆路过的车辆。无论哪个，都是绝佳的隐藏点，似乎都有身份未明的歹徒站在阴影里注视着她、瞄准她。

她正准备把手机套挂回腰上，突然觉得：我真的很需要打个电话给他。

她掏出最新换的预付款手机，按下速拨打给莱姆。但电话被转进了留言信箱。她想了想,还是挂断了,没有留言,因为她不确定自己想说什么。

也许,说声"很想你"吧。

# 43

林肯·莱姆眨了眨眼。他感觉眼睛火辣辣地痛，嘴里沾满了各种奇怪的味道，有机油的甜味，也有各种化学药剂的酸臭。

他逐渐清醒过来，发现自己脸上罩着氧气面罩，氧气被肺部贪婪地吸入。意外的是，他咳嗽得没有想象中那么厉害，但喉咙很痛，应该是刚才在水里濒临死亡的时候呛水造成了损伤。

他四处张望，看出自己是在一辆救护车里。救护车就停在陆岬上，车内气温高得夸张。他看向远处，见到了碧蓝海湾对面的南湾旅社。这时，一名健壮的医生向他俯下身来，用手电筒检查莱姆的瞳孔，又拿掉了氧气面罩，检查口鼻。

医生的肤色非常黑，检查时没有任何表情变化。检查完，他用美式——而非英式——口音说："那水，很脏。下水道排出的污水。化学药剂。什么都有。但你，情况还行。有点发炎，感觉痛吗？"

"痛。不太好，对。"

好像这医生的断句方式是会传染的。

莱姆深吸一口气，问："麻烦你，一定要告诉我，跟我一起的两个人怎么——"

"他的肺部情况如何？"

这是汤姆·莱斯顿问的，他刚走进救护车尾，还使劲咳嗽了一两下。

莱姆憋住了自己的咳嗽，又惊又喜地小声说："你……你没事啊！"

汤姆指指自己又红又肿的眼睛说："不严重，但这水里的污染真是太重了。"

*很脏。下水道排出的污水……*

莱姆看到，汤姆的衣服是湿的，马上推测出几件事。首先，自己的命是汤姆救回来的。

这就说明刚才听到的两声枪击是射向米夏尔·波提耶的。

*我家里还有老婆和两个孩子要养，我是很爱他们的……*

莱姆感到非常难过。肯定是歹徒射杀了波提耶之后，在慌乱下逃跑了，汤姆才有机会下水把莱姆捞上来。

医生又用听诊器听了听莱姆的胸口："惊人。情况很好啊，你的肺。我看见了伤疤，呼吸机，但这是旧伤了。你恢复得真好。肯定经常锻炼。还有你的右手，义肢系统。我在书上读过。很厉害。"

只是没厉害到能救下米夏尔·波提耶的命。

医生站起来说："我建议你，冲洗眼睛和口腔。只用清水，不加别的。瓶装水。每天三次到四次。回国后，到你自己的医生那里复查。我一会儿回来。"他转身走开了，脚踩在沙砾上沙沙作响。

莱姆说："谢谢你，汤姆，谢谢你。你又救了我一命。而且还不是靠可乐定。"这是莱姆在经历自主神经反射异常之后要服用的抗压药，"我试过用呼吸机的。"

"我知道。它的管子缠住了你的脖子，我费了很大劲儿才扯开。要是我有阿米莉亚那种折叠刀就好了。"

莱姆叹了叹气说："但是米夏尔，太糟糕了……"

汤姆从救护车里一个架子上拿起血压计，要给莱姆量血压，一边说："没那么严重。"

"血压吗？"

"不是，我是说波提耶。先别吵，我得听听你的脉搏。"

莱姆觉得自己肯定是听错了，毕竟耳朵里还有水，嗡嗡的："但是——"

"嘘……"汤姆用听诊器在莱姆手上寻找着脉搏。

"你刚刚说——"

"安静！"不一会儿，他说，"血压没问题。"他看看医生离开的方向，"我不是不信任他，但还是想自己再确——"

"你说波提耶的事不严重到底是什么意思？"

"你刚才不是看到了吗？他被踢了、被打了啊，但伤势不严重。"

"他中枪了啊！"

"中枪？没有啊。"

"我听到两声枪响了。"

"哦，那个啊。"

莱姆生气了："你到底是什么意思，什么'那个啊'？"

汤姆说："是那个把你踢进水里的灰衣服朝罗恩开的枪。"

"普拉斯基？天哪，他怎么样了？"

"他也没事。"

"他妈的到底是怎么回事？"莱姆大吼道。

汤姆笑了起来："看来你恢复精神了，我真高兴。"

"怎！么！回！事！"

"罗恩在南湾旅社的调查结束了，你又跟他说过会来这边，所以他就找过来了。你刚下去游泳的时候，他正好就开车到了，过程他都看见了，所以他猛踩油门撞那个拿枪的人，那人就回击了两枪。但他们可能以为罗恩后面还会有大批增援，而这里又只有一条路能逃，所以赶紧上车跑了。"

"波提耶没出事吧？"

"已经说过啦。"

莱姆简直觉得全世界的重量都从他的肩上卸了下来。他有好一会儿没说话，眼睛看着附近水里的波浪，看着西垂的夕阳在云上映出一道拱形的光。

"那我的轮椅呢?"

汤姆摇摇头:"那个,就没那么幸运了。"

"浑球。"莱姆小声骂道。他对身边的各种硬件是不会产生感情的,不管是专业仪器还是个人用品。但他挺喜欢那台暴风箭,因为它真的是一台很优秀的轮椅。他也花了很大的努力去学习操作,他恨死那几个歹徒了。

汤姆看看医疗队说:"我向他们借一台吧。当然不是电动的,只能我来推你了。"

又一个人过来了。

"瞧啊,拯救一切的菜鸟!"

"你看起来还挺好,只是变成了落汤鸡。我以前好像没见过你泡湿了的样子,林肯。"

"你在旅社查到什么了?"

"没什么新的。女工说的基本跟波提耶说的一样,就是一个美国硬汉打听莫里诺的事和一二〇〇套房的事。他自称是莫里诺的朋友,想给莫里诺办个欢迎会。一直在打听有谁跟莫里诺一起来、莫里诺的行程、莫里诺带的朋友是谁——我估计他问的可能是那个保镖。"

"欢迎会。"莱姆哼哼了一下。他看看救护车附近,发现那个医生领着几个壮硕的助手回来了,其中一人还推着台老旧的轮椅。莱姆问医生:"你有白兰地之类的吗?"

"白兰地?"

"医用白兰地。"

"医用白兰地?"医生的大饼脸皱了起来,"我想想。可能这边的主治医生有时候会开这个吧,毕竟这里只是个第三世界国家。我猜,是我在马里兰大学学习当急救医生的时候漏掉这一课了。"

讲得好。

但医生显然没觉得受到冒犯,反而是被逗乐了。他打打手势,让助手们把莱姆抬到了轮椅里。莱姆已经想不起自己上一次坐非电动轮椅是什么时候了，而且他很讨厌无助的感觉。他仿佛回到了被砸伤后不久的日子。

"我要见一下米夏尔。"他一边说着，一边习惯性地伸手去摸轮椅的控制盘，然后突然回过神来。他没有再去够轮子的把手，因为如果连一个该死的小扳机都扣不动，又怎么可能在这坑坑洼洼、四处是沙子的烂路上，单手推动轮椅载着自己这死沉的身子前进？

汤姆推着他去找波提耶。波提耶坐在一块木梁上，身旁站着两名当地警官。

看到他们过来，波提耶赶紧起身："哎呀，警督！我听他们说您没事。太好了。看来您只是受了惊吓，没出别的事。"

"还泡湿了。"普拉斯基又说了一遍，引得汤姆笑了起来，也气得莱姆一脸不高兴。

"你呢？"

"我没事，最多有点头晕。医生给我吃了止痛药。当警察五年以来第一次打架，竟然打得这么差。盲区。我被他们掌握到盲区了。"

"有人看到车牌号了吗？"

"他们没挂车牌。就算调查所有同款车型也没用，那些车肯定是偷来的。我回到局里之后再看看有前科的人的照片，多半也是徒劳。但该做的流程还是得做。"

突然，来路的方向扬起一片尘土。是一辆……两辆汽车高速驶来。

那两名当地警官突然紧张起来。

这不是因为来车会对他们造成生理伤害。莱姆看到，前头那辆没有标志的福特上，一盏红色的警灯正招摇地闪着。无须多想，车里一定是助理署长麦福森。后一辆是警察局的巡逻车，恭恭敬敬地跟着。

两辆车急刹车停下，麦福森生气地下了车，使劲摔上车门。

他气势汹汹地杀到波提耶面前，吼道："这里什么情况？！"

莱姆开口想替波提耶解释，主动担责。

麦福森瞪了莱姆一眼，又转回去对波提耶低吼："我不容许有你这种抗命行为！你应该事先向我报告！"

莱姆想着波提耶会服软，但波提耶直直地盯着上司的双眼说："恕我直言，长官，莫里诺一案是交给我负责的。"

"虽然是你的案子，但是要按规矩办事！带着一个外来搅局者出外勤显然不合规矩！"

"这里有线索。狙击手来过这里，我上周就应该来搜查的。"

"我们必须等——"

波提耶马上接了他的话："——委内瑞拉政府方面的说法。"

"我不允许你以后再打断我说话，警官！也不允许你用这种态度跟我说话！"

"明白，长官。抱歉，长官。"

莱姆开口了："这是一件很重要的案子，署长。对你我两国都有很大影响。"

"还有你，莱姆警督。你知不知道你差点儿害死我队伍里的一名警官？"

莱姆不出声了。

麦福森更加冷漠地说："你自己也差点儿死在这儿。我们巴哈马群岛最近不需要更多美国人死在这里了，已经够多了。"他冷冷地看了看波提耶，"你被停职了，警官。接下来你要接受调查，可能会让你丢掉饭碗。最起码也会把你调回交通部。"

波提耶马上满脸灰心丧气："但——"

"至于你。莱姆警督。你要马上离开巴哈马群岛。我的这些助理会护送你和你的同伴到机场。我们会另派人去取你的行李，在机场交给你们。我们联系过航空公司了，他们给你们安排了位子，两小时后起飞。直到起飞前我们都会监视着你们。你，警官，你回局里上缴你的武器和警徽。"

"明白，长官。"

但罗恩·普拉斯基冷不防跳了出来，开始驳斥助理署长——尽管对方看起来比普拉斯基重一倍，还高出好几英寸。普拉斯基说："不行。"

"麻烦你再说一遍？"

普拉斯基坚定地说："我们今晚要在汽车旅馆过夜，明早再走。"

"啊？"麦福森眨了眨眼。

"我们今天不会走的。"

"你说了不算，普拉斯基警官。"

"林肯差点儿命都没了。他休息好、恢复好之前不能上飞机。"

"你们犯罪了——"

普拉斯基拿出了手机说："要不我们打给大使馆讨论一下？当然了，打给他们的话，我就不得不提起此行的目的，聊聊我们正在调查的案子。"

所有人都沉默了，只剩下远处工厂的噪声和海里浪花的微响。

麦福森一脸怒容。"好，行。"他咬牙切齿地说，"但你们要搭明天最早的飞机离开。我们会跟着你们回到汽车旅馆，并且一直监视到你们离开巴哈马。"

莱姆说："谢谢你，署长。我很感激。我为给你们警队带来的麻烦道歉。祝你们莫里诺案调查顺利，还有美国学生的谋杀案。"他又看向波提耶说，"也很对不起你，警官。"

几分钟后，莱姆、汤姆和普拉斯基就回到了车上，往汽车旅馆驶去。一辆警车跟着他们，确保他们真的回到了旅馆，并且乖乖待在里面。警车里两个大块头警官都不苟言笑，看起来不好惹。莱姆倒不介意被警察跟着，毕竟之前的几个袭击者还逍遥法外，有警察在会更安全一点。

"干得真他妈好啊，菜鸟。"

"还不赖?"

"岂止'还不赖',是干得漂亮!"

年轻的警官笑了:"我就猜到你还需要待一段时间。"

"完全正确。提起大使馆真是非常聪明,我喜欢。"

"我临场发挥的,我们接下来干什么?"

"让面包慢慢烤着吧!"莱姆故弄玄虚地说,"还有,得看看有没有办法弄到一些巴哈马朗姆酒。久仰大名了。"

## 44

萨克斯回到了林肯的屋子,走进客厅实验室,手里拿着一个牛奶箱,那里面是莉迪亚·福斯特案的证物。

梅尔·库柏见她回来,马上期待地盯着证物箱看。萨克斯问他:"林肯有打电话来吗?"

"完全没有。"

朗·塞利托和迈尔斯队长一声安排,这位专家级别的实验室化验师库柏便正式加入了"林肯·莱姆分局"。梅尔·库柏是纽约市警察局的一名警探;他身材瘦小,已经稍微有些秃顶,鼻梁上的眼镜跟哈利·波特很像,而且总是戴不正。不了解他的人见了他,可能会觉得他下班后肯定是疯狂做数学题,或是一遍遍地看《科学美国人》杂志。但其实,他会花很多时间准备和参加交谊舞比赛,还会经常与他的女朋友——一位来自北欧、美貌惊人的哥伦比亚大学数学教授——约会。

南希·洛蕾尔还坐在她的桌子旁,茫然地看看证物,然后又看向萨克斯。萨克斯分不清这算是打了个招呼,还是南希开口说话前那标志性的停顿。

于是萨克斯沮丧地主动说道:"我想错了,一共有两名嫌疑人。"她把自己的错误估计解释了一下,"我跟踪着狙击手,结果别的人把莉迪亚·福斯特杀害了。"

"你觉得是谁?"库柏问。

"布伦斯的支援吧。"

"或者是梅茨格聘来的,善后的专员。"洛蕾尔说。萨克斯感觉洛蕾尔的声音听起来还有些高兴。当然了,这对案子的判决有利嘛,可以用来影响陪审团。要是听说头号嫌疑人做出如此冷血无情的行为,陪审团的态度不难猜到。但南希本人没有为死者说一句同情的话,甚至都没有皱一下眉。

那一刻,萨克斯觉得真是恨透了她。

萨克斯继续开口,但故意只对着梅尔说:"朗会暂时对外宣称这个案子动机不明,就跟说爪哇小憩的事是煤气爆炸一样。我觉得,别让梅茨格知道我们调查的进度比较好。"

洛蕾尔满意地点点头:"不错。"

萨克斯看看白板,然后开始把已知信息添加上去。

"我们把莉迪亚一案的嫌疑人叫'未知嫌犯五一六'吧,用今天的日期。"

洛蕾尔问:"对了,你跟踪到NIOS的那个狙击手,你有没有拿到他的身份信息?"

"没有。朗派了一组人监视他,一旦查出身份就会告诉我们。"

又一次停顿。洛蕾尔说:"只是好奇问一下,你想过要获取他的指纹吗?"

"他的——"

"就是你在路上跟踪他的时候啊?是这样,我之前跟过一个案子,有位卧底女警跟踪嫌疑人的时候故意弄掉了一本铜版纸杂志,引得嫌疑人帮她捡了起来。于是我们就拿到了他的指纹。"

"哦。"萨克斯漠然地说,"不好意思,我没有。"

要是我这么干了我们现在就能知道他的身份了呢,呵呵。

洛蕾尔点了下头,不知道她心里是什么态度。

只是好奇问一下……

这句简直跟"如果你不介意的话"一样气人。

萨克斯不高兴地转开脸,把莉迪亚案的证物交给梅尔。梅尔打开箱子看到稀稀落落的证物,失望之情跟萨克斯如出一辙。

"只有这么少?"

"恐怕是的,五一六很专业。"萨克斯一边说,一边从皇后区搜证小队的网盘里下载了莉迪亚的陈尸照,并打印了出来。

接着,她紧紧抿着嘴,走到一面白板前,把照片贴到了白板上。

"那人折磨了她。"洛蕾尔轻声说,但也没有别的反应。

"而且还把莉迪亚手上关于莫里诺的资料全拿走了。"

"她能知道些什么呢?"助理检察官思索起来。"如果莫里诺是带一名商业翻译去谈业务,那肯定不会去跟罪犯见面啊。她肯定可以当一名关键的证人,证明莫里诺跟恐怖活动无关。"她停了一下,又补了一句,"哦,应该说,本可以当上。"

对于莉迪亚的死,这女人在乎的竟然只是在案子的审判中失去了一个筹码,除此之外就没了。这让萨克斯怒发冲冠。但她马上又想起,自己刚才在现场的时候,不也一样为错过了重要证物而失落过吗。

萨克斯说:"早些时候我跟她聊过几句。她说他们一起去见过一个俄罗斯人,一个阿联酋人,还有巴西领事馆的一个人。就这么多。"

然后就再没机会了解更多了。她一边想,一边继续生自己的气。要是莱姆在的话,他肯定会预设不止一名嫌疑人的。该死。

唉,事已至此,再钻牛角尖也没用。她坚决地告诉自己:别想了,认真查案。

她看向库柏说:"我们来看看能不能找到什么联系。我想知道在咖啡店放炸弹的是布伦斯还是另一个人。爪哇小憩现场的证物你能发现些什么,梅尔?"

库柏表示,有效证物真的很少,但他还是有所发现。爆炸物处理小组通知说，这个炸弹是现成供应的一种对人爆炸装置，里面装的是捷克塑胶炸药——塞姆汀炸药。"只要你有合适的人脉，很容易就能在武器市场买到，"库柏说，"大部分买家都是跟军方有关的，包括政府军队和民兵组织。"

库柏还检查了萨克斯从咖啡店提取的疑似指纹，又上传到ＦＢＩ的数据库进行检索，但没有检索到匹配的记录。库柏说："你从爪哇小憩带回来的证物都挺实在的，但没什么能联系到嫌疑人身上。只有两样比较特别的证物，我觉得是来自嫌疑人的。第一，是一些海蚀石灰岩、珊瑚和贝壳类的碎屑——其实也就是沙子，而且是热带的沙子。另外，还有甲壳类动物的一些排泄物。"

"那是什么？"洛蕾尔问。

"就是螃蟹的屎。"萨克斯没好气地回道。

"没错，"库柏确认道，"虽然，严格来说，也有可能来自龙虾、小龙虾、淡水虾、磷虾甚至藤壶，甲壳纲生物有超过六万五千种呢。但我能确定的是，这一定是加勒比海滩区域的生物。微量证物里还有盐水蒸发后的残留。"

萨克斯皱起眉头："那他肯定就是莫里诺被枪击之前在南湾旅社的那个人了，沙子真的能附着一个星期吗？"

"这些沙粒很细小，嗯，是可以的，它们的附着力很强。"

"还有什么，梅尔？"

"一种我从没在犯罪现场见过的东西：1,5－二咖啡酰喹宁酸。"

"这是什么？"

"也叫西那林，"库柏查阅电脑上的化学物质数据库后说，"常见于朝鲜蓟。就是这种物质使朝鲜蓟有甜味。"

"嫌疑人还留下了这样的东西？"

"不是百分百确定，但我在门口台阶上、门把手上和炸弹的一块碎片上都找到了这种物质。"

萨克斯点点头。朝鲜蓟，这东西挺奇怪的。但犯罪现场调查工作经常会遇上这样的情况,解谜的拼图碎片非常多,不是一下子就能完成的。

"就这么多了。"

"从爪哇小憩得到的信息就这么多了?"

"对啊。"

"也就是说我们还是不知道放炸弹的人是谁。"

于是两人又转向莉迪亚一案的证物。

"首先,"库柏指着照片说,"那些刀伤,切口罕见地很窄,但我们没有相应的数据库来比对。"

美国,作为国际步枪联盟的发祥地,是世界上枪击案发生最多的地方之一。在英国等国家,由于枪支受到严格管控,用刀杀人是比较常见的,但在枪支泛滥的美国,谋杀案中用刀具杀害被害人的情况就很少了。因此,美国也没有执法机关建立过刀伤图片数据库,起码萨克斯和莱姆都没听说过。

尽管知道嫌疑人肯定戴了手套,萨克斯还是尽量从莉迪亚·福斯特的遗体周围——及遗体上——采集了一些指纹。谁知道嫌疑人会不会在犯案过程中脱下手套呢?但跟爪哇小憩的情况一样,他们上传这些指纹到数据库中比对,结果也是一无所获。

"本来我也觉得可能不会有结果。"萨克斯喃喃地说,"但我还找到一根头发,跟样本不符。在这个信封里。"她把信封递给库柏,"褐色的,很短。可能是嫌疑人的。记得波提耶警官说过枪击案前在南湾旅社打探消息的人就是褐色短发。对了,这根还有毛囊。"

"太好了,我送去 CODIS[①] 化验。"

全国性的 DNA 数据库现在正爆炸性地发展壮大。不管这根头发是属于谁的,数据库里都很可能有他的资料。甚至,说不定还能很快查到他现在的行踪。

---

① DNA 联合索引系统。

萨克斯着手检查其他证物。虽然凶手把莉迪亚的文件、电脑和贮存设备都拿走了，但萨克斯还是找到了一些可能跟莫里诺有关的东西：一张星巴克的收据。收据开出的时间是五月一日下午。萨克斯回忆，这应该是莫里诺没带莉迪亚、单独跟人会面的时间。根据这张收据，他们也许能查到这位活动家当时到底去了什么地方。

她计划明天就到这家星巴克所在的钱伯斯大街调查。

两人又检查完了莉迪亚家的其他证物，但也没找到什么有价值的东西。库柏用气相色谱分析仪检测了一个样本，然后看向萨克斯说："找到点东西。一点植物，学名 Glycyrrhiza glabra（洋甘草），一种豆科植物，就像豌豆之类的。算是一种甘草。"

萨克斯说："大茴香和小茴香那一类？"

"不是，跟这两种没有亲缘关系，虽然味道是相似的。"

洛蕾尔一脸困惑："你不是什么都没查吗？这什么西那林，Glycyrrhiza什么的……不好意思，但你到底是怎么知道的？"

库柏推推眼镜，用理所当然的语气回答："因为我为林肯·莱姆工作。"

# 45

终于有一点点突破了：他们查出了狙击手的姓名。

迈尔斯队长派遣的监视小组一直盯着狙击手，在他下班后一直跟踪到他家。狙击手在卡罗尔花园站下了车，又走了一段路才到家。经查，那栋房子属于巴里和玛格丽特·谢尔斯夫妇。警方联系了车管所，取得了谢尔斯的照片，的确就是萨克斯刚刚跟踪过的那个人。

巴里·谢尔斯，现年三十九岁，退伍军人，退伍前是空军警督，多次获得功勋奖章。他现在以平民的身份，在NIOS当一名"信息专员"。他和妻子（妻子是一名教师）的两个儿子正在上小学。谢尔斯经常参与当地长老会的活动，还义务在儿子们的学校担任一名朗读导师。

萨克斯读了这份简报，感到有点困惑。平常她和莱姆追捕的都是些硬核的歹徒，像是连环杀人犯、犯罪组织的头目、有精神病倾向的杀手甚至恐怖分子。但这次不一样。谢尔斯似乎是一个尽职尽责的人民公仆，甚至可能是一名体面的丈夫、一个好爸爸。他只是忠实地执行自己接到的任务，即使这任务是要冷血地射杀疑似恐怖分子，他也在所不辞。要是他被逮捕、定罪，那他的家庭就毁了。梅茨格也许有借NIOS之手，胡乱地发泄自己"保卫国家"的强烈欲望，甚至派遣专员去不择手段地为任务善后，但谢尔斯？谢尔斯可能只是个忠实执行命令的员工而已。

但即使这样,即使谢尔斯不是虐杀莉迪亚·福斯特的人,他还是属于NIOS,是可能犯下这一罪行的组织里的一员。

萨克斯跟朗通了电话,报告这些新发现。而后她又联系了信息情报组,请求获得所有关于巴里·谢尔斯的情报——尤其是枪击案发生当天谢尔斯的行踪。

实验室里的电话响了,萨克斯看了看来电显示,马上按下免提键:"弗雷德。"

她现在不用担心五一六会窃听这部电话了,因为罗德尼·萨内克送来了一个小设备,可以发现任何形式的窃听。他管这个叫"窃听陷阱"。根据设备屏幕的显示,电话现在没被窃听。

"好啊,阿米莉亚。我听说的事是真的吗?我们的那位朋友真的跑加勒比晒日光浴去了?"

他故意夸张的惊讶语气把萨克斯逗笑了,库柏也乐了,唯独南希·洛蕾尔没有反应。"哈哈,是真的啊,弗雷德。"

"怎么这样!我的任务就总是在旅游胜地南布朗克斯或者纽瓦克,林肯·莱姆先生就能去海滩?这是纽约市赞助的吗?太不公平了!他现在怕不是正优哉游哉地享受那种插着小纸伞、泡了塑料海马的娘娘腔饮料?"

"他应该是自费去的啦,弗雷德。不过你是怎么知道那边有泡着塑料海马的饮料的?"

"哎呀,被你逮到了,"弗雷德坦承道,"我个人最喜欢椰子口味的。不扯了,案子现在怎么样?第三大道那件事,跟这件案子有关吗?莉迪亚·福斯特的。我在简报上看到的。"

"恐怕是。我们认为是一次善后行动,很可能是梅茨格下令的。"

"妈的,"德尔瑞狠狠地骂道,"这家伙疯得太厉害了。"

"的确。"萨克斯又告诉弗雷德,现在已经查明起码有两名嫌疑人了,"但还不清楚是哪一个在咖啡店放的炸弹。"

"嗯,我也有几件事,你们应该感兴趣。"

"请讲，什么信息都行。"

"首先，你们那位狙击手用过的手机——就是登记在使用假社保号、任职于德拉瓦尔某公司，化名唐·布伦斯先生名下的那个。这公司藏得可好了，但我还是查到它跟NIOS以前用过的一些皮包公司有关。可能正因为这个，电话才没被销毁，还在用。很多时候政府机构以为自己很聪明，别人查不到他们的信息。或者是认为过于显眼所以反而没人留意。但记住了，你可不是从我这里听到这些信息的。"

"好。谢了，弗雷德。"

"另外，看来你们那位朋友，已故的、伟大的莫里诺先生并不是想搞一次盛大的爆炸然后躲到山洞里当恐怖分子。"他说的是莫里诺曾提到过的"消失得无影无踪""五月二十四日"等神秘信息。

"那其实是什么呢？"萨克斯问。

弗雷德说："目前看来只是个比喻而已。我们在委内瑞拉的一些人查到，莫里诺一家本来准备在二十四日搬进新房子。"

他解释了一下细节：原来，罗伯特·莫里诺在委内瑞拉的圣克里斯托瓦尔城买了一套四卧的房子。这房子在城里算海拔很高的——因为是建在山顶上的。

无影无踪……

洛蕾尔听了忍不住点点头，明显很满意。看来莫里诺应该不是本·拉登在西半球的再世了。

要让陪审团保持愉悦，对吧，萨克斯尖酸地想。

弗雷德又说："还有五月十三日墨西哥的炸弹袭击。这就几乎是个笑话了。那天在城里只有一件事跟莫里诺有一点点关系，是一场募捐会，莫里诺跟那个慈善组织有联系。叫'美洲课堂'。那天的活动叫作'气球节'。每个人花十美元去买个气球，把它戳爆，可以拿到里面的小礼品。好像准备了上千个气球。要我说，我的肺可没法吹那么多气球。"

萨克斯垂下头,闭上了眼睛。天哪。

我们能找些人给它们充好气吗?①

"谢谢了,弗雷德。"他们挂断了电话。

听完这些信息,洛蕾尔开始发表意见:"第一印象竟然会错得这么离谱,真奇怪,对吧?"她好像没有表现出扬扬自得的情绪,但萨克斯觉得不太确定。

如果你不介意的话……

只是好奇问一下……

萨克斯掏出自己的手机,打电话给林肯·莱姆。

他接起来后说的第一句是:"我在考虑养一只变色龙。"

不是普通打招呼,也没有叫"萨克斯"。

"什么……蜥蜴?"

"它们挺有趣的。我还没见过变色龙变色的样子。你知道它们是怎么变色的吗,萨克斯?那个叫'变色机能',知道吗?它们能通过荷尔蒙细胞发送信号,令表皮的色素细胞变色。我觉得真的很神奇。那么,你那边案子查得怎么样?"

萨克斯把进展都汇报了一遍。

莱姆边思考边回答:"两个嫌疑人,我觉得有道理。梅茨格应该不会用他的金牌狙击手在纽约做善后工作。我早该想到的。"

我也应该想到的。萨克斯一边难过地想,一边又想起莉迪亚·福斯特死去的样子。

"上传一下谢尔斯的照片,车管所的或者军队服役的都行。"

"行,等一下说完就传。"然后,萨克斯难过地把莉迪亚遇害的详情告诉了莱姆。

"折磨?"

她又把歹徒用刀的情况说了一下。

---

①原文为"Can we find somebody to blow them up","blow something up"既可以理解为"炸飞某物",亦可理解为"给某物充气"。

250

"特殊的手法。"他思索着,"可能很有用。"

他是在考虑,歹徒如果用刀具、棍棒等冷兵器多次伤人,通常会在不同的受害人身上留下相似的伤痕,通过比对可以找出很多关联。萨克斯也注意到,对于莉迪亚被虐杀这件残酷的事,莱姆只表现出抽离、专业分析的态度,再无其他。

但林肯·莱姆就是这样的。她很清楚,也能接受。她也不懂为什么南希·洛蕾尔表现出类似的态度就会让自己这么生气。

她又问:"那你在风和日丽的加勒比又有什么进展?"

"不太顺利啊,萨克斯。我们现在被软禁了。"

"啊?什么?"

"不管怎样,问题明天就能解决了。"看来他不想细说,也许是顾忌电话可能会被窃听,"我差不多要挂了,汤姆在做晚饭,我看应该做好了。对了,你有朝一日一定得尝尝黑朗姆酒,真的很好喝。用糖酿造的,知道吧。"

"朗姆酒就算了吧,有些不太好的回忆。不过如果连自己都想不起来的话也许不能叫回忆?"

"萨克斯,你现在怎么想这个案子?还在想政治那些事吗,还是觉得应该留给国会解决?"

"不,我不会再这样想了。我第一眼看到莉迪亚·福斯特家的犯罪现场就确定了。这案子真的有些十恶不赦的人参与进来了。绝对要逮到他们。啊,对了,莱姆,如果你有听说我这边发生了自制炸弹爆炸的事情,不用担心,我没事。"她简单说了一下咖啡店被炸弹炸毁的事,但没提到自己险些丧命于此。

莱姆说:"我在这边倒是感觉还算惬意。萨克斯,我觉得我们以后还可以找时间一起过来——不是出差。"

"去度假。好啊,莱姆,一起去吧。"

"但你来这边没法开快车哦,这里交通非常差。"

"我一直都想试试开摩托艇,你也可以找个沙滩享受享受。"

"其实我已经下过水了。"莱姆告诉她。

"当真?"

"真的,没骗你。以后跟你慢慢说。"

萨克斯说:"我想你。"然后马上挂断了电话,不留机会给莱姆回复同样的一句"想你"。

也或许,他都没想着要说。

南希·洛蕾尔的手机响了起来。萨克斯感觉到,洛蕾尔看到来电号码的时候明显变得不自在了。她接起电话:"呃,好啊……最近怎么样?"萨克斯马上听出这是谈私事的语气,跟这件案子无关。

洛蕾尔以最快的速度转身,背对萨克斯和库柏,但萨克斯还是能听到她讲话:"你现在想要那些东西?我以为你不要的了。我全打包起来了。"

真稀罕呢。萨克斯从没觉得洛蕾尔这位检察官还会有自己的生活。她既没有戴结婚戒指也没有戴订婚戒指——实际上,应该说她全身都很少佩戴首饰。萨克斯可以想象洛蕾尔跟妈妈或者姐妹去度假的画面,但要想象她是位妻子或者女朋友就着实有点难。

洛蕾尔还在通话:"不要,不要。我知道在哪儿。"

这是什么语气?

萨克斯突然听懂了:她现在脆弱又无助。跟她通话的人在双方地位上处于高位,对她造成了威压。藕断丝连的前任?有可能。

洛蕾尔终于讲完、挂断了电话。她呆呆地坐了一会儿,像是在整理思绪。随即她匆匆起身,抓起自己的包包,说:"我有些私事要处理一下。"

见到她这么动摇可真不适应。

萨克斯不觉脱口问道:"需要帮忙吗?"

"没事。明,明早见。呃……我明早就回来。"

检察官拿上公文包,匆匆离去。萨克斯发现,洛蕾尔走之前没有整理办公桌,桌面的文件乱糟糟的,跟她昨天下班时完全相反。

其中一份文件引起了萨克斯的兴趣，她拿起来看了看。

发件人：助理检察官南希·洛蕾尔
收件人：地方检察官富兰克林·勒文（曼哈顿法院）
主题：公诉梅茨格及其同党一案之调查进展，周二，五月十六日

在调查本案的过程中，我确认了曾于五月一日载罗伯特·莫里诺出行的精英礼宾车司机。司机姓名为阿塔什·法拉达。据调查，有若干与本案相关的事项需要考虑。

1. 罗伯特·莫里诺当时与一名约三十岁的女子同行，疑为陪游或妓女。他有可能向她支付了"数量可观"的现金。她的名字是"莉迪亚"，姓氏未知。

2. 两人数次下车前往城中的多处地点，司机留在车上，并未同行。据司机法拉达的印象，莫里诺似乎不愿让司机同行。

3. 司机提供了莫里诺反美情绪的一个潜在动机：一九八九年入侵巴拿马的行动中，莫里诺的一位好友被美军杀害。

萨克斯感到当头一棒，这份提要几乎跟她之前按工头指示发给洛蕾尔的那份一模一样，只有一点点小改动。

发件人：阿米莉亚·萨克斯警探，纽约市警察局
收件人：助理检察官南希·洛蕾尔
主题：莫里诺谋杀案，新进展，周二，五月十六日

在对本案线索调查的过程中，我确认了曾于五月一日载罗伯特·莫里诺出行的礼宾车司机（阿塔什·法拉达）。与其谈话后，我认为其提到的几件事情对于调查工作很重要。

1. 罗伯特·莫里诺当时与一名约三十岁，可能是陪游或妓女的女子同行。我也考虑过她是恐怖分子或特工的可能性。他有可能向她支付了"数量可观"的现金。她的名字是"莉迪亚"，姓氏未知。

2. 两人数次下车前往城中的多处地点。司机觉得莫里诺似乎不愿让司机知道两人的目的地。

3. 司机暗示了莫里诺反美情绪的一个潜在动机：一九八九年入侵巴拿马的行动中，一位好友被美军杀害。

洛蕾尔盗用了她的工作成果。

不只如此，她还把它修改得像是她自己写的一样。

萨克斯悻悻地翻看着自己之前发给洛蕾尔的多份文件。

如果你不介意的话……

哼，萨克斯非常介意，因为现在文件被改得好像是洛蕾尔自己去调查的一样。更气人的是，所有报告里都没有萨克斯的名字。莱姆的名字在某些段落倒是很显眼，但萨克斯好像根本没有参与这次调查一样，无影无踪。

这什么意思？

她在文件堆里翻找，想得到答案。大部分文件都是一些裁决书复印件、法律方面的简报。

但最底下有一份不一样。

而且这份文件能说明很多东西。

萨克斯偷瞄了眼库柏，发现他正沉醉于使用显微镜看证物，没留意这边。于是萨克斯把那份文件拿去影印了，将复印件装进自己的口袋，又把原件谨慎地放回洛蕾尔桌上。虽然这桌面看着很乱，但即使洛蕾尔完全记得离开时桌面的每一份文件——甚至每一个小夹子的摆放位置，萨克斯也不会吃惊。

目前，她还不想打草惊蛇。

## 第四部分　切片

**五月十七日，星期三**

# 46

"莱姆警督,你感觉好些了吗?"

"嗯,好多了。多谢关心。"适当地停顿了一下之后,莱姆才开口回答皇家巴哈马警署的助理署长麦福森,"我们已经收拾好行李,准备去机场了。"莱姆对着开了免提的手机说。

现在是早上八点,莱姆在汽车旅馆的客厅里,觉得热得要命,而且极度潮湿。汤姆和普拉斯基坐在阳台上,由两只变色龙陪着,喝着咖啡。

一阵沉默。

"我能问个问题吗,莱姆警督?"

"可以。"莱姆的声音听起来疲惫、虚脱。还带着点儿囚犯的味道。

"你昨天说的一件事让我很在意。"

"嗯?"

"你说,祝美国学生被谋杀的案子顺利破案。"

"怎么了?"

"但那个女孩是意外死亡的啊,因为她喝醉后去游泳。"

莱姆故意不说话,装出一副困惑的样子,过了好几秒才说:"如果事实真像你说的那样,我肯定会大吃一惊的。"

"这到底是什么意思呢,警督?"

"啊……我现在没时间聊这个了,局长。我们几个差不多要去机场了。案子就留待贵局……"

"求……拜托了。您真的认为那名学生是被谋杀的吗?"

"对啊,很确定。"

早在昨天午饭的时候,莱姆一看完女学生的遗体资料就得出了这个结论。但当时他决定,先不跟波提耶警官分享这个想法。

助理署长说:"有劳您再详细说说。"

"再说说?"莱姆又故意迷茫地说。

"对,请说说您的见解。这对我们来说真的很重要。"

让面包慢慢烤着吧……

"呃……也许重要吧,但我还是得赶去机场了啊。再次祝你好运了,助理署长。"

"等一下!求求您了!莱姆警督,也许昨天是我太急躁了。在克利夫顿湾发生的确实是很不幸的事件……而且,毕竟波提耶警官是在抗命行动。"

"老实说,助理署长,我的经验是,我们这行里很多最好的结果都是靠着最严重的抗命行为才得出的。"

"好吧,也许是这样。但能不能麻烦您告诉我关于——"

莱姆迅速打断他说:"我也不是不可以帮忙……"他的声音越来越小。

"嗯?"

"作为交换条件,我希望您恢复波提耶警官的职务。"

"其实他没有被正式停职。相关文件现在就摆在我桌上,我一份都还没签。"

"那挺好。除此之外,我还需要获批进入罗伯特·莫里诺的被害现场南湾旅社,还需要取得相关尸检报告、三位死者的衣物,等等。还有任何从现场搜集回来的证物,尤其是子弹,我非常需要看看那颗子弹。"

话筒传来轻轻的一声敲击。看来这位助理署长明显不习惯被缠着讨价还价。

莱姆看了看阳台上的两人。太阳在远方慢慢地下沉。普拉斯基对着莱姆露出一丝鼓励的微笑。

好一段沉默——莱姆尖刻地想：简直像孕期一样长——之后，助理署长终于说："好吧，很好，警督。您方便现在来我办公室讨论这件事吗？"

"可以，只要我的工作伙伴也在场就可以。"

"您的工作伙伴？"

"波提耶警官。"

"呃，当然，当然。我这就去安排。"

# 47

助理署长麦福森的办公室布置得更像是住家而非办公场所。装潢繁复，还是透着一点土气。

房间的设计主要是英国殖民时期的风格，这点跟莱姆家很像，也让莱姆感觉像回到了家一样。莱姆家被用作实验室的客厅，是维多利亚女王时代建成的。虽然巴哈马警察总署的大楼比较新，麦福森的办公室却是更有年代的产物。办公室里有一张印花布艺沙发，一个巨大的橡木衣橱，几盏浅黄色的落地灯，一个大水壶，甚至还配有洗漱台。墙上有一排肖像照片，一看就知道是当地的历任管理者之类的官员。墙上的挂钩上挂着熨烫完美的两套制服，一套是毫无污渍的纯白色，另一套是海军蓝的。

当然，房子里还是有一些现代元素的。比如一个破旧的铁灰色文件柜，实用性办公桌上的三台手机，等等。墙上还挂着一幅新普罗维登斯岛的地图。

房间里比较暖和，这是空调拼了老命争取来的成果。但湿度仍然高得离谱。莱姆推测，麦福森平常并不使用空调，单纯靠打开窗户通风，今天开空调是为了招待他们这批贵客。这样推测的其中一个依据是，窗台上趴着一只来乘凉的变色龙。

高大威武的麦福森穿着一套同样熨得平平整整的卡其色制服。他起身过来，谨慎地跟莱姆握手，问候道："您还好吗，莱姆警督？"

"挺好的，我昨天真的很需要好好休息休息。"

"那就好。"

麦福森又逐一跟普拉斯基和汤姆握手。过了一会儿，米夏尔·波提耶迟疑地进来，跟大家打了招呼。

助理署长回到自己的座位坐下，瞬间就转换成了公事公办模式。他用箭一样锐利的目光紧紧盯着莱姆，说："那么好了，那名学生。请讲，长官。您说是谋杀。"

"我确定她是被蓄意杀害的，而且是早有预谋。我还觉得她死前遭到了殴打。"

"殴打？"波提耶歪着头问。

犯罪学家说："线索是她的首饰。我留意到照片里她的手镯、手表、指环和脚趾环全都是金的，唯独项链是银的。在众多金饰里混着一个银的，这一点比较不自然。"

"这又……"助理署长刚出声又刹住了嘴，因为莱姆对他的插嘴皱起了眉头。

"我认为袭击者出手非常凶狠，之后又想掩盖这个情况。袭击者殴打她，之后将她溺死，还给她戴上了那条银项链。袭击者知道食腐的鱼类会被闪亮的金属吸引——我在来时的航班上看到过这个知识。我估计这种警示都会写在旅游指南里：不要佩戴易反光的物件下水。银子尤其能吸引鱼类，因为很像鱼鳞，比金子像得多。于是，前来觅食的鱼就把学生脸部和颈部的绝大部分皮肉都啄食干净了，也把她受过殴打的证据全带走了。

"又因为凶手本来就特地带着那条银项链，所以可以得出结论：这是早有预谋的。"

波提耶问："为什么要杀人呢？尸体上没有找到性侵的痕迹啊。"

"也许是复仇吧，但我另有一些想法，要是能验证的话，我们能走得更远。我想找你们的法医聊聊，希望能知道死者的血液分析结果。"莱姆说完,发现助理署长仍然呆呆地盯着自己,只好又补充一句,"如果现在就能知道的话更好。"

"啊,当然,当然。"麦福森这才如梦初醒,开始打电话找人。他讲了好几分钟,对方似乎只是负责接电话的前台或者助手,而不是法医本人。最后,麦福森说:"我管他是不是在验尸!他走开一会儿难道尸体还会活过来跑掉吗?让他马上过来听电话!"

不久,那边有了回音。麦福森拿开话筒,看向莱姆说:"法医现在就拿着尸检结果的文件在听了。"

莱姆问:"血液酒精浓度是?"

问题被传递到电话线另一端,回答是:"零点零七。"

普拉斯基说:"按法律来说还不算喝醉,但也接近了。"

莱姆紧接着问:"她喝的什么?"

波提耶说:"从她的车上搜到一瓶四十度的百加得朗姆[1],一瓶可口可乐,都是开过的。"

"可乐是无糖的还是普通的?"

"普通的。"

莱姆对麦福森说:"问问法医,她死后的血糖浓度是多少。对了,跟他说我不想听血管血液分析的结果,因为人死后糖酵解[2]作用也不会停止,所以这结果肯定不准确。我想知道玻璃体[3]的血糖浓度。"他进一步解释道:"玻璃体里面没有糖酵解作用。"

麦福森又呆呆地看着莱姆。其实,整屋子的人都跟他一样呆呆地盯着莱姆。

莱姆不耐烦地改了一下说法:"我想知道她眼球里玻璃体液中的血糖浓度。这是标准程序,他们应该测过的。"

---

[1] 古巴产的一种朗姆酒。
[2] 糖分解代谢是生物体取得能量的主要方式。生物体中糖的氧化分解主要有三条途径:糖的无氧氧化、糖的有氧氧化和磷酸戊糖。其中,糖的无氧氧化又称糖酵解。
[3] 人体眼球组织。

麦福森转达了要求，回复是四点二毫克每百毫升。

"正常偏低。"莱姆笑了，"我就知道。她不是自己高兴才喝的酒。如果她把可乐和朗姆酒混着喝了，那血糖浓度应该更高。凶手强迫她喝下了很多朗姆酒，然后把可乐瓶打开放着，营造出她自己兑酒喝的假象。"莱姆继续对麦福森说，"毒品筛检呢？"

麦福森又把问题抛给电话。

"全部都是阴性。"

"很好，很好。"莱姆情绪高涨地说，"有进展了，我们再来查查她的工作。"

波提耶说："她在拿骚兼职当一名店员。"

"不，不是这份。我是说她当妓女的事。"

"什么？妓女？你怎么知道？"

"那些照片。"莱姆看看波提耶，"你iPad里的照片。她手臂上有不少注射后留下的针孔。刚刚我们得知，她不吸毒，那她注射的是什么呢？不会是胰岛素，因为糖尿病患者不会在那个位置扎针。所以，很可能——只是可能，不是绝对的——她接受过多次常规血液检测，为了检查自己有没有得性病。"

"她是个妓女啊……"助理署长似乎有点高兴——毕竟在他管辖之下被谋杀的美国学生看来是个不洁之人。

"你可以挂电话了。"莱姆看向麦福森手里像静止的钟摆一样的听筒。

麦福森突兀地跟法医道了再见，然后挂断了电话。

"那我们下一步是？"波提耶问。

"查清楚她工作的地方，"普拉斯基说，"还有她引嫖客上钩的地方。"

莱姆也点点头："对，也许她就是在那里碰上凶手的。那些金饰选得都很有品位，一看就知道很贵。她本人也保持着很好的身材和健康状况。更别说还有那漂亮的脸蛋了。她肯定不是站街的。到她钱包里找找信用卡收据,看看她一般都到哪个酒吧喝鸡尾酒。"

麦福森朝波提耶点点头,后者马上打了一通电话,显然是打给证物保管室或者警探组的人的。

这通电话打了很长时间。结束后,波提耶说:"好嘛,这就有趣了,一共两张收据,地址都是一个吧台,而这酒吧就位于——"

波提耶语气中的一些东西让莱姆产生了一个念头,他脱口而出:"南湾旅社!"

"没错,就是那儿。您怎么知道的?"

莱姆没回答,只是往窗外看,看了足足一分钟,心里不停闪过各种念头和推测。他回过头来问:"她叫什么名字?"

"安妮特。安妮特·柏德尔。"

"好吧,我看这情况对你我都有好处,麦福森署长。对阁下来说,杀害柏德尔女士的凶手是美国人,不是巴哈马人。这对于贵国的国际形象来说无疑是好消息。而对于我们来说,我想是找到了跟莫里诺案有关的一点。我之前推理错了一件事。柏德尔小姐生前肯定受过酷刑虐待,但应该不是被殴打,而是为刀具所伤。凶手用刀子割开了她的脸颊或者鼻子,还可能是舌头。"

"这又是怎么知道的呢?"麦福森问。

"我其实也不知道——尚不知道。但我想很有可能是这样。我在纽约的同事跟我说,有一个杀手正在逐一清除莫里诺案的证人,而这人就专精用刀。这个人不是开枪的狙击手。我的想法是,他是狙击手的后援或者观察员,也是五月八日到南湾旅社探听消息的那个美国男子。他很可能是在酒吧找上了安妮特,利用她取得了各种信息,在枪击案后跟狙击手一起离开了巴哈马。但他听说我们正在针对此案展开调查后,就于两天前赶回来,对安妮特严刑逼供,确保自己的事没被泄露后,就杀了她,以绝后患。"

普拉斯基说:"我们得去她被发现的海滩再搜查一遍——视作犯罪现场认真地搜。"

助理署长看向波提耶,但波提耶说:"这人很聪明,长官。他特地选了个地点,在退潮的时候杀了她。那地方在涨潮后就会被泡在三英尺深的水下。"

"的确聪明。"莱姆的眼睛一直看着麦福森,"我们要找的证据,应该基本可以证明罗伯特·莫里诺是被美国政府的一名特工所杀,而且他的一名搭档,或者说至少是同组织的某人,正在进行善后、灭口,包括在拿骚谋杀了柏德尔小姐。这消息应该很快就会被公之于众。阁下可以继续坚持委内瑞拉贩毒集团是枪击案的幕后黑手这一说法,继续忽视跟美国方面的联系。但这样一来,就会变得好像贵国也在参与掩盖证据一样。而另一条路,阁下可以帮助我们查出狙击手及其后援的身份。"

普拉斯基插嘴道:"署长先生,你得知道,下令开展这次暗杀行动的人很可能是在越权行动。如果阁下协助我们办案,华盛顿方面应该不会像你想象中那么恼怒。"

好球啊,莱姆心想。

"明白了,我会命令现场搜证组再到那个地点去搜索狙击手的窝点。"他又把僵硬的脸转向波提耶,"警官,你就护送莱姆警督和他的同伴到南湾旅社再做一次搜查。给他提供一切需要的帮助。明白了吗?"

"明白,长官。"

麦福森又对莱姆说:"我再安排一下,把完整的犯罪现场报告和尸检报告调出来。当然,证物也随时为您准备好。我猜您一定用得着,对吧,警督?"

"证物,当然了。我特别特别需要。"他努力了一番,终于阻止了自己在后面加上一句"早他妈该给我了"。

# 48

他们又一次行驶在西南高速上。

汤姆驾驶着车子，载着波提耶、普拉斯基和莱姆，开上和昨天一样的路线。只不过这次是要去南湾旅社，而不是昨天那个差点儿让他们全军覆没的陆岬。

虽然时间还早，但在他们身后，太阳已经升得老高。路边的田地里，各种蔬菜在阳光照耀下闪着绿的、红的和金黄的光芒。不时可以看到几朵白色的花，莱姆心想，萨克斯肯定会喜欢这个。

我想你……

莱姆当时深吸一口气，也准备跟萨克斯说想她，但萨克斯就在那一瞬间挂了电话。莱姆对此会心地笑笑。

刚才，他们到皇家巴哈马警察总署的犯罪现场调查部去了一趟，带上了一些搜集证据用的设备和仪器。这些设备质量都非常好，莱姆看了很有信心，心想普拉斯基和波提耶用这些设备肯定可以在那间击杀室里找到更多证物，最后凭借这些证物就可以实实在在地把枪击案跟巴里·谢尔斯联系起来，甚至说不定还可以找到有关五一六身份的线索。

很快他们就来到了高端却低调内敛的南湾旅社，停好了车。莱姆猜测，这里的建筑风格可能是叫新殖民地风格。

汤姆用普通轮椅推着莱姆上了走廊，过道两旁是精心打理好的园林景观。

他们走进大堂后,波提耶跟接待员打了个招呼。接待员好像对警察见怪不怪,反而更在意那个坐轮椅的人。当然,这里毕竟不久前发生了命案,警察肯定是最近的常客了。

旅社的主体建筑只有一层,似乎是照顾残障人士的无障碍设计。但它以海滩俱乐部和高尔夫球场为特色,莱姆估计,不会有多少残疾人来住吧。

店经理正在忙,但接待员没有请示经理,很快就为莱姆他们提供了一二〇〇套间的门卡。

普拉斯基显然昨天就见过这名接待员了。他对她点点头,然后出示了巴里·谢尔斯的照片进行询问,但她和其他当班的工作人员都表示没见过谢尔斯。

所以基本可以肯定五一六才是当天来实地勘察的人了。

普拉斯基和波提耶搬来了搜证设备,一行人走向一二〇〇套间。

旅社很大,他们走了好几分钟也没到。汤姆指指一个标示牌。

一二〇〇号房至一二〇八号房在右边。

"就到了。"

他们转过一个弯,全部都愕然地停下脚步。

"啊?"波提耶咕哝道,"这是什么情况?"

莱姆也看着通往击杀室一二〇〇套间的双开门。这里作为犯罪现场,理应被警方用胶带封锁好,放上禁止进入的警示标等。

但这些都没出现。

房门大开着,一个工人站在里面,穿着污点斑斑的白色连体工作服,正在粉刷壁炉上方的墙面,看样子已经是在刷最后一层漆了。地上铺的是全新的木地板,地毯也换过了。跟案子有关的其他一切——沾血的沙发、碎落满地的窗玻璃等——也全都不见了。

# 49

雅各布·斯万坐在一家餐厅里，吃着一份做得很精致的煎蛋卷。餐厅位于上城西区，就在中央公园西面附近。斯万穿着牛仔裤、风衣（今天换了黑色的风衣）、白色T恤和跑鞋。他的背包就放在手边。在这片社区，大部分人的工作都比较自由，不会被要求穿正装、戴领带，也不用按照死板的工作时间上下班。这里面有从事艺术方面工作的人，有在博物馆或者画廊工作的人，当然也有餐饮业的从业人员。斯万现在的打扮完全就像他们中的一分子。

他的咖啡很烫，但不怎么苦；他点的吐司很厚，在加热前用黄油精心涂抹过一遍——很好，这就是烤吐司唯一正确的方法。至于煎蛋卷？他下了结论：比"做得精致"更好。太好吃了，简直完美。

鸡蛋是处理起来最麻烦的食材之一。用得好了，它能让一道菜升华；但要是你太粗心或是出点什么差错，把蛋煮老了、弄成一团一团或者半生不熟的，它也能把整道菜毁掉。比如，在做火焰冰激凌的时候，是要完全将蛋清和蛋黄分开的。如果不小心在蛋清里混进了哪怕一点点蛋黄，那就等着失败、把原料全部倒掉吧。另外，细菌也很喜欢在这宛如出自上帝之手的椭圆物体里繁殖（毕竟鸡蛋本来就是用来孕育的工具），让你喜添一枚臭蛋。

但斯万吃的这份无可挑剔，打发得恰到好处——绵软可口，没有丝毫出水——然后高温烹制，适时撒上切好的新鲜龙蒿、香葱和莳萝——千万不能太早放。成品装盘,主体金黄,有棕色的焦痕和白色的蛋白点缀,外酥里嫩,实乃极品。

尽管嘴上享受着美食,但斯万心里却渐渐开始对阿米莉亚·萨克斯感到不耐烦。

自她走进林肯·莱姆的屋子以来已经好几个小时了,都还没出来过。她还着手解决了被窃听的问题,好像没过一会儿就更换一次预付费手机卡——甚至参与调查的其他人都已经开始这样做了;除了手机,她还在固话上安装了一个窃听警报器,这东西除了直接闯进屋拆掉之外是没办法避开的。

但她作为调查组的排头兵,迟早还是要出现的。

斯万又想起了萨克斯的搭档:林肯。行吧,这人就真是个大问题。斯万的组织为了解决林肯、他的男护士和另外那个警察,花了将近两千美元,但斯万在码头找的那些小弟竟然失败了。他们后来问斯万要不要再试一次,但斯万叫他们马上滚出那个岛,别被抓到。虽然通过那几个小卒是很难往回查到斯万和他上司的,但也不是绝无可能,还是小心点好。

以后还会有别的机会解决林肯·莱姆的。那家伙怎么看都没法灵敏快捷地从旬刀之下逃命吧。斯万看过莱姆的档案了:四肢瘫痪,而且身体大部分都失去了知觉。斯万遐想着,这样的一个人,只能定定地坐着,眼睁睁地看着自己身上的皮肉被别人割下,同时慢慢流血而死——最奇妙的是,他感觉不到任何疼痛。

这多好玩啊,在一个生物活着的时候屠宰它。

太吸引人了,我一定得试——

啊,看,我们美丽动人的阿米莉亚出现了。

斯万本来想着,她把她那台眼镜蛇停在了送货专用的后巷,那应该也会从后门出来。但阿米莉亚是从面向中央公园的前门出来的。然后在快餐店对面的人行道上步行往西。

斯万本来期望着能在后巷里干掉她。现在是上班时间,路上行人太多。但耐心点,总会等到她落单的。

他隐蔽地擦掉了餐具和咖啡杯上的指纹,在盘子底下压了十五美元,而不是去前台结账,钞票是在城区另一边的旅店跟值班经理换的零钱。如果用 ATM 取钱,会被轻易地追踪到,于是他使出一招"微洗钱"的小技巧,慷慨但又不夸张地付了小费,换来难以追踪的钞票。

他走出店门,坐进自己的日产车里。

他在车里暗暗观察萨克斯。她正警觉地四处巡视,不是看向斯万,而是在看袭击者可能攻来的方向。有趣,她还特地往高处看,扫视了一圈。

别担心,斯万在心里对她说。那不是子弹会射来的方向。

她伸手掏钥匙,掀开了夹克的下摆,斯万看见她腰上配着一把格洛克手枪。

斯万特地抓准时机跟萨克斯同时发动了车子,以隐藏发动引擎的声音。

萨克斯的眼镜蛇疾驰而出,斯万也马上跟了上去。

他心里唯一的遗憾是,解决阿米莉亚·萨克斯只能用刚刚想过的那颗子弹,因为根据目前的菜谱,他并不能在她丝滑的肌肤上使用旬刀。

# 50

米夏尔·波提耶正在跟南湾旅社的经理交涉。

"但我以为您早就知道的,警官。"经理说话带有轻微的英式口音。他身材魁梧,一头卷发,穿着端庄得体的灰褐色西服套装。他现在很紧张,晒成玫瑰红的前额上,眉心拧成一团。

"知道什么啊?"波提耶喃喃地说。

"你们说我们可以重新开放房间,进行打扫和装修,修复损坏的地方……"

"我?我绝对没说过这样的话。"

"不,我不是指您个人,是您部门的同事。他打电话过来说现场可以解封了……我不记得他的名字。"

莱姆问:"他打电话说的?没人亲自过来说明吗?"

"没有,是一通电话。"

莱姆叹了口气:"什么时候的事?"

"星期一。"

波提耶转向泄气的莱姆说:"我明明严令要保持现场封锁的,真的想不出署里有谁会——"

"不是你署里的人。"莱姆说,"是我们的嫌疑人打的电话。"

至于"共犯"就是店经理了。他当然急于清除表明这里发生过命案的痕迹。要是警察的封锁标示一直大大咧咧摆在走廊里,旅社还怎么做生意?"

"我……很抱歉,警官。"经理谨慎地说。

莱姆问他:"原来的地毯、沙发、碎的窗玻璃这些现在在哪?其他家具呢?"

"应该已经扔去垃圾场了。我也不清楚。我们的垃圾是交给承包商处理的。因为那上面都是血,他们说是会烧掉……"

随处可见的那些烧垃圾的火堆……

普拉斯基说:"嫌疑人杀了安妮特之后,随手打一通电话,砰!这边的现场也处理掉了。真聪明,你说是吧。轻轻松松就搞定了。"

说得对。莱姆看向整洁如新的房间,跟案子有关的迹象只剩没了玻璃、用胶带贴着的窗户。

"要是有我能帮得上忙的地方的话……"店经理有气无力地说。

但没人接话,他也识趣地收住了口。

汤姆想推莱姆进房间,但这套房不是无障碍设计,普拉斯基和波提耶帮着把轮椅抬下了两级低矮的台阶,才让莱姆成功到达。

墙面漆是浅蓝和浅绿的,有几处的油漆都还没干透。客厅面积大约是二十英尺乘三十英尺,右侧有两扇门,通往似乎是卧室的地方——但这两个房间现在也是空的,正静候刷漆。客厅左侧则是设备齐全的厨房。

莱姆从逃过一劫的一扇窗户看出去,外面是个很精致的花园,一棵四十英尺高的大树耸立其中。他留意到树干下部的枝条都被修剪掉了,要到离地大概二十英尺高的地方才有枝叶。隔着庭院,可以清楚地看到那片臭名昭著的陆岬——那是巴里·谢尔斯开枪射击的地方,也是如今在这房里的四人差点儿丧命的地方。

莱姆重新审视了一遍那棵大树:哈,看来我们还是有一个犯罪现场的。

"菜鸟!"莱姆大喊。

"在呢。"

普拉斯基和波提耶都走过来站到莱姆身边。

"你看看这现场，有没有注意到什么不妥的？"

"这一枪真是绝了，距离远得可怕。还有这空气污染这么严重，他竟然也看得清。"

"你说的这些跟我们昨天在对岸得出的结论一样。"莱姆不高兴地说道，"我明显不是指这些。我是说，你看看这花园，有没有什么不妥。"

普拉斯基看了一会儿说："狙击手有助手，树枝有问题。"

"说对了。"莱姆向波提耶解释道，"有人把那树上低处的枝叶砍掉了，给狙击手提供更好的视线。我们去搜一下花园。"

但波提耶摇摇头："这想法不错，警督，但其实不是这样。这棵树是一棵毒漆树，您对这种树熟悉吗？"

"不熟。"

"树如其名，这种树跟毒橡树[①]和毒漆藤[②]一样，是有毒的。举例来说，如果焚烧它的枝叶，升起的烟雾会像催泪瓦斯一样对人产生刺激。要是碰到它的叶子，还可能会因为严重的过敏不得不去医院。但这种树开花很漂亮，所以旅社才保留着它，同时把低层的枝叶修剪掉，避免客人触碰。"

"啊，这样，好吧。是我想太多了。"莱姆咕哝道。他当然不乐意自己扎实的推理被推翻，更加不愿意又失去一个可以搜索的犯罪现场。

他对普拉斯基说："去拍些照片，在门外的地毯上取一些样本，前走廊外面花圃的泥土也取一些。再去门把手上搜集一下指纹。虽然应该没什么用，但既然来都来了……"

---

[①]学名 Toxicodendron diversilobum，分布于北美洲西部地区，含有漆醇，接触可致瘙痒、疼痛烧灼感。

[②]学名 Toxicodendron radicans 或 Rhus toxicodendron，漆属野生植物，广泛生长于美洲，其油质具有很强的致敏性，可引起接触性皮炎，其树叶燃烧时的烟雾可使敏感的人发生变态反应。

年轻的警官忙活起来，搜集了很多样本，逐一装进塑料袋、记录好采集地点，又拍下了上百张照片，最后还采集了三枚指纹。完成后，他把所有东西装进一个大纸袋，问道："还有什么想查的，林肯？"

"没了。"莱姆郁闷地低声说。

这次搜索说不定是搜证史上完成得最快的一次了。

有人来到房间门口。是另一名穿着制服的警官。他肤色接近桃花心木，脸圆圆的。他朝莱姆看了一眼，神情带着仰慕。也许是莱姆写的《犯罪现场调查指导手册》最近在警察总署里流行了起来，也或者他只是很开心能跟美国来的传奇警探共处一室，毕竟莱姆靠几个简单的推理就把一起失踪学生溺水事件的假象揭开，改成了一起谋杀案。

"警官。"他一边说，一边恭敬地点点头，然后拿出一个厚厚的文件夹和一个大购物袋，"这是麦福森助理署长要求送来的，犯罪现场报告全文的复印件、尸检照片和尸检报告。"

波提耶接过文件夹，向他道了谢，又朝大袋子点点头："是被害人的衣物？"

"对，鞋子也在。枪击案后在这个房间里搜集的证物也在。但我得告诉您，很多证物都丢了。是验尸所的管理人说的。他自己也不知道怎么丢的。"

"他能不知道？！"波提耶冷笑了一声。

莱姆想起来，证物里的手表等贵重物品在从这里运送到警察总署的途中就不见了，还有爱德华多·德·拉·鲁亚的相机和录音机。

"抱歉，警官。"

"子弹壳有没有消息？"波提耶朝对岸的陆岬看了一眼。警方的潜水员过去几小时一直在海里用金属探测器搜索。

"恐怕还是没有。枪手应该是把弹壳捡走了，而且我们也还没能确定开枪的准确位置。"

波提耶耸耸肩，又问："巴里·谢尔斯这名字查出什么了吗？"

在莱姆他们来这里的路上，波提耶就通知了署里的信息技术调查组，看看海关或护照管理局有没有狙击手巴里·谢尔斯的出入境记录。当然，信用卡消费记录也要查。

"也没查到，长官。"

"好吧。没事。谢谢你，警官。"

警官敬了个礼，紧张地对莱姆点点头，然后转身以标准的姿势踏步离开了。

莱姆让汤姆把他推近波提耶，开始窥视袋子里的证物。他看到里面有三个密封好的塑料袋，贴着证据保管链记录卡，全都仔细地填写好了。他伸手进去，拿出最上面的一个小信封，里面是子弹头。莱姆感觉这比最常见的狙击枪子弹——点三三八拉普亚——要大一些，大概是近年来开始流行的点四一六口径。莱姆研究着这颗变形的铜铅合金，心想，虽然比其他子弹口径要大，但终究还只是一颗很小的东西。这么小的东西竟然造成了如此巨大的破坏，还在几百分之一秒的时间里盗走了一个人的性命。

他把子弹重新装好，说："菜鸟，现在这些归你管了。把保管卡填好。"

"马上就好。"普拉斯基逐一签上了自己的名字。

莱姆说："我们一定会保管好的，警官。"

"呃，其实，我估计这些证物对我们来说也没什么用了。要是你们把这个谢尔斯和他的同伙抓获了，你们的法院应该不会把他们遣送到我们这里受审吧？"

"但这还是重要的证物，我们一定会原样送还的。"

波提耶环视了一遍这个房间，说："很抱歉没有帮您保留好犯罪现场，警督。"

莱姆皱起了眉："哦？但其实我们还真有犯罪现场可以调查。我们赶紧过去吧，免得那边也遭遇不测了。来推我，汤姆。我们快走。"

## 51

他看着像一只蟾蜍。

亨利·克罗斯身材方方正正的，肤色发黑，长了好几颗巨大的痣。阿米莉亚·萨克斯心想，现代医学不是很容易就能把这种东西摘除吗？他的大头上盖着厚厚的黑发，嘴唇又宽又厚，手上的指甲剪得歪歪扭扭。谈话过程中，他偶尔会拿起一根雪茄放进嘴里，但只是咀嚼，而不是点燃来吸烟。真恶心。

克罗斯说："要命啊，罗贝托竟然死了。太要命了。"他说话有一点点口音，萨克斯猜是西班牙口音。她想起莉迪亚说过这个人讲英语和西班牙语都很流利，跟莫里诺一样。

克罗斯是美洲学堂基金会的负责人。这个基金会跟教堂合作，建立学校，从拉丁美洲的贫穷地区招聘老师前来任教。萨克斯记得莫里诺跟这项事业有关。

吹起那些气球……

"罗贝托和他的本地赋权组织是我们最大的资助者之一。"克罗斯一边说，一边用一根粗壮的手指指向墙上的照片。照片里是基金会在加拉加斯、里约热内卢和尼加拉瓜首都马那瓜的办事处，莫里诺搭着一个黑皮肤男人的肩膀，两人都戴着工地头盔，微微笑着，他们旁边有一些当地民众，像是在鼓掌。

"他是我的一个好朋友。"克罗斯喃喃地说。

"您跟他认识很久了吗?"

"可能有五年了吧。"

"我很遗憾,请节哀。"这其实是警校教过的说辞,用于调查过程中配合一下气氛。但萨克斯是发自内心地说的,不是敷衍。

"谢谢你。"对方叹了叹气。

这间狭小又昏暗的办公室位于下曼哈顿的钱伯斯街。这是莫里诺纽约之行来过的其中一个地方。萨克斯是根据在莉迪亚家找到的星巴克收据查到这里的。她检查了大楼的出入登记表,发现莫里诺在五月一日拜访过基金会。

"罗贝托喜欢,是因为我们不做单纯的慈善事业。我们只是资源的分配者。我的组织不会一味地发钱给穷人,我们是资助学校,教给穷人谋生的本领,让他们自己走出贫困。对于伸手要钱的人,我向来没有好脸色。他们那些人总是把我气得……"

他顿了顿,抬起一只手,突然开始大笑。"跟罗贝托一样,我也喜欢说教。不好意思。但这是经验之谈。我曾因为工作而弄脏自己的双手,也知道穷到只能在阴沟里生活的滋味。我以前在航运行业干过,发现其实很多人愿意努力工作。他们渴望能有更好的发展。但如果没受过好的教育,这就只能是空想。不巧的是,那边的学校就跟屎一样。请原谅我说脏话。我想要改变这种状况。然后我就遇见了罗贝托。我们那时在墨西哥建立办公室,而他也在那里,为某个农民赋权组织演讲。我们算是一拍即合。"他的大嘴唇咧出一个无力的微笑,"把权力交给人民……哈,要我说,也不赖。他通过微型贸易达成这个目的,而我是通过教育。"但萨克斯觉得,他看着不像教育基金会的负责人,更像是某个潮流纽扣厂厂主,或者负责人身伤害案件的律师。

"那你来是为了调查那些贩毒浑蛋杀害他的事咯?"克罗斯突然低吼着转向重点。他拿起雪茄狠狠地嚼了几口,然后把它放回桌面的枫叶形玻璃烟灰缸上。

"目前我们还只是在搜集线索。"萨克斯模棱两可地回答道,"我们在逐一调查他最近来纽约时去过的地点,就是上次他来见您的那天。您知道他还去过城里的什么地方吗?"

"他说去过其他几家非营利机构,三四家吧好像。我还知道他是带着个翻译员去的,不知道这信息有没有用。"

"他有说过是哪几家吗?"

"这就没有了,他过来只是给我带了张支票,看看我们一些新项目的进度。他希望能用他的名字命名一间教室。只是教室,不是整个学校。罗贝托就是这样的,很讲实际,不虚浮。他知道自己捐的钱就是这么多,不是几十个亿,所以也不会妄想整个学校都冠上他的名字。光有一间教室他就很高兴了。真是谦逊的家伙,你不觉得吗?当然他也渴望得到一点认可。"

"他有没有提过觉得自己可能有危险?"

"当然有了,天天都说。你也知道的,他说话一直毫无忌讳,"他难过地笑了笑,"他总是大大方方地在他的电台广播和博客上说,讨厌这个政治家,讨厌那个 CEO 之类的。他自称'信使''良心之声'。这样做树敌无数啊。贱人毒贩。抱歉,又讲粗话了。那些人就该上电椅或者被注射死刑。"

"莫里诺提到过来自贩毒集团或者帮派的威胁吗?"

克罗斯向后一仰,想了一会儿说:"没有指名道姓,懂吧?但他说过自己好像被跟踪了。"

"请展开说说。"

克罗斯抬手揉着自己脖子上的一颗痣:"他说好像有个家伙跟踪他,但留心看的时候那人又消失了,这样说你明白吗?就在外面街上跟踪他。"

"有外貌描述吗?"

"白人,男性。好像很强壮。就这么多。"

萨克斯马上联想到巴里·谢尔斯和五一六。

"哦，还有一件事。飞机那次。那件事是他最紧张的。"

"飞机？"

"罗贝托不是经常出差嘛。他说发现有好几次去不同城市的时候，都见到同一架私人飞机。那些都是小城市，机场也很小，所以一架私人飞机就很扎眼了。百慕大，巴哈马群岛，加拉加斯——就是他家住的地方。还有墨西哥的一些小城。他觉得很蹊跷，因为那飞机好像总能比他先到达目的地。就像被人知道了他的行程安排一样。"

也许是通过窃听他的电话知道的吧？毕竟这就是梅茨格、谢尔斯和五一六最爱的消遣之一。

雪茄再一次被克罗斯拿起来咀嚼。"他认得那架飞机的原因是，大部分私人飞机都是白色的，但那一架却是蓝色的。"

"有没有什么标记、名称或者编号？"

克罗斯耸耸肩："他没说。但我就想啊，有人开着喷气式飞机跟踪你？也太夸张了吧，图什么？谁会这么做啊？那些飞机不是烧的油，都是大把大把烧钱啊。"

"您还能想到什么别的事吗？"

"抱歉，没有了。"

萨克斯站起身，跟他握握手，心想，她从专车司机那边一路查到这里，终于收获一点点扎实的线索。虽然还是很让人迷惑的线索。

蓝色的私人喷气式飞机……

克罗斯叹叹气，又看了看他和莫里诺的另一张合照：这张是在雨林里拍的，他们身边围满了欢欣鼓舞的工人。很多人都拿着铲子，戴着头盔，也沾得浑身泥巴。

"跟你说哦，警探。我跟他虽然是好朋友，但我觉得我从没看懂过他。他一直看不起美国，简直恨透了。每天都挂在嘴边。我有一次跟他说：'行了啊，罗贝托，全世界唯有美国这一个国家，是你能天天骂它，也不会被真理警察在小巷里乱枪打死，或者大半夜被抓到秘密监狱里，一辈子出不来的国家，你别这么火大。'"

克罗斯又露出一个苦笑说："但他当然听不进去。"

## 52

雅各布·斯万刹住车,离阿米莉亚·萨克斯的车大概半个街区。他们又回到了林肯·莱姆的住处附近。

斯万刚才跟着她到下城区,又看着她在钱伯斯街拜访了某人,一路上都在找机会给她来一枪。但那一片太多人了。曼哈顿永远解决不了的问题——人多。如今萨克斯又回到林肯家,急匆匆地违停在老地方。

斯万上下打量着昏暗的街道,终于等到没人了。棒,此时此地适合行动,完美。他戴上橡胶手套,拿出自己的西格索尔手枪,别在了容易快速拔枪的位置。

他不准备杀掉她,不然会引起太大的骚动——过多的警察、过于严密的追捕、过大的压力。他盘算着把她的背或者腿打伤。

斯万计划,只要她一出车门,他就马上开过去停在旁边,开枪射击,然后赶紧撤离,开出几个街区之后再停下来换车牌。

萨克斯下车了,仍然警觉地四处观察,手靠着臀部附近的配枪。这严厉的目光让斯万难以行动,只好待在座位上低着头。终于,萨克斯迈开步子,斯万见状立马开门下车,但接着又愣住了。萨克斯不是往林肯家的后巷走,而是过马路到了一家中餐馆。

斯万看着她走进店里,跟柜台前的女人谈笑风生。她又看起了菜单,还点了一份外卖。她又跟一个服务生打招呼,对方也朝她微笑。

斯万回到车上往前开，在不远处找到一个停车位，停进去之后熄了火。他伸手到衣服里，再次确认了枪的位置。他的枪用起来比格洛克麻烦很多，又有保险栓又有滑套锁。但好处在于枪身比较重，这样在打出第一枪后，枪身不会因为后坐力而偏离原位太多，持续射击的稳定性和瞄准精度有所保障。枪身轻的枪就不一样了，每打一枪都需要做更多调整去重新瞄准。

斯万透过玻璃花纹观察着萨克斯。

多迷人的女人啊。

长长的红发。

高挑。

还很苗条。应该说，太瘦了。她是不喜欢吃东西吗？看起来是不像经常会煮饭的人。于是斯万开始觉得不喜欢她了。而且她还从这种地方买外卖，这种店做的饭菜一律油盐超标。可耻啊，阿米莉亚。接下来几个月你都只能躺在家里等待康复，只能吃吉露果冻①和布丁之类的东西了。

过了十分钟，萨克斯走出店外，一手提着外卖，而且跟斯万期待的一样扮演着标靶：她往那条后巷走去了。

她在路口停下来，看看袋里的餐品，检查店家有没有漏了给她加白饭，或者忘了送幸运小饼干，或者不记得配筷子。接着她一边摸索袋子里面，一边又抬脚往莱姆家走去。

斯万慢慢地把车开出来，但一辆摩托突然冲到他前面，害得他急刹避让。那骑手不知道在想什么，犹犹豫豫，好像决定不了要转弯还是继续往中央公园开。斯万快气死了，但不想按喇叭打草惊蛇，只好咬牙等着，气得血气上涌，满脸通红。

终于，骑手选择了春天绿意盎然的公园，满心欢喜地开过去了，

---

① 美国品牌吉露牌子的果冻。

斯万也赶紧加速朝那条后巷开。但就这一点点耽误让他损失巨大：萨克斯走得很快，已经到达了 L 形巷子的拐角，消失在了左侧，也就是莱姆家背后。

问题不大，甚至其实更好。他只要停下车，跟着她进去，在她开门前朝她射击就行。巷子弯曲的地形会削弱枪声，还会造成杂乱的回响，往四面八方扩散，外面没人分得清声音是从什么地方传出去的。

斯万四下观察，没有发现警察，路上车辆很少，几个路人走过，基本都沉浸在自己的世界里，没有留意这边。

斯万在巷口停车，挂到驻车挡，走出车外。他抽出枪，用风衣下摆掩着，走进那条鹅卵石路。

他复习了一下计划：开两枪，一枪打下背部，一枪打膝盖。虽然他总喜欢用刀子，但其实在射击方面他也是高手。他想着，要——

"不好意思，您能帮帮我吗？"背后一个英式口音的女声传来。

说话的是一个漂亮、苗条的女性。她大概三十出头，从衣着和状态看来正在慢跑锻炼。她站在斯万的八英尺外，就在斯万和车子打开的车门之间。

"我是外地来的，想找公园的水库，听说那边有一条不错的慢跑小道……"

她突然看见了。

斯万的风衣下摆滑开了，她看见了斯万的枪。

"哦，天哪！别，别伤害我，求你了！我什么都没看见！我发誓！"

她转身跑开，但斯万动作更快，一瞬间就赶到了她前面。她猛吸一口气想尖叫，但斯万用手刀朝她喉咙猛击，打断了她。她重重地倒在水泥地上，被杂物挡住，避开了路对面正在吵架的一对情侣的视线。

斯万再次看向楼房间的峡谷。萨克斯是不是已经进屋了呢？

可能没有。他不知道后巷在拐弯后还有多长。

但现在只剩几秒钟决策时间了。他低头看看脚边的女子。她现在无法呼吸，正嘶哑地喘着，就跟当时在巴哈马的安妮特一样，也跟在纽约的莉迪亚·福斯特一样。

该怎么办呢？他伸手捏住她的脖子，使她眼睛圆睁、嘴巴大张。

是或否？他纠结着。

快选。

最后他决定：动手。

# 53

阿米莉亚·萨克斯站在屋后的小巷里，枪举在手中，稳稳地瞄准着巷子的转弯。那份外卖被放在了地上。萨克斯保持着战斗射击姿势：双脚平行朝向敌人，稳稳扎根在地上；上身微微前倾，一手紧紧握枪，另一只手护着扳机护圈增加稳定性。持枪手要非常用力，不然后坐力可能会不足以将击发过的弹壳退出，进而影响下一颗子弹上膛。在交火的时候枪卡壳的话，说不定自己的小命就丢了。人和枪必须完美配合。

过来啊，萨克斯在心里朝对手大喊。来啊！把你的头伸过来！不用想也知道这人是五一六了，因为巴里·谢尔斯还被朗·塞利托的队伍监视着。

今天萨克斯已经几次注意到那辆浅色的轿车。第一次是在钱伯斯街，亨利·克罗斯的办公点附近，然后是回来这里的路上，最后在十五分钟前又看见一次。她看得不是很清楚，但感觉很像那天离开司机法拉达家后跟踪自己的那辆。

看着那车在自己背后不远处停下后，萨克斯就一直思索着怎么对付他。无论是呼叫支援还是自己冒险接近，都有可能引发枪战。这对于这片人口稠密的区域来说可不是好事情。

所以萨克斯决定引他进这条后巷。她故意去饭店消费，让对方跟上自己；离开饭店之前，她把枪放进了食品袋。然后她走过马路，谨慎地避免成为容易被击中的目标,到了对面之后又假装查看餐品,实际是在用余光留意对方的行动。

走进巷子之后,她快速走到拐弯处,留意到对方的车子开动却又被截停。她赶紧转弯,丢下饭菜,拔枪转身瞄准。

然后就一直等着目标出现。

他会不会把车开进来?应该不会,因为要是有货车跟在他后面进来的话,他的退路就会被堵死了。

他是不是已经下了车,朝这边快步逼近?

她两手干燥,眼睛紧张地瞪着——射击的时候绝不能眯眼,目光只能看两样东西:自己枪的前端和目标。别去管枪身末端的瞄准器,毕竟人眼无法同时把所有东西都看得清清楚楚。

快来啊!

萨克斯稳住呼吸。

他在哪儿?鬼鬼祟祟地前进,准备随时跳过拐角摆出射击姿势吗?

要是他猜到了萨克斯是在给他下套呢?那说不定他会拉过来一个路人,推到巷子里干扰萨克斯,甚至把那人当作肉盾,让萨克斯反应过激、朝无辜民众开枪。

吸气,呼气,吸气……

是不是有什么声音?一声微弱的哭喊?

是什么情况?萨克斯慢慢走到拐角处,停下,紧贴着墙面。

他究竟在哪里?他是不是也已经准备好了武器,瞄准着萨克斯可能探头的地方?

好吧,那就去一探究竟。低着身出去,随时准备射击,注意身后。

一……二……

现在!

萨克斯往前一跳,落地半蹲,举枪瞄准前面。

她的左膝一下子就崩溃了。

她还没来得及看清对方可能等候的地方,就痛得左腿一软,整个摔在鹅卵石路上。她勉强移开了扣着扳机的手指,免得误触开枪。阿米莉亚·萨克斯就这样在地上滚了一圈,痛得全身发麻,躺在地上难以动弹,简直成了三岁小孩都能击中的靶子。

就连她的双眼也不配合:疼痛逼出的泪水模糊了她的视线。

但她逼迫自己忽略疼痛,奋力改成俯卧射击姿势,抬枪瞄准前面的巷子——五一六将会从那边攻来。五一六肯定就在那边正瞄准着她,准备用空尖弹撕裂她的身体。

但那边实际上什么都没有。

萨克斯眨眨眼把泪水挤出眼外,用力地拿衣袖擦掉。

空的,空无一人。五一六走了。

她挣扎着站起来,放好手枪,慢慢地揉着自己的膝盖。她一跛一跛地走到大路边,把周围的行人都盘问了一番。但没人留意过什么浅色的汽车,没人见过什么棕色短发、身材结实、军人模样、形迹可疑的人,也没人发现什么武器。

萨克斯无奈,双手叉腰,往西看了一会儿,又往东看了一会儿。眼前一派祥和,所见都很正常,就是纽约上西区普普通通的一天。

她一边跟腿疼做斗争,一边回到后巷。哎呀,真是太疼了。她把刚刚买的外卖捡起来丢进了垃圾桶。

在纽约市的小巷里,"五秒法则"是无效的。

## 54

"您猜对了,警督!侧窗被撬过!肯定是巴里·谢尔斯或者另外那个嫌疑人偷偷来过,是他杀害安妮特之前还是之后就不知道了。"米夏尔·波提耶在二楼门廊喊道。

这是学生兼妓女安妮特·柏德尔在拿骚住的公寓。莱姆抬起头,眯眼看着晴朗的天空。他看不见波提耶,只能看到一棵大棕榈树的影子在外墙高处惬意地摇摆。

这里就是他刚刚想到的另一处犯罪现场了。他知道,那个杀手肯定会来这里搜查,确保没有任何跟自己和那次行动有关的信息留下。在安妮特刚刚失踪的时候,波提耶其实带队来过,但只是为了看看她——或她的遗体——有没有在屋里。当时房门的锁是正常的,所以警察们也没想太多。

"我推测他是杀人之后来的!"莱姆也向上喊。莱姆认为,歹徒在折磨安妮特的过程中,必定会问安妮特有没有在通信录和电脑文件里留下他的信息。对了,当然还有日记。不用想,这些东西现在肯定都没了,但莱姆心想,歹徒作案时多少留下了一些痕迹,希望能找到。

一小群本地人在附近围观,很多人的脸都被晒到发红,甚至发黑。莱姆无奈地想,其实这边的对话应该保密才对,但他和波提耶现在被遥远的二十五英尺海拔隔开了,只好通过大喊互通消息。

"你别进去,警官!让罗恩负责。"他转向普拉斯基,"菜鸟,准备得如何?"

"快好了,林肯。"他正按步骤穿上从警察总署拿来的搜证防护服,配上基本的搜证工具。

之前莱姆有时会想自己进现场搜证,但这个现场他就不用想了——这栋楼没有电梯,而楼梯又窄又旧,脆得像饼干,根本没法让两个壮汉抬着莱姆和轮椅上去。再说了,罗恩·普拉斯基其实很出色,几乎跟阿米莉亚·萨克斯一样出色。交给他就好了。

普拉斯基准备妥当,来到莱姆面前看着他,好像在等莱姆给他做一番简报。但莱姆利落地说:"这是你的现场了,该干什么你都懂的。"

年轻警官自信地点点头,踏上了楼梯。

普拉斯基走格子花了大概一个小时。

他出来时手里拿着半打证物袋,问莱姆和波提耶想不想现在就看看这些证物。莱姆纠结了一会儿,最后还是决定带回纽约再分析。

原因的一小部分是他更习惯跟梅尔·库柏一起分析、化验。

剩下的就是因为他很挂念萨克斯。但这原因他不会跟任何人说……除了萨克斯本人。

"我们回国的航班有哪些选择?"他问汤姆。

汤姆查了查手机:"如果我们半小时内赶到机场,还能赶上最近的一班机。"

莱姆看看波提耶警官。

"这里过去最多二十分钟。"波提耶说。

"考虑到巴哈马那急死人的交通状况也没问题?"莱姆反讽道。

"我有警灯可以开路啊。"

普拉斯基开始慢慢地往他们的车子走去,还穿着全套搜证服。

"你换换衣服啊,菜鸟。你穿成这样上飞机肯定会把乘客都吓死了。"

"哦,对哦。"

警灯果然有效,没过多久他们就到了机场。下车后,普拉斯基忙着搬行李,汤姆把退车手续办好,而莱姆则一直待在波提耶旁边。周围都是旅客和当地人,拥挤异常;空气很浑浊,漫天尘土;工地无休止地传来咚咚咚的响声和工人的喊话声。当然,还有那股招牌的"香气"——焚烧垃圾的气味。

莱姆想开口说话,但话到嘴边又觉得很难开口。他逼了自己一把:"警官,在陆岬的那件事,我得跟你说声对不起。你们助理署长没说错,我真的差点儿害死你。"

波提耶笑了:"没事,我们又不是图书馆管理员或者牙医之类的职业。我们当警察的都清楚,不是谁都有机会天天平安回家的。"

"即便如此,我当时还是没有尽到本分。"莱姆说着,觉得自己越来越无力,"我本可以预计到那次袭击的。"

"警督,虽然我才当上正式的警察没多久,但我也可以肯定地说,在这一行里,不可能预测到所有可能发生的事情。真挺胡来的,我们这行,工资没多少,生命危险倒是天天有;头上有政治斗争,管辖下的街道社区也乱成一锅粥。"

"我觉得你会是一名出色的警探。"

"我也希望是。我也感觉比起在工商局和交管局,现在的工作更适合我。"

警灯的闪烁吸引了莱姆,同时他还听见了警笛声。一辆警车驶开车流高速驶进了机场区域。

"啊,最后一点证物,终于来了。刚刚真担心他们赶不上。"波提耶说。

还有证物?是什么?莱姆好奇起来。无论是莫里诺遇害的地方还是安妮特的公寓,他们能搜集的证物都已经搜集齐全了啊。不久前潜水员也放弃搜索狙击枪可能掉落的弹壳了。

波提耶挥挥手,招呼那辆警车停下。

开车的是刚刚在南湾旅社出现过的那名年轻警官。他拿着一个证物袋下了车,严肃地朝着波提耶和莱姆敬了一个礼。

莱姆按捺住心中想回礼的冲动。太傻了。

波提耶接下袋子,谢过他。警官又一次敬礼,回到车上开走了——尽管他的任务已经完成了,但警车还是亮起警灯、响起警铃。

"是什么啊?"

"你不猜猜吗?"波提耶问,"我记得你的书上写着,搜查犯罪现场之前一定要先闻闻气味。"

莱姆皱起眉头,倾身前去闻了闻。

袋里飘出的是炸海螺的香气。

## 55

嘶沙……嘶沙……

雅各布·斯万正在自家厨房，穿着围裙站在砧板台旁，享用着一杯维蒙蒂诺，这是一种口味清淡的酒，喝了可以让人放松心情。他这一瓶产自风光宜人的利古里亚。① 他放下酒杯，继续磨他的旬刀——但不是他最心爱的那把切片刀，这是一把八点五英寸长的砍刀，主要用于切砍或是从骨头上把肉剔下来。

嘶沙……嘶沙……嘶沙……

刀在阿肯萨斯磨刀石上直直地从一头磨到另一头。这是斯万个人习惯的手法，他从不会让刀在磨刀石上画圈。

现在差不多晚上八点。他的唱片机播放着爵士乐，正在演奏的吉他手是拉里·科利尔②。这位音乐家无论是演奏标准曲目还是他自己创作的歌曲都很出色，甚至连古典乐也演奏得得心应手。由他诠释的《悼念公主的孔雀舞曲》简直举世无双。

刚才他收到一条短信，是总部发来的，对他今天的行动表示了赞赏，肯定了他放弃袭击萨克斯的决策。史锐夫·梅茨格又送来更多信息，但眼下还没有什么能做的。今晚斯万不用出任务了，所以他当然得好好利用这个时间休息休息，做做饭。

---

① 意大利西北部的一个邻海大区，首府是热那亚。
② 拉里·科利尔（1943—2017），美国爵士乐吉他手，被誉为"融合爵士乐的教父"。

灯光是昏黄的，百叶窗和窗帘都是合着的。

可以说，房间里现在飘着一丝浪漫暧昧的气息。斯万看看坐在一旁的那个女人。她穿着斯万的一件黑T恤和一条格子四角裤，头发散放了下来。斯万确信自己从她身上闻到一阵幽幽的花香，还点缀着一点点辛辣。气味和味道从不分家，所以斯万在感冒或犯鼻窦炎的时候就不会认认真真做大餐了——因为对于闻不到香气的病人来说，食物就只剩补充能量的作用了，还费那么多功夫干吗？

诚然，这样对待食物也是一种无奈的罪过。

女人回头看了看身后。她叫卡罗尔·菲奥利①，英国人姓这个可真不常见。她正轻轻地抽泣着。

她不时还会发出"呃嗯、呃嗯"的声音，就像她刚刚受到袭击的时候一样。早些时候，热爱慢跑的卡罗尔无意中打乱了斯万废掉萨克斯的计划，被斯万重击喉咙、丢进后备厢，流畅地带离现场。斯万高速驶离，回到自己家。以后再去搞定那警探也不晚。

回到布鲁克林后，他把卡罗尔拖进家里。尽管她声称自己是跟"朋友们"一起来旅游的，但斯万很快就查明，她其实只身一人，打算花一个月时间环游美国，然后写一本游记之类的。

只身一人……

斯万刚刚还踌躇要怎么处理这件战利品。

现在他有主意了。

是或否？

选"是"。

她现在放弃了用哀求的目光看着斯万和用哀求的声音低泣，转而用泪汪汪的双眼看着磨刀石上嘶沙、嘶沙打磨的刀子。她偶尔会摇摇头。斯万把她绑在了一张很舒适的教会风椅子上，让她手脚无法动弹——就跟莉迪亚·福斯特一样。

---

①原文 Carol Fiori，"fiori"为意大利语"鲜花"的意思。

"求你了……"她低声说,眼睛还是盯着刀。噢,原来还没完全放弃哀求啊。

斯万用大拇指谨慎地检查了一下刀刃的锋利程度。反馈的力度刚刚好:磨得很完美。他又呷了一口酒,打开冰箱挑选食材。

雅各布·斯万在还是个孩子——远在大学之前、远在参军之前、更远在退伍后从事的这份工作之前——的时候,就已经懂得要敬爱食物。父母在家的时间经常无法确定,唯有准备晚餐和用晚餐时肯定会在,小小的雅各布也很珍惜这仅有的和父母相处的时间。

巴尔奇·安德鲁·斯万不是一个凶狠严厉的人,也不喜好施虐,只是有点冷淡,与家人比较疏远。他一天到晚地工作,闲暇时总是沉迷于搞自己的阴谋论或者其他杂事,多数这些习惯可能跟他在大西洋城赌场的工作有关。小小的雅各布其实不知道爸爸实际的工作,从雅各布现在的工作推测,爸爸大概也是执法机关的人吧?就是基因啊、遗传啊那些说法。但雅各布和妈妈很清楚爸爸的习性:他是个贪吃鬼。只要摆出一道道美食,就能轻易抓住他。

玛丽安·斯万并不是天生的厨神,甚至可能曾经很抗拒做饭。她是在跟安德鲁交往后才开始练习烹饪的。雅各布听过她跟一个闺蜜聊天时提起她刚开始学做饭时的情形。

"这什么啊?"安德鲁生气地问。

"速食通心粉,配了一点利马豆,还——"

"你不是跟我说你会做饭的吗?"

"是我做的啊!"她朝平底锅挥挥手。

安德鲁扯下脖子上的餐巾,头也不回地回他的赌场去了。

于是,玛丽安第二天就去买了一本贝蒂妙厨[①]烹饪手册,开始努力学习烹饪技法。

每天下午,她都会在家做饭。小小的雅各布会在一旁看着她焦

---

[①] 贝蒂妙厨(Betty Crocker)是财富五百强企业美国通用磨坊食品公司(GENER-ALMILLS)旗下的品牌,成立于一九二一年。

头烂额地处理法式烧汁烤鸡,或是香煎鳕鱼。她从没学过烹饪的各种基础知识(最理论的当然都是化学和物理了),每次做饭的时候都像打仗;她处理牛排或者比目鱼肉或者面粉的时候总是手忙脚乱,好像她前半辈子没见过这些东西一样。她调的酱汁总是浓稠不均,味道奇怪,而且必定会过咸——但安德鲁从没说过这个问题,那就当没有过咸吧。

跟冷静从容的儿子不一样,玛丽安每次做饭前和做饭的时候都会有点紧张,于是为了缓解压力,她总要喝下不止一杯红酒,有时候是威士忌,或者酒柜里有什么就喝什么。

但她很努力练习,最终做出的饭菜能把安德鲁留在餐桌旁大概一小时。但不管怎样,随着用完点心后叉子在瓷碟上"叮"地一敲、最后一口咖啡被猛地灌下——他从不小口啜饮——安德鲁还是会起身离开,去地下室搞他的神秘事业,或者出去泡酒吧,或者回赌场。又或者,是去跟哪个邻居做不可描述的事——长大后懂得了性知识的雅各布猜测。

放学后,雅各布要么忙着在摔跤场把对手摔到地上,要么在校射击队练习,除此之外的时间他都会待在自家厨房,看妈妈买的烹饪书。而妈妈就在他旁边一步步地毁掉厨房。她做饭的时候,会把番茄酱和牛奶洒得到处都是,罂粟籽的壳随处可见,香料、面粉、玉米淀粉和内脏碎块漫天飞舞。当然还有血迹。活脱脱一个战场。

有时候,妈妈实在太累了,就会叫雅各布帮忙切一下软骨、剔一下筋膜,或者把牛肉切片。玛丽安好像认为男孩天生更懂得用刀,而对于使用打蛋器则不太拿手。

"哎哟我瞧瞧,宝贝,你切得真好!你就是我的小小屠夫男子汉。"

渐渐地,雅各布发现自己揽的活越来越多,比如凭直觉加调料拯救一锅炖肉,把肉片切得更薄更整齐,或者抢在溢锅灾难发生前把火调小。妈妈越来越轻松了,她会拍拍雅各布的脸颊表示夸奖,然后惬意地倒更多酒来喝。

斯万不再沉溺于回忆,看了看被他绑在椅子上的女人。

他还是对这女人坏了他计划的事情耿耿于怀。

她继续啜泣着。

斯万撇下她,回身继续做今晚的三道菜。前菜是蒸芦笋,不是用单纯的白开水,而是要先在水里兑上适量的苦艾酒、加上一片新鲜的月桂叶和一点点鼠尾草,再入锅蒸制。蒸好出锅后,把芦笋盛到铺了野苣叶的碟子里,点上一点自制的荷兰酱①——"点"这个动作尤其关键,因为蛋黄配黄油太诱人,很容易手抖放过量,一定得注意。至于蒸制芦笋,技巧自然是把握好时间。罗马人有句俗话说得好:办事快又稳,正如煮芦笋。

斯万喝下一口酒,着手准备蒸芦笋要用的汤汁。他需要香料时,抬手就从窗台的方形花盆里摘了几片。

在妈妈去世——酒后驾车、没系安全带还开到时速八十二英里——之后,年仅十六岁的雅各布就接管了整个厨房。

妈妈撒手走了,家里只剩爸爸和儿子。

雅各布跟妈妈一样,都是靠美食来稳住爸爸安德鲁,仅有的区别是,雅各布很享受烹饪,而且做出来的饭菜比妈妈好得多。他每顿都习惯做一系列菜品——好像正式的餐厅主厨一样——以此来延长父子相处的时间。后来,雅各布又发现了自己另一个跟妈妈不同的地方:比起吃饭的时间,雅各布更喜欢烹饪的时光。他进一步发现自己其实也没多喜欢爸爸。反正爸爸也不会跟儿子讨论小孩喜欢的东西,比如电子游戏、跆拳道、摔跤、打猎和枪械,等等。不如说,安德鲁根本不会提起他自己以外的事物。

雅各布十八岁那一年的某天,爸爸带了一个金发美女,是真的特别漂亮的金发美女回家。他跟这美女炫耀自己的儿子是"特别出

---

① 一般由黄油、蛋黄、醋等制成。

色的厨师"，就好像在跟人炫耀自己小拇指上俗气的戒指一样。他对雅各布说："给我们辛迪做些好吃的，好吧？给我们的大美女做顿美餐。"

那时的雅各布已经很了解大肠杆菌的作用和培养方法。他很想往菜里加上一些，让二十四岁的美女辛迪呕吐致死，或者起码呕吐不止。但他敬爱食物的心阻止了他主动毁掉自己做的饭菜。最终，他做的奶酪火腿鸡排让美女辛迪赞不绝口。处理鸡胸肉时，斯万没有用敲肉锤把肉锤松，而是直接用刀切成薄片，用来包裹格鲁耶尔芝士和产自帕尔马的烟熏火腿——加上火腿是雅各布自己想出来的创意。

屠夫男子汉……

之后不久，恐怖袭击重创美国。雅各布报名参军的时候，要填一份问卷，其中一题问到报名者的兴趣特长。但他没有把自己喜欢烹饪且厨艺精湛的事情写上去，因为他可不想接下来四年就待在食堂给士兵们做饭。想想就知道，用食堂那些简陋的大型设备给上千人做饭根本不会有乐趣可言，甚至会是地狱般的煎熬。他来参军最想做的就是杀死敌人。或者把他们折磨得痛不欲生、惨叫连连。或者两样都要。他觉得从屠宰的角度来看，人和其他动物没什么区别。其实，你想想，肉牛、小羊羔犯过什么错？但人从来都是毫不犹豫地把它们剁开两半；至于人，谁都犯下过或轻或重的罪行，我们准备杀人的时候却还是天天婆婆妈妈，不敢刀枪伺候。

啊，应该改成"只有我们中的一些"会这样犹豫吧。

他又看看卡罗尔。她身上的肌肉线条很美，但肤色惨白。也许她一般是在健身房锻炼，或者出门总会涂防晒。斯万给她端去一杯酒，但她摇头拒绝了。斯万又给她拿去一瓶水，这次她接受了，斯万喂她喝了半瓶。

今晚的第二道菜是斯万自己改良过的"马铃薯安娜"。把金黄的马铃薯去皮，切成圆圆的薄片，螺旋相叠排列，加上黄油、橄榄油、大量海盐和胡椒,在圆心抹上一团他自己打发的法式酸奶油——打发时他会加上一小滴新鲜的枫木糖浆。最后再撒上黑松露碎。斯万把马铃薯安排在平底锅里,先拿到火上煎熟,再放进美乐牌烤箱把表皮烤得焦脆。

马铃薯,枫木,黑松露,押韵了,没想到吧?

嗯,斯万感觉开始饿了。

雅各布二十出头的时候,爸爸也去世了,死因是强烈的肠胃疼痛,但疼痛不是溃疡或癌症引起的,而是四颗九毫米口径的子弹。

年轻的士兵雅各布发誓要为父报仇,但最后也没有结果,因为想杀他爸爸的人太多了。安德鲁在大西洋城背叛了各种各样的人,上上下下都得罪了个遍。真不是什么好事,安德鲁理应明白的。要从那么多嫌疑人里找到真凶可太难了。何况,雅各布其实也没那么难过。在爸爸的葬礼结束后,雅各布还为前来吊唁的宾客办了一场招待会,说不定来宾里就隐藏着真凶,但也没法确定。雅各布只是玩了一个小小的把戏当作"复仇":当天的主菜是加了辣味的番茄橄榄意大利面,意大利语里叫"penne alla puttanesca",可以理解为"仿如妓女"。他做这道菜是为了向爸爸在世时最后一任女友"致敬"。这位女友当时才刚坐上辛迪的位置不久。

至于今晚,雅各布·斯万的第三道菜,也是主菜,将会比较特别。莫里诺案的后续任务实在累人,他想好好犒劳一下自己。

主菜将是维罗妮卡风。他将葡萄切成圆片,又将红葱头切成一致的薄片,然后自制了一点加红酒的奶油酱(斯万从不喜欢用醋),把切好的薄片拌进去。因为菜品里已经有葡萄了,所以酒的用量也相应降低了一点。

他会把肉片成近乎透明的薄片,裹上 T45 法式蛋糕面粉[①],然后放到炒锅里,用黄油加橄榄油猛火爆炒(必须两种油一起用,只用

---

① T 加标号为法国面粉的分类方法,数字是指灰分在面粉中的百分比含量,如 T45 指该面粉的灰分比例为 0.45%。

牛油的话你的锅会比翻了车的油罐车更容易着火)。

　　闲下来时,他又给卡罗尔递水,但她不想喝了。看来她放弃生的希望了。

　　"别紧张嘛。"斯万轻轻地说。

　　蒸锅里,兑水苦艾酒翻腾着;烤箱里,马铃薯闪着黄灿灿的光;黄油和橄榄油惬意地滋滋作响,扬起美妙的香气。

　　趁有时间,斯万把刚用过的切肉砧板洗擦干净。

　　办正事之前,还得享受一点酒。他打开一瓶云雾之湾[①]酿造的新西兰长相思干白葡萄酒,给自己倒上了一杯。云雾之湾是全球顶级的酒庄之一。他本来考虑过喝同为云雾之湾出品的罗盘年份起泡酒,但毕竟他自己没法很快喝完一整瓶,而一旦开瓶,酒里的气泡就很难留住了,所以还是以后再考虑吧。

---

①新西兰著名酒庄。

## 第五部分　百万美元子弹

### 五月十八日，星期四

# 56

"晒黑了呢。"塞利托说。

"我没有。"

"绝对晒黑了。你该涂防晒霜的啊,林肯。"

"我他妈才没有晒黑。"莱姆不服输地小声嘟囔道。

"我也觉得是晒黑了。"汤姆补了一刀。

现在是早上八点左右。汤姆、普拉斯基和莱姆昨晚回到美国、踏出飞机时已经很晚,将近十一点了。一到家,汤姆就催促莱姆赶紧洗漱睡觉,办案的事靠后站,明早再说,没得商量。

其实莱姆也没打算耍脾气:他累坏了。尤其是掉进水里那件事,更是让他受到了重创。应该说整趟旅程都非常累人。即便如此,莱姆还是在今早六点半准时自然醒,迫不及待地按下床边的呼唤铃将汤姆召来。汤姆常说这按钮简直太像唐顿庄园了,但莱姆不知道这是什么意思。

如今,莱姆家的起居室终于热闹起来,因为塞利托、库柏和萨克斯都在。罗恩·普拉斯基(他才是明显晒黑了的那个)也刚刚进门。南希·洛蕾尔有别的案子要出庭,所以还没来。

莱姆坐上了新的轮椅:一台美利驰远景专业版,灰色的主体搭配红色的防泥挡板,还挺好看的。这台轮椅是厂家昨天紧急配送并组装的,赶在大家从巴哈马回来前刚好完成。汤姆在登机前打电话给保险公司,谈下了这宗快速交易。汤姆说:"我告诉他们你原来的轮椅是因为'没入十英尺深的水中'报废的,他们听完都傻了,说不出话。"

莱姆亲自挑选了这台轮椅,因为他听说这一款的避震性能很好。他以前那不爱外出的"病"和社交恐惧症如今改善了很多——大部分功劳要归于这次的巴哈马之旅。他重新燃起了自己搜查现场的渴望,甚至还想再去旅游,为此他需要一台适应性很高、能载他到很多地方的轮椅。

美利驰公司针对莱姆的身体状况定制了一些小改造——比如装了专门的束带,来固定他动不了的左臂;在他左手的位置安装了触控板,供他的无名指操作;还有最关键的:一个杯架,规格足够大,无论是放咖啡杯还是威士忌杯都没问题。莱姆现在就在用吸管愉快地喝着一杯拿铁。 他依次看看塞利托、萨克斯和普拉斯基,然后看着白板上的笔记,研究自己不在的这段时间萨克斯的调查进度。

"时间不等人。"他看着特勤令说,"如果我们再不采取措施,拉希德先生一两天后就会遇上他的专属狙击手了。来看看我们都找到了些什么。"他在白板前来回移动,查看咖啡店爆炸案和莉迪亚·福斯特遇害案的调查笔记。

"一架蓝色的飞机?"他指着那行文字发问。

萨克斯把亨利·克罗斯的说法告诉了莱姆。

"我找迈尔斯队长借了一名警员在查,但目前为止还没查到什么,毕竟没有哪个数据库是根据机身颜色分类飞机的。如果它最近被交易了,那某些掮客手上可能会有图片和文字资料。他会继续查的。"

"那行,再来看看巴哈马找到的东西吧。首先,是击杀室。"

莱姆向萨克斯和库柏解释了旅社的现场遭到破坏的事。但他们还是带回来了一些有用的东西,包括当地警方做的验尸报告、遗体的照片和最初的那份简陋无比的案发现场调查报告。萨克斯拿出照片，贴到了白板上。

接下来半小时，萨克斯和库柏着手把枪击案中遇害的三人的衣物等证物拆包，并进行化验分析。他们预先铺好大张的无菌垫纸，再把衣物放在上面进行检查，并刮下微量证物拿去分析。

三位死者鞋子沾上的纤维和泥土，都跟旅社室内的地毯纤维和室外的泥土样本相符；他们的衣服上除了有相近的纤维和泥土，还有一点食物残渣，推测是来自早餐，因为他们在午餐时间前就被杀害了。在莫里诺和他保镖的衣物上，库柏找到了糕点碎、培根碎和果酱的痕迹，而在记者的外套上，则有牙买加胡椒和未能确定种类的辣酱的痕迹。莫里诺和他保镖的袖子、袖口和鞋子上还有一点原油，推测是星期一外出与人见面时沾上的。新普罗维登斯岛上没有多少炼油厂，所以也许他们当天是在码头附近吃的晚饭。保镖的衬衣上还有一点香烟灰。

线索被逐一记到白板上，莱姆大致看了看，但没有沉迷其中。毕竟，狙击手开枪时离现场足有一英里远，而即使五一六曾经潜入过那个套间，他留下的痕迹也早就被翻修工作清除了。

他说："该看看验尸报告了。"

但报告里也没什么新鲜事。莫里诺的死因是胸口遭受严重的枪击，另外两人则是被大量玻璃碎片划伤，失血过多而死。他们身上的划痕多数有三四毫米宽，两三厘米长。

库柏又转而检查烟头和糖纸等证物，但也没找到有用的信息。烟头跟保镖身上带的万宝路香烟一致，糖果则是来自一份礼物，是莫里诺入住旅社当天收到的。至于普拉斯基提取到的指纹，在任何数据库里都没有匹配的记录。毫不意外。

"好吧，再看看那个妓女的住处。安妮特·柏德尔。"

普拉斯基的工作完成得十分出色。他先是在歹徒闯入的地方和翻找过的地方搜集了很多微量证物，又采集了房子里很多原有物品的样本，以便通过比对更好地区分哪些是歹徒留下的。库柏认真地检查着，偶尔会把一些样品放进气相色谱分析仪。最后，他向大家宣布："第一，我们找到了一点二冲程引擎的燃料。"

二冲程引擎体积比较小，顾名思义只有两个冲程，常见于雪地摩托或者链锯。在二冲程引擎中，润滑油会直接跟汽油混合。

"可能是水上摩托，"莱姆说，"她在一家潜水用品店兼职，也许不是嫌疑人带去的，但还是先记下。"

"然后有一点沙子，"库柏又说，"还带有海水残余。"他拿着元素分析结果去跟前两个现场的数据对比了一下，"这跟阿米莉亚在爪哇小憩找到的沙子基本一致。"

莱姆扬扬眉毛："啊，能把五一六和巴哈马联系起来的一条实在线索。我就知道肯定是他去过安妮特的住处，现在我还百分之九十九确定他是预先到南湾旅社勘察场地的人。有没有什么能把他跟莉迪亚·福斯特联系上？"

普拉斯基说："那根棕色的头发！波提耶下士形容过前去勘察那人的外貌特征！"

"这个只能算有可能，不能确凿地证明。你继续，梅尔。"

梅尔正透过显微镜观察一件样本："这东西有点怪。一片橘色的薄膜。我用气相色谱分析仪分析一下。"

几分钟后，结果出来了。

库柏读道："DHA，C22:6n-3。是二十二碳六烯酸。"

"鱼油。"莱姆看着一块屏幕说。屏幕上是显微镜下的景象。他补充道："还有那块薄膜——右上角那里，看见了吗？我觉得是鱼卵、鱼子，或者鱼子酱。"

"还有一些 $C_8H_8O_3$。"库柏又说。

"这个就难倒我了。"莱姆喃喃地说。

只花了三十秒他们就搜索到了结果："是香兰素。"

"这么说，是香草的提取物吗？"

"对。"

"汤姆！汤姆，过来！你他妈哪儿去了？"

护理的声音随即飘进房间："怎么了？"

"你，现在，立刻过来。"

汤姆过来了。他把卷起的衣袖放下来："这么彬彬有礼的邀请，我怎么可能拒绝得了呢？"

萨克斯哈哈大笑。

莱姆不高兴地皱起眉："看看这里的表格，汤姆。调用一下你的厨师大脑，告诉我你看到这些条目会想到什么？二十二碳六烯酸是鱼子酱，$C_8H_8O_3$是香草。"

护理汤姆站在那里看了好一会儿，然后微微地笑了："有点印象……等一下。"他到旁边一台电脑打开了《纽约时报》的网页，搜索了一些东西，"唔……这就有趣了。"

莱姆看不见他到底在电脑上弄了什么，心里着急，就说："什么东西这么有趣？你能不能分享一下？"

"在另外那两个现场——莉迪亚·福斯特家和爪哇小憩——找到了朝鲜蓟和甘草，对吧？"

"没错。"库柏确认道。

汤姆把电脑屏幕转向大家："把这四种食材搭配在一起，就可以做出'拼花鹅'餐厅出品的一道十分昂贵的菜了。最近在美食栏目上刚刊登过介绍它的文章呢。"

"拼花……什么玩意儿啊？"塞利托小声地说。

萨克斯回答道："这是城里最高档的餐厅之一了。在那里吃一顿饭大概要花四个小时，餐厅会按顺序端上七八道菜，还会按照每道菜的口味送上搭配好的红酒。听说他们会搞分子料理之类的东西，比如用液氮或者丁烷喷枪烹饪什么的。不过当然，我可没去过。"

"就是这样。"汤姆对着电脑点点头说。他在看的好像是菜谱，"我刚刚说的那道菜是这样：鲑鱼搭配甘草浓汤煮过的朝鲜蓟，再加上鱼子和蛋黄酱作为点缀。你的嫌疑人，竟然在现场留下了这些食材？"

"是啊。"萨克斯说。

塞利托问："难道他在那家餐厅工作？"

汤姆摇了摇头："应该不是。在那种餐厅上班，一般每周要上六天，每班要上十二个小时，没时间留给他当职业杀手。另外，我也觉得不会是客人。在那么高级的餐厅吃饭，一般不会弄到自己的衣服上吧？就算沾到了，应该也不至于几个小时都不脱落。我猜他是自己在家照着菜谱尝试做这道菜。"

"很好，很好。"莱姆低声说，"现在，我们已经知道了五一六在五月十六日到巴哈马杀害了安妮特·柏德尔，在爪哇小憩引爆了自制炸弹，还杀害了莉迪亚·福斯特。他还很可能是狙击发生之前去现场勘查的人。是他帮助巴里·谢尔斯做任务前的准备。"

萨克斯接道："还知道了他可能喜欢烹饪。说不定他以前是职业厨师呢，这点可能有用。"

库柏拿起手机接听了一通电话。莱姆没听到铃响，不知道是因为库柏的手机调了震动模式，还是因为自己耳朵里还有海水堵着。唉，谁知道啊，他的眼睛都还在疼呢。

库柏最后感谢了来电者，然后又向大家宣布："我们化验了阿米莉亚在莉迪亚家找到的头发毛囊，刚刚的电话就是结果通报。什么都查不到。无论那人是谁，他都没在 DNA 资料库里留下过记录。"

萨克斯把最新的这些信息都记到白板上。莱姆说："现在好歹有些进展了。但是告倒梅茨格的关键是狙击步枪，而找到狙击步枪的关键是那颗子弹。我们快仔细看看它吧！"

# 57

人类早在上千年前就开始用火器互相残杀了，但分析枪械和子弹的科学才发展起来没多久。

十九世纪中叶的某起案件中，英国的一些调查人员比对了一颗子弹跟铸造它的模具，发现两者是匹配的。有这个证据摆在面前，嫌疑人只好承认了自己犯下的罪行。这大概就是这项技术史上首次被运用在实践中的故事。在一九〇二年的另一起案件中，一位专家证人（伟大的奥利弗·温德尔·霍姆斯[1]）用嫌疑人的枪进行测试射击，将打出的弹头跟案件中的弹头比较，得出两者匹配的结论，最终协助检察官顺利地给嫌疑人定了罪。

但直到一九二五年，医生兼刑侦科学家凯尔文·戈达德[2]出版了《刑侦弹道学》一书后，这一学科才算真正开始腾飞。作为弹道学之父，戈达德至今仍受人敬仰。

莱姆计划运用戈达德在九十年前定下的规则达成三个小目标。第一，确定子弹的种类；第二，根据子弹的情况，确定哪种型号的枪能发射这种子弹；第三，追溯到实际发射了这颗子弹的那把枪，

---

[1] 奥利弗·温德尔·霍姆斯（Oliver Wendell Holmes Jr., 1841年3月8日—1935年3月6日），美国著名法学家，美国最高法院大法官。
[2] 凯尔文·戈达德（1891—1955），美国刑侦专家，主要成就有建立当时最简洁明了的子弹数据库和全美首个独立刑侦实验室等。

再联系到狙击手巴里·谢尔斯。

他们现在着手展开第一步,研究子弹本身。

萨克斯戴好防护面具和手套,打开了塑料证物袋,取出那颗子弹:一团严重扭曲变形的铜铅合金。她先用肉眼仔细地观察了一番:"有点奇怪,这子弹挺罕见的。首先,它体积很大,应该有三百格令[①]重。"

一般经由枪械打出的子弹头,都以"格令"作为重量单位。一颗弹头若重三百格令,那几乎相当于四分之三盎司重。大部分猎枪、战斗用枪甚至狙击步枪射出的子弹头都只有约一百八十格令重。

萨克斯又拿出一块测径规,测量了弹头的口径:"口径也很少见。很大,是点四二〇口径的。"

莱姆皱皱眉:"不是点四一六吗?"这是他之前第一次看见这颗子弹时的估算。点四一六是近年来开始流行的子弹口径,由著名的巴雷特武器公司设计出品,改进自风靡全球的点五〇口径狙击子弹。有一些国家和美国的部分州已经立法禁止平民使用点五〇口径的子弹,但点四一六在大部分地区还是合法的。

"不,这颗肯定要更大一点。"她接着用低倍数显微镜进一步查看,"经过复杂的改造……本来是空尖弹……尖端换成了塑料——就是一颗改造过的尖头子弹。"

武器制造厂商开始将空气动力学应用在子弹上的时间,就是在飞机出现后不久,这谁都想得到。尖头子弹是专为长距离步枪射击设计的。高度流线型的造型能让它获得极好的准确性,命中率较高;但缺点是由于造型过于顺滑,它击中目标后常常只是保持原状,造成的伤害远不如钝头的空尖弹——因为钝头的空尖弹在射入人体后,会因撞击而改变路径并变形,在躯体内撕裂出巨大的空腔,造成严重的伤害。

---

①是历史上使用过的一种重量单位,最初在英格兰定义一颗大麦粒的重量为一格令。

后来有厂家想出了一个解决办法：将子弹最尖端改成塑料零件。这样，子弹便保持了原有的流线型外壳，但当击中目标后，塑料尖端会因撞击而脱落，尖头子弹就顺利变成了钝头子弹，可以大肆制造伤害了。

这就是巴里·谢尔斯用来杀死罗伯特·莫里诺的子弹。

萨克斯补充说，除了基础的流线型造型外，子弹的尾部还有仿船体设计——尾部收窄，类似赛艇。这样更有利于减少子弹在飞行过程中遇到的空气阻力。

她总结道："这枚子弹又大又重，射击精度高得离谱，"她又点了点莫里诺遇害的照片，可以看到血液和人体组织被炸得四处飞溅，"而且破坏力惊人。"

她从子弹上刮下一些射击残余物进行化验，包括火药点燃后在子弹上留下的气体和颗粒物等。"真是顶级中的顶级，"她说，"雷管是联邦二一〇竞赛级别的质量，火药是霍奇登①极致压制火药，稳定性极好。这算是子弹中的法拉利了。"

"哪个厂家制造的呢？"这是问题的关键。

他们在网上搜索了一番，却几乎没查到有用的信息。温彻斯特、雷明顿和联邦等大厂家都没有生产过这样的子弹，也没有查到哪个弹药零售商出售过这款产品。但最后，萨克斯还是在一个冷门的射击论坛上找到了相关信息：在新泽西州有一家武器厂叫沃克防御系统公司，生产塑料制尖端、船尾型、点四二〇口径的空尖弹。

萨克斯看看莱姆："他们的产品只出售给军队、警方……以及联邦政府。"

很好。现在，第一个小目标——确定子弹信息——已经达成了。下一步就是找出发射这颗子弹的枪。

"首先，"莱姆问，"这把枪会是哪种设计？全手动、半自动、三

---
①火药制造厂商。

连发还是全自动呢？萨克斯，你怎么看？"

"狙击手不会用全自动和三连发的，因为枪身会被后坐力推动，在远距离射击中，开完第一枪后重新瞄准非常不方便。如果是全手动的话，他就没机会开三枪了，因为只要第一枪没打中，目标肯定会受惊、赶紧藏起来。我这一票投给半自动。"

塞利托说："不会很难找的，肯定只有一两种枪能发射这种子弹，毕竟它还挺独一无二的。"

"挺独一无二的，哼，"莱姆脱口而出讽刺道，"你这个说法就像在说谁'有点怀孕了'一样。"

"啊，林肯，"塞利托欢快地回应，"你有没有考虑过去小学教书？孩子们肯定爱死你了。"

莱姆虽然说着那样的话，但他知道塞利托其实很正确。子弹越罕见，适合使用它的枪的种类也就越少。这样，确定枪械这一步就比较容易了；相应地，根据枪械追查到巴里·谢尔斯也会更容易。

想把子弹跟枪械联系起来，需要两个要素，一个是口径，他们现在已经知道了；另一个则是膛线特征。

当今时代所有枪械的枪管里都有螺旋的刻线，这些刻线会使子弹旋转起来、获得更好的飞行稳定性，最终提高射击精度，这就是膛线。虽然在英语里这叫"rifling"[①]，但其实也适用于手枪膛线。枪械制造商会根据枪本身、子弹和意欲射击的目标的不同去刻膛线。膛线凹处为阴线，凸起为阳线。膛线的螺旋会决定子弹旋转的方向是顺时针还是逆时针，而旋转的速度则取决于子弹在枪管中旋转的次数。

经过观察和测量，他们知道了巴里·谢尔斯的枪会使子弹逆时针旋转，每十英寸旋转一圈。

这点也很少见。莱姆知道，一般的膛线会更加密集，旋转圈数

---

[①]词根为"rifle"，指来复枪、步枪。

与运行距离的比率一般是一比七或一比八。

"意味着是根长枪管对吗？"莱姆问库柏。

"对。非常长。奇怪。"

既然已经得知口径和膛线特征，一般来说是很容易查出相应规格的半自动来复枪的。只要把已知数据输入弹道数据库，电脑几秒钟后就会给出答案。

但大家早已清楚，本案里就没有常见的事。

萨克斯在她的电脑上查询了一番，然后报告说："没有任何相符的结果。没有任何武器制造商制造这样的枪。"

"还能不能想到关于这把枪的其他事？"莱姆问，"看看现场的照片，莫里诺的尸体。看看能不能发现什么？"

库柏推了推眼镜，转向白板，仔细地研究那些照片，上身前后晃动。要说有谁能看出更多的信息，那只能是梅尔·库柏了。这位警探常年活跃于有上百年历史的国际刑侦联盟，并获得了联盟内所有研究领域的最高证书，包括法医学、鞋靴及轮胎印迹分析、刑侦摄影／绘图、全手指纹分析、潜在指纹分析以及血迹溅射模式分析，等等。顺带一提，最后这项是库柏和莱姆共同的爱好。

库柏能像医生分析 X 光片一样分析犯罪现场照片。他开口了："啊，你们看，血液的溅射。"他指着照片上飞溅到沙发和地板上的血液、肉块和碎骨，"他是从两千码的距离开枪的，对吗？"

"只能说大概这么多。"莱姆回答。

"阿米莉亚，以那颗子弹那么大的体积，一般的飞行速度能到多少？"

萨克斯耸耸肩："离枪的瞬间最多是两千七百英尺每秒。至于击中目标时的速度？我觉得大概一千八百英尺每秒。"

但库柏摇摇头："那颗子弹击中莫里诺的时候速度超过三千英尺每秒。"

萨克斯惊讶地说："真的？"

"我很肯定。"

"那真快,太快了。进一步说明这枪的枪管极长,另外,子弹里也填装了大量火药。一般来说,这样大小的子弹大概会装四十格令或四十二格令的推进剂,但既然你说这颗达到这样的速度,我认为它起码多装了一倍的量。而且枪的机匣是专门加强过的。"

机匣是步枪的重要组成部分,用于固定待发射的子弹。机匣比枪管厚实,以抵御刚开枪时巨大的气压。要是机匣不够坚固,扳机被扣下的瞬间枪就可能整个炸开。

"有什么结论?"

"有,"萨克斯说,"那个巴里·谢尔斯,或者是 NIOS 的其他人自制了这把枪。"

莱姆哭笑不得地说:"就是说,没法通过销售序列号之类的查到他们了。妈的。"

他定下的第三个小目标一下子变得非常难以达成。

萨克斯说:"我们还在等信息技术部的数据挖掘反馈。也许他们能查到谢尔斯购买枪械零件或工具的记录呢。"

莱姆耸耸肩:"没事。我们再看看子弹上还能找到什么。梅尔,摩擦脊[①]的情况?"

即使子弹穿越空气、击穿人体,其上原有的指纹也能留存,甚至有时候连击穿墙壁的子弹上也还能找到指纹。

有指纹就能证明巴里·谢尔斯曾赤手碰过子弹了。只可惜想得太美。萨克斯戴着护目镜,用多波域光源棒扫描了子弹之后说:"一点都没有。"

"微量证物呢?"

库柏边仔细地检查着边说:"有一点点窗户的玻璃碎屑。"他用镊子夹下一些极小的物质,放到显微镜下观察。

---

① 即指纹。

"植物。"莱姆看着显示器上的画面猜测到。

"对，"库柏说着，进行了一次化学检测，"是漆醇，一种可致皮肤过敏的过敏源。"他抬起头，"毒藤，毒漆藤一类的？"

"啊，那棵漆树。就在击杀室窗外。肯定是子弹擦过了一片树叶。"

库柏还找到一些纤维和血液。纤维跟莫里诺的衣物匹配，血液也跟莫里诺是同一血型。

他说："子弹上能找到的东西就这么多了。"

莱姆驾着新轮椅转向证据板，说："罗恩，能不能麻烦你，用在天主教学校练出来的美丽字体把最新的信息补上去？我需要可视化全局情况。"他没忍住学了一下那位缺席的领导人——比尔·迈尔斯警督——的奇怪语言习惯。

# 58

## 罗伯特·莫里诺凶杀案

**犯罪现场一**

- 巴哈马群岛新普罗维登斯岛，南湾旅社，一二〇〇号套房（击杀室）。
- 五月九日。
- 被害者①：**罗伯特·莫里诺**。
  - 死因：枪击，胸口中一枪身亡。
  - 备注：莫里诺，三十八岁，美国公民，旅居海外，居于委内瑞拉。反美情绪强烈。绰号"真理的信使"。已确定"消失得无影无踪"及"把它们充好气"等跟恐怖主义无关。
  - 所穿鞋子沾有旅社走廊地毯纤维、旅社入口的泥土以及少量原油。
  - 衣物沾有早餐食物残余：糕点碎、培根碎和果酱，另再次发现原油痕迹。
  - 四月三十日至五月二日于纽约市逗留三天。目的？
  - 五月一日，租用了精英礼宾车公司的服务。
  - 司机为阿塔什·法拉达（莫里诺常用司机为弗拉德·尼科洛夫，当天因病请假，目前还在尝试联络）。

- 注销了其在美国独立银行与信托公司还有其他银行的账户。
- 与翻译员莉迪亚·福斯特（已被未知嫌疑人五一六杀害）共同乘车，到访市内数个地点。
- 反美情绪原因：最好的朋友于一九八九的巴拿马侵略战争中被美军杀害。
- 此次是莫里诺最后一次到美国。曾表示不会再到美国。
- 在华尔街的会面。目的？具体地址？
  该区域无恐怖主义活动的记录。
- 与俄罗斯和阿联酋（迪拜）的慈善机构、巴西大使馆中未明身份的工作人员会面。
- 与亨利·克罗斯会面。亨利·克罗斯，美洲学堂基金会负责人。提及莫里诺曾约见其他慈善机构，但不清楚准确机构名。提及有人跟踪莫里诺，白人，外形强壮。提及有私人飞机尾随莫里诺？蓝色喷气式飞机。详情待查。

- **被害者②：爱德华多·德·拉·鲁亚。**
  - 死因：被碎玻璃严重划伤，失血过多身亡，伤口三毫米到四毫米宽，二厘米到三厘米长。
  - 备注：记者。案发时正对莫里诺进行采访。出生于波多黎各，居于阿根廷。
  - 相机、录音机、金质钢笔及笔记本等丢失。
  - 所穿鞋子沾有旅社走廊地毯纤维、旅社入口的泥土。
  - 衣物沾有早餐食物残余：牙买加胡椒及辣酱。

- **被害者③：西蒙·福洛雷斯。**
  - 死因：被碎玻璃严重划伤，失血过多身亡，伤口三毫米到四毫米宽，二厘米到三厘米长。
  - 备注：莫里诺的保镖。巴西国籍，居于委内瑞拉。
  - 劳力士手表、欧克利太阳镜丢失。
  - 所穿鞋子沾有旅社走廊地毯纤维、旅社入口的泥土以及少量原油。
- 衣物沾有早餐食物残余：糕点碎、培根碎和果酱，另再次发现原油痕迹，以及香烟灰。

- **莫里诺于巴哈马的主要行程。**
  - 五月七日，与保镖福洛雷斯到达拿骚。
  - 五月八日，全日外出访问。
  - 五月九日，早上九点会见两人，商谈组织巴哈马本地赋权运动事宜。上午十点半，德·拉·鲁亚抵达套间。十一点十五，遭到枪击。

- **嫌疑人①：史锐夫·梅茨格。**
  - 国家情报特勤局局长。
  - 情绪不稳？疑有狂躁倾向。
  - 通过篡改证据，非法授权通过特勤令？
  - 离异，有耶鲁大学法律学位。

- **嫌疑人②：未知嫌疑人五一六。**
  - 已确认并非狙击手。
  - 疑于五月八日独自前往南湾旅社。白人，男性，约三十五岁，浅棕色短发，美国口音，瘦削但精壮，"像是军人的样子"。打探有关莫里诺的信息。
  - 疑为狙击手的搭档，或由梅茨格所雇佣、专门完成善后清理工作、阻挠调查的独立人员。
  - 杀害莉迪亚·福斯特和安妮特·柏德尔，并在爪哇小憩安放自制爆炸装置。
  - 可能是业余或专业的主厨或厨师，有一定水平的烹饪能力。

- **嫌疑人③：巴里·谢尔斯。**
  - 确定为狙击手，行动代号：唐·布伦斯。
  - 三十九岁，空军退役，获得若干勋章。
  - NIOS的信息专员。妻子为教师。育有两个儿子。

- 五月七日致电南湾旅社确认莫里诺抵达情况。拨出电话的手机登记在唐·布伦斯名下，有 NIOS 的皮包公司作掩饰。
- 信息技术部已在对其进行数据挖掘。
- 已获得声纹样本。

- **犯罪现场报告、尸检报告及其他细节。**
  - 犯罪现场已被清理打扫，犯人疑为五一六。已基本失去刑侦价值。
  - 概况：子弹穿过落地窗、击碎玻璃；窗外有一棵毒漆树，其离地面不足二十五英尺高的枝叶均被修剪去除。与狙击手埋伏地点之间有雾霾等污染，视野不清晰。
  - 采集到四十七枚指纹，已比对其中一半，没有结果。另一半已丢失。
  - 搜集到糖纸。
  - 搜集到香烟灰。
  - 莫里诺所在沙发背后搜集到子弹头。
    - 致命子弹。
    - 点四二〇口径，由沃克防御系统公司（新泽西州）制造。
    - 船尾造型空尖弹。
    - 品质极高。
    - 飞行速度极高，火力极大。
    - 罕见。
    - 武器：自制。
    - 子弹上的微量证物：莫里诺衬衣纤维及毒漆树的叶子碎屑。

**犯罪现场二**

- 巴里·谢尔斯的狙击点，离击杀室两千码，位于巴哈马群岛新普罗维登斯岛。

- 五月九日。
- 未能找到枪击留下的弹壳或其他指明狙击手埋伏点的证物。

**犯罪现场二A**
- 巴哈马，拿骚市，奥古斯塔街一八二号楼，3C号房。
- 五月十五日。
- 被害人：安妮特·柏德尔。
- 死因：有待进一步调查确认。初步怀疑是被勒住脖子导致窒息死亡。
- 嫌疑人：确定为五一六。
- 据死者尸体情况来看，生前可能遭受折磨拷问。
- 证物：
  - 沙子，与在爪哇小憩找到的沙子为同一来源。
  - 二十二碳六烯酸，亦即鱼油。来源可能是鱼子酱或鱼卵，两者皆为纽约某餐厅菜品的食材。
  - 二冲程引擎燃料。
  - $C_8H_8O_3$，即香兰素，同为上述餐厅菜品中所用的辅料。

**犯罪现场三**
- 莫特路与赫斯特路交叉处，爪哇小憩咖啡店。
- 五月十六日。
- 自制爆炸装置发生爆炸。目的是清除有关泄密者的资料。
- 被害人：无人死亡，仅少数人轻伤。
- 嫌疑人：确定为五一六。
- 炸弹为军用装置风格，主要针对目标为人体，包裹有大量碎片。炸药为塞姆汀炸药。装置可于武器市场购得。
- 已获得泄密者发送邮件时店内其他客人的身份信息，目前正逐一查访，希望获得照片等更多涉及泄密者的信息。

- 线索：
  - 产自热带地区的沙子。

**犯罪现场四**

- 第三大道一一八七号楼，二三〇号房。
- 五月十六日。
- 被害人：莉迪亚·福斯特。
- 死因：失血过多，及刀伤导致的休克。
- 嫌疑人：确定为五一六。
- 现场寻获一根头发，为棕色短发（五一六所掉落），已送至CODIS化验分析。
- 证物：
  - 洋甘草（Glycyrrhiza glabra）。同为上述餐厅菜品中所用辅料。
  - 西那林，朝鲜蓟的提取物。同为上述餐厅菜品中所用辅料。
- 有证据表明莉迪亚·福斯特受到严刑折磨。
- 莉迪亚·福斯特于五月一日为罗伯特·莫里诺担任翻译时保存的所有相关资料均被盗走。
- 现场没有手机及电脑。
- 星巴克的收据。五月一日莫里诺单独与某人会面时，莉迪亚等候的地方。
- "莫里诺谋杀案的幕后指使为贩毒集团"的传言。基本可以确定为假消息。

**补充调查**

- 确认泄密者身份。
  - 身份未明者泄露了特勤令。
  - 通过邮件寄送。
  - 纽约市警察局计算机犯罪调查组追踪结果：线索上溯至中国台

湾、罗马尼亚、瑞典。初始发出地为纽约地区，通过公共无线网络发送，未经政府服务器。
- 所用电脑为旧机型，疑为机龄十年以上的 iBook 电脑，可能是贝壳形翻盖机，鲜艳双色配色（比如绿色和橙色）。或为传统型号，石墨色，远厚于当今笔记本电脑。
- 疑有人驾驶浅色轿车跟踪萨克斯警探。
- 品牌及车型未确定。

"总觉得哪里不对劲。"莱姆研究着白板上的文字，思考着，沉浸在这些记录里。他半自言自语地问："你觉得我们喜不喜欢不对劲的事啊，菜鸟？"

"我觉得是喜欢的吧，林肯？"

"啊，选得不错。原因呢？"

"因为不对劲的事能让我们避免，怎么说呢，避免满足于现状。它会逼着我们思考，思考了才能发现更多。"

莱姆满意地笑了。

"好了，看看我们手头到底有什么？首先，五一六。我们有很多能指证他犯罪的证据，包括杀害安妮特、莉迪亚，以及在那个咖啡店放置炸弹。如果——不好意思，应该是'等到'——我们查到他的身份，我们就能以谋杀及制造爆炸的罪名起诉他，简直稳操胜券。

"另一方面，针对谢尔斯和梅茨格的密谋罪。我们可以把他们联系在一起——两人都在 NIOS 上班——我们也知道，谢尔斯的行动代号'唐·布伦斯'是明确标在特勤令上的。现在最需要的就是最后那片拼图：证明五月九日巴里·谢尔斯在巴哈马。只要搞定这条，他们两个的密谋罪就板上钉钉了。"

他看着白板开始自言自语："但现在没有任何物理证据能证明这一点，证明五一六在枪击前一天去过南湾旅社，这样还抓不到谢尔斯。"他又看向萨克斯说："数据挖掘那边的情况呢？有没有查到谢尔斯的出行记录？"

"我给他们打个电话。"萨克斯说着拿起了手机。

用不着很多信息，莱姆心想。只需一点点证据，陪审团自己就会推理出答案，这就是间接证据存在的意义。但不论多少，总得先有一点证据，才能导出扎实的推论。如果有人醉酒驾车撞到了人，还肇事逃逸，第二天他被找到的时候已经醒酒了，还极力否认酒后驾驶，该怎么办呢？只要酒吧服务生证明这人在事故前一小时灌下了十几瓶啤酒，并且陪审团认为该证言可信，那就可以了。

公路电子扣费系统、信用卡消费记录、员工卡里芯片发出的电磁波信号、公交卡、政府安保部门保存的航班信息、海关文件、交通摄像头还有商店的防盗摄像头，等等；有多达十几种手段可以用于证明嫌疑犯曾到过现场。

他留意到萨克斯正边听电话边做笔记。很好，莱姆能感觉到，信息技术部挖到金矿了。

肯定有信息能证明巴里·谢尔斯五月九日在巴哈马。

塞利托看着白板，说出了莱姆的心声："肯定有有用的信息。谢尔斯就是那个狙击手，错不了。"

阿米莉亚·萨克斯挂掉电话，罕见地用疑惑不解的语气说："实际上，朗，不是这样。看来他不是那个狙击手。"

# 59

半小时后,南希·洛蕾尔也来到了莱姆家。

"这怎么可能?"她喃喃道。

萨克斯回她:"他不是我们要找的狙击手,自己看吧。"

她说着,把一小沓文件甩到洛蕾尔面前的桌上。莱姆看在眼里,心想眼前的情况怎么看也不至于这么狠地丢东西吧?不过也看得出来,这两位女士注定不会成为好闺蜜。莱姆甚至猜她们也许会来一场搏斗,最后胜者还会把输家拖出去像垃圾一样扔掉。他感觉自己像那些风暴追逐者,看见一点点乌云就预测着风暴即将形成了。

纽约市警察局的信息技术部一番辛勤工作,结果却是查到莫里诺被杀害的那天,巴里·谢尔斯并不在巴哈马群岛。他当天一直待在纽约,甚至其实数月以来都没有出过国。

"他们查了十几种数据,也都进行了严密的交叉对比。我说能不能麻烦他们重复确认一次,但他们已经确认过三次了。他当天早上九点用员工电子卡刷开门禁进入NIOS总部,后来出过门去吃午饭,我看大概是两点的时候。午饭时间他去了一家班尼根餐厅,付款用的是信用卡,核实签名是他的笔迹。然后他又用过一台自动提款机,提款机上的摄像头拍到他的正脸了。六点式脸部数据确认过是他。三点他回了办公室,六点三十分下班离开。"

"五月九日,你确定?"

"非常确定。"

突然传出一阵怪声,像是蛇在吐信子。原来是南希·洛蕾尔从嘴里吐出了失望的气息。

"情况就是这样了,现在还剩下什么是我们能调查的?"萨克斯发问道。

"只有五一六了。"普拉斯基回答道。

但塞利托说:"我们没有证据表明他是狙击手啊。五一六感觉更偏向后援人员,或是负责事后清理的。当然我们还是能控告他。"

莱姆说:"把他作为替换方案吧。把莫里诺的案子忘掉,我们尽力证明梅茨格和五一六杀害了莉迪亚·福斯特,还有放炸弹的事。起码还有洛蕾尔说的密谋罪,我们应该可以给梅茨格来个二级谋杀的罪名。"

但洛蕾尔看起来并不乐意:"这样就不是我想要办的案子了。"

"你想要的?"萨克斯脱口而出,仿佛在对一个被宠坏了的、正在撒娇的小女孩训话。

"对啊。我是准备以密谋策划一起非法暗杀的罪名起诉梅茨格和他的狙击手的,"洛蕾尔不知不觉也提高了音量,那是莱姆从未听过的锐利语气,"那份特勤令是一切的基础。"她边说边狠狠地盯着白板上那份复印件,好像它背叛了她一样。

"但我们不是一样能搞定梅茨格吗?"萨克斯语气很冲地回应道,"用哪个罪名又有什么关系?"

但助理检察官没理她,径自走到窗前,眺望着中央公园。

阿米莉亚·萨克斯紧盯着她。莱姆很清楚萨克斯在想什么。

我想要的……

我的案子……

莱姆又把视线转向了洛蕾尔,发现她在看一棵二色栎。二色栎,学名 Quercus bicolor,所见的这一棵长得不高,但枝繁叶茂,在曼哈顿这样一个地方生活得还算挺好。莱姆了解这些知识当然是因为案子，而非对园艺有什么兴趣。之前的一起案件中，牙买加某个贩毒集团的头目被杀害了，遗体被丢弃在展望公园的一片空地上——只有身体，没有头。莱姆的团队接下了这个案子，在雷吉·"污水池"·凯利赫——地狱厨房一个恶名远扬的恶棍——的车里发现了一点这种树的树叶纤维。这点纤维加上一点石灰土，证明了凯利赫曾去过展望公园的那处空地。

　　莱姆看着眼前的树，神游着，突然想到了一件事。

　　他赶紧转向写满证据的白板，看了好长一段时间。他隐约觉得周围的人在跟他说话，但他都没理会，只管自言自语。

　　然后他回头向肩后大叫："萨克斯！萨克斯！快，有事需要你开车出去帮我跑一趟。"

# 60

全球范围内，军火生意都越来越难做。沃克防御系统公司设在新泽西的总部也随之关停、弃用了好些建筑物。

但据萨克斯观察，无论是大规模杀伤性武器，还是针对单人的武器，多少还是有一些市场的，证据就是停车场里星星点点地停了数十辆高端型号的梅赛德斯、奥迪和宝马。

甚至还有一辆阿斯顿马丁。

厉害啊，萨克斯心里暗暗羡慕。她也想开那台征服者出去绕个圈。她已经开始想象开着车子在这公司内部道路上狂飙，像脱缰的野马一样，该有多痛快。

她走进二十世纪五十年代设计风格的主楼，跟前台确认了一下预约。接待员把她领到了一个等候区。

基于两个原因，萨克斯把对这里的感受总结为"无菌"。第一，这里的装潢少而朴素，墙上只有几幅黑白灰的装饰画，还有一些本公司的产品广告，但萨克斯没弄懂那些产品是干什么用的。第二，她觉得自己在这里好像一个病毒，研究人员对她这个病毒知之甚少，抱有很大的戒心，所以在研究结果出来之前要先把她隔离开来。

房间里有报纸杂志供人打发时间，但她没有选常见的《人物》杂志或者《华尔街日报》，而是选了这家公司的简介小册子。小册子里介绍了公司的各个分部门，包括导弹制导系统研发、陀螺仪导航系统研发、装甲研发和弹药研发，等等，多种多样。

是，也许这家公司是有点走下坡路，但从小册子的介绍来看，该公司在佛罗里达、得克萨斯州和加利福尼亚州都有很厉害的分部。而在海外，更是在阿布扎比、圣保罗、新加坡、慕尼黑和孟买都有办事处。看完册子，萨克斯又走到窗边观察宽阔的广场。

不久，一个身着西装、三十来岁的男性负责人走进了等候室，跟萨克斯打招呼。他带萨克斯往CEO的办公室走去，一路上经过的尽是同样"无菌"风格的装潢和迷宫般的走廊。男子显然是没想到纽约市警察局竟然派来一位这么漂亮的女警，很快就忍不住开始调情，热情地关心萨克斯的工作状况——不停地问她在纽约当警察是什么体验，她经办过最有趣的案子是哪件，她有没有看《犯罪现场调查》和《超感警探》，她配的是什么枪。

这让萨克斯想起了爪哇小憩的花臂经理。

这些男人啊……

当发现这类话题没起什么作用后，男子又转换话题，聊起公司的各种成就。萨克斯边听，边礼貌地微笑、点头，但全部左耳进右耳出。突然，男子皱了皱眉，瞥了一眼萨克斯的腿。萨克斯意识到自己因为疼痛，走得有点跛。她立马强迫自己走出正常的步伐。

一段旅程之后，他们终于来到这座单层建筑的一个角落——沃克先生的办公室。门前有一张气派的桌子，桌旁坐着一位棕发助理，看得出她喷了发胶来保持发型。她带着点防备地抬头看向来人——可能是因为纽约警方上门找自己老板，她有点紧张吧。

萨克斯看到周围墙上装了很多架子，摆满了塑料和铅制的兵人。一支完整的军队。萨克斯的第一个念头是：打扫起来肯定会要人命的。

领路的情圣好像想找个理由邀请萨克斯去约会，但最后没想出来，只得作罢离开。

"他现在可以见您了。"助理对萨克斯说。

萨克斯一走进哈利·沃克的办公室，马上忍不住笑了。

印象中，一个军火商的形象即使不是个虐待狂，起码也应该是拉长着脸，毫无笑容，一副疑神疑鬼的神情，对吧？好像在盘算怎么把自家武器推销给俄罗斯的同时，又偷偷给车臣分裂分子运另一批武器。但沃克防御系统的这位老板却是个矮矮胖胖的老头，已经六十五岁了，脸还像婴儿一样圆乎乎的。他正盘腿坐在地上组装一辆粉红色的小自行车。

沃克穿着白衬衫，系着红蓝相间的领带，穿着黄褐色的裤子，衣服和裤腰都被肚腩撑得紧紧崩住。他随和地笑了笑，站起身——尽管颇为费力。他一手拿着螺丝刀，另一手是组装说明书。

"你好，萨克斯警探。阿曼达对吗？"

"是阿米莉亚，您好。"

"我是哈利。"

萨克斯点点头。

"给我孙女装的。"沃克看看身后的自行车，"我拿了麻省理工学院的学位，有两百项关于尖端武器系统的专利，那我能不能组装好一辆凯蒂猫自行车呢？当然可以，但真是太难装了。"

自行车的所有零件都放在地上，精心地排列好，还贴上了便笺纸写的标签。

萨克斯说："我也会摆弄自己的车。很多时候把车装好了，却发现多出了一两个螺栓、螺母或者压杆。但开起来似乎也没出问题，就不管了。"

沃克把手上的东西放下，坐到办公桌后面，又给萨克斯指了一张椅子让她坐下。

"好了，那么进入正题，有什么要我帮忙的吗？"他保持着微笑，但跟刚刚那位情圣不一样，沃克的笑容里没有调情的意味，完全是好奇和谨慎。

"贵公司是国内最老牌的枪械弹药制造公司之一。"

"嗯哼，这都怪维基百科。不过也无须否认。"

萨克斯往宽大舒适的棕色皮椅里靠了靠，看着墙上的照片，照片里有几个人在射击场，感觉是第一次世界大战前后。

沃克说："公司是我曾祖父创办的，很了不起。我说得好像我认识他一样，但其实他在我出生之前就去世了。他发明了后坐力系统，使得自动武器可以连续填装子弹。当然，其实当时有好几个人都做出了这种系统，而我曾祖父不是第一个赶到专利局的。但他做的系统是最好的，效率最高的。"

萨克斯此前并不了解老沃克的成就，听了之后觉得非常钦佩。让自动武器连续开火的方法有很多种，但后坐力系统是最优秀的，也成了最常见的一种。一位技术高超的枪手如果使用手动式来复枪，最快也要好几秒才能打出一枪。而一把现代化自动武器每分钟可以打出九百颗子弹，有些冷门的型号甚至能打出更多。

"你对枪械熟悉吗？"哈利问。

"射击是我的爱好。"

沃克严肃地看着她问："我想问问你对宪法第二修正案[1]有什么看法？"这问题披着单纯好奇的外皮，内里其实十分尖锐。

但萨克斯也毫不迟疑地回答："解释因人而异——主要就是围绕民兵组织和普通公民的持枪权的争论嘛。"

宪法第二修正案的内容是保证民兵组织有持枪的权利，但原文很简短，并没有明确解释过是否全体公民都有此权利。

萨克斯继续说："我看书时看到过乔治·梅森[2]写的注，我个人认为，梅森的意思是只有民兵有持枪权。"她举了举手，阻止了想要插话的哈利，"但他还写了：'何人是民兵？民兵如今由全体公民组成，只有少数政府官员除外。'也就是说其实这个权利应该归属于每

---

[1]美国宪法第二修正案保障人民有备有及佩带武器的权利。
[2]乔治·梅森四世（1725—1792），美国政治家，美国开国元勋。一七七六年撰写《弗吉尼亚权利宣言》，成为汤姆·杰斐逊起草的《独立宣言》第一部分的蓝本。

一个公民。在那个时代，的确每个人都有可能要当民兵。"

"完全同意！"沃克高兴得眼睛一亮，"你几乎是把原文背出来了啊，真厉害。所以说，可不能践踏我们的权利啊。"

"别着急下结论，"萨克斯卖了个关子，"还没说到最终结论呢。"

"啊？刚才的不是吗？"

"宪法给予我们诸多权利的同时，也让国会有千百种方式约束我们。无论是驾驶飞机还是汽车，甚至只是售卖酒类商品，都要有相应的执照。不到十八岁就没有投票权，等等。那持有甚至使用枪支又凭什么不需要执照？我个人毫不反对持枪执照。这也完全不违反第二修正案。"

沃克显然很享受这次辩论，他愉悦地说："啊，不过一旦我们申领了执照，华盛顿的那些人就会知道哪家人有枪，接着就会在大半夜跑到大家屋里把枪都没收！我们肯定得有枪才能反抗他们吧？"

萨克斯机敏地答道："华盛顿手握核武器呢。他们想要我们缴枪的话，随随便便就能办到。"

沃克点点头说："也对，你说得有道理。好了，我们扯太远了，说回正事，我有什么能帮你的？"

"我们在一个犯罪现场找到一颗子弹。"

"我猜，是我们公司的产品？"

"贵公司是唯一一家生产点四二〇船尾空尖弹的公司，对吧？"

"啊，这是我们的新产品。狙击专用子弹。这款产品做得很好。要我说的话，比点四一六的好。飞行速度极快。嗯，快得像魔鬼啊。"然后他拧紧了眉头，"一颗这种子弹牵涉到犯罪里了？"

"没错。"

"是这样，我们从不把产品销售给平民，只会卖给政府、军队和警方的特警队。我真的不清楚犯罪分子是怎么拿到的，除非他跟这些机构有关。那个犯罪现场是在哪里？"

"目前还不方便说。"

"理解。您还想知道什么？"

"只需要一点信息。我们在查找击发这枚子弹的枪械，但还没什么进展。我们推测，这款子弹应该是特制的枪才能用吧？"

"对。这款子弹太大，市面出售的枪即使经过改装也不适用。一般客户会找人帮忙定制匹配的枪，也有少数几个会自己制造的。"

"您认识这方面的人士吗？"

对方暧昧地一笑："目前不方便说。"

萨克斯大笑起来："那购买这款子弹的客户的信息，也一样不方便说吗？"

沃克换上严肃的态度。"如果有人闯入我们的仓库，"他朝窗外的一些建筑物示意了一下，"盗走了我们的产品并用于犯罪的话，那我非常愿意配合调查。不过客户信息一律免谈。我们所有合同都有保密条款，而且大多数还涉及国家安全事务，透露这些信息的话我就犯罪了。"

他为难地补充道："你不能透露一些案件细节吗？是谋杀案吗？"

萨克斯踌躇了一下："是。"

沃克维持着原本的神情："很遗憾。有人乱用本公司的产品并造成惨剧的话，对我们也没有任何好处。"

但这也不意味着他能帮上忙。沃克站起身，礼貌地伸出手。

萨克斯也站起来，说："感谢您花时间见我。"

沃克重新拿起螺丝刀和说明书，回到自行车旁。

他微笑着捡起一颗螺栓："要是买一辆哈雷－戴维森[①]，哈，送到的货肯定是已经组装好了的。"

"祝您轻松装好这一辆，沃克先生。如果您想到什么线索，请随时联系我。"萨克斯一边递上自己的名片，一边在心里猜测：大概不

---

[①]哈雷－戴维森（Harley Davidson）是哈雷戴维森贸易有限公司生产的摩托车品牌，创办于一九〇三年。

用等我走到公司大门他就会把它丢掉了。

　　但这无所谓。

　　萨克斯已经掌握了所有需要的信息了。

# 61

气相色谱分析仪焚烧微量证物的异味四处弥漫,迎接着萨克斯走进莱姆家的客厅。她脱下外套,把沃克公司的宣传小册子举起来扬了扬。普拉斯基接过册子,贴到白板上。反光的铜版纸和冰冷的特勤令并排贴在了一起。

"说说看,"莱姆问,"怎么样?"

"虽然很短,还被两栋别的建筑物挡住了一部分,但我从沃克办公室的窗户瞥到了一眼。那里其中一头有个风向袋,另一头有一座像停机库一样的东西。"

莱姆交给萨克斯的任务,其实既不是去调查客户信息,也不是打听哪些人会做定制枪械的生意,因为莱姆知道对方肯定不会提供这些信息。萨克斯的真实任务是尽可能多地了解该公司的产品——毕竟他们公司的网站主页对商品的介绍过于简略,没什么价值。更重要的是,要看看那里有没有可供飞机起飞的沥青或水泥跑道。他们试过用谷歌地图来观察,但看不出真实情况,只好实地去看。

"非常好。"莱姆说。其他产品信息也和莱姆期望的一样:该公司除了弹药之外,还会研发各种导航、制导和控制系统。"陀螺仪、GPS 望远系统、合成孔径雷达[①],等等。"萨克斯介绍道。

---

[①]一种主动式的对地观测系统,可安装在飞机、卫星、宇宙飞船等飞行平台上,全天候对地实施观测、并具有一定的地表穿透能力。

莱姆读着册子说："很好，我们有答案了。我们又回到正轨了。巴里·谢尔斯的确杀死了罗伯特·莫里诺。只不过他开枪的距离比我们猜想的两千英尺稍微远一点。他是在纽约市内扣下的扳机。"

塞利托晃晃脑袋："我们早该留意到的。谢尔斯不是陆军也不是特种兵，而是空军。"

莱姆之前推测巴里·谢尔斯应该是一名无人机驾驶员。萨克斯辛勤地跑腿，为这个推测寻获了重要的支持。

"首先，我们可以肯定他的行动代号是唐·布伦斯，而布伦斯就是杀死莫里诺的人。各种数据和资料显示，案发当天布伦斯就在纽约市内，在NIOS办公楼里。他应该是在那里面的某种操控设施里遥控无人机射杀了莫里诺。"他一皱眉，停下来想了想，"啊，见鬼，特勤令上的'击杀室'是指这个！不是莫里诺身亡的旅社套间，而是无人机的驾驶舱，或者随便叫什么玩意儿，反正就是那个驾驶员坐的地方。"

萨克斯拍拍小册子："沃克公司造的那些子弹。他们还有能力制造枪械瞄准器、稳定器和导航仪。应该就是他们制造了这样一架装配狙击枪的无人机，或者是为NIOS定制的。"

莱姆生气地说："仔细看特勤令！'击杀室'后面是一个句号，不是逗号！跟在后面的'一二〇〇号套间'不是解释'击杀室'的。根本就是指两个地方。"他继续思考着。"很好，现在，线索都串起来了。提问：无人机攻击最大的隐患是什么？"

萨克斯答道："连带伤害。"

"准确。一枚导弹过去，恐怖分子是被炸死了，但无辜民众也会受连累。这对美国的光辉形象可谓相当不好。于是NIOS跟沃克公司合作，制造了这架能把连带伤害降到最小的无人机。一把射击精度极高的狙击枪加一颗体积极大的子弹，就可以很好地解决问题。"

塞利托说："结果他们还是玩脱了，还真的弄出了连带伤害。"

"刺杀莫里诺这任务也真是倒了大霉，"莱姆说，"谁能预测到碎玻璃竟然这么致命。"

塞利托笑了，说："你之前说对了，阿米莉亚。这子弹还真的值百万美元。妈的，再考虑一下无人机的造价，恐怕千万美元都有可能。"

"你是怎么猜到的？"南希·洛蕾尔问。

"猜？"萨克斯不屑地说。

莱姆倒是不生气，因为他对自己做出的推理很满意，也乐于向大家解释："树。我是注意到树的情况。子弹上残留了毒漆树树叶的碎屑。但在南湾旅社我看过那棵树，那棵毒漆树底下的枝叶全都被修剪掉了，出于安全考虑。至少到离地二十五英尺高的位置才开始有枝叶。由此可知子弹是以极其陡峭的角度打下来的——我想应该有四十五度。如果还坚持狙击手从对面陆岬开枪的想法，说是因为狙击手抬高枪口以修正重力带来的偏差，那这角度也太陡了，不可能。所以可以得出结论：子弹是从空中发射的。根据这个结论，又可以进一步推出，谢尔斯是依靠某种红外热成像系统或者雷达系统，透过树的枝叶'看到'莫里诺。另外，我还注意到子弹上没有污染物。那片区域的低空布满污染严重的烟雾，滚烫的子弹要是从中飞过，肯定会沾上很多污染物。但实际上它一点也没有沾到。"

普拉斯基插了句嘴："对了，林肯，其实那些东西应该叫'无人飞行器'，不是'无人机'。'无人机'不正式。"①

"真是感谢你的指正，准确性最为关键了。你可真是博学多才，知识渊博啊。"

"探索发现频道看的而已。"

莱姆置之一笑，继续自己的演讲："这也能解释当地警方的潜水员找不到子弹壳的原因。肯定是掉到深海里了，在岸边可找不到。也或者那无人机有另外的结构能保留弹壳。很好，很好。我们在稳

---

①无人机原文：drone。无人飞行器原文：unmanned aerial vehicle。

步推进了。"

库柏说:"射击距离也应该近得多,不是两千码这么远,所以子弹的速度才这么高。"

莱姆说:"我想,这架 UAV 要做出如此精准的射击,距离目标应该不会超过两三百英尺。地上的人不容易留意到它。应该有伪装措施——就像我们见识过的变色龙一样。引擎应该很小——二冲程,记得吗?还会装上消音器,谁也听不到引擎响。"

"那它是从新泽西的沃克公司那个停机坪上起飞的吗?"普拉斯基问。

莱姆摇摇头:"那只是用来给无人机试飞的,我能确定。NIOS 会让执行任务的无人机从军事基地起飞,而且越靠近巴哈马的基地越好。"

洛蕾尔翻查着笔记:"迈阿密附近有 NIOS 的办公点。"她抬起头,"就紧靠着霍姆斯特德空军基地。"

萨克斯拍拍沃克公司的小册子:"沃克在那边也有办事处,可能是提供维修等技术支持的。"

洛蕾尔用清脆的语调对大家说:"还记得莱姆刚刚说过什么吗?"

"记得。"塞利托边说边不停地搅动自己的咖啡,好像那样能让咖啡更甜似的——但他只放了半包糖,再怎么搅也没用。"我们不用再管密谋罪了。巴里·谢尔斯扣动扳机的时候就在纽约,这完全构成二级谋杀罪了。而梅茨格就是从犯。"

"说得好,警探。完全正确。"洛蕾尔高兴地总结道,活像一名小学五年级的老师在课堂上表扬学生。

# 62

史锐夫·梅茨格仰了仰头,让视线透过眼镜片下半部的凹透镜聚焦在神奇手机的屏幕上,以便看清刚收到的信息。

  预算委员会的进程正在高速推进。多次交锋来往。预计明天出结果。目前尚说不准风向。

他在心里朝魔法师发火:就这么一点说了等于没说的信息,有什么用啊?那我现在到底用不用开始写简历、准备找下一份工作啊?是不是还要出去召集全局的同事,跟他们说"你们都要受到严惩了,因为你们都是高尚的爱国者,一直奋力保护世界上最伟大的国家、跟反美邪恶势力抗争"这样的话啊?

有时候,他心里的"浓烟"轻飘飘的,似有若无,非常扰人。有时却又像墨黑的云,就像飞机坠落后、化工厂爆炸后会升起来的那种浓浓的黑云。

他用软件粉碎了这条短信,然后下楼去,在咖啡店给自己买了一杯拿铁,给露丝买了一杯豆奶摩卡。回到楼上,他把露丝那杯放到她的桌面上——在军人丈夫一号和军人丈夫二号的照片之间。

"谢谢你!"露丝惊喜地说,一边把摄人心魂的蓝眼睛转向他,眼角随着微笑皱起。虽然年纪不小了,但露丝还是有着十分动人的魅力。梅茨格从不相信灵魂之类的说法，但若真的存在，他相信"有灵魂"就是露丝如此有吸引力的原因。

或者简单地说她心地善良也可以，而她竟要在这里为他这样的人工作……

他把这些想法丢到脑后。

"我那次约会挺好的。"露丝对他说。

梅茨格答道："我就知道，肯定会顺利的。对了，能麻烦你帮我叫斯宾塞过来一下吗？"

梅茨格走进自己的办公室，一屁股摔在椅子上，开始喝咖啡，很快又开始对纸杯辐射出来的高温生气。这过热的触感让他回想起一件往事：他在一个街边小摊买咖啡的时候，摊贩对他粗鲁无礼。他现在还想着要找到那个摊子，开车冲过去把它撞得稀烂。要知道，这已经是三年前发生的事了。

目前尚说不准风向……

他轻轻地吹着咖啡，想象着这样能把"浓烟"排出去。

随它吧。

他打开邮箱查看收到的加密邮件，有一封的内容让他忧心。莫里诺一案的调查出了些麻烦，对这边来说是个挫折。奇怪的是，看了这消息之后梅茨格只觉得心里疲惫不堪，却没有生气。

门框上传来轻轻一敲，斯宾塞·博斯顿走进来坐下。

"泄密者查得怎么样？"梅茨格急切地问，连招呼都没打。

"首轮测谎扑了个空。但这批人只有实际查阅过或者签批过特勤令的那些。另外还有上百人待查，都是有可能偷偷溜进办公室接触到特勤令副本的。"

"就是说高层的人都排除嫌疑了？"

"对，总部这里都排除了。"

NIOS一共有三处无人飞行器基地，分别位于加利福尼亚州的彭德尔顿、得克萨斯州的胡德堡和佛罗里达州的霍姆斯特德。虽然在这次任务中,飞行器是从霍姆斯特德起飞,跟其他基地无关,但他们也一样会收到特勤令。

"哦对了,"博斯顿说,"我也过了测谎。"

梅茨格温和地一笑道:"我从没怀疑过你啊。"这是百分百的真心话。

"要员和专员得同舟共济嘛。"

梅茨格又追问:"华盛顿方面呢?"

首都那边少说也有十几人知道特勤令的事,当然包括在白宫里工作的不少大人物。

"这方面就比较难,他们不愿配合。"博斯顿反过来问,"那些警察的调查到哪一步了?"

梅茨格感觉到浓烟悄然升起。

"没想到那个莱姆最后竟然还是跑到巴哈马去了。"他点点神奇手机,意指不久前还存在于其中的某几条短信,"该死的沙子没能像我们预想的一样妨碍他。"

"不是吧?"博斯顿瞪圆了平常眼睑低垂的双眼。

梅茨格谨慎地遣词造句:"好像还发生了点意外,但还是没能妨碍到他。"

"意外?"博斯顿不解,紧盯着梅茨格。

"对,斯宾塞,就是一起意外。但他还是回来了,一副气势汹汹誓要破案的样子,那女人也是。"

"那个检察官吗?"

"哦,对,还有她也是。但我是说那个萨克斯警探。她也是一副不可阻挡的架势。"

"老天。"

但其实,梅茨格目前有计划可以一了百了地阻止她。

还能阻止洛蕾尔。

哦,对,还有她也是⋯⋯

博斯顿似乎更在意证物的问题，但他表现出来的态度让梅茨格十分不悦。博斯顿不屑地说："我估计莱姆什么都找不到。他去的时候离案发都过去一周了，而且当地警方办案又能有多可靠啊！"

咖啡小摊的回忆突然又扎进梅茨格的脑海中，迅速而锐利。但这次他不是想撞毁小摊，而是想把热咖啡淋到自己身上，然后报警，对警察说是小贩泼的咖啡，让小贩被逮捕。

浓烟让人失去理智、不可理喻。

博斯顿的声音侵入了梅茨格的回忆："我们还用不用给其他人提个醒？"

提个醒（heads up）。梅茨格讨厌这个说法。这句话的字面意思是叫你赶快抬头，赶在某个巨大物体把你砸死之前说上一两句祈祷的话语。梅茨格认为更好的说法是"注意一下"（eyes-forward）。

"这次不用。"

他抬起眼，发现露丝站在门口。

该死，博斯顿进来为什么没关门？

"有什么事吗？"

"史锐夫，行动部联系你。"

梅茨格的电话控制台上一盏小红灯在一闪一闪。

他一直没留意。

又怎么了？

他示意博斯顿先别出声，接起了电话："是我，梅茨格。"

"长官，我们掌握到拉希德的行踪了。"行动部长甚至比梅茨格还年轻，从他说话的声音就听得出来。

梅茨格心里的浓烟瞬间消失。甚至连南希·洛蕾尔、林肯·莱姆和人生中的其他烦心事也一并消失了。拉希德就是特勤令上排在莫里诺后一位的目标，梅茨格已经花了很长时间去追捕他了。

"他在哪儿呢？"

"他现在在墨西哥。"

341

"想打这小算盘啊,这浑球比我们预估得更接近呢。"

"您说得对,长官。他挺狡猾的。他现在只是待在一个临时处所,是马塔莫罗斯市某帮派的安全屋,位于雷诺萨市。窗口期很短。需要我把情况通报给地面控制站和得克萨斯任务中心吗?"

"就这么办。"

行动部长问:"长官,那您知道华盛顿那边对特勤令做出了修改的事吗?"

"什么修改?"梅茨格说,满心疑惑。

"原件上面是说要将连带伤害最小化,但没说禁止。而现在这一份就明确禁止了。如果现场有任何其他人伤亡,即使只是受伤,许可都会被撤回。"

撤回……

就是说,如果任何拉希德以外的人在这次行动中被害,他的行为就算超越了职权范围。即使被杀掉的人是基地组织二号头目,就算那人正准备按下核武器的发射按钮也没用。

那他就全完了。

即使结果是一个恶棍被清除,成千上万无辜民众得救了,他一样要担责。

说不定这就是那个"预算委员会"得出来的结论。

"呃,长官?"

"行,我知道了。"

梅茨格挂断了电话,把这些消息告诉了博斯顿。

"拉希德啊?我还想着他会在圣萨尔瓦多一直躲到发动袭击的时候呢。他花钱雇了"野蛮萨尔瓦多人"——也就是 MS-13[①]——的人来当保镖。在索亚潘哥有好些个藏身点,要是想从世界上'消失',那地方特别合适。"

---

[①]一个由中美洲小国前游击队员发起的帮会组织,"MS-13"中的 MS 是西班牙文缩写,全名为"Mara Salvatrucha"。

斯宾塞·博斯顿对中美洲的了解简直无人能敌。

梅茨格的电脑屏幕上显示出一面小旗子。他点开加密邮件,阅读着新的特勤令,也就是阿尔·巴拉尼·拉希德的死亡通知书。果然,特勤令被微妙地修改过。他又细细读了一遍,然后签上了自己的电子签名,附上了验证码,批准了这次暗杀任务。

拉希德跟莫里诺一样,在美国出生、长大,后来移居国外。就在几个月前,他还在北非和海湾国家①生活。早在几年前,他就被列入了一份监视名单,但只是被普通监视的程度,算不上活跃危险分子,没有证据表明他做过任何过火的行动。但他的反美情绪跟莫里诺一样狂热。另外,他被多次目击到在某些组织的工厂出入,而这些组织正是恐怖活动的惯犯。

梅茨格一边浏览着随特勤令一起发来的分析情报,一边跟博斯顿传达各种细节。拉希德目前躲藏在墨西哥雷诺萨的一个普通小镇,接近得克萨斯州边界。派驻在那边的NIOS情报人员确定,拉希德是为了面见墨西哥东北部最大贩毒集团的重要人物。近年来,恐怖分子跟贩毒集团走得越来越近,无非是两个原因:第一,两者都想促使毒品流入美国,加速实现他们腐蚀、瓦解西方社会和制度的"理想";第二,贩毒集团的各种装备好得让人难以想象,恐怖分子也想加以利用。

"我们还是准备找那个人来执行吗?"

"当然了。"那个人,布伦斯·谢尔斯②,是最优秀的。梅茨格给他发了信息,让他到击杀室报到。

梅茨格把电脑屏幕转向博斯顿,两人一起研究着资料里附带的现场照片。照片既有地面角度的,也有卫星拍摄的。这座安全屋是农场常见的样式:一所房子坐落在一座庄园中央。庄园占地一英亩左右,基本都是沙地。房子只有一层楼,但面积不小。外墙上布

---

① 指波斯湾各国,包括伊朗、伊拉克、科威特等国。
② 布伦斯是巴里的全名。

满沙尘，棕褐色的油漆已经很旧了，有多处掉漆。窗框是绿色的，所有窗户都挡上了遮盖物，还装有栅栏。至于汽车——如果有的话——应该是隐藏在车库里。

梅茨格分析了一下："我看必须要用导弹了。视线受到阻挡，用LRR办不到。"

LRR，也就是远距离狙击步枪，是在无人机上安装特制狙击枪，以此暗杀目标。这是梅茨格想出来的点子，现在已经成了NIOS的重要组成部分。它的施行达了两个目的：首先，用狙击枪射杀目标可以大幅降低产生连带伤害的风险——如果用导弹的话就很难避免了；其次，让梅茨格有机会暗杀更多的敌人。要是使用导弹，发射之前就要有许多顾忌，要考虑得清清楚楚，而且地狱火导弹太出名了，不用想就知道是美国军方、中央情报局或者美国其他情报机构发射的，处理后续很麻烦。但狙击就不一样了，谁都有可能是狙击手。只要散播一点假信息，暗指枪手可能来自某个敌对政治势力，某个恐怖主义组织，或者，"南美的某个贩毒集团"，当地的政府和媒体就会紧追着那点不放，完全忽略其他东西，甚至可以说枪手可能是死者吃醋的配偶，非常轻松就能误导公众视线。

当然梅茨格也清楚，LRR不可能永远有效。好比现在拉希德的情况。无法目视目标的时候，就只能用导弹了。带有二十磅高爆炸药的弹头能完美地解决问题。

博斯顿看着窗外，出神地用手梳了梳白发，又抓起袖口上的一截线头玩了起来。梅茨格也不懂他为什么在办公室里还一定要穿着夹克。

"哪里不对吗，斯宾塞？"

"现在真的适合再执行一次任务吗，在莫里诺这事闹这么大的情况下？"

"这次的情报是很扎实的。拉希德百分之百有罪。兰利、摩萨德和军情六处也得出了一样的结论。"

"我是想说，我们不知道队列里有多少信息被泄露了。可能只有莫里诺那部分，也可能还有更多，拉希德的部分也泄露了。他就是队列里的下一个啊，对吧？他一死，绝对是大新闻。说不定那该死的检察官还会连上这个一起找我们的麻烦。我们现在如履薄冰啊。"

这些事梅茨格当然懂，但他心里有强烈的欲望想除掉拉希德，而且这让他暂时摆脱了"浓烟"的困扰。

他可不愿意放弃这解脱、舒适、自由的感觉。

"如果我们不处理掉他，你也知道他准备对得克萨斯和俄克拉荷马做些什么。"

"或许我们可以跟兰利那边联系一下，让他们安排一次引渡？"

"绑架他，然后怎样？我们也不需要从他那里获得什么信息啊，斯宾塞。我们对拉希德的唯一需求就是世上再无拉希德。"

博斯顿认输了："行吧，听你的。但连带伤害的风险呢？用地狱火导弹轰炸一处不能目视确认内部情况的建筑物，这风险很大吧？"

梅茨格往下翻报告，找到监视报告，注明的时间是当前（也就是十分钟前）："安全屋目前只有拉希德一人。该处从一周前开始就处于缉毒局和墨西哥联邦探员的监视之下，以追查运毒人员。除了拉希德今早进去以外，再没有其他人进去过。根据情报，他现在随时可能接待贩毒集团的那个人。只要会面结束、那人一离开，我们就把那地方炸个稀烂。"

# 63

阿尔·巴拉尼·拉希德习惯多疑地回头看身后。

他生性谨慎,总是草木皆兵。

不惑之年的他身材高大,已经开始秃顶,但还是蓄着完美的山羊胡子。他很清楚自己身处险境,摩萨德、中情局还有那个总部在纽约的什么 NIOS 都盯着他。

更别说还有很多穆斯林同胞了。他曾经痛批现在的很多穆斯林,都到二十一世纪了还死板地遵守中世纪定下的陈腐教义,不懂变通,冥顽不化。于是他就被列入了黑名单。他还曾经痛批温和派懦弱,被外界误解也不敢站出来解释。拉希德说,伊斯兰本质上就是个长老会,区别只在于遵从哪本圣典。但温和派也只是把受他冒犯的事写成博文发在网上,不至于追杀他。

拉希德渴求的是全新的全球秩序,全新的信仰和社会。他的偶像不是扎瓦赫里[1],也不是本·拉登,而是卡尔·马克思与特德·卡辛斯基[2]的结合体。巧的是,拉希德和卡辛斯基还是密歇根大学的校友。

尽管不受欢迎,拉希德仍然坚持认为自己的愿景是正确的。只

---

[1]基地组织头目。
[2]美国高智商"天才",数学家、教授,连环爆炸案犯人。认为工业化过度发展会毁掉人类,主张人类应回到较为原始的生活方式,但采取的是制造爆炸案的极端手段。

要除掉世界的肿瘤,世界就会慢慢地自愈。

而世界的"癌细胞"当然就是美国了。从次贷危机到伊拉克战争,从以济贫为借口侵害他国利益,到基督教传教士和政治家纷纷发表种族歧视言论,还有神化消费主义,等等。种种迹象表明,美国就像一个沉重的铁锚沉到了海底,严重影响着世界文明之舟的前进。因此,拉希德在拿到政治学研究生学位后就马上离开了美国,再没回去过。

对,因为他观点激进,众多的敌人像狼群一样渴望逮到他,甚至连那些不喜欢美国的国家也一样——因为他们虽然讨厌美国,却又不得不依赖美国。

但眼下他不必担心自己的安全。他正藏身于墨西哥雷诺萨的一座农庄式小屋,等待着一位同志来访。

他不会称对方为"朋友",跟他们来往只是象征性的举动。对方是马塔莫罗斯贩毒集团,凶狠狡诈,他们活动的动机和宗旨跟拉希德完全不一样。拉希德的目的是意识形态上的,他的"宣战对象"是美国的资本主义和社会(还有美国对以色列的支持,这点不言自明)。而贩毒集团的目的就实际很多,也跟拉希德背道而驰:就是要从美国赚取大量钱财。但双方想达成的初期目标都是一致的,就是尽可能多地让毒品流入美国,还要把胆敢拦路的人都杀掉。

他喝了一口浓茶,看看手表。贩毒集团的一名头目派了他们的首席炸弹制作者来见拉希德,他应该再过不到一小时就会来到安全屋。炸弹师会带给他一件智能小装备。拉希德准备两天后在得克萨斯州布朗斯维尔市,用它炸死一名美国缉毒局地区主任,连同她的家人,以及在那里享受野餐的不管多少人,全都一起炸死。

拉希德坐在咖啡桌旁,弓着身子,用自动铅笔画着自制炸弹的设计图。

他藏身的这座小镇很不讨人喜欢,漫天沙尘,满眼都是毫无生气的土黄色,还到处都有摇摇欲坠的小工坊,杂乱无章,偏偏拉希德待的这座房子却宽敞舒适。贩毒集团的确花了大价钱来维护它。房子装有高级的空调,贮藏了大量食物、茶叶和瓶装水,配有全套舒适的家具,窗户上也装了厚实的遮挡板。真是很不错的房子。

除了偶尔会有些吵。

他走到屋后的卧室,敲了敲门,再把门打开。卧室里坐着一名帮派成员,名叫诺扎加雷,身形壮硕、不苟言笑。他朝拉希德点点头,算是打了招呼。

拉希德越过诺扎加雷,看向里面的人质:一对胖胖的墨西哥夫妇。他们的一双儿女坐在地上看着电视。男孩已经十来岁了;女孩年纪还比较小,身体瘦弱,一头棕黑色的卷发。夫妇的双手都被电铃线绑着,松紧程度让他们能自行喝水吃饭却又无法袭击绑匪。

拉希德心里认为,他们应该把那女人捆紧一点。她是更危险的那个,她眼睛里有火。这一点在她安抚女儿的时候就能看出来。反而是那丈夫和男孩显得更胆小害怕。

拉希德当初被告知可以住进这座房子,但要跟这些人质共处。他们已经被劫进来八九天了。这期间,那名丈夫开办的小型企业一直在想办法筹集两百万美元的赎金。就因为他在一些事上拒绝配合帮派,才落得这个境况。

拉希德对诺扎加雷说:"可以麻烦调低一点音量吗?"他指着正在播动画片的电视。

看守照做了。

"谢了。"拉希德说。

他打量着这家人,但他不会从对方的恐惧中获得快乐。这种靠犯罪获取利益的行为是他所不推崇的。他看看那个少年,然后留意到角落里的足球。足球的花纹是墨西哥城的球队——墨西哥美洲足球俱乐部的。

"你喜欢踢足球啊?"

"喜欢。"

"踢什么位置啊？"

"中场。"

"啊，我像你这么大的时候也是踢中场。"拉希德语气温和，但没有笑。他从不笑。他又看了这家人好一会儿。他们还不知道，但拉希德已经听说了，谈判很顺利，这家人明天就可以被释放。他对这个结局很满意。这家人不是敌人。这名父亲没有为剥削成性的黑心美国企业工作，而是自己做小生意。他只是在面对贩毒集团的时候站错了队。拉希德想宽慰他们，让他们知道这场灾祸即将过去。但这又不关他什么事，所以他最后还是没说。

他关上房门，回去继续画图纸。他研究了好一会儿，得出结论：首先爆炸范围内没有任何人能生还。其次（他允许自己狂妄一回）这幅设计图简直像摩洛哥艺术的基石——赛丽格瓷砖一样精致优雅。

# 64

林肯·莱姆总结道:"我们本以为会让谢尔斯脱罪的那项证据,也就是证明莫里诺受枪击死亡当时,谢尔斯身处纽约NIOS总部的各种电子数据,现在反而可以用来给他定罪。但这还不够,还需要证明当时他的确在操纵无人机……无人飞行器,抱歉哦,菜鸟,原谅我。怎样才能证明这一点呢?"

"通过佛罗里达州和巴哈马群岛的航空管制。"萨克斯说。

"好想法。"

萨克斯马上打电话给他们的FBI专属联系人,弗雷德·德尔瑞,向他提出这些调查请求,然后又谈了很长时间。终于,她挂断了电话之后说:"弗雷德会帮我们联系这边和拿骚的航空管理局,问问情况。但他又给我提供了另一个思路。"她开始在电脑上搜索什么东西。

莱姆看不全,屏幕上好像是一张地图。

"嗯……"萨克斯沉吟着。

"怎么了?"莱姆急切地想知道。

"弗雷德提议我们可以直接看看击杀室长什么样。"

"啊?"塞利托脱口而出,"怎么看啊?"

靠谷歌地图,不用说。

萨克斯笑了。她调出一张卫星照片,上面正是NIOS在曼哈顿的总部。大楼背后是停车场，一道高大雄伟的围墙将之与人行道隔开，围墙上还设有岗亭。在一个角落里，有座长方形建筑，像一个集装箱，就是由货轮和拖挂车运输的那种常见集装箱。在它的旁边，一座十英尺高的天线直指天空。

"弗雷德说那个叫地面控制站。他说大部分飞行器都是有人在这种可移动设施里操作的。"

"这就是击杀室。"梅尔·库柏喃喃地说。

"太好了，"洛蕾尔急切地对萨克斯说，"麻烦你打印出来吧。"

莱姆看到萨克斯表情一紧，犹豫了一下才狠狠地按下键盘上的几个键。一台打印机应声开始工作。莱姆还留意到她的指甲里又有干掉的血迹。

打印完成后，洛蕾尔马上拿走，夹进她的档案夹里。

萨克斯的电话响了。她说："弗雷德打回来了。"

她按下扩音键。

莱姆抢先喊道："弗雷德，注意别乱骂人！"

"行啦，知道啦。哎呀哎呀，你们可真是惹上了大案子。祝你们好运了。哎，有没有什么怪模怪样的飞机在你们窗外盘旋啊？可能把窗帘拉上比较好哦！"

莱姆觉得，要真出现这种情况，那可绝对没有弗雷德渲染的这么幽默，毕竟谢尔斯的狙击才能高得离谱。

"行吧，说正事，雷达站。截图刚发你们了。我们的推论是，五月九日早上，一架没有应答器的小型飞机被监测到在大西洋上空往东飞。在迈阿密以南。"

"霍姆斯特德空军基地附近。"塞利托马上反应过来。

"说得对！然后呢，那飞机是靠目视飞行，没有飞行计划。速度很慢，只有大概一百一十英里的时速。这是典型的无人机的速度。都还跟得上吧？"

"没问题，弗雷德，你继续说。"

"从迈阿密到拿骚大约是一百八十英里。一小时五十二分后，拿骚航空局追踪到一架没有应答器的小飞机进入雷达范围，高度是六百英尺。"德尔瑞故意顿了顿，"然后它停住了。"

"停住了？"

"航空局以为飞机坏了，但目标光点还一直留在屏幕上。"

"悬停。"莱姆说。

"所见略同。他们觉得，没有应答器的飞机应该都是超轻型飞机，就是那种家庭自制的，有时会像遇上大风的小鸟一样飞不动。而且它也不在管制空域，他们就懒得再管。那时候是十一点零四分。"

"莫里诺受到枪击是在十一点十五分。"萨克斯说。

"最后在十一点十八分，飞机调头飞走，就从雷达上消失了。两小时零五分之后，又是一架没有应答器的小飞机进入了美国领空，朝迈阿密南部飞去。"

"就是它了，"莱姆说，"很感谢，弗雷德。"

"祝你们好运。还有记得，你们根本不认识我。"

电话挂断了。

这一点不是决定性证据，但跟其他星星点点的线索一样，它也是一块坚实的砖头，是建立嫌疑人有罪结论的重要部分。

南希·洛蕾尔接到了一通电话。其他人讲电话的时候一般会点点头，变一变表情，洛蕾尔却是面无表情地听着。她脸上的粉底简直就是一副面具。她挂断后说："我办的另一件案子有些问题，需要我去询问一名关押中的囚犯。应该不会花很久。我也不愿意这时候走开，但这事我必须处理一下。"

她收拾好提包，出门了。

萨克斯也接到了一通电话，她边听边写下一些笔记。

莱姆再次转向证据板，研究起来。"我还需要更多线索。"他抱怨道，"要证明谢尔斯真的在无人机操控室里。"

"凡提问者必将获得回答。"这句话竟然是阿米莉亚·萨克斯说的。

莱姆忍不住挑起一边眉毛。

她说:"掌握到关于泄密者的线索了。要说有谁能指认巴里·谢尔斯五月九日在击杀室里,那非他莫属了。"

萨克斯高兴地汇报,迈尔斯警督的下属们在长时间的排查访问后,终于找到了几名目击者。

她的电脑响了一声,她看看屏幕后说:"要来了①。"

塞利托哈哈一笑:"这用词搭配这案子真是惊悚啊!开个玩笑,别介意。"

萨克斯打开邮件和附件:"现在大多数人都是用信用卡或者借记卡付款,就算只是付几块钱也非要刷卡。对我们倒是有好处。调查队询问了十一日中午一点左右在那家爪哇小憩买过东西的所有人,大部分都是白跑一趟,但还是有人拍到了一张照片。"她把照片打印出来。照片质量还不算太差,但肯定比不上高清自拍大头照。"肯定就是他了。"

她又把调查员的笔记朗读出来:"'拍照者是俄亥俄来的游客。给坐在对面的妻子拍照。背景可见一名男性,非常模糊,因为他迅速转头并抬手遮挡以避免被拍到。问过游客是否看清此人相貌,回答是否定的。其他客人和店员亦未特别留意过此人。'"

莱姆审视着照片。疑似泄密者就坐在微笑女主角后面两桌。白人。体格壮实,穿着蓝色西装。这蓝色比较少见,比海军蓝浅一点。他还戴着一顶棒球帽——很可疑,商务西装怎么会搭配休闲的棒球帽呢?隐约可见浅色的头发。他面前有一台很大的手提电脑打开放

---

①原文为"Incoming",常用于即将遭受枪炮等袭击时提醒周围人员。

在桌上。

"就是他了，"萨克斯说，"他用的是那种 iBook。"她之前特地下载了所有 iBook 型号的样图来分析。

犯罪学家边观察着边说："衣服很不搭。便宜货。还有，桌面上有糖包的包装纸和搅拌棒。就是他了。"

"为什么？"塞利托问，"我也用糖包啊，有什么不对吗？"

"重点不是糖包本身，而是它被带到了桌上。一般人会在柜台加好糖和奶，顺手丢掉包装，就不用弄得桌上太多垃圾。但他特地把垃圾带走也不丢掉，是为了避免留下指纹。"

一般提供餐食的场所，人们的指纹都会很清晰地留在各种物品上，甚至纸张上也有，因为食物会带来很多油脂，有助于保留指纹。

"还能看出什么吗？"普拉斯基问。

"要不你发表一下看法，菜鸟？"

年轻的警官说："看他右手捧着东西的样子，我觉得他正准备吃药。可能是止痛药。哎？看，他桌旁是不是有个盒子？"

的确有，盒身上是蓝色和金色。

莱姆说："很好。我觉得你猜得不错。注意，他喝的是茶——看餐巾纸上的茶包——在咖啡店喝茶。颜色很淡，可能是花茶之类的。不是说很不常见，但可以合理推论他也许有胃部健康问题。查一查抗酸药、抗反流药和消化类药，看看药盒有没有跟他那个颜色相似的。"

不久后库柏说："有可能是善胃得，最强药效款。我说不准。"

"没关系，我们不需要每个问题都找出准确答案。"莱姆平和地说，"只需要找准大方向。所以他很可能是有胃病。"

"泄露政府机密档案的压力还真可能导致胃病。"库柏说。

"年龄呢？"莱姆思索着。

"看不出来。"普拉斯基说，"你怎么看得出？"

"又不是叫你在嘉年华玩游戏，菜鸟。我们能看出他身形偏重，能看出他可能有胃病。发色也许是金色但也可能是灰色。衣着保守。可以合理推测他处于中年甚至更老。"

"厉害，我明白了。"

"还有他的体态。虽然不年轻了，体态却保持得很好，可能有参过军。甚至可能还没退役，只是穿着便装。"

大家都继续默默地看着照片。萨克斯不由自主地想：你为什么要泄露击杀令呢？这对你来说有什么意义呢？

一个有良知的人……

你到底是爱国者还是叛国者呢？

还有，你到底在哪儿呢？

塞利托接了个电话。萨克斯注意到他的脸色从疑虑转为乌云密布。他扫视一下屋内众人，然后背过身去。

他小声地说："什么？……那真是操蛋。你不能就这么跟我说啊，我得知道细节。"

大家都不由得转过去盯着他。

"是谁？我要知道是谁。行吧，查到马上告诉我。"

他挂断电话后不自觉地看向萨克斯的方向，但不敢直视她的眼睛——看来萨克斯就是刚刚这通电话谈论的对象了。

"怎么了，朗？"

"你最好过来一下。"他朝门廊示意。

萨克斯看了看莱姆，说："不要，就在这里说。怎么了？谁打来的？"

塞利托犹犹豫豫。

"朗，"萨克斯坚定地重复道，"告诉我。"

"好吧，阿米莉亚，我也不愿意这样。你被禁止继续办这个案子了。"

"啊？"

"实际上，还不止，你被强制休假了。你要先去总局报——"

"是怎么回事？"莱姆打断道。

"我也不清楚。刚刚是我的助理打来的。她说通知是上面直接下达的。正式通知也很快就到。我不知道是谁搞的鬼。"

"呵，我知道！"萨克斯说。她一把扯开自己的提包，确定那晚从洛蕾尔桌上拿的文件还在里面。当时她还不愿把它当作武器来使用。

现在就不一样了。

# 65

史锐夫·梅茨格一手梳过自己的短发,想起退伍后的第一天。

某个人,一个平民,在水牛城的某条街上,嘲笑梅茨格是光头党。那人喝醉了。也许他仇视军人,也许他就是一个浑球。又或者以上全都是。

浓烟迅速占领了梅茨格的理智,虽然那时他还没接受心理咨询,不把它叫"浓烟",也没有别的名字来称呼这种情绪。他冲上去殴打那个人,直到解脱的畅快感贯穿全身才停下,而他已经打断了那人身上至少四根骨头。

这之后,他偶然触碰自己头发的时候,这段回忆就会回来找他,就像现在,仅仅碰到头发他就会想起挨打的那个人,回忆起他失神的、有点斗鸡的双眼,还有血和被打得严重发肿的下巴。

还有那个咖啡摊贩。啊,干脆就撞烂那小摊,拿热水狠狠地烫那个摊主,杀了他。别管后果。肯定很爽。

你一定要帮我,费舍尔医生……

但现在,梅茨格的心里没有"浓烟"。他现在心情极好。情报和监视专家正不断向他汇报拉希德抹杀行动的进展。

这名恐怖分子正在跟马塔莫罗斯帮派的炸弹供应者会面。梅茨格愿意献出一切,只求将特勤令改成可以把这人一起杀掉。但对方好歹也是墨西哥公民,要想得到许可,免不了要找墨西哥城和华盛顿的各位高层反复商量。梅茨格可不想在他们那里惹麻烦。

他接到一通电话,是巴里·谢尔斯打来汇报情况的。谢尔斯现在就坐在地面控制站里操纵无人机。梅茨格从办公室窗户就能看到那些像集装箱一样的操控站。这次任务,无人机的出发点是得克萨斯州胡德堡附近的NIOS基地,不像莫里诺任务那样从霍姆斯特德起飞。无人机现在已经进入墨西哥领空,还能得到墨西哥联邦的支持,这也跟巴哈马不一样。再有,这趟飞行路线上天气很好,飞机平安无事地前进着。

他的电话又响了。看到来电显示之后他紧张了一下,往敞开的门外看了看,透过工位的小窗看见她正在用电脑打字。阳光照在她手上,低调的订婚戒指和华丽的结婚戒指竞相闪耀。

他起身轻轻关上门,然后接起电话:"说。"

"找到她了。"男子的声音报告道。

没有姓名也没有行动代号……

她。

南希·洛蕾尔。

"哪里?"

"拘留所,在探访一名疑犯。不是这个案子,别的案子的。确认是她。孤身一人。要吗?"

最后那句没有动词。

梅茨格思量着,精算着利弊。"要。"

他结束了通话。

也许,只是也许,这些事最终都会过去。

他重新把注意力转回墨西哥,一名美国公敌即将死在那里,这让他满心喜悦。

# 66

"南希·洛蕾尔在哪儿?"萨克斯来到纽约拘留中心五楼,向前台的肥胖黑人女警提问。

对方愣了愣,摆出一副臭脸,朝萨克斯的警徽白了一眼。萨克斯反省着,自己这句话语气的确不太好,而且也没跟人家打招呼。但她不是故意这样的,是被南希·洛蕾尔气得难以冷静。

"五号房,把你武器存好。"说完,狱警便转回去看自己的《人物》杂志。看封面的标题,似乎有几个"名人"闹出了丑闻。可能他们是货真价实的名人,但萨克斯从没听过。

她思忖着要不要给人家道个歉,却想不好怎么开口,结果又开始生洛蕾尔的气。她把自己的格洛克手枪放到一个寄物柜里,"砰"地摔上柜门,又引得狱警喷出一道恼怒的鼻息。随着"哔"的一声提示音,通往牢房的闸门打开了,萨克斯踏进昏暗的走廊。走廊里空无一人。这片区域的房间,是给那些有头有脸的高级罪犯会见律师用的,他们会在这里商讨各种减刑的对策,或者是和检察官的交换条件。

另外,这里的香水香型是消毒水、油漆加尿骚味。

萨克斯走过前几间会客室,看见里面都没人。到了五号房,她透过门上的观察窗看见了洛蕾尔和那名囚犯。囚犯手脚都戴着镣铐,穿着橙色的囚服,和洛蕾尔分坐在桌子两侧。桌子用螺栓固定在地上，预防危险。房间的角落里站着一位大块头狱警，头发全部剃光，头顶微微泛着汗水的反光。他双手抱在胸前，警惕地盯着囚犯，像生物学家在观察一只有致命毒性但已死亡的小虫。

这扇房门是自动上锁的，一旦关上，无论在哪侧都要用钥匙才能打开。于是萨克斯抬手在门上狠狠地拍了几下。

看来这几巴掌拍得太狠了，房里的人全被吓得弹起，惊慌地四处看。没有配枪的狱警甚至已经把手贴到了自己腰带上的胡椒喷雾上。但他马上看到了萨克斯，认出来是自己人，于是松了口气。囚犯也看到了萨克斯，眯起眼打量她，神情从惊慌变为饥渴。

性犯罪吧，萨克斯猜测道。

洛蕾尔紧紧闭着嘴唇。

见她站起身，狱警便打开门让她出来，然后又把门锁好，立刻回到警惕的监视状态。

两个女人走到走廊尽头，远离那扇房门。洛蕾尔问："是查到梅茨格或者谢尔斯的新情况了吗？"

"问我干吗？"萨克斯顶嘴道，"我都不是调查组的成员了啊。"

"你说什么呢，警探？"洛蕾尔语气平静地问。

萨克斯没有说自己被停职的事，而是按时间顺序先说她最早的发现："你把我的名字从所有的备忘、邮件里删掉了，全换成你自己的名字，为什么？"

"我没——"

"反正一切都是为了赢得竞选，对吧？众议员洛蕾尔女士？"

萨克斯掏出那份偷拿的秘密文件，放到洛蕾尔面前。这份文件是洛蕾尔参选州众议院的请愿书。众议院是纽约州立法机关的下议院。

洛蕾尔垂下了视线："啊。"

完美命中了吧。

但一瞬间后，她又抬起眼，冷冷地直视萨克斯。

萨克斯乘胜追击："你把我的名字从所有文件里删除，好自己邀功，对吧？不如说，这就是你办这件案子的目的吧，南希？当然，这是'你的'案子！不是'我们的'案子，也不是'这件'案子。你就是想抓住一个高官的把柄，让媒体把事情炒大，好让自己也上上电视和报纸对不对？至于五一六虐杀无辜女性的事，你才懒得管，你满心想的都是扳倒政府高官，越大的官越好，对吧？

"为了达成这个目标，你就使唤我满城跑，去帮你把对莫里诺有利的线索都挖出来。一旦挖到，你就迫不及待拿到手，改上自己的名字，对不对？"

然而，尽管萨克斯咄咄逼人，助理检察官却没有丝毫心虚害怕的神情："那么，你有没有碰巧看见过我的参选申请书呢？"

"没有，也不需要。有这份不就够了，况且还有签名。"萨克斯扬扬手上的文件。

洛蕾尔说："那个只是辅助用的，类似于推荐。真要参选的话必须提交申请书。"

平常办案时，萨克斯偶尔会产生一股隐隐的不安，总觉得自己在勘查现场的时候漏看了什么线索。而且还是很关键的线索。现在，这股不安也像苍蝇一样轻轻地在她心头烦扰，像某种警报声一样响个不停。她一时没说话。

"我已经决定不参选了。"

"但这份——"

"请愿书是签署过的，没错。但我最后改主意了，没有提交报名。"

萨克斯说不出话。

"你猜得对，我本来是想参加民主党初选的，结果他们觉得我太自以为是了，不打算接纳我。我又准备了请愿书准备自行参选，但一段时间之后我还是决定不参加了。"

但接下来很奇怪，洛蕾尔在躲避萨克斯的视线，好像更尴尬的是她而不是萨克斯,就连她平常自信地挺起的肩膀,此时也垂了下来。她说:"去年冬天,我跟男朋友分手了,挺不愉快的。他……算了。我本来以为我们能结婚的。我也知道不是所有恋爱都能圆圆满满。这都没关系。但我就是难受,走不出来。"她紧紧地绷着嘴,薄薄的嘴唇微微颤抖着,"我太累了。"

萨克斯想起在莱姆家时见到她接电话的状态。

她现在脆弱又无助……

"所以我就想,可能尝试一下新鲜事物会有好处。我可以试试参选,参与政治。反正我本来就有这样的理想,我对国家和政府的定位有自己的一套见解,而且还挺自信的。高中和大学我都是班长,那段时间真愉快啊。也许我是想重现那段时光吧。但我思前想后,觉得自己当助理检察官肯定比当政治家优秀。这才是我该待的地方。"

她看向会面室:"那里面的人有性侵的犯罪史,现在因猥亵三名中学生而服刑。原来的检察官没那么多空闲管这种小案子,准备告他一条强行触碰罪。这样只能算轻罪,对他没多大影响。但我清楚他这种人。要是就这样让他重回社会,他下一次就会强奸十岁出头的女童,再下一次甚至就会在强奸后把女孩杀掉。所以我接过了这个案子,准备以一级性骚扰罪名控告他。"

"B级重罪。"萨克斯说。

"没错,而且我一定能赢。办这些案子才是我的专长,政治就不是了。我就是要阻止这样的强奸犯,还有像史锐夫·梅茨格那样利用政府、职权之便为所欲为的浑蛋。我要用宪法赶他们下地狱。"

竟然说脏话了,看来她是真的生气。萨克斯暗想,也许这就是真实的南希·洛蕾尔,平时轻易看不见,都隐藏在整齐的西装、厚重的妆容和各种毫无感情的客套话之下。

"阿米莉亚,我的确把你的名字从简报和邮件中删去了,但那是为了你和你的事业着想。我从没想过你想要占一份功劳。说到底,谁想呢?"她耸耸肩,"你知道这案子有多危险吗?我们即使只是犯一个最小的错误,都足以令调查组的某人前途尽丧。华盛顿那边可能会跟梅茨格和谢尔斯撇清关系,让他们自生自灭。但他们也可能把整件事视作他们的葛底斯堡战役,全力阻止我办案。若真如此,而我又在豁免权的事上搞砸了,那我就可以光荣载入史册了。联邦政府会逼迫州政府排挤我,州司法部长也会赶我走,毫不犹豫。接下来,相同的事就会发生在调查组的每一个人身上,阿米莉亚。"

我的案子……

"我是希望尽可能保住你和组里的其他人。就算是朗·塞利托和罗恩·普拉斯基的姓名我也没写进文件。"

萨克斯指出一个漏洞。"但我们之中总得有一个人出庭做证啊,因为我们毕竟是负责搜证和检测的。"然后她忽然想明白了,"林肯。"

洛蕾尔说:"没错。他只是'顾问',没人能开除他。"

"是我什么都没弄清楚。"萨克斯说着,为自己刚才的粗鲁行为道歉。

"不,也怪我没有跟你们说清楚。"

萨克斯感到手机震动了几下,于是拿出来看,是塞利托发来的短信。

> 刚问到,停职命令是迈尔斯警督下的。认为你由于健康问题,不宜上前线。他从你私人医生那里拿到了病历。我给你争取了一个星期,继续参与莫里诺案。但到五月二十八日你就一定要接受全面体检。

原来如此,根本不关洛蕾尔的事。幸亏刚才没把这个猜想骂出口。但迈尔斯是怎么拿到病历的?她从没用过局里的医疗报销去看病,都是自费的。因为她不希望被总局的人发现自己的情况。

"怎么了?"洛蕾尔关心道。

"没事,没什么。"

走廊另一头传来"哔"的一声响,电动门打开了,一个男人踏了进来。他看着三十来岁,运动员身材,穿深色的衣服。看见尽头的两个女人后,他稍微有点吃惊,眨了眨眼。然后他开始向前走,一边还留意着走廊两边的房间。

萨克斯经常来这个地方,这里的很多办公人员和警卫她都认识。当然也认识这里的警探,但她没见过这个男人。

也许是那个性侵犯的律师?但从洛蕾尔的神情判断,她也不认识这人。

萨克斯回过身对洛蕾尔说:"其实,还真有点新情况。我过来之前,我们查到了一些关于告密者的新线索。"

"真的?"洛蕾尔很惊喜。

萨克斯简单说了根据照片分析出来的情况,包括告密者喜欢喝茶、放糖包、胃有疾病、所穿的衣物和可能的军事背景,等等。

洛蕾尔开始问问题,但萨克斯警惕的直觉启动了,注意力转向了别处。

刚刚进来的男人并不是冲着会面室去的。他好像目标明确,坚定但又谨慎地一直朝两位女士走来。

"你认识后面那人吗?"萨克斯小声地问洛蕾尔。

"不认识。"洛蕾尔没看明白萨克斯在紧张什么。

直觉在萨克斯的脑海里演绎了一段推理。这人不是巴里·谢尔斯,因为他们已经看过他的照片了。那是不是五一六呢?萨克斯一直谨慎地更换手机,以避免被追踪,但谁知道NIOS有多神通广大?他还是有可能追查到萨克斯的位置——又或者,他是跟踪洛蕾尔来的。也许他已经把外面的门卫杀了,然后自己开门进来的。

萨克斯开始思考对策。她身上有折叠刀,但如果对方是五一六,那他肯定是有备而来。萨克斯想起了莉迪亚·福斯特身上惨不忍睹的刀伤。再说，五一六也很有可能带着枪。要用刀对付他的话，就必须放他接近。

然而男子走着走着就慢了下来，最后停在了小刀的攻击距离之外。这样，萨克斯根本来不及在他开枪攻击前拔刀并冲上去。男子面无表情，双眼警惕地轮流扫视两名女性问道："哪位是南希·洛蕾尔？"

"我，您又是哪位？"

对方没有回答。

他快速地瞥了一眼萨克斯，一手伸进自己外套里面。

萨克斯马上浑身紧绷，握好拳头，准备随时扑过去。

他出手的时候。她来得及控制住他的手、拔出刀子并弹出刀刃吗？

她微微半蹲，刺痛如约扎向膝盖，但她还是准备好随时飞扑。

说不定，膝盖会跟之前在后巷一样，瞬间垮掉，让萨克斯摔个狗吃屎，也让对方可以悠然自在地开枪击中她们两个。或者是用刀。

# 67

就在那千钧一发的瞬间,萨克斯看到,男子拿出来的是一个信封,而不是一把格洛克手枪,也不是刀子。

男子不解地看看萨克斯紧张兮兮的戒备姿势,向前走了几步,把信封递给了洛蕾尔。

"您到底是哪位?"洛蕾尔继续问道。

但对方还是不回答,只是说:"我受命把这个带给你。还有口信:在你继续下去之前,应该知道一下。"

"'继续下去'?"

男子没说话,只是朝信封努了努下巴。

检察官从信封里抽出一张纸。她的眼睛来回地转,看得出她正仔细地、逐行逐句地审读纸上的文字。她好像咬紧了牙。

读完,她终于抬起头看着男子:"你是国务院的人?"

虽然男子并没有出声,但萨克斯本能地感觉到这阵沉默相当于默认。到底是什么情况?

洛蕾尔再次看看文件,一边说:"这文件是真的吗?"一边仔细地审视着这名国务院派来的"小黄人"。

男子回答:"我只受命将一份文件递交给助理检察官洛蕾尔。我对其中的内容既不知情亦不关心。"

萨克斯讽刺地想:用词真讲究,莱姆听了肯定也会赞叹一番。

"这是不是史锐夫·梅茨格搞的?"洛蕾尔又追问,"是不是他伪造的?请你回答我的问题,这文件的真实性可靠吗?"

对其中的内容既不知情亦不关心……

但对方坚持不再开口,直接转身走了,仿佛面前的人并不存在。

"怎么了?"萨克斯问。

"之前弗雷德·德尔瑞跟我们讲过一条情报,说莫里诺受到枪击前曾去过美国领事馆或者大使馆,记得吗?"

"记得。"萨克斯说,"墨西哥城和哥斯达黎加,是在他五月二日离开纽约之后去的。"

神秘男子被开门放出去时,萨克斯看见那女警卫又黑又圆的脸往这边看了看,便马上坐回去沉迷花边新闻了。看来她没有受到伤害,也不怎么在意这几位访客,萨克斯对男子的怀疑也减轻了几分。

洛蕾尔叹了口气,继续说:"要是以为莫里诺是计划袭击大使馆,那就大错特错了。"她点点手上的文件,"他找大使馆竟然是为了快速改换国籍。五月四日,他在哥斯达黎加的圣何塞办好了手续,放弃了美国国籍。程序是即时生效的,但相关文件今早才被录入到国务院的数据库。"她又叹了口气,"罗伯特·莫里诺在身亡的时候是委内瑞拉公民,不再是美国公民了。"

萨克斯喃喃道:"所以他才跟礼宾车司机说不能再回美国了,不是因为想搞恐怖袭击,而是因为他这么不受欢迎,又只持外国护照,海关是不会放他进来的。"

洛蕾尔拿出手机,低头看了起来。她的脸色是前所未有的惨白。萨克斯又一次感到疑惑:为什么要化这么厚的妆呢?洛蕾尔按下一个快速拨号,萨克斯没分清几个数字的先后,毕竟"一"键和"九"键都同样容易按到。

电话通了,洛蕾尔走到一旁聊了起来。聊完后,她放好手机,却还是背对着萨克斯静静地站了好一会儿。她的电话响了,她接起来,这次的对话比上次短,很快就结束了。

她回过身说:"我上司刚和司法部长沟通了一下。不管史锐夫·梅茨格和他的狙击手如何滥用职权,既然被害人不是美国公民,那再继续追查他们也已经没有意义了。他们命令我放手。"

她垂眼看着地面,"就这样吧。"

"很遗憾。"萨克斯说。这次是真心的。

# 68

墨西哥雷诺萨的安全屋里,阿尔·巴拉尼·拉希德写好了炸弹所需零件的清单,并推给了"胖子"。

这是拉希德对帮派首席炸弹制造师的第一印象,而且他半小时前踏进屋里的时候还一身尘土,头发也脏兮兮的。拉希德这样评价他当然是有轻视的态度,但对方确实长得胖。但很快,拉希德就羞愧地发现不应该根据对方的体形和卫生习惯看低人家:这位炸弹制造师不仅是很优秀的合作伙伴,还是很有才能的制作师。最近几年来西半球的很多起爆炸事件,炸弹制作精良,杀伤力巨大——都是他的杰作。

制作师装好清单,用西班牙语说今晚就会买齐所有的零件带过来。

拉希德满心期待,因为这枚炸弹将会有效地完成任务:在教堂野餐会上把缉毒局的地区主任芭芭拉·萨默斯炸死,顺便炸死以雪糕车为中心、半径三十英尺内的所有其他人。拉希德计划把炸弹装在雪糕车里,希望到时候聚集在那周围的人越多越好。

拉希德朝人质所在的房间示意一下:"那人的公司跟你们谈妥赎金的问题了吗?"

"对,对,都谈妥了。也告诉他们了。今晚就能放他们走——钱一到账就行。"他看着拉希德说,"都是生意,你懂的。"

"都是生意。"拉希德重复了一遍,若有所思。不,其实不是。

"胖子"走到厨房,打开冰箱门,竟然没拿啤酒,而是拿了两盒酸奶,站在厨房中央用勺子舀着喝完了,一边喝一边一直看着拉希德。喝完酸奶,他擦擦嘴,把酸奶杯丢掉,又喝了点瓶装水。

"我很快就回来,先生。"两人握握手,"胖子"出去了,脚底的鞋跟磨损得厉害。

门关上后,拉希德警惕地走到窗前往外看。"胖子"坐上了一辆梅赛德斯,让车斜向一侧。引擎启动,车子离开了,只在身后留下一团黑云。

但拉希德还是在窗前待了将近十分钟,四下观察着。没有监视人员。没有路人走过的时候不自然地朝这边看。没有窗帘被突兀地掩上。流浪狗百无聊赖,没有朝隐蔽的角落发出紧张的吠叫。

人质房传来一些声音,然后又响起另一个模糊的声音,拉希德一开始没听出是什么。声音断断续续的,声调时高时低。然后他听出来了,是哭声。是那个小女孩。她虽然知道能回家了,但还不够满意。她希望自己现在就在家,跟熟悉的玩具、床和毯子待在一起。

拉希德想起自己的妹妹,还有她的两个同学,在加沙丧命。那时,他妹妹跟这个小女孩差不多大。只是他妹妹连哭的机会都没有。

拉希德又喝了点茶,复查了线路图,听着小女孩难过的声音。墙壁的隔绝让她的哭声更加幽怨悲痛,就像出自被永远囚禁在坟墓里的女鬼。

# 69

"击杀室"这名字听起来像是出自科幻电影,或者电视剧《二十四小时》的行动中心。

实际上,NIOS 的地面控制站是一个杂乱的房间,跟中型保险公司或者广告公司的仓库差不多。设施是在一个十五英寸乘四十英寸的拖车货柜里,被划分成两个隔间。货柜就放在 NIOS 的停车场里。房间内,墙边堆着许多硬纸箱,分别来自不同的年代,有的写着意义不明的文字,另一些则是空白的。纸箱里分别有文件、纸杯、清洁工具和其他杂物。

房间里有一处通信中心,目前没人使用,还有数台电脑,角落里是一张破旧的灰色办公桌和一把褐色办公椅。大量文件散落在办公桌上,就像是秘书懒得分门别类了,泄气地把它们一丢了之。地面上还有扫把、一个空的维生素饮料纸箱和一盏坏了的台灯。还有报纸、灯泡、电脑线路板、电线和《跑步者世界》杂志,乱七八糟。正经装饰则是多幅地图,包括加勒比地区、墨西哥、加拿大、中美洲和伊拉克的。有几张 OSHA[①] 传单,展现了以错误姿势搬重物的危险和酷暑天饮水不足的害处。

房间里很昏暗,天花板上的灯极少被点亮,仿佛昏暗的环境能

---

① OSHA 标准,即职业安全与健康标准,该领域尚无统一的国际规范。

守住秘密。

但一般没人会在意这间办公室是多么不堪，因为货柜另一侧的东西——厚玻璃落地窗另一侧的UAV控制台——太吸引眼球了。

巴里·谢尔斯和其他驾驶员或感应器操作员同事一样，喜欢将这座控制台称作驾驶舱，但他们却不喜欢说"无人机"。也许是"无人飞行器"听起来比较高级，比较"干净"。另外，从公关角度来说，UAV显然也更好，因为飞行员们私下都把无人机称为"天降终结者"。

消瘦的巴里·谢尔斯今天身穿西裤和短袖蓝色格子衫，没有打领带。他坐在一把皮椅里，椅身里填充物很多，鼓鼓囊囊的，坐着很舒适。这椅子看起来不像喷气机驾驶舱的座位，倒是像《星际迷航》里科克船长的那把。谢尔斯身前是一台三英寸乘十八英寸的桌面控制平台，一大堆旋钮、按钮、开关和小显示屏密密麻麻地分布在上面，还有最显眼的两根操纵杆。但现在谢尔斯不用做任何操作，自动飞行系统正在指挥N-397次UAV飞向目的地。

任务的这个阶段都是由电脑完成，这是标准程序，旨在把飞机带到目标区域附近。而且谢尔斯现在也不介意当个副手，因为他今天注意力难以集中。他一直在想上个任务的事情。

NIOS犯下大错的那个任务。

他回忆着那些情报，说莫里诺购买了制作爆炸装置的化学药剂——硝基甲烷、柴油和化肥——准备将迈阿密某石油公司的总部变成一堆冒烟的废墟。情报说莫里诺对美国总是骂个不停，呼吁对美国民众发动袭击，说这位社会活动家还前往墨西哥和哥斯达黎加的大使馆踩点，准备把这些地方也炸掉。

他们说得那么自信……

结果却错得那么离谱。

连避免连带伤害的事也错了。德·拉·鲁亚和保镖。

LLR项目最初的目的是减少使用导弹，想将连带伤害最小化，最好是能完全避免。

结果，第一次用于实际任务就闯了祸。

害死了无辜的人。

谢尔斯当时将ＵＡＶ完美地悬停在克利夫顿湾上空，凭借红外设备和雷达清晰地看见了大树枝叶后面的莫里诺，并反复确认过是他。谢尔斯计算着风力和重力的影响，抓住莫里诺独自站在窗前的机会开了火。

他知道只有莫里诺会丧命于此。

但无论是他还是任何其他人都没想到一件极小的事：窗玻璃。

谁能想到玻璃碎片竟然有如此致命的威力？

"不是他的错"……但要是他真心这样觉得，觉得自己没做错任何事，那昨晚为什么会在洗手间呕吐不止？

就是有点流感……没事的，亲爱的，没事，我还好……

为什么越来越睡不好觉？

又为什么越来越精神涣散、脾气无常、心脏绞痛？

奇怪的是，虽然无人机驾驶员可能是所有军种里人身安全系数最高的，他们却有着最高的抑郁症和应激障碍患病率，无论是在军队还是国防机关里都一样。在他们的工作和生活中，一时要坐在科罗拉多或纽约市的电脑前，遥控无人机射杀数千英里外的敌人，一时又要到体育馆或足球场接孩子回家，跟家人吃饭、看《与星共舞》，日常生活与工作的落差极大，对他们的心理也造成了极大的影响。

尤其是知道自己的同胞要在战场上躲在沙漠的壕沟里，或者被炸弹炸飞时。

差不多了，飞行员，集中注意力。谢尔斯警告自己。他最近经常要这样。把注意力集中到任务上。一件特勤令任务。

他扫视着面前的五块电脑屏幕。正中的一块上显示着黑色的背景、绿色的线条、方格和一些其他图案，是典型的飞机控制画面：

模拟地平线、空速、地速、方向、导航通信、GPS、燃料和引擎状态等。上方则是普通的地图，就像兰德·麦克纳利公司出版的那种。左上方的屏幕则显示着一些辅助信息，包括天气、最新信息和其他沟通报告等。

左边的屏幕是雷达信息，随时可从常规雷达切换成合成孔径雷达；右边的屏幕与视线平齐，显示的是无人机摄像头拍摄的画面，实时高清传输，目前看到的是白天，晚上则可以开启夜视模式。

现在的景象是一片土黄的沙漠在飞机底下后移。

但是很慢。毕竟无人机可不是F-16战斗机。

屏幕下方另有一块独立的操控板，上面是武器控制键。这东西没有任何花里胡哨的地方，只有实用主义设计，漆成黑色，有点磨损。

在大部分无人机任务中，尤其是前往真正战场的那些，机组通常要包含一名飞行员和一名感应器操作员。但在NIOS的任务里，任务都是由飞行员独自操作完成。这是梅茨格的主意，但没人知道是出于什么目的。有人认为，这样可以尽量减少知道任务的人数，降低被泄露的风险。

但谢尔斯是这样想的：NIOS的头儿很清楚这些任务会对执行人造成的伤害，他是希望尽量减少受此影响的人。有不少同事因为这些事而崩溃，这会导致更多严重的后果，包括影响到他们自己、他们的家庭……当然还有NIOS。

巴里·谢尔斯扫了一眼读数，按下一个按钮，几个小灯亮了起来。

他对着麦克风说："UAV397呼叫得克萨斯中心。"

对方马上答道："请讲，UAV397。"

"武器系统已亮绿灯。"

"明白。"

他往后一靠，又被另一个念头击中。梅茨格说过有人正在"注意"莫里诺任务。谢尔斯追问细节,他也只是暧昧地笑笑,说是个技术性问题,一切正常。已经派人着手处理、采取预防措施,叫他不用担心。但谢尔斯可不满意这回答。梅茨格的微笑总是能引人猜疑。

谢尔斯突然怒火中烧,很想骂人。他和其他所有人都清楚,这是梅茨格的问题。到底是谁在调查?警察?国会?还是联邦调查局?

意外的是,梅茨格叫他也稍微采取一点预防措施。

"比如?"

"你就记住有些东西越少越好……嗯……用'证据'好像太明显了。反正,你知道我说的是什么意思。"

谢尔斯当即就决定保留手机上的一些关键短信,这些短信能表明他就是"唐·布伦斯",虽然所有短信和邮件都是加密过的,但谢尔斯觉得还是存下一些比较稳妥。他偷偷打印了这些资料,带出了NIOS。

作为一道保险。

这一切"措施"逼着他思考:妈的,也许该改行了。太难做了。谢尔斯才三十九岁,有空军学院的学位、工程学和政治学的研究生学位,去哪儿都不愁工作。

不过,真的做得到吗?

带着这样的简历?

另外,不能再为国家出力也让他难受。

但是,他在暗杀一个讨厌但无罪的大嘴巴的时候,不小心连带害死了知名记者和勤恳工作的保镖,这样的事又怎么会有益于保家卫国啊?还有——

"得克萨斯中心呼叫397。"

像被拨了开关一样,谢尔斯马上进入状态:"这里是397。"

"你离目标还有十分钟路程。"

胡德堡附近的任务指挥中心实时监控着飞机的位置。

"明白。"

"目视情况如何？"

他看看屏幕说："有点雾，但不影响。"

"注意，397，根据地面监视人员报告，目标人物目前独处于目标建筑内。一小时前到访的人物已经离开。"

任务……

"收到，得克萨斯中心。我接手飞机的控制了。"谢尔斯说着，关掉了自动飞行系统，"接近卢西奥·布兰科国际机场。"

雷诺萨的机场。

"友国航空管制已知悉你的飞行路线。"

"收到。下降至两千英尺。EAD启动。"

EAD，即引擎消音器，最多能将无人机引擎的噪声减少百分之九十。但这设备只能用很短时间，因为它会导致引擎过热、耗能提升，如果遇上极端天气就更加危险。幸好目前天气不错，视野清晰，也没有强风会干扰到飞机。

五分钟后他操控着397来到离安全屋半英里外，一千五百英尺高的空中。屋子里，阿尔·巴拉尼·拉希德正在计划设计炸弹，甚至可能已经在进行制作了。

"进入悬停状态。"

谢尔斯稳稳地移动着操纵杆。

他用镭射线瞄准目标安全屋："坐标已确定。"

他报告了目标的经纬度，以确认跟情报吻合。只是要确定一下。

"得克萨斯中心呼叫397，坐标符合。目标确认。你的验证码是？"

谢尔斯报出自己的十位数身份识别码，表明他真的是执行人，并且已获得授权向此目标发射导弹。

"识别码确认，397。批准随时发射。"

"397 收到。"

他掀开地狱火导弹发射按钮上的盖子,手指放到了按钮上。

他看着安全屋的实时画面,但没有按下按钮。

他检查着窗户、房门、烟囱、屋旁小道上的尘土甚至仙人掌。他在找寻一个迹象,一个说服他不应该发射这枚导弹的理由。

"397,收得到吗?导弹发射已批准。"

"这里是397,收到,得克萨斯中心。"

他深呼吸一下。

心里想道:莫里诺……

他打开第二层保护盖,按下了按钮。

一百一十磅的导弹从UAV上脱落,没有声音,只是画面微微一颤。一盏绿灯亮起,表示导弹成功释放。另一盏亮起,表示导弹已点火。

"这里是397,导弹已发射,得克萨斯中心。"

"收到。"声音毫无情感。

至此,谢尔斯已经没什么可以做的了,只需要看着安全屋消失在巨大的烟火之中。他看向实时画面。

然后他看到房子后门打开了,两个人走了出来,来到房子和车库之间的空地。其中一个是拉希德。另一个是十几岁的男孩。他们聊了几句后,开始踢足球。

# 70

巴里·谢尔斯觉得好像有一只无形的手狠狠地揍了他一拳。

他赶紧用大拇指戳向控制台中央标注着"终止"的红色按钮,把手指甲都折弯了。

这样就会有一道信号发送到导弹上,解除掉弹头的武装状态。但即便如此,导弹仍是一大块致命的金属,装载着大量推进剂,正以九百英里的时速精确地朝那座房子飞去。就算弹头里的炸药不爆炸,导弹也能轻易杀死房子里的所有人。

谢尔斯让自动飞行系统接管了无人机,自己则取代了导弹的自动导航,用控制台上的一个小控制球操纵导弹的运行。

导弹头上装有一台简易相机传回实时画面,但清晰度很差,再加上导弹目前飞行速度极高,画面简直一片模糊,靠它可没法精准地"驾驶"导弹。谢尔斯主要依靠无人机和墨西哥航空管制的雷达反馈来进行微调,希望能指挥这个死亡大油箱离开目标房屋。

谢尔斯看了一眼右边的屏幕,也就是导弹上的相机拍到的画面。镜头现在还是对准着两位足球运动员。拉希德停止了动作,双眼在天空搜寻。他肯定是听到异响或者看到不自然的闪光了。

少年也停下了准备踢球的脚,疑惑又谨慎地看向拉希德。

巴里·谢尔斯还看见,在那两人身后,又走出了一个小女孩,站在门廊上微笑着看向少年。

"得克萨斯中心呼叫397，我们检测到导弹路径偏移，请回复。"

谢尔斯不再理会通信，聚精会神地尝试将导弹驶离人口密集区。导弹现在的飞行速度比最快的喷气式客机还快一倍，要准确操控它真不是轻松的活儿。雷诺萨的这片区域相比东区来说人口算少了，但住房、商店和往来交通还是很多。雷达上清楚显示着附近的航线，谢尔斯很轻松就能让导弹避开。但雷达没法给出地面建筑的情况——而地面就是谢尔斯要让导弹坠毁的地方。他还得赶紧完成操作，因为导弹的燃料几乎耗尽。一旦导弹失去动力，他就无法控制导弹了。

"397？收到了吗？"

导弹飞进了一片阴霾里，反馈画面变成了一片灰暗。谢尔斯现在只能盲飞。

"上帝啊⋯⋯"

即便谢尔斯这么虔诚，每周日都风雨不改地和妻儿去教堂做礼拜，这句话他也不会轻易说出口。

"397，这里是得克萨斯中心，请回复。"

谢尔斯烦躁地想：我回复一句去你妈的行不行？

阴霾中出现一小块豁口，谢尔斯抓住机会看到导弹正朝着一片住宅开发区扎去。

别啊，别啊⋯⋯

他轻轻扭动控制球，让路径继续偏西。

雾霾又在导弹的摄像头前合拢了。

他扫了一眼雷达图，上面有显示基础的地形，但也不是卫星实时图，只是传统的地形图，对于当地的建筑物没有任何显示。谢尔斯还是无法得知导弹正在飞向什么东西。

数秒后，燃料就将耗尽，这根死亡铁管就会不受控制地砸向地面的随机目标。到底会打中哪里？某个孩子的卧室，一家满是病患的医院，还是一栋挤满上班族的写字楼？

谢尔斯突然灵光一闪。他放开了控制球，在面前的电脑键盘上飞速地输入指令。

左上方的显示器上，电脑打开了火狐浏览器。这可是完全违反标准程序的行为。因为在执行无人机任务的时候，是严禁使用商用浏览器连接互联网的。但谢尔斯已经别无他法。不到一瞬间他就打开了谷歌地图，切换到卫星画面。雷诺萨小镇的画面出现了，房屋、树木、道路和商铺都显示得清清楚楚。

他快速地来回对比雷达图和卫星图，估算着导弹目前的位置。

天啊！导弹现在刚好又在小镇西北部的一处住宅群正上方。但正好这里的西面就是一大片荒凉的黄色沙漠，空旷无人。

"UAV3——"

谢尔斯一把扯下自己的耳机，扔在一旁。

他重新握住控制球。

轻轻地、轻轻地转——该死，稍不留神就会转过头。

通过对比雷达图和谷歌地图，他看到导弹已经在逐渐远离民房。很快，导弹的飞行方向直指西边，朝着谷歌地图上荒无人烟的沙漠飞去。导弹前端的摄像机仍然只能拍到一片灰蒙蒙的景象。

紧接着，导弹的高度和飞行速度都开始急剧下跌——燃料耗尽了，导弹不会再受控制了。现在开始就没有谢尔斯能做的事了。他猛地后仰，让上身摔进椅背，一边在裤腿上擦手上的汗，一边继续盯着导弹摄像头传回的画面，尽管那上面仍是一片灰霾。

高度指示器显示当前高度是一千五百英尺。

六百七十英尺。

五百九十……

导弹撞向地面的时候他会看见什么景象呢？真的是空空如也的荒漠，还是一辆出游归来、载着学生的校车？又或者是一些农夫惊愕地看着导弹直奔自己而来，吓得忘了逃跑？

突然，云雾终于散开，谢尔斯也得以看清导弹前方的目标。

不管一千八百英里外的爆炸有多响亮、多夸张，在NIOS的控制室里都感受不到分毫。反馈画面只是一片荒漠高速接近，在一瞬间就安静地切换成闪烁的黑白雪花，就像暴风雨时没有信号的电视机。

谢尔斯回到无人机操纵台，取消自动驾驶，接过了操控权。他通过摄像机拍摄的画面看到安全屋的景象，两个小孩仍在那里玩耍，男孩儿应该是女孩儿的哥哥，正把球轻轻踢给妹妹，而妹妹则跑过去追，像只高兴的小猎犬。一个妇女站在后门旁，没有笑容地看着两个孩子。

"耶稣我主啊。"谢尔斯喃喃道。他不想知道这些人是谁，也不关心为什么明明有"绝对可靠"的情报说整座房子里只有恐怖分子一个人，最后却又出现了其他人。

谢尔斯拉远了镜头。

车库门打开了，拉希德已经跑了。理所当然。刚才谢尔斯看到这名恐怖分子多疑的眼神就知道事情已经败露了。

他捡回那副耳机，重新戴好。

"——到吗？397？收到请——"

"397向得克萨斯中心报告，"他毫不留情地突然开口，"出于操作员的考虑，任务终止。现在返航。"

# 71

"苏格兰威士忌要不要来点儿?"客厅中央,坐在一台显微镜旁边的莱姆问道,"看你的样子,应该很需要喝上几口。"

洛蕾尔抬起头,皱着眉看向莱姆。她正在自己的临时工位收拾文件。看到洛蕾尔的表情,莱姆马上猜测她是不是打算就"办公期间饮酒这一不敬业的行为"展开一番训话。

结果她开口问:"哪家酒厂的?"

莱姆说:"格兰杰的。有十二年的和十八年的。"

"有没有泥煤味比较重的?"她大声追问,让莱姆又吃了一惊。萨克斯也略感惊讶,觉得有趣,脸上露出了浅浅的微笑。

"我没有。不过你先试试我推荐的,肯定会喜欢。"

"也行,那我要十八年的那瓶。水只掺一点点。"

莱姆拿出酒瓶,笨拙地给洛蕾尔倒酒。然后,洛蕾尔便自己拿过酒杯去掺水,不再劳烦莱姆了,毕竟他的手臂动作还是不太灵活。

莱姆又问:"你呢,萨克斯?"

"不了,我过会儿再喝点别的。谢了。"她正在整理本案的证物袋。每次办完案后,警方都要严谨地把证物分类归纳储藏好。即使是办到一半被迫终止的案件也一样。

"汤姆和梅尔呢?"

梅尔表示自己喝咖啡就行了,汤姆也婉拒邀请。汤姆最近爱上了喝波本曼哈顿鸡尾酒,但他对莱姆说过,美酒只能在周末享用,这样美好的时光才不会被杂事打断。

汤姆从冰箱里拿出一瓶法国霞多丽(调查小组经常会在这个冰箱里储存血液或者人体组织的样本)朝萨克斯示意。萨克斯一笑,说:"你懂我。"

汤姆打开酒瓶给萨克斯倒了一杯。

莱姆喝了一小口醇香的威士忌:"怎么样,很不错吧?"

"的确。"洛蕾尔赞同道。

莱姆又读了一遍那封说莫里诺更换国籍的信。这么一个技术问题竟然就把案子带偏了,莱姆和洛蕾尔对此一样恼怒。

"他真的恨美国恨到要放弃国籍吗?"普拉斯基问道。

"看来是这样。"洛蕾尔说。

"行了,你们这群小家伙,一个个垂头丧气的干吗。"莱姆开了个头,又喝了一口威士忌,"只不过是让他们赢了第一回合,或者叫第一局吧。你们爱怎么说都行。但我们手上还有一名嫌疑人,记得吗?嫌疑犯五一六,他身上可是背着咖啡店炸弹案和莉迪亚·福斯特谋杀案的。那些可都是大案。朗会安排我们继续查下去。"

"不过,那些就不是我该管的案子了。"南希·洛蕾尔说,"上面已经下令要我回归日常工作岗位了。"

"都是屁话!"罗恩·普拉斯基突然大吼,把莱姆都吓到了,"莫里诺被射杀的时候是一名无辜的受害者,他不是美国公民又怎样?"

"的确是屁话,罗恩。"洛蕾尔的声音里更多的是屈服而非怒意,"你说得对。"

她喝尽杯中的酒,走向莱姆,主动和他握手:"很荣幸能跟你合作。"

"肯定还会有下次合作的。"

她淡淡地笑了笑,笑里带着一丝难过,看来她认为自己当检察官的职业生涯已经到头了。

萨克斯说："对了，有时间我们约一次晚饭吧？可以讲讲政府的坏话。"然后又故意以莱姆也能听到的音量轻声补充道："还能讲讲男人的坏话。"

"好啊。"

两人互相留了电话号码，萨克斯还要特地查看自己最新换的号码是多少。过去这几天她已经买了一大把替换号码了。

最后，助理检察官仔细地收拾好剩下的一些文件，用夹子和便利贴分好类。她说："之后我会把关于五一六的文件发给你们的。"

她一手夹着公文包，一手拿起律师包，最后环视了一遍客厅，一言不发地走向大门。坚硬的鞋跟踏过木地板和大理石地板，她离开了。

# 72

虽然略感遗憾,但雅各布·斯万还是决定,杀掉洛蕾尔之前不能强奸她。

应该说,斯万当然"能"强奸她,他其实也有点想,但这不明智。一次性侵行为可能留下的证物太多了——有汗水、泪液、唾液、毛发和每天都会成千上万掉落的皮肤细胞,事后可不好清除。而这些证物是绝不能落到搜证人员手上的。

更别说皮肤上或乳胶手套内侧的指纹了。

他得想个别的办法。

斯万坐在亨利街的一家餐厅里。马路对面就是那位检察官的家,一栋没有电梯的四层公寓。他正捧着一杯又苦又甜的古巴咖啡慢慢喝着,研究洛蕾尔住的公寓。没有门房保安,很好。

这一次,斯万觉得可以用伪装手法。除了对消灭邪恶叛国贼的爱国者紧追不放之外,洛蕾尔还把很多性侵犯送进过监狱。斯万查过她的定罪记录——战绩非常优秀。她告倒的犯人里面有一大群连环强奸犯或骚扰犯。那么,这些人中的某一个刑满释放之后决定来一场复仇也很正常吧。犯人的某个亲戚代行也一样有可能。

清算时刻到了。

尽管总部已经发来消息说针对莫里诺案的调查已经结束了,但不代表这案子再无重见天日之时。以洛蕾尔的为人,她很有可能辞去政府里的职位，然后给报纸或者网络媒体写信件和文章透露真相，誓要揭NIOS和特勤令项目组的老底。

所以洛蕾尔还是消失比较好。再者，斯万已经在小意大利引爆了一个炸弹，又捅死了一名翻译和一个专车司机，洛蕾尔很有可能会被叫去协助调查这几起案件，因此斯万除了把她干掉之外，还要把她手上的调查资料全部销毁。

他在脑子里预演作案的过程——不是为了性欲，而是为了完善袭击计划。他把这当作菜谱一样审视。做好计划、准备工作，最后实施。他计划破门闯进她的屋里，拳击她的头部把她打晕（不能打脖子，因为要避免跟莉迪亚·福斯特案有联系），然后扯烂她的衣物，弄伤她的乳房和下体，使其看起来像受过性侵（不能用咬的，即使再想也不行，毕竟不能留下DNA），最后把她打死，用异物捅穿她的身体。

要做到更完善，可以去成人书店的影片放映间或者色情影院偷取别人的DNA来放置到洛蕾尔身上，但斯万现在没这么多时间。作为替补措施，他在附近一座公寓后面的垃圾桶里找到了一些肮脏破烂的内裤，是青少年的号数。作案时，他准备将这内裤上的一些纤维塞到洛蕾尔的指甲缝里。希望这内裤的主人在过去几天里有自慰过吧。看样子肯定是有的。

有这些误导证物就足够了。

他把舌头探进咖啡里，然后喝了一口，享受着在口中蔓延开来的刺激。那个"舌头不同区域负责尝出酸甜苦辣不同味道"的说法真是奇怪。他又喝了一口。

斯万烹饪时偶尔会用到咖啡，曾经在为猪排做一种辣酱时用了百分之八十的可可和意式特浓咖啡。那道菜很美味，他甚至有冲动拿去参赛，但理智告诉他太张扬不是好事。

他再次预演作案流程的时候，突然看见了洛蕾尔。

助理检察官从街角转出来，穿着海军蓝外套和白色衬衣，圆润的手拿着老式公文包和律师包。斯万猜测这两个包会不会是她父母送的礼物,因为他查过,洛蕾尔的父母也是律师。但他们在律师界只混到最低的层次:母亲是公诉辩护律师,父亲则主攻济贫法。

做慈善,帮助社会底层人民啊?斯万心想。跟他们的女儿一样。

洛蕾尔走路垂着眼,两个包的重量把她累得够呛。尽管她的表情就像无法破译的面具,但还是流露出受挫和泄气的情绪。就像加在汤里的西芹,只有幽幽的香味,没有香菜那么明显。

心情低落的原因当然是莫里诺案。斯万都差点儿想替她伤心了。本来这一案要是她办成了,肯定能成为她履历里最辉煌的记录,像皇冠上最大的宝石一样耀眼。现在她只能回到平常的生活,以吸毒、强奸和非法用枪等普通罪名起诉某某何塞、某某沙里克、某某比利和某某罗伊,把他们丢进监狱,毫无新意。

不是我。绝对不是。我不知道啊老兄,我不知道这是怎么回事,真的……

只不过,她怕是没机会再处理这些案子了。

甚至没机会做任何事了。今晚之后,她就会变得冰冷僵硬,就像冷库里的一块牛腰肉。

南希·洛蕾尔找出了门钥匙,打开楼门走了进去。

斯万准备等十分钟到十五分钟,等她慢慢放松戒备。

他端起面前的小咖啡杯,深吸一口香气,然后再一次把舌头浸入咖啡。

# 73

"十个小印第安人里最后剩下的这个……有什么是我们已经知道了的?"莱姆边想事情边问。

莫里诺的国籍问题击败了洛蕾尔,却激得莱姆更渴望捕到猎物。

"阿尔巴尼那边怎样都不关我的事,萨克斯,我一定要抓到五一六。让他逍遥法外太危险了。快,我们知道些什么?"他看向白板,"好,首先我们知道,五一六在狙击案前后是去了巴哈马的。我们知道他杀害了学生兼妓女安妮特·柏德尔,知道他通过放置炸弹清除告密者的相关线索。我们知道他杀了莉迪亚·福斯特,还知道他跟踪过萨克斯。从这里面能总结出什么呢……萨克斯!"

"怎么了?"

"另外那个司机,平时给莫里诺开车的那个,你联系上了吗?"

"没有,他一直没回过电话。"

警方致电请求回复的时候,绝大部分民众都不会照做。这倒没什么,一般是因为他们不想被卷进刑案调查这种麻烦事。

但有时候这是出于别的原因。

萨克斯又试着给那名司机打了一次电话,但还是没结果。她又拨出一通电话,莱姆猜是直接打给了总公司。萨克斯询问这名司机的情况,很快就讲完挂了电话。

"说是去看望生病的亲戚后再也没有消息了。"

"别听他们说的。我们可能又找到一名被害人了。普拉斯基,查出他家住址。从最近的分局派一队人过去探一下。"

年轻的警官拿出手机开始联系调配。

莱姆在表格前来回挪动。他印象中,经手的案子里没有哪件像这次一样,证据如此稀少零碎。

证物都是些零碎的垃圾,加上一些不牢靠的观察推论,最后还遇上一百八十度的大逆转。

没有其他路可走……

可恶。

莱姆把轮椅开到放威士忌的架子前,拿起那瓶格兰杰,又笨拙地给自己倒了一杯,然后把杯子放到轮椅的杯架上,喝起酒来。

"你偷偷做什么呢?"汤姆的声音从门廊那边传来。

"我做什么呢,我'做什么呢'?真是个要命的问题啊。疑问词'什么'通常用于提问者无法对实际情况做出推测的时候。"他狠狠地喝了一大口,"你可真是糟蹋了一个好句子,汤姆。我在做什么你还不知道吗?"

"你喝得够多了啊。"

"一个陈述句,不错。很正确。虽然我不同意句子的内容,但它在语法上是正确的。"

"林肯!"汤姆发起火来,大踏步朝莱姆走去。

莱姆紧张地盯着他说:"想都别——"

"等一下。"萨克斯说。

莱姆以为她也要站到汤姆那边,阻止自己喝酒,但他转过轮椅后发现萨克斯其实是看着白板,而非两位吵架的男士。她朝前走去,脚步没有跛,眉头也没有因为疼痛而皱起。她走得轻盈稳健,双眼眯得很细,犹如猛禽盯上猎物。高挑的萨克斯露出这种神情会显得很吓人,但在莱姆看来却充满吸引力。

莱姆暂时放下了威士忌,也抬眼看着白板上的文字。他漏掉什么重要线索了吗,还是萨克斯推理出了莱姆没想到的事情?

"是不是看出五一六的什么情况了?"

"不是,莱姆,"她轻声说,"是别的事,完全不同的一件事。"

# 74

布鲁克林高地的一栋公寓里,南希·奥利维亚·洛蕾尔正坐在自家沙发上神游。这沙发本来是蓝色布面的,但多年下来已经被家人和朋友坐得磨损了,于是后来她专门到杰西潘尼百货买了一件棕色的沙发套给它套上。

这间屋里有很多老家具。洛蕾尔想起一件往事:以前爸爸会在沙发的缝隙里到处抠抠摸摸,好像在找别人掉进去的硬币,却不巧被八岁左右的小南希撞见。他马上开玩笑掩饰说只是一个游戏,闹着玩的。

但她其实都懂,小孩也会对父母的某些行为感到羞耻。

洛蕾尔感受着嘴里残留的威士忌香味,一边郁闷地环视自己的家,她独居的家。虽然家里摆的都是些老旧的二手家具,氛围却很温馨。即使像今天这样心情低落到极点也能感觉舒适。可能正因为有这些旧家具才显得温馨吧。洛蕾尔也是花了好一番功夫去整理这房子的。如今乳白色的墙面漆底下其实盖着十几层旧油漆,最老的历史可以追溯到泰迪·罗斯福当总统的时候。装饰物也很多。有一组丝织的假花串,是从切尔西工艺品集市买的,一个秋季款的花环,是从联合广场办的农夫集市买的。另外还挂着一些艺术品,油画和素描都有,一些是真迹,也有一些只是复印商品。画的内容多是她自己喜欢的,比如静物、马匹、农场和流淌在卵石之间的溪流,等等。她也说不清这些画的吸引力在哪里，总之都是一看见就喜欢上了，只要有闲钱她就会当场买下。另外还有几块五彩斑斓的长方形挂毯。几年前洛蕾尔开始学编织，还想给朋友的小侄女织一条围巾，结果开了个头之后，就总觉得没时间或者没干劲，一直放着没完成。

接下来怎么办呢？她心想。

接下来怎么办呢……

烧水壶吱吱作响。其实响了好一会儿了，声音又大又尖锐，只不过她现在才留意到。她走到小厨房，往马克杯里放了一包玫瑰花干。杯子外是海军蓝的，里面是白色，竟然跟她现在的衣服配色一样。她又呆呆地想，该换套起居服才对。

等会儿再说吧。

洛蕾尔干瞪着水壶足足一分钟，然后关了火，却没有往杯子里倒水，直接回到沙发坐下。

接下来怎么办呢？

现在这样，可以说是最糟糕的结局了。本来，如果她能告倒梅茨格和谢尔斯，那简直是举世无双的成就。能成就她的人生。对她来说，这案子的重要性已经无可比拟。她回忆起在法学院时读到的各种关于美国司法系统的故事，想起各位伟大的律师、检察官和法官。克莱伦斯·丹诺[①]、威廉·奥威尔·道格拉斯[②]、费利克斯·弗兰克福特[③]、本杰明·内森·卡多佐[④]、厄尔·沃伦[⑤]……不计其数。特别是路易斯·布兰代斯[⑥]，洛蕾尔常常回想起他的事迹。

联邦宪法或许是世上最伟大的人类实验……

---

[①]克莱伦斯·丹诺（1857—1938）被后人誉为美国历史上最伟大的辩护律师。
[②]威廉·奥威尔·道格拉斯（1898—1980）担任美国最高法院大法官长达三十六年又二百零九天。
[③]费利克斯·弗兰克福特（1882—1965），美国著名法学家。
[④]本杰明·内森·卡多佐（1870—1938），一九三二年至一九三八年任美国最高法院大法官。
[⑤]厄尔·沃伦（1891—1974），美国著名政治家、法学家，第十四任美国首席大法官。
[⑥]路易斯·布兰代斯（1856—1941），美国最高法院大法官，被称为人民的律师，美国进步运动的主要推动人物。

她觉得司法正义的体系是世上最美妙的东西，迫不及待想成为其中一分子，在美国法律界留下自己的姓名。

从法学院毕业那天是她最自豪的一天。那天她在观众群里寻找，看到了爸爸独自一人来参加典礼，妈妈那天因为一宗谋杀案要上庭——去州最高法院为一名流浪汉做无罪辩护。

虽然妈妈没法来参加毕业礼，但洛蕾尔反而认为，妈妈缺席的理由让她无比自豪。

她要办莫里诺的案子，就是想证明自己也有这种牺牲精神。好吧，当然也想出出风头。阿米莉亚的猜测其实挺正确的。尽管她不能参选了，野心可不会随便就丢掉。

但即使不能在法庭上告倒梅茨格，好处还是有的，那就是NIOS的击杀室会被曝光。也许这都足够让暗杀项目永不见天日了吧。饥渴的媒体和饿狼似的议员会像苍蝇一样围着NIOS打转，绝不放过。

洛蕾尔也会做出自己的牺牲——她的前途当然会断送了——至少能把梅茨格的罪行公开。

但现在这是什么情况？她的老板被迫把案子撤销了！这样没有任何意义。

可想而知，现在告密者应该也躲得无影无踪了，暗杀队列后面的人的身份也没法确认了。抱歉了，拉希德先生。

她以后又会怎样呢？

洛蕾尔自己都觉得这个问题很好笑。她起身回到厨房，把茶泡好，还加了两颗糖，减轻酸味。以后啊，大概就是这样吧：失业好长一段时间，每天百无聊赖地看重播的《宋飞正传》，吃微波加热的减肥餐，一份不饱就再吃一份。时不时来一杯肯德·杰克逊酒庄的葡萄酒。在电脑上下棋消磨时间。差不多了就去找找工作，参加面试，可能最后能在华尔街某家律所谋到工作。

她感觉越来越灰心。

她又想起大卫。她经常想他,总是想他。"其实啊,唉,是你老在逼我给你答复,南希。所以行吧,我就实话跟你说了,你就像个小学老师,懂吗?你什么事都要做到完美,什么事都要做到全对,我总是达不到你这些要求。你总是对的,你总能挑出错。太累了。行了,说完了。对不起。我不想这么直接的,你想知道我才说的。"

忘掉他吧。

你还有自己的事业呢。

哦,不对,现在事业变成失业了。

她的书架上,一半是法律书籍,一半是日记本,另外就只有一本烹饪书。她和大卫的一张合照放在书架上,照片里两人都高兴地笑着。

下面一层有一盒国际象棋,是木棋子,不是塑料的便宜货。

之后丢了吧,她在心里记着。

一定会丢的。

迟点儿丢吧。

行了行了。够了。这种自哀自怜,她在众多性侵犯和谋杀犯身上见多了。她可不能让自己的灵魂染上这种低劣的心态。手上还有要办的案子吧?赶紧去工作。她——

门外走廊里传来一些杂响。

啪嗒、咔嚓,然后是砰的一声轻响。

然后又静了下来。

估计是帕森斯女士把购物袋丢在地上的声音。或者是勒夫克维兹先生一手抱着他的小狗,一手拄着拐杖,笃笃地走过。

她静静地看着电视机,又看向微波炉,然后是卧室。

快去把州政府起诉冈萨雷斯案子的文件拿出来,开始办公吧。

门铃突然响了,洛蕾尔整个人跳起来。

她走到门边问:"哪位?"

"纽约市警察局,弗拉尔提警探。"

没听过的名字，但曼哈顿少说也有上千警察，没听过也正常。洛蕾尔从猫眼往外看，是一个白人男性，大概三十岁，瘦瘦的，穿着西服。他把警员证打开展示了一下，但洛蕾尔只看到一瞬间，模糊不清。

"你怎么进楼的？"她问。

"别人出去的时候进来的。我在楼下按过你家的电铃，没人听，所以我想着留个纸条就走。不过反正上来了，就再按门铃试试。"

原来楼下电铃又坏了。

"好，等我一下。"她把链锁解开，拉开门闩，打开了门。

男人抬脚踏进门，这一瞬间南希·洛蕾尔才开始思考，刚刚是不是应该让他把警员证从门缝底下推进来认真查一下。

但是，想那么多干什么？案子都已经结束了，她已经不能算是威胁了。

# 75

巴里·谢尔斯体形不算雄壮，别人通常都夸赞他结实。他的工作只需要他久坐不动，面对着屏幕、键盘和控制台，手握操纵杆遥控无人飞行器。

但他空闲时还会举重，因为他很享受运动。

他也会慢跑，因为他喜欢慢跑。

这位前空军警督还有一个未经科学证明的观点：越常锻炼，肌肉反应就越快。

他快步走向梅茨格的办公室，撞开警觉的看门狗露丝，一把推门冲进去，猛挥一拳打在他瘦弱的老板脸上，把他打得踉跄几步，重重地倒下。

NIOS的领导单膝跪倒，半途双手乱抓，打飞了办公桌面的一些文件。

谢尔斯踱步向前，手再次握拳拉弓准备打出，但又犹豫了。差点儿误杀无辜民众之后，他内心的怒火不断积聚，但刚刚这一拳已经让怒气消了大半。

他收起拳头退后一步，但也没打算去拉梅茨格起身，于是只是抱起双臂，冷冷地看着他抬手揉脸，哆哆嗦嗦地站起来，捡起地上的文件。谢尔斯看到有几份文件上盖着机密字样的印章。尽管谢尔斯的权限已经高出天际了，但这些印章的款式竟然连他都没见过。

他也留意到，梅茨格首先关心的不是自己的伤势，而是保护好那些文件。

"巴里……巴里？"他朝谢尔斯身后看去。露丝站在那里，惊慌地看着他们，就像一架悬停的无人机。梅茨格对她笑笑，指指门。她犹豫了一下，还是走了出去，关上了门。

梅茨格的笑容立马消失了。

谢尔斯走到窗边，粗重地呼吸着。他俯瞰着停车场里伪装的集装箱。几分钟前他就是在里面操纵着无人机差点儿杀死数名无辜民众。这一看，心里的怒火又被激了起来。

他回身面对梅茨格，但对方并没有畏缩或者求情，而是毫无表示。不说话，也不怎么动作，只是摸了摸脸颊，然后看着手指上沾染的红色。

"你事先知不知道？"谢尔斯开口问。

"雷诺萨那些连带伤害吗？我不知道。"作为NIOS的领头人，暗杀行动他是全程实时监控的，"当然不知道了。"

"我已经把导弹发射出去了，史锐夫。地狱火已经发射了！你没有感觉吗？差十秒我就要害死一个小男孩、一个小女孩和一个可能是他们妈妈的女人了！谁他妈知道屋子里还有什么人？"

"你自己也看到相关文件了，监视拉希德的工作是滴水不漏的。缉毒局和墨西哥联邦当局的监视报告都给到我们了，二十四小时全天候的监控。整整一周，没有任何人出入那栋房子。谁会躲在洞里七天不出来，巴里？你听说过谁会这样吗？我反正是没听过。"梅茨格坐回到座位上，"妈的，巴里，我们又不是上帝。我们只是做自己力所能及的事情而已。你知道，我也要担责的。要是拉希德以外的人被杀了，我的前途也完蛋了。甚至可能NIOS也会完蛋。"

谢尔斯紧绷着双唇和下颚，冷笑了一下："你都气疯了吧，史锐夫？"

他其实是说"生气"的意思，但从梅茨格眯起眼睛的反应看，他肯定是理解成"发疯"了。①

"什么意思？"

"因为我没追踪拉希德的车，而是继续操控导弹，直到让它坠落。"

梅茨格想了想："没事，追击拉希德的汽车这情况也没有授权许可。"

"去你妈的授权许可。你肯定希望我不管第一枚导弹，追着汽车发射第二枚。"

从梅茨格的眼神能看出来，谢尔斯说的没错，他就是那样想的。

"巴里，我们这行很复杂。会有连带伤害，会有友军误伤，会有人犯自杀性错误，还有就是他妈的单纯犯蠢。有时候任务目标在东街一百号，文件却写成西街一百号，结果我们稀里糊涂地就杀错了人。"

"把人称作'任务目标'，你还觉得挺有趣是吧？"

"拿政务术语开玩笑有什么意义？但正是政府让拉希德这种人远离我们。"

"这种漂亮话，留到听证会上说挺有用。"然后谢尔斯绷不住了，"你觉得莫里诺不够爱国，觉得他是个浑蛋，所以就偷改证据和文件，对吧？搞得我去把他杀了！"

"不是的！"梅茨格也大吼大叫，唾沫横飞。

谢尔斯也吓了一跳，愣愣地看着上司。很快，他回过神来，从口袋里掏出自己的工作证和门卡，扔到梅茨格桌面上。"那里面有孩子，史锐夫。我今天差点儿把两个孩子炸到天上。我受够了。我辞职。"

"开玩笑。"梅茨格俯身向前，"你可不能辞职。"

"怎么不能？"

---

①原文"mad"，有"生气"和"发疯"两种意思。

谢尔斯猜他要说什么合同啊、保密条款之类的。

结果梅茨格说:"因为你是最优秀的,巴里。没人能有你这么好的飞行技术。也没人有你那么准的枪法。我最初设想这个项目的时候,心里唯一的人选就是你,巴里。"

这让谢尔斯想起有次去买车的时候,销售员就喊他"巴里",明显是"灿烂微笑汽车销售员培训学校"教的,因为这种话术很能削减潜在客人的抵御心理。

但结果谢尔斯没买车就直接离开了,尽管他其实很喜欢那辆车。

谢尔斯又吼了起来:"创办这个项目本来不就是为了完全免除连带伤害吗!"

"那窗户被挡住了谁能想到该怎么办?还不是因为我们没演习过这种情况!谁也没想起要演习。你自己也没想过吧?是我们没做好。我道歉,行了吧?还想要我说什么呢?"

"跟我道什么歉?你不是该跟罗伯特·莫里诺的老婆孩子道歉吗?不是该跟德·拉·鲁亚的家人道歉吗?不是该跟那保镖道歉吗?他们才更需要你一句道歉,你不觉得吗,史锐夫?"

梅茨格只是把工作证推回给谢尔斯:"这段时间辛苦你了,你休一段时间假吧。"

但谢尔斯没碰工作证,扭头就打开门出去了。他对门外的露丝说:"刚刚抱歉了,露丝。"

露丝只是默默地盯着他。

五分钟后谢尔斯就走出了NIOS大楼,转进一条小路,向附近的南北向大道走去。

走着走着,他感觉脚步轻盈起来,心情也变得轻松愉快。

他准备打电话请保姆今晚过来照看孩子。他要带玛格丽特去找个好餐厅吃晚饭,告诉她今天他把自己老板给炒鱿鱼了,可以——

一辆黑车在他旁边刹停,两扇车门唰唰地打开,两名男子快速下车,向谢尔斯逼近。

恍惚间,谢尔斯觉得是梅茨格找了专员,甚至是发布了一道特勤令,任务目标是"巴里·谢尔斯",因他有可能曝光暗杀项目而要消灭他。

但两名男子并没有拿出装了消音器的巴雷特或者席格索尔。他们手中的金属反射出的是金光——是纽约市警察局的警徽。

"巴里·谢尔斯吗?"年纪大一点的那个问。

"我……是,我是谢尔斯。"

"我是布里卡德警探,这位是塞缪尔警探。"警徽被收了起来,"你被捕了,先生。"

谢尔斯蒙了一下,哑然失笑。搞错了吧?看来结案的事还没下达到他们耳中。

"不是,你们弄错了吧。"

"麻烦您转身,双手背到背后。"

"指控我什么啊?"

"谋杀。"

"不,不是——莫里诺案……已经撤销了啊!"

两位警探面面相觑,布里卡德说:"不好意思,先生,我们不知道什么莫里诺。麻烦了,背起双手,马上。"

# 76

"可能会很难说动陪审团。"林肯·莱姆自言自语道。团队刚刚找到了新思路,准备针对梅茨格和谢尔斯重新立案。

这思路是阿米莉亚·萨克斯想出来的,不是莱姆的功劳。但莱姆相当喜欢,也为萨克斯的优秀表现感到自豪。当别人——某些人——想法比莱姆厉害的时候,他会偷偷地在心里赞赏。

萨克斯查看着手机上的新消息:"一条短信。"

"南希吗?"梅尔、普拉斯基和莱姆都投来询问的眼神。

"不是。"她看了看三位男士,"巴里·谢尔斯被捕了,没有任何抵抗。"

那么说明目前事情正按着计划顺利地推进。

萨克斯是从证据表上一个极小的要点推出来的这条思路。

**被害者②:爱德华多·德·拉·鲁亚**

死因:被碎玻璃严重划伤,失血过多身亡,伤口三毫米到四毫米宽,二厘米到三厘米长。

备注:记者。案发时正对莫里诺进行采访。出生于波多黎各,居于阿根廷。

相机、录音机、金质钢笔及笔记本等丢失。

所穿鞋子沾有旅社走廊地毯纤维、旅社入口的泥土。

衣物沾有早餐食物残余：牙买加胡椒及辣酱。

出生于波多黎各的人属于美国公民。这谜底就明明白白写在谜面上，极易被忽略，由此可见萨克斯的过人之处。

也因此，巴里·谢尔斯的确在五月九日射杀了一名在南湾旅社的美国人。

南希的上司下令放弃本案是因为莫里诺已经不是美国人了，但现在既然查明德·拉·鲁亚是美国人，那案子就可以继续下去了。某些情况下，过失致人死亡也可以被追究谋杀罪。

萨克斯说："不管怎样，我觉得最差也能给他定个过失杀人罪，毕竟他是在蓄意杀害莫里诺的时候，不慎害死德·拉·鲁亚的。他开枪前就该考虑清楚会不会给房间里的其他人带来致命伤。"

一名女性的声音传进房里："分析得不错嘛，阿米莉亚。有想过进修一下法律吗？"

莱姆回头看见南希·洛蕾尔踱步走过门廊，照旧拿着她的公文包和律师包。她身后跟着萨克斯的警探朋友比尔·弗拉尔提。莱姆觉得找人护送比较有保障，所以才联系了他前去接洛蕾尔过来。毕竟五一六还逍遥法外，而且案子又即将重启，莱姆很不放心。

洛蕾尔对比尔警探道了谢。比尔点点头，又朝萨克斯和莱姆笑笑，转身离开了。

莱姆问洛蕾尔："说说看吧？你觉得怎么样，从法律的角度来看？"

"好。"洛蕾尔又一次回到她的专属桌子旁坐下，重新把各种文件拿出来、整理排列好。"我们应该能让谢尔斯吃到二级谋杀的罪名，这点有刑法的可靠保障。"她解释起法律条文，"若某人意图谋杀，过程中致使第三者死亡，则此人犯二级谋杀罪。但萨克斯说的也对，算作过失杀人也没问题。我其实有自信告他二级谋杀的，但保险起见，我们就先以低一点的罪名起诉吧。"

"你能回来太好了,谢谢你。"萨克斯说。

"才不是,应该是我谢谢你们保住了我们的案子。"她对房间里的大家递去感激的眼神。

我们的案子……

"是阿米莉亚发现的。"朗·塞利托说。

莱姆也跟着说:"我也从头到尾都没留意到这点。"

塞利托又说明,他已经跟迈尔斯警督汇报过了,对方不情不愿地批准他们往新的方向继续侦办,司法部长也在犹豫之后准许了。

"我们来想想下一步怎么走吧,我想了解一下他的背景情况。这位记者是怎样的人?"洛蕾尔边说边解开外套的纽扣,还把外套脱下来搭到一边,这让莱姆有点惊讶:原来她也是能微笑、愿意喝威士忌和放松的。

普拉斯基之前就做了一番搜索。他报告道:"爱德华多·德·拉·鲁亚,五十六岁。已婚。自由撰稿记者和博主。出生于波多黎各,持美国护照。过去十年间居住在布宜诺斯艾利斯。去年获得'杰出新闻工作者奖'。"

"你还懂西班牙语啊,菜鸟?"莱姆忍不住插嘴,"你这人真是永远不乏给人惊喜,口音还挺标准的。"

"过奖了。"

"哈!"塞利托也赞赏地一笑。

普拉斯基继续说:"最近,德·拉·鲁亚都在给 *Diario Seminal Negocio de Argentina* 供稿。"

"《阿根廷周刊》。"莱姆尝试着翻译过来。

"差不多,是《商业周刊》。"

"原来如此。"

"他在写一个系列报道,有关美国企业和银行进军拉丁美洲的事情。他已经追在莫里诺后面求了好几个月了,为的就是采访到不同视角的看法,尤其是关于为什么不应该鼓励这些企业和银行在那边开办分部的理论。最后莫里诺终于答应了，德·拉·鲁亚便飞到拿骚去采访他。接下来的事情就众所周知了。"

萨克斯又告诉洛蕾尔："谢尔斯已经被捕了。"

"太好了，"检察官说，"那证据方面我们有什么进展？"

"啊，证据。"莱姆若有所思地说，"证据。我们需要证明的只有一点点东西，就是子弹打破了玻璃窗，这飞溅的碎玻璃造成了记者的死亡。我们已经很接近了。我们在子弹和德·拉·鲁亚的衣服上都找到了玻璃碎屑。我实际想找到的是造成划伤和出血的碎片。"他看向洛蕾尔问道，"陪审团就爱看致死武器，对吧？"

"确实。"

"联系一下巴哈马的验尸所吧，他们应该还留着那些玻璃碎片。"

"希望如此。那边的人也许会偷劳力士，但不至于连碎玻璃都偷吧。我给米夏尔打个电话，请他再帮帮忙。要是能找到，就让他寄过来，附上证词说明一下碎屑是从尸体上找到的，而且是导致死亡的原因。或者甚至可以直接让他过来做证。"

"这主意不错。"汤姆说，"他可以来我们这里住，还可以一起出去玩。"

莱姆咬牙切齿地从鼻孔呼出一大口气："对，当然了，我们有大把时间进行社交活动。我可以亲自带他环游纽约。你也知道的，我上次去自由女神像是在……这辈子就没去过。我也不准备打破这个纪录。"

汤姆听了哈哈大笑，莱姆更生气了。

莱姆唤出尸检照片，逐张浏览着。"要是能从颈部静脉、动脉或者股动脉找到碎片就最好了。"他又思考起来，"那些肯定是致命的。"但在一番查看之后，莱姆并没有从德·拉·鲁亚苍白的尸体上找到什么显眼的碎片。

"我明早再给米夏尔打电话吧，现在太晚了。费事打扰他晚上打的零工。"

其实莱姆现在打电话也没问题,但他有些事想单独跟波提耶下士说。因为,他确实在考虑近期邀请波提耶来纽约游玩,这个"任务"就是一个好借口。

而且,他酸涩地想:他也的确想带波提耶在纽约市里逛一逛,只不过自由女神像不在目的地之列。

# 77

雅各布·斯万不明白这是什么情况。

斯万正准备起身到助理检察官家拜访并演出一下"复仇戏码"的时候,看到一辆没标记的警车停到了那栋公寓楼前,计划被迫中止。

不久,便衣警探就带着洛蕾尔走出大楼,脚步匆匆,明显有重大变故。是跟莫里诺案有关吗?但明明已经结案了啊!还是又有其他事?

斯万坐上了自己的日产车,开回家去。

总部用短信发来了谜团的答案。该死。史锐夫·梅茨格报告说调查重启了,但是朝着一个奇怪的方向进行:巴里·谢尔斯被捕了,罪名不是谋杀罗伯特·莫里诺,而是杀害爱德华多·德·拉·鲁亚,那名采访莫里诺的记者。

竟然因为德·拉·鲁亚是美国公民——惊喜吗!你好,波多黎各!——于是南希·洛蕾尔女士也被召回去继续办案了。

梅茨格暂时还没受到指控,不过估计麻烦很快就会找上门了,起码会有一条到两条重罪指控。逮捕谢尔斯的目的当然是想对他施压,让他供出自己的上司。

在拘留所杀掉一个人有多难呢,斯万考虑着。没那么容易的,他心想——至少在没有内应的情况下。而买一个内应可是要花大价钱。

斯万接到通知,他还有更多任务,目前需要待机候命。明天肯定会非常忙,但现在都这么晚了,今天之内应该不会再收到任务通知了。

这就很好。

小屠夫已经饿了,想喝点酒。西班牙阿尔巴利诺的香气吸引着他,今晚他要喝上一两杯,还要吃掉昨晚吃剩下的维罗妮卡——他昨晚把吃剩下的部分仔细包好放到冰箱里了。世界上没有任何一个大厨不爱剩菜,即使他们对外说再多漂亮话,心里也一样喜欢剩菜。

## 第六部分 浓烟

**五月十九日,星期五**

# 78

"谢尔斯警督——"

"我已经退伍了,现在就是个平民。"

现在是星期五早上,时间还很早。洛蕾尔跟这位无人机驾驶员在拘留所的一间会客室见面了。上次也是在这层楼,她和阿米莉亚·萨克斯来了一次严肃的谈话,随后又接到那份让调查工作翻车的信件。

"谢尔斯先生,他们应该已经向你宣读过权利了吧?"洛蕾尔把一台录音机放到满是刮痕的桌子上。这台长方形电子产品听过多少咒骂、谎言、托词和祷告,洛蕾尔也数不清了。

谢尔斯看看这台小机器,脸上没有表情:"是。"

洛蕾尔看不透谢尔斯,但读懂被告人是她工作中很要紧的一部分。他们会不会突然崩溃?会不会像哑了一样一直不说话?会不会说出一些关键线索?又或者,会不会突然跳起来越过桌子掐死洛蕾尔?

以上情况均有发生过。

"你也清楚你随时都可以选择终止现在这场谈话,对吧?"

"嗯。"

但他既没有提出终止,也没有嚷嚷着要律师。洛蕾尔能感觉到,谢尔斯心里有极小一部分渴望着把全部事情都说出来,渴望着认罪——只是目前还有厚厚的围墙把这一小块冲动给围了起来。

她还注意到一些别的事。尽管谢尔斯是一名训练有素的杀手，理论上和那个吉米·邦尼托罗没什么区别。弗兰克·卡森把酒吧开到了吉米的势力范围里，吉米就把他一枪崩了。可实际上却是有区别的：谢尔斯的眼里隐约有愧意，并且不是像别人那种因为被抓了进来而泄气、后悔，而是因为他明白在罗伯特·莫里诺一案中，自己的确是杀错人了。

"我解释一下我来这里的目的吧。"洛蕾尔冷静地说。

"我以为……调查已经终止了。"

"针对罗伯特·莫里诺遇害身亡一案的调查的确已经终止了。我们现在要调查的是爱德华多·德·拉·鲁亚遇害一案。"

"那个记者。"

"没错。"

谢尔斯抬了抬头，又缓缓垂下。

"国家情报局签发了一份特勤令，史锐夫·梅茨根据此命令你暗杀罗伯特·莫里诺。"

"我选择不回答这个问题。"

我也不是在提问啊，洛蕾尔心想。她继续说："因为你蓄意杀害，且确实杀死了莫里诺，所以任何人受此牵连死亡，都会被视为谋杀，即使你本意是想避免这些连带伤害也一样。"

他扭过头，好像对墙上的一块痕迹着了迷。洛蕾尔感觉那像一道闪电的形状。

她突然意识到，天哪，他长得好像大卫！之前看见莱姆的护工汤姆的时候她也有这种错觉，但刚刚谢尔斯的眼神就像一道雷电击中了洛蕾尔。无论是外貌还是神情都实在太像大卫了。

像小学老师一样……

在双方吵得最凶的时候说出这种话。

即便如此……

大卫是她人生中唯一一位真心谈过的男朋友。

她深吸了一口气，稳住了情绪，继续说："你知道罗伯特·莫里诺其实并没有计划过袭击美国石油公司吗？以及他向巴哈马进口的化学药剂，其实是用于合法农业生产，以支持他的本地赋权运动组织，这一情况你也了解吗？"

"这个问题我也选择不回答。"

"我们对你拨出的电话做过分析，已经查清楚了你曾经的行踪；也请航空管制配合，取得了无人机的相关信息，还有NIOS停车场里地面控制站的照片——"

"我同样选择——"他停顿了一下，"我同样选择不作回答。"

他不敢正眼看她。

就像当时的大卫一样。

行了，说完了。对不起。我不想这么直接的，是你非要我说……

直觉告诉洛蕾尔不能再逼迫下去了，得马上换一种方式。她用轻柔一点的声音说道："我希望我们能合作，谢尔斯先生。我可以叫你巴里吗？"

"可以吧。"

"叫我南希吧。我们需要推进调查。在这件事里，你也是受害者之一。NIOS并没有按照规范程序给你提供关于莫里诺的全部信息，这才导致你做出了错误的判断。"

他的眼神晃了一下。

而且，见鬼，他的眼睛颜色竟然也跟大卫一样蓝。

"事实上，很有可能，"她还是继续说，"某些关键信息被人故意篡改过，为的是让刺杀莫里诺的行动看起来更合情合理、站得住脚。你有什么想法吗？"

"情报都是很难分析的，这不是轻松的工作。"

啊，不再是指名道姓、扯官阶和序列号。毫无疑问，谢尔斯知道梅茨格在情报上动了手脚，而且这一直让谢尔斯非常难受。

"我觉得你说得对。但除了这点之外，我猜情报应该还很容易被操纵篡改吧？对吗？"

"大概是吧。"谢尔斯脸红了。洛蕾尔觉得他下颌和太阳穴上的青筋比刚刚明显变多了。

很好。

恐惧是逼人屈服的优秀工具。

但希望更胜一筹。

"我们来看看能不能讨论出什么结论。"

但谢尔斯的肩膀微微耸了一下。洛蕾尔判断，他的抵触心理仍比较强。

洛蕾尔以前会跟大卫下棋。这是他们周日早上的常规活动之一。在吃完早餐后，他们还会做一些杂事，然后坐下来对弈。

她很喜欢跟大卫下棋，因为大卫的棋艺比她强一点点，所以非常刺激。

她心想：想攻破他的防线就要趁现在了。

"巴里，你也知道，这案子玩大了。莫里诺他们几人的死是一回事，但咖啡店的爆炸案和莉迪亚·福斯特的死，那就是另——"

"什么？"

"炸弹啊，还有那位被害的证人。"洛蕾尔面露不解。

"停一下，你到底在说什么？"

洛蕾尔止住话头，把对方的表情细细地审视了一番后说："有人一直在暗中破坏我们的调查工作。是叫专员吧，对吗？他先后在巴哈马和纽约这边各杀害了一名证人，又引爆炸药炸毁存有证据录像的电脑，差点儿炸死十几人，其中包括一名纽约警探。这些事你不觉得耳熟吗？"

"不觉得……"

将军了。

洛蕾尔轻声说："嗯，你肯定知道的。肯定知道。"

他看向别处，喃喃道："步骤最简化……"

洛蕾尔没听懂。

但她知道谢尔斯不是在演戏。她看着巴里涨红的脸，还有湛蓝又沧桑得让人心疼的眼睛，看出来他确实不清楚五一六的事情。一点都不知道。梅茨格彻底将他蒙在了鼓里。

乘胜追击……

"是这样的，巴里，我们有确凿证据表明，当你的无人机在巴哈马进行暗杀时，这名专员也在巴哈马。所以我们判断他应该是你的同伴。"

"不是这样的，我都是单独执行任务。NIOS有时会派特工出勤收集信息……"他收住了嘴。

"都是史锐夫·梅茨格派去的。"

并非问句。

"有时吧。"

"那他就是最源头篡改情报的人，而且还一直企图干扰调查。"

"知道名字吗？"谢尔斯问。

"不知道，他目前还是身份未明的嫌疑人。"

谢尔斯小声地说："你再说说，刚刚你提到的莉迪亚·福斯特是什么人？"

"是莫里诺在纽约时雇的口译员。未明嫌疑人杀了她，他在清除证人。"

"还有炸弹的事，就是那天新闻上说的煤气管道爆炸吗？"

"对，煤气爆炸只是幌子，实际上是炸弹。炸弹针对的自然是调查人员和证物了。"

巴里又一次挪开了目光，喃喃道："已经死了两个人了？"

"而且死前都遭到了残忍的折磨拷问。"

他没有回答，两眼盯着桌面上一个硬币大小的坑。

"巴里，你在莫里诺任务前两天给南湾旅社打了电话对吧？用的是公务手机,登记在'唐·布伦斯'名下的。"

就算他对这调查结论感到吃惊,也没有做出任何反应。

"我知道你为什么要打那通电话,"洛蕾尔温柔地说,"你不是为了确认莫里诺的住房信息。CIA 或者 NIOS 自然会有人核实这些事情。你是想确认他能独处的时间。你想确认他的家人不会一起来。你需要亲自确认,都是为了避免连带伤害。"

他的嘴唇微微地抖了一下。

洛蕾尔继续轻声说:"从这就能看出来,你从一开始就对这项任务抱有怀疑。如今的结果肯定不是你乐意见到的。"她抓住机会盯牢了他的目光,"跟我们合作吧,巴里。"

大卫教过她,在下棋的时候会有这样一种时刻,你会突然清醒过来,发现自己之前自信满满地运用的所有战略都是错的,而你的对手其实一直在布一个大局,比你的更出色、更有远见。或许你不会很快就输掉,但也绝无法挽救败势。

"对方会从你的眼里看出来。"大卫告诉她,"有些细微的变化。你知道自己已经输定了,对方也能从你眼里看出你认输了。"

而现在她就是击败巴里·谢尔斯的对手。

他要屈服了,洛蕾尔知道。他准备供出史锐夫·梅茨格了!抓到你了,利用国家情报机关,想杀谁就杀谁的罪人!

将死……

谢尔斯呼吸急促起来:"好吧。你跟我说……跟我说说具体要怎么做。"

"我们要做的是——"

门上响起很大的敲门声,洛蕾尔吓得一激灵。

观察窗外站着一个男人,身穿灰色紧身西装,面无表情地轮流打量洛蕾尔和谢尔斯。

不,不,不……

洛蕾尔认识这个人,这是纽约市最难对付、最恶毒的辩护律师之一。换言之，也是最好的辩护律师之一。但他的律所总部设在华盛顿，一般都是在联邦法院打官司。洛蕾尔不懂他为什么会出现在这边，在混乱不堪的纽约州最高法院，难道不是熟门熟路的当地律师更有优势吗？

警卫把门打开了。

"你好啊，洛蕾尔律师。"男子愉悦地说。

对方大名鼎鼎，洛蕾尔当然认识他，但他又是怎么认识洛蕾尔的？

有蹊跷。

"您是哪——"谢尔斯开口问。

"阿尔提·罗斯斯坦。我是受雇来为你辩护的。"

"史锐夫雇你来的？"

"现在开始不要再轻易说话了，巴里。他们有没有告知过你，你有权利申请律师，而且可以不做任何发言？"

"我……有的。但这是我自己想——"

"不，你不想。你现在什么都不要想。"

"不是，是这样，我刚才发现史锐夫——"

"巴里，"罗斯斯坦声音低沉地说，"我已经建议过你保持沉默了，这可是很重要的。"他等了一会儿观察这道命令的效果，然后继续说，"我们希望你和你的家人都能得到最好的法律咨询服务。"

"我家人？"

该死，竟然打这张牌。洛蕾尔坚决地抢过话头。"政府并不会对你的家人立案，巴里。我们无意打扰你的家人。"

罗斯斯坦转向洛蕾尔，爬满皱纹的圆脸上透出疑惑。"你怎么知道？这案子我们甚至连皮毛都没抓到多少呢，南希。"他又看向谢尔斯，"检方侦办的方向经常会变，难以预料。我不一样，我的战略是面面俱到，我会保证这场诉讼牵扯到的每一个人……"他故意用上愤怒的语气，"这场有失偏颇的诉讼里牵扯到的每个人都受到良好的照顾。怎么样,巴里?"

飞行员的下颌轻轻颤抖。他看看洛蕾尔之后又垂下了眼睛,点了点头。

罗斯斯坦总结道:"你们这次谈话到此为止了。"

# 79

晨曦照亮了莱姆的家。因为房子东面有很多窗户,阳光被窗外大树的枝叶分割后就直直地照进客厅,伴随着点点浮尘闪着金光。

调查小组的成员都聚在这里。南希·洛蕾尔刚从拘留所带回了坏消息:谢尔斯本来已经准备供出史锐夫·梅茨格,但一名不知是NIOS还是华盛顿雇来的律师神兵天降,把谢尔斯吓得不敢再说话。

但洛蕾尔还是说:"我一样能办下去,这次谁也别想拦着我。"

莱姆看向自己的手机,正巧有一通电话打进来。他高兴地接起来:"下士!这几天还好吧?"

波提耶唱歌一样的声音响了起来:"过得很好,警督,很好。今早收到您的信息我也很高兴。我们可想念您带来的混乱时光了。您一定得再来玩玩,来度个假吧。还有,很感谢您邀请我,我肯定会找机会去纽约的,但我也必须找个假期才行。不过另一方面就没那么好了,我没找到任何证据。我在停尸房吃瘪了,没有找到可以带给您的证物。"

"德·拉·鲁亚的尸体上没有玻璃碎屑?"

"没错,我跟执行尸检的法医聊过了,他说无论是德·拉·鲁亚还是保镖,被送进来的时候身上都没有玻璃碎屑。显然是急救人员在现场抢救的时候为他们清除了。"

但莱姆回忆着看过的尸检照片,尸体伤口众多,大量失血,肯定还有玻璃屑卡在伤口里。他凑近白板再次审视尸检照片,看着粗糙的解剖伤口,被锯开后又盖回去的头盖骨,还有胸前的Y字形切割线。

有问题。

莱姆对着空气大嚷:"尸检报告!德·拉·鲁亚的尸检报告,立马给我拿来!"因为他没法在打电话的同时操作电脑。

梅尔上前操作起电脑,不一会儿,尸检报告的扫描件就出现在莱姆身边一块大屏幕上。

死者身上共有三十五处撕裂伤,大小不一,主要分布于身体正面的胸部、腹部、双臂、面部及大腿,疑因现场玻璃窗户受枪击碎裂,碎片飞溅所致。伤口虽大小不一,但大部分均深三毫米至四毫米,长二厘米至三厘米。六道伤口位于死者颈动脉、颈静脉及股动脉,造成大量失血。

莱姆突然意识到电话另一端还有轻微的呼吸声。波提耶问:"莱姆警督,出什么事了吗?"

"我得先挂了。"

"还有什么需要我做的吗?"

莱姆看到洛蕾尔不解地在尸体照片、尸检报告和莱姆之间来回看。他回答波提耶说:"不了,谢谢你。我之后再打给你。"他挂断了电话,把轮椅开到屏幕前,更仔细地读着,然后又开始研究白板。

"怎么了,莱姆?"萨克斯问道。

他叹了口气,转过来对洛蕾尔说:"很抱歉,之前是我搞错了。"

"什么意思啊,林肯?"塞利托问。

"德·拉·鲁亚不是连带伤害。他才是袭击目标。"

洛蕾尔说:"等等,林肯,我们不是已经知道了谢尔斯是要狙击莫里诺吗?不是玻璃碎屑划伤了德·拉·鲁亚才导致他死亡的吗?"

"这就是关键。"莱姆轻声说,"并不是这样。"

# 80

"UAV892 呼叫佛罗里达中心。已确认并锁定目标。已经过红外线和合成孔径雷达比对确认。"

"收到，892……批准使用 LRR。"

"892 收到。"

六秒之后罗伯特·莫里诺就灰飞烟灭了。

巴里·谢尔斯被独自关在牢房里。他坐着，握紧双手，驼着背。这椅子真硬。这里空气真差，几乎不流通，满是汗味。

他回想着莫里诺任务的种种细节，尤其是佛罗里达中心那些幽灵般的人说的话。他从没见过这些人。

正如他也从没见过执行任务的 UAV。以前在空军时他能摸到心爱的 F-16，但执行了这么多次任务的 UAV，他一架都没见过。

遥控。

士兵和武器。

士兵和目标。

遥控。

遥控。

"好像有两个……不对，是三个人在房间里。"

"你能辨别出莫里诺吗?"

"呃……刚刚有点反光。现在好多了。是的,我能看到目标。"

谢尔斯脑中一片混乱。就像失控乱转的飞机一样。得知自己杀害了三个无辜的人,让他恐惧不已。现在他又被捕了。接下来还得知史锐夫·梅茨格竟然派遣专员善后,清除证人、引爆炸弹。

这一切都让他再一次觉得他为NIOS做的事都是错误的。

巴里·谢尔斯在伊拉克出过飞行任务,投过炸弹,发射过导弹,击杀过不少敌军,为己方地面部队的行动提供了有力的支援。当你进入战场,不管自己有多大的优势——即使是如美军部队那么大的优势——也还是有可能被别人击毙。毒刺导弹四处乱飞,AK-47突突地开火。即使只是库尔德人用前装枪打出的一颗子弹,也有可能要你的命。

那就是战斗。战争就是那样。

而且也很公平,因为你知道哪些是你的敌人。很容易辨认,认准那些想杀掉你的就行了。

但坐在击杀室里,离现场数千英里远,还被数层或真或假(或被篡改过)的情报包围着,就完全不一样了。你怎么知道这所谓的敌人真是敌人?你怎么可能知道?

然后你下班了,四十分钟路程回到家,一路上见到的都是清白无罪的普通人,也许就跟你花了不到零点一秒杀掉的那人一样清白。

对了老公,萨米有点感冒鼻塞,回来路上你帮忙买点儿童感冒药吧?我给忘了。

谢尔斯闭上眼睛,轻轻地摇晃着身体。

他早就觉得史锐夫·梅茨格有点不对劲——他给的情报总让人觉得哪里不对。再看他那脾气,看看他失控时的样子,还有整天吹嘘美国多么神圣伟大时的嘴脸——哼,他演讲时的姿态简直跟莫里诺一模一样,区别只是两人立场相反。

哦,还有一点,就是没人给 NIOS 局长来上一发点四二〇船尾子弹。

然后还派遣专员做"善后工作",到处放炸弹、杀证人。

折磨拷问……

在这阴暗压抑、飘着尿骚味和消毒水气味的牢房里,巴里·谢尔斯突然觉得自己濒临崩溃,多年来隐藏在心里的罪恶感像洪水一样溢满房间。他好像看见了那臭名昭著的队列名单上出现过的那些人——他杀掉的众多男男女女,像僵尸一样游来,然后将他拖进血红的水底。

他生活在各种掩护身份名下太多年——唐·布伦斯、塞缪尔·麦考伊、比利·陶德……数不清的假名让他迷失。有时候,在商店里或者电影院大堂的时候,玛姬叫他的真名,他都反应不过来,还疑惑她在跟谁说话。

把梅茨格供出去吧,他告诉自己。唐·布伦斯名下的手机里有大把证据,足以让梅茨格把牢底坐穿——前提是他的确篡改了情报,也的确派遣了专员去杀害案件的证人。可以把手机密码告诉洛蕾尔,把备份文件、其他手机和档案也全交给她。

他想起刚刚那个新来的律师。谢尔斯一点都不喜欢他。罗斯斯坦好像是华盛顿的某公司雇来的,但他拒绝说出是哪家公司。洛蕾尔走后,罗斯斯坦马上就变了个人似的,毫不认真,跟谢尔斯解释后续事情的时候心不在焉地用手机收发信息,而且说的话里透着一股谢尔斯已经完了的意味,怎么努力也没用。

很奇怪,这人好像对 NIOS 很了解,却跟梅茨格不熟。他好像一般都待在华盛顿,很少来纽约。现阶段他给谢尔斯的建议很简单:不要再跟任何人说任何话了,不然他们就会抓住话里的漏洞疯狂进攻,逼谢尔斯屈服。南希·洛蕾尔就是个阴险狡诈的婊子,阴险狡诈你懂的吧？她说的话一个字也别信。"

　　谢尔斯还想跟他说清楚梅茨格为了掩盖莫里诺的事，可能犯下了更多恶行："是这样，我觉得他可能杀人了。"

　　"我们不管这个。"

　　"呃，不是，这就是我们该管的事情啊。"

　　但律师没理他，只是盯着手机看他刚刚收到的新信息，看了很久。然后他说要走了，会保持联系。

　　他就这样走了。

　　巴里也被带下楼，单独丢进这死寂的、臭烘烘的牢房。

　　时间自在地流逝，谢尔斯数着自己的心脏已经跳了上千下，等待永无终止。突然，外面走廊远端响起一声警示音，门开了，一些脚步声踢踢踏踏地朝这边走来。

　　可能有警卫来带他去又一次会面。是谁呢？罗斯斯坦，还是南希·洛蕾尔？她肯定会给他提供一份很好的认罪减刑条件。

　　以求让他供出史锐夫·梅茨格。

　　他全身的细胞都说就该这么做。他的良心说，就该这么做。而且想想不减刑的后果：以后他只能隔着脏兮兮的玻璃窗看见来探监的玛姬和两个儿子了。他再也没机会看着他们玩乐，再也没机会在假日早上看见自己温馨的家庭。而两个孩子也会背着爸爸是囚犯的标签，受周围人的冷眼和欺负。

　　绝望让他痛不欲生，让他想放声哭叫。但这也是自作自受，毕竟是他自己选择加入 NIOS、自愿从事刺杀的工作的。

　　没多久，他又得出一个新的结论：士兵不能出卖同胞。不管他是对是错。谢尔斯轻轻一叹。梅茨格暂时安全了，起码谢尔斯不打算出卖他了。往后二三十年，谢尔斯的家就会是跟现在一样的某间囚室了。

　　谢尔斯想，看来要跟洛蕾尔说一些她不想听到的话了。就在这时，外面那脚步声停在了这间牢房的门口。门咔嚓一声开了。

谢尔斯看了一眼，干笑了一下。来者应该并不是为他而来的——只是一名狱警带来了新的囚犯。这囚犯虎背熊腰，比狱警还高还壮，身上不太干净，梳着大背头。而且他身上的臭味很浓烈，一进门就像往平静的水面丢石子一般激起涟漪，房间另一头的谢尔斯立刻就闻到了。

新囚犯恶狠狠地打量了谢尔斯一番，又回身看着狱警。狱警看了看这两人，出去锁上牢门，沿着走廊回去了。新囚犯喉咙里咳了一声，往地上吐了一口痰。

谢尔斯站起来挪到了远离那人的角落。

虽然新囚犯站在原地没动，头也向着别的方向，但谢尔斯总感觉对方一直在留意自己，像声呐一样留意着谢尔斯手脚的所有动作、每一次变换的坐姿，甚至每一次呼吸。

我的新家……

# 81

"你能确定吗?"洛蕾尔问。

"可以。"莱姆说,"巴里·谢尔斯是无辜的,他和梅茨格都不用对德·拉·鲁亚的死负责。"

洛蕾尔皱起了眉头。

莱姆说:"我……有些细节我看漏了。"

"是什么,莱姆?"萨克斯问。

莱姆看着洛蕾尔表情又一次变得僵硬——这是她应对痛苦的反应。她重视的案子又一次在她眼前分崩离析。

这次谁也别想拦着我……

塞利托也说:"讲清楚嘛,林肯,到底怎样?"

梅尔·库柏没说话,只是好奇地看着莱姆。

莱姆开始解释:"仔细看看那些伤口。"他把照片上脸部和颈部的位置放大,让大家看清楚。

然后,他又把案发现场的照片拖到旁边做对比。照片上,德·拉·鲁亚躺在地上,血液从同样的伤口流出来。虽然他身上铺满了碎玻璃,但没有一片碎片是扎进伤口里的。

"我之前在想,"莱姆喃喃地说,"你们看尸检报告,看看伤口的标注尺寸。快看!那些伤口只有几毫米宽。玻璃碎片比这要宽多了。而且怎么可能这么统一?我一直看着这些数据,却没有真正理解它们。"

"他是被刀捅死的。"塞利托点着头推论道。

"肯定是。"莱姆说,"一般来说,刀刃大概是一毫米到三毫米宽,造成的割痕就是两厘米到三厘米深。"

萨克斯说:"杀手还特地往他身上撒上碎玻璃,造成他是被玻璃划伤的假象。"

塞利托边喝着甜咖啡边说:"真他妈的聪明。他还把保镖也杀了,同样的手法,因为他也会是证人。但到底是谁做的呢?"

莱姆说:"只能是五一六了。我们也知道了,案发的时候他就在套房附近。还有,记得他热衷于用刀吗?"

萨克斯说:"嗯,还有,我们知道五一六是一名专员。他干这个可不是一时兴起而已,而是在为人做任务——某个想除掉这名记者的人。"

莱姆也说:"对,五一六的幕后上司我们也要抓到。"他再次看向证据表,"但究竟是谁呢?"

"梅茨格。"普拉斯基说。

"可能是。"莱姆慢慢地说。

洛蕾尔说:"不管是谁,他不但知道莫里诺会去巴哈马,还知道NIOS有一份针对莫里诺的特勤令会在那时执行。"

"菜鸟,动机交给你查,毕竟你是调查这位阿根廷记者方面的专家。给我查出来,有谁想要他死。"

普拉斯基说:"我去看看他最近写的报道,看看有没有什么危险话题?"

"当然了,得看看他戳到谁的痛处了。不过,我还需要知道他个人生活的情况——包括他认识哪些人,做过什么投资,家人的情况,去过的度假地点,名下的不动产,等等,我全都要知道。"

"真的全都要查出来吗?连他跟谁睡过觉也要查?"

莱姆不悦地说:"你这语法错误我可不能忍。"

428

"抱歉,我应该说'跟他睡过觉的人'才对。"普拉斯基阴阳怪气地反击。

大家都笑了。

"行啊罗恩,我服你一次。反正,没错,把你能查到的全部查出来。"

接下来的几个小时里,普拉斯基就在萨克斯的辅助下一路深挖,把记者的生活和工作都查了个遍,还下载了他撰写的大量新闻报道和博客文章等。

他们把资料打印了出来,拿到莱姆面前的桌子上一一排开。莱姆凑过来,把用英语写的资料阅读了一遍,然后叫来普拉斯基:"罗恩,过来当我的贝立兹①。"

"当谁?"

"我要你来翻译,这些标题。"莱姆指着那些西班牙语写的报道说。

他们又花了一个小时翻阅这些文章。莱姆不停地提问,普拉斯基一一为他解答,答得又快又准确。

最后,莱姆又一次看向白板。

## 罗伯特·莫里诺凶杀案

**犯罪现场一**

· 巴哈马群岛新普罗维登斯岛,南湾旅社,一二〇〇号套房(击杀室)。

· 五月九日。

---

①一家语言培训机构。

- 被害者①：罗伯特·莫里诺。
  - 死因：枪击，胸口中一枪身亡。
  - 备注：莫里诺，三十八岁，美国公民，旅居海外，居于委内瑞拉。反美情绪强烈。绰号"真理的信使"。已确定"消失得无影无踪"及"把它们充好气"等跟恐怖主义无关。
  - 所穿鞋子沾有旅社走廊地毯纤维、旅社入口的泥土以及少量原油。
  - 衣物沾有早餐食物残余：糕点碎、培根碎和果酱，另再次发现原油痕迹。
  - 四月三十日至五月二日于纽约市逗留三天。目的？
  - 五月一日，租用了精英礼宾车公司的服务。
  - 司机为阿塔什·法拉达（莫里诺常用司机为弗拉德·尼科洛夫，当天因病请假，目前还在尝试联络）。
  - 注销了其在美国独立银行与信托公司还有其他银行的账户。
  - 与翻译员莉迪亚·福斯特（已被未知嫌疑人五一六杀害）共同乘车，到访市内数个地点。
  - 反美情绪原因：最好的朋友于一九八九的巴拿马侵略战争中被美军杀害。
  - 此次是莫里诺最后一次到美国，曾表示不会再到美国。
  - 在华尔街的会面。目的？具体地址？该区域无恐怖主义活动的记录。
  - 与俄罗斯和阿联酋（迪拜）的慈善机构、巴西大使馆中未明身份的工作人员会面。
  - 与亨利·克罗斯会面。亨利·克罗斯，美洲学堂基金会负责人。提及莫里诺曾约见其他慈善机构，但不清楚准确机构名。提及有人跟踪莫里诺，白人，外形强壮。提及有私人飞机尾随莫里诺？蓝色喷气式飞机。详情待查。

- 被害者②：爱德华多·德·拉·鲁亚。
  - 死因：被碎玻璃严重划伤，失血过多身亡，伤口三毫米到四毫米宽，二厘米到三厘米长。
  - 备注：记者。案发时正对莫里诺进行采访。出生于波多黎各，居于阿根廷。
  - 相机、录音机、金质钢笔及笔记本等丢失。
  - 所穿鞋子沾有旅社走廊地毯纤维、旅社入口的泥土。
  - 衣物沾有早餐食物残余：牙买加胡椒及辣酱。
- 被害者③：西蒙·福洛雷斯。
  - 死因：被碎玻璃严重划伤，失血过多身亡，伤口三毫米到四毫米宽，二厘米到三厘米长。
  - 备注：莫里诺的保镖。巴西国籍，居于委内瑞拉。
  - 劳力士手表、欧克利太阳镜丢失。
  - 所穿鞋子沾有旅社走廊地毯纤维、旅社入口的泥土以及少量原油。
  - 衣物沾有早餐食物残余：糕点碎、培根碎和果酱，另再次发现原油痕迹，以及香烟灰。
- 莫里诺于巴哈马的主要行程。
  - 五月七日，与保镖福洛雷斯到达拿骚。
  - 五月八日，全日外出访问。
  - 五月九日，早上九点会见两人，商谈组织巴哈马本地赋权运动事宜。十点三十分，德·拉·鲁亚抵达套间。十一点十五分，遭到枪击。
- 嫌疑人①：史锐夫·梅茨格。
  - 国家情报特勤局局长。
  - 情绪不稳？疑有狂躁倾向。
  - 通过篡改证据，非法授权通过特勤令？
  - 离异，有耶鲁大学法律学位。

- 嫌疑人②：未知嫌疑人五一六。
  - 已确认并非狙击手。
  - 疑于五月八日独自前往南湾旅社。白人，男性，约三十五岁，浅棕色短发，美国口音，瘦削但精壮，"像是军人的样子"。打探有关莫里诺的信息。
  - 疑为狙击手的搭档，或由梅茨格雇佣、专门完成善后清理工作、阻挠调查的独立人员。
  - 杀害莉迪亚·福斯特和安妮特·柏德尔，并在爪哇小憩安放自制爆炸装置。
  - 可能是业余或专业的主厨或厨师，有一定水平的烹饪能力。
- 嫌疑人③：巴里·谢尔斯。
  - 确定为狙击手，行动代号：唐·布伦斯。
  - 三十九岁，空军退役，获得若干勋章。
  - NIOS 的信息专员。妻子为教师。育有两个儿子。
  - 五月七日致电南湾旅社确认莫里诺抵达情况。拨出电话的手机登记在唐·布伦斯名下，有 NIOS 的皮包公司作掩饰。
  - 信息技术部已在对其进行数据挖掘。
  - 已获得声纹样本。

**犯罪现场报告、尸检报告及其他细节**

- 犯罪现场已被清理打扫，犯人疑为五一六。已基本失去刑侦价值。
- 概况：子弹穿过落地窗、击碎玻璃；窗外有一棵毒漆树，其离地面不足二十五英尺高的枝叶均被修剪去除。与狙击手埋伏地点之间有雾霾等污染，视野不清晰。
- 采集到四十七枚指纹，已比对其中一半，没有结果。另一半已丢失。
- 搜集到糖纸。

- 搜集到香烟灰。
- 莫里诺所在沙发背后搜集到子弹头。
  - 致命子弹。
  - 点四二〇口径，由沃克防御系统公司（新泽西州）制造。
  - 船尾造型空尖弹。
  - 品质极高。
  - 飞行速度极高，火力极大。
  - 罕见。
  - 武器：自制。
  - 子弹上的微量证物：莫里诺衬衣纤维及毒漆树的叶子碎屑。

**犯罪现场二**

- 巴里·谢尔斯的狙击点，离击杀室两千码，位于巴哈马群岛新普罗维登斯岛。
- 五月九日。
- 未能找到枪击留下的弹壳或其他指明狙击手埋伏点的证物。

**犯罪现场二A**

- 巴哈马，拿骚市，奥古斯塔街一八二号楼，3C号房。
- 五月十五日。
- 被害人：安妮特·柏德尔。
- 死因：有待进一步调查确认。初步怀疑是被勒住脖子导致窒息死亡。
- 嫌疑人：确定为五一六。
- 据死者尸体情况来看，生前可能遭受折磨拷问。
- 证物：
  - 沙子，与在爪哇小憩找到的沙子为同一来源。
  - 二十二碳六烯酸，亦即鱼油。来源可能是鱼子酱或鱼卵，两者皆为纽约某餐厅某菜品的食材。
- 二冲程引擎燃料。
- $C_8H_8O_3$，即香兰素，同为上述餐厅菜品中所用的辅料。

**犯罪现场三**
- 莫特路与赫斯特路交叉处，爪哇小憩咖啡店。
- 五月十六日。
- 自制爆炸装置发生爆炸，目的是清除有关泄密者的资料。
- 被害人：无人死亡，仅少数人轻伤。
- 嫌疑人：确定为五一六。
- 炸弹为军用装置风格，主要针对目标为人体，包裹有大量碎片。炸药为塞姆汀炸药。装置可于武器市场购得。
- 已获得泄密者发送邮件时店内其他客人的身份信息，目前正逐一查访，希望获得照片等更多涉及泄密者的信息。
- 线索：
  - 产自热带地区的沙子。

**犯罪现场四**
- 第三大道一一八七号楼，二三〇号房。
- 五月十六日。
- 被害人：莉迪亚·福斯特。
- 死因：失血过多，及刀伤导致的休克。
- 嫌疑人：确定为五一六。
- 现场寻获一根头发，为棕色短发（五一六所掉落），已送至CODIS化验分析。
- 证物
  - 洋甘草。同为上述餐厅菜品中所用辅料。

・西那林，朝鲜蓟的提取物。同为上述餐厅菜品中所用辅料。
・有证据表明莉迪亚·福斯特受到酷刑折磨。
・莉迪亚·福斯特于五月一日为罗伯特·莫里诺担任翻译时保存的所有相关资料均被盗走。
・现场没有手机及电脑。
・星巴克的收据。五月一日莫里诺单独与某人会面时，莉迪亚等候的地方。
・"莫里诺谋杀案的幕后指使为贩毒集团"的传言，基本可以确定为假消息。

**补充调查。**
・确认泄密者身份。
・身份未明者泄露了特勤令。
・通过邮件寄送。
  ・纽约市警察局计算机犯罪调查组追踪结果：线索上溯至中国台湾、罗马尼亚、瑞典。初始发出地为纽约地区，通过公共无线网络发送，未经政府服务器。
  ・所用电脑为旧机型，疑为机龄十年以上的 iBook 电脑，可能是贝壳形翻盖机，鲜艳双色配色（比如绿色和橙色）。或为传统型号，石墨色，远厚于当今笔记本电脑。
・疑有人驾驶浅色轿车跟踪萨克斯警探。
  ・品牌及车型未确定。



没错了……这就对了。

"我想清楚了。得再给波提耶打个电话。还有，汤姆，去开一下我们的车。"

"去开——"

"我们的车!面包车!要出门了!萨克斯,你也来。你有配枪,对吧?对了,谁再给拘留所那边打个电话,释放巴里·谢尔斯。这倒霉蛋受了够多苦了。"

## 82

这个瘦得皮包骨，五十多岁的大叔已经在劳改局待了快一辈子了。

但他不是囚犯，而是守卫。这是他做过的唯一一份工作。他天天都要押送犯人穿过"墓地"，却还挺享受这份工作。

"墓地"是曼哈顿拘留所的外号，这名字很恐怖，但这里其实还好。不过，在十九世纪初，叫"墓地"倒是很贴切，因为当时这座建筑是仿照埃及陵墓设计的，又建在沼泽地上，导致地基不牢固，还弥漫着瘴气和湿气，恶臭难耐，导致疾病肆虐。因为这种种原因，拘留所所在的五角区当时也被称为"世界上最危险的地方"。

如今的"墓地"就是一所平平无奇的拘留所，只不过体量特别大而已。

守卫对着对讲机说出今天的开门暗号，进门后顺着走廊踱步，往关押特殊犯人的独立囚室走去。

他正要去找的人很特殊：巴里·谢尔斯。

在这里工作的二十八年间，他学会了不要随意评判囚犯。不管是杀害小孩的变态，还是学罗宾汉劫富济贫的白领经济犯，在他眼里都一样。他的工作是维持拘留所的秩序，保证整座设施有条不紊地运行，另外，他还会尽量照顾好囚犯，让他们过得不太难受。

毕竟，这里也不是真正的监狱，只是临时拘留所而已，被关进来的人不久就会被保释出去，或是转移到莱克岛监狱，当然也有的人不久后就会被无罪释放。关进这里的所有囚犯，理论上都是无罪的。国家法律就是这样设计和运行的。

但他正要去找的这个人有点不一样，守卫对他被关进来颇有一点想法：这绝对是个不幸的误会。

守卫对巴里·谢尔斯的背景情况了解不多，只知道他以前是空军飞行员，曾在伊拉克战场上战斗过，如今供职于联邦政府。

然而现在他竟然以谋杀罪名被抓了进来，而且他杀的可不是自己的老婆或者老婆的出轨对象，而是他妈的恐怖分子。

他曾是一名光荣的士兵，一位英雄，现在却被捕了。不可理喻。守卫当然清楚背后的原因：就是政治游戏。在野党想搞对手一把，所以就拿这个倒霉蛋来开刀。

他来到目的地，透过观察窗往里看。

嗯？怪了。

牢房里除了谢尔斯还有另一名囚犯。守卫事先并不知道他的存在。没道理啊，旁边明明还有一间空房，这个囚犯应该被关到那里才对。这个囚犯远远地坐在房间一角，空洞的双眼直勾勾地瞪着前方。这眼神让守卫浑身不自在。关进这里的浑蛋一般都不坦诚，但他们眼神中不自觉泄露的东西远比他们肯说出来的多。

谢尔斯又是怎么回事？他躺在床上，背向门口，一动不动。

守卫输入开门密码，随着电铃一响，牢门打开了。

"哎，谢尔斯？"

谢尔斯没动。

另一名囚犯仍盯着墙。这贱人真恐怖，守卫心想。他平常可不会轻易这样骂人。

"谢尔斯？"他走近两步。

飞行员这才浑身一抖，坐了起来。他慢慢转过身。守卫这才看清楚，谢尔斯一直用双手捂着眼睛。看来他是在哭。

438

不是什么羞耻的事,这里天天有人哭。

谢尔斯抹了一把脸。

"谢尔斯,起立。有点新消息,你应该会喜欢的。"

# 83

坐在办公桌旁的史锐夫·梅茨格听到了警笛声，但并没有在意。

这里毕竟是曼哈顿，一天二十四小时都能听到警笛声。同理，大喊的声音、汽车鸣笛声、海鸥啼叫声也总是响个不停。偶尔还有尖叫声，以及汽车回火的巨响……呃，那声音响得断断续续的，应该是汽车回火的声音吧。

交织的噪声就像是纽约市的一块背景挂毯。

他基本不会关注这些噪声，尤其是现在，因为他正忙着处理莫里诺任务引发的熊熊大火。

混乱的状况像裹着火焰的龙卷风，疯狂地撕扯他的理智：巴里·谢尔斯被捕了，该死的泄密者又逍遥法外。紧咬不放的那个检察官疯婆子也令他筋疲力尽，还有那些跟特勤令项目有关的政府要员整天给他施压。

再过不久，甚至还会有一批更可怕的队伍加入战场煽风点火：媒体。

但当然，魔法师一直盘旋在这一切的上空，不会让自己沾上半点儿关系。

不知道此时此刻那个"预算委员会"又在做些什么决策呢。

突然，他意识到警笛声停了。

就停在他办公室楼下。

他站起来往下看。一批车子停到了广场的停车场里,就在地面控制站旁边。

全都完蛋……

板上钉钉了。

有一辆无标志车,车顶上闪烁着蓝色的警灯。一辆巡逻警车,一辆面包车——说不定是特警小队。车门已经打开,车里的警察却不见了。

梅茨格知道他们在哪儿,根本不用想。

马上,他的理论就得到了证实。楼下的警卫从专线打来电话,胆怯地问:"局长?"

他清了清嗓子才继续说:"呃,来了几位警探,说想见您一下。"

## 84

林肯·莱姆看得出来,史锐夫·梅茨格对自己的到访很惊讶,因为对方不停地上下打量自己。说不定是轮椅让他吃惊?但不对,他肯定知道莱姆的情况,他可是情报狂人,肯定早就把参与调查莫里诺案的相关人员都查了个遍。

又或者,他是因为看到莱姆体格比自己好才吃惊的。真讽刺。莱姆暗暗观察着梅茨格瘦弱的身材:他头发稀疏,瘦得像竹竿,眼镜片非常厚,而且两边都沾了污渍。莱姆本以为,这个时不时要杀一下人的家伙应该是一脸阴险凶恶的样子。

而梅茨格见到莱姆肌肉结实、头发乌黑浓密,脸庞也圆润饱满,明显不太自在。他眨了眨眼,像极了以前的洛蕾尔。

梅茨格坐回办公椅上,看向萨克斯和塞利托——这次就毫无惊讶的表情了。洛蕾尔没有来,因为莱姆说,这目前还是警方事务,没到检察方的阶段。而且,直接来这里还是可能遇上危险的,虽然概率不大。

莱姆看了看办公室的环境,觉得十分单调。装饰物几乎没有。书架上有些书,书脊没有折痕,看来是没读过的。角落里有一些巨大的保险柜,上面配备了密码锁和瞳孔扫描器。全部家具都是只注重实用性,放在一起很不搭。天花板上有一盏红灯默默地闪着,莱姆知道,这表示有访客前来且该访客没有知情权限,需要把所有机密文件收好或者正面朝下摆放。

尽忠职守的梅茨格当然完美地做好了。

NIOS的局长首先开口了,声音轻柔,听得出他正在努力控制情绪:"你们应该清楚,我什么都不会说的。"

塞利托正准备回应,却被莱姆抢先丢出一句挖苦:"跟我们玩最高条款那套,是不是?喊。"

"反正,我不欠你们任何回答。"

倒是他自己忍不住违反了"什么都不会说"的决定。

突然,梅茨格开始双手颤抖,眼睛眯了起来,呼吸也加快了。这转变发生之快,就像毒蛇突然扑出来袭击老鼠一样迅速。在场的其他人随之警觉起来。

"你们还真以为能随随便便跑来我这里……"他暴怒道,但中途就停住了,牙关咬得紧紧的。

他有情绪管理问题。主要是易怒……

"喂,冷静点,好吧?"塞利托说,"要是我们想逮捕你的话早就动手了。好好听人说话,别着急,老天。"

莱姆想起多年前和塞利托搭档的时光——只有塞利托说"搭档",莱姆不喜欢用这个词。那时他们常用的策略不是一个唱红脸一个唱白脸,而是一个温和一个暴躁。

梅茨格收敛了一点:"那是要干吗……"他边说边伸手拉开抽屉。

莱姆感觉到,萨克斯也微微紧张起来,手迅速地靠到了配枪旁边。但NIOS的局长只是拿出来一个指甲钳。他把指甲钳拿出来后却又没有使用,只是放在了桌子上。

塞利托朝莱姆点点头,让他继续说。

"好,我继续说了。我们手上有一个问题需要……解决一下。阁下的组织签发过一份特勤令。"

"我不知道你在说什么。"

"差不多行了。"莱姆不耐烦地抬抬手截住他,"这份特勤令,是针对一个疑似清白无罪的人进行暗杀。他是不是真的清白,就留给你和你的良心去判断了。说不定还要到什么麻烦的国会听证会上讨论一番。但这都不关我们事。我们来是为了找到一个人,他一直在杀害莫里诺案的相关证人,还——"

"如果你是想暗示 NIOS——"

"派遣了一名善后的专员?"萨克斯抢过话头。

梅茨格又不由自主地眨了眨眼。他大概在想,这帮人怎么知道这个名称的?他们到底怎么知道任何内情?他支支吾吾地说:"我从来,从来没有指派过任何人做那些事。"

好一番熟练的官方发言。

做那些事……

塞利托生气了:"看看你的手腕,梅茨格!好好看看!我们有拿手铐铐着你吗?没有吧!能不能坦率点!"

莱姆继续说:"我们已经知道是其他人了,所以才来的。我们需要你帮忙找到他。"

"帮你们?"梅茨格复述了一遍,勉强地笑了一下,"我干吗要帮你们这群想搞垮政府重要部门的人?我们可是一直都兢兢业业致力于保护人民,让他们免受各种敌人伤害的重要部门。"

莱姆眼里流露出一股不屑,梅茨格也意识到这句话说得有点浮夸了。

"你为什么要帮我们呢?"莱姆也复述了一遍,"我能想到两个理由。第一,你帮我们,我们才不会以阻碍执法的罪名逮捕你。你为了阻碍调查可是费了好一番功夫啊,首先应该是在国会托了关系去查莫里诺改国籍的事吧?不知道你要是走正常渠道去调查会是怎样的场景。我们也清楚,你肯定有委派巴里·谢尔斯、NIOS 的其他员工和你们的合作企业销毁无人机暗杀项目的相关证据吧?还有,到处挖调查人员的黑料,非法监听电话,截取电子邮件,找兰利和米德堡的熟人借信号信息，等等。"

萨克斯也添了一句："还有偷窃私人病历呢。"

她和莱姆讨论过为什么比尔·迈尔斯会从医生那里得知她的病历文件，最后得出来的结论是，NIOS的某人把文件偷出来发给了迈尔斯警督。

梅茨格垂下了眼，算是默认了。

"至于你应该帮忙的第二个理由嘛，就是你们NIOS被人嫁祸了。干这些事的人把谋杀的罪名栽赃到你们头上了。而我们就是唯一能帮你们抓到疑犯的人。"

现在，莱姆完全抓住了梅茨格的注意力。

"告诉我，到底是什么情况？"

莱姆回答："我听过一些人暗示说，你利用职务之便来杀害你认为不爱国的人或者反美人士。我不同意。我认为，你真的把莫里诺视作威胁——是因为有人故意要让你这么想，把假情报透露给你，所以你才会签发那份特勤令让人除掉他。而这就给了真正的幕后黑手机会去杀掉他想杀掉的人。"

梅茨格往别处看了一会儿："的确！莫里诺被枪击后房间里的其他人都会受惊，疑犯趁机潜入就能杀掉他真正想杀的人。德·拉·鲁亚，那个记者，肯定是他。他好像在写一篇报道，关于什么腐败问题之类的，肯定是因为这个，所以有人想杀他。"

"错了，错了，错了。"莱姆说，但又承认道，"好吧，开始我也是这样想的。但马上我就发现错了。"他说得像认罪一样。事实上，他的确很气自己一下就跳到"目标是记者"的结论上，结果就忘了考虑所有可能性。

"那是谁？"梅茨格摊开手表示不解。

阿米莉亚·萨克斯说出了答案："西蒙·福洛雷斯，莫里诺的保镖。他才是真正的目标。"

## 85

"德·拉·鲁亚是一份商业刊物的专栏作者,"莱姆解释道,"我们找出了他最近写的所有文章,研究过他最近在忙什么项目,主要是温情感人的故事报道、商业分析、经济和投资方面的文章,没有调查性质的文章,没有爆内幕的,完全没有任何能惹祸的。"

关于记者的个人生活方面,普拉斯基也查不出任何会惹得杀手去杀他的事情。他既没有参与灰色交易,也没有被牵扯进犯罪活动,没有树过敌人,也没有任何私德问题——跟他睡觉的人也清清白白,因为只有一个,那就是他的妻子,两人已经结婚二十三年。

"既然找不到动机,"莱姆说,"就要问问,哪里不对?我又研究起了证物。没多久我就看出来有什么出问题了。或者说,'没有什么'才是问题。那就是保镖丢失的手表,枪击发生之后它被偷走了。那可是一块劳力士。手表被盗本身没有什么可说的,但区区一名保镖为什么戴得起一块五千美元的手表呢?"

梅茨格听得一脸茫然。

"他的雇主,罗伯特·莫里诺,不是什么富人。他只是社会活动家和记者。也许他会对自己的手下很慷慨,但他给的薪水足够让保镖消费得起劳力士手表吗?我看不然。半小时前,我找FBI的朋友帮我调查了一下福洛雷斯,发现他在加勒比周边的银行里有超过六百万美元的存款。每个月他都会收到一笔五万美元的汇款,来源是开曼群岛某个匿名账户。"

梅茨格眼睛一闪："他在勒索什么人吗？"

思维不够敏锐的话可没法当上NIOS的局长。梅茨格能迅速做出这个推论，的确厉害。

莱姆微笑着点了点头："我觉得就是这样。我记得在枪击发生的同一天，拿骚还发生了一起谋杀案。一名律师被杀害了。我在巴哈马警方的线人给我提供了那名律师的客户名单。"

梅茨格说："保镖是客户中的一员，当然了。保镖把勒索用的文件交给律师保管。但被勒索的人不想再屈服了，或者只是没钱了，就找了杀手——这名专员——杀掉了保镖和律师，偷回了那些文件并加以销毁。"

"不错。律师遇害后，他的办公室遭到了洗劫。"

塞利托不屑地看着梅茨格说："他还真有两把刷子嘛，林肯。不当个间谍可惜了。"

局长冷冷地跟他对视了一会儿，然后继续说："有办法查出被勒索的是谁吗？"

萨克斯反问道："是谁给你的假消息，说莫里诺准备对石油钻井平台发动恐怖袭击的？"

梅茨格往后依靠，眼睛扫视着天花板："我不能告诉你具体是谁。这属于机密信息。只能说他们是驻拉美情报人员——既有我们NIOS的人，也有我国其他机构的，都是可信赖的人员。"

莱姆提示说："有没有可能有别人给他们提供了假情报，他们不知道真相，又把情报传给了你？"

梅茨格脸上的疑惑逐渐消失："嗯……有可能，知晓情报网运作方式的人，有内线的人。"他的下颌又开始愤怒地咬紧。他从冷静转换到暴怒真的只要一瞬间吗，太不稳定了。"那我们怎么查出是谁呢？"

"我也一直在考虑。"莱姆说，"我认为关键是泄密者，泄露特勤令的那个人。"

梅茨格苦笑一下："那叛徒。"

"你用了哪些方法追查他？"

"简直是日夜搜查。"他疲惫地说，"但还是查不到。机构内部能接触特勤令的人都排除了。我的助理是最后一个接受测谎的。她完全……"他犹豫了一下，"完全有资格憎恨我国政府，但她也通过了。只剩华盛顿的几个人还没接受测谎，我们觉得肯定是那边的人有问题。可能是某个军事基地泄密的。"

"霍姆斯特德？"

一秒的停顿后他说："我无权透露。"

莱姆问："内部调查是谁负责的？"

"我的行政主任，斯宾塞·博斯顿。"他沉默了片刻，看到莱姆犀利的眼神，忍不住又往下转了转视线躲开了，"不会是他。怎么可能是他呢？他能从中获得什么好处？而且，他通过了测谎啊。"

萨克斯说："详细说说，他到底是怎么样的人？"

"斯宾塞是退伍军人，得过很多勋章，还是前CIA——主要在中美洲工作。人称'政权更迭制造专家'。"

塞利托看着莱姆："记得罗伯特·莫里诺为什么变得反美吗？美军入侵巴拿马时，他最好的朋友被杀了。"

莱姆没回应，但他在心里回忆着证据表，然后问梅茨格："那么这个博斯顿应该接受过测谎方面的训练吧？"

"理论上应该有，但是——"

"他平常喝茶吗？会不会用代糖？还有，他是不是有一件便宜货的西服外套，看起来有点俗气？"

梅茨格干瞪着眼，过了一会儿才回答："他一直喝花草茶，因为他有溃疡——"

"啊，胃病。"莱姆看看萨克斯，萨克斯也对他点点头。

"他会放一些甜味剂，不会放糖。"

"外套呢?"

梅茨格叹了口气:"他喜欢去西尔斯百货买东西,然后,对,不知道为什么他是很喜欢那种奇怪的灰蓝色。我一直都不明白。"

## 86

"这房子真不错。"罗恩·普拉斯基说。

"是。"萨克斯观察着周围的环境,心不在焉地说。

"这里算哪个区?格伦湾吗?"

"或者是牡蛎湾,这两个区有些部分交叠在一起。"

长岛北岸点缀着很多小小的社区,地形起伏比南岸多,树木也比南岸繁茂。萨克斯对这一片不熟悉。几年前她来办过一起案子,嫌犯是一个人口走私犯。再之前,她还在这条弯弯曲曲的公路上跑过一次汽车追逐战,但那次萨克斯还不是警察,而是被追捕的目标。当时十六岁的萨克斯在花园城参加非法赛车,她刚刚轻松赢过一辆道奇,警方就赶到了现场。大家四散逃命,而萨克斯没花多久就远远地甩开了追击的纳苏郡警察。

"紧张了?"普拉斯基问。

"是。每次逮捕任务前都会,每次都会。"

阿米莉亚·萨克斯觉得,在这种时刻如果自己没有紧绷着神经,那肯定出问题了。

另一方面,自从塞利托和迈尔斯警督批准了逮捕行动之后,萨克斯再也没有为难过自己的身体。既没有乱掐指甲,也没有把自己挠出血。更奇怪的是,连髋关节和膝盖也没再疼过。

两人现在穿上了防弹衣,戴着黑帽子,但只带着常规配枪,没有另外增加武器。

两人正慢慢接近斯宾塞·博斯顿的家。

一小时前，史锐夫·梅茨格和莱姆商讨出一份逮捕计划。梅茨格假意告诉博斯顿，即将召开一场关于莫里诺案的听证会，他想找一个秘密的地方先跟NIOS的律师商量一下对策，能不能借用博斯顿的家，请博斯顿的家人先到其他地方去。

博斯顿同意了，并且立马开始安排。

萨克斯和普拉斯基慢慢接近这座殖民地风格的大宅，看到草坪修剪得整整齐齐，四周围着树木，也都经过精心修剪。整座花园都打理得很好，甚至有点强迫症的味道。

年轻的普拉斯基呼吸变得急促起来。

紧张了？

萨克斯注意到他在无意识地抠额头上的一块疤。那是好几年前，他们第一次合作的时候追捕的犯人给他留下的。当时他伤势严重，而且因为这次惨痛的遭遇几乎要辞职不干了。要是他真的辞职，肯定会崩溃，因为当警察不只是他最重要的信念，还能让他跟自己的双胞胎兄弟——同样是一名警察——更加亲密无间。最后他还是坚持做完了康复训练并继续自己的警察生涯，这很大程度上要归功于林肯·莱姆的鼓励和以身作则的好榜样。

那次打击确实很大，萨克斯也清楚，普拉斯基一直饱受其扰。

她想：如果是我，我能撑得住吗？我会不会被压垮？

这个问题的答案只能是"是"或"否"。她微微一笑，说："咱们去抓坏蛋吧！"

"好啊。"

他们快速走到门口，一左一右站好就位，准备好随时拔枪。

萨克斯点点头。

普拉斯基敲了敲门叫道："纽约市警察局！请开门！"

屋里有声音传来。

"干吗?"屋里的人说,"谁啊?"

普拉斯基重复道:"纽约市警察局!请主动开门配合调查,否则我们将强行进入!"

里面的人说:"怎么回事,天啊。"

双方都静默了好一会儿,这时间足够让博斯顿去拿上一把枪了。尽管他们猜测博斯顿不会做这样的蠢事。

红色的木门终于开了,器宇轩昂的灰发男子出现在门前,透过纱门往外看,抬手摸了摸干燥的脸上最深的皱纹。

"把双手放到我们能看见的地方,博斯顿先生!"

他抬起手,叹了口气:"原来这才是史锐夫给我消息的原因,根本就没有什么会面,对吗?"

萨克斯和普拉斯基强硬地进了屋,关上门。

博斯顿抬手梳了梳头,然后想起自己应该举着双手保持不动。他后退几步,表示自己无意反抗。

"你一个人在这里吗?"萨克斯问,"家人呢?"

"他们不在,就我一个。"

普拉斯基守着博斯顿,萨克斯迅速地把房子检查了一遍。

她回来之后博斯顿问:"这到底是怎么回事?"他想装出不知情、被冒犯的语气,但装得不好。他心里清楚是什么情况。

"因为你把特勤令透露给地方检察官办公室。我们调查了航班记录,五月十一日你本来在缅因州度假,却一早飞回纽约,带着你的 iBook 电脑去了爪哇小憩咖啡店,把扫描的特勤令文件上传给地方检察官。完成这些后,你又在下午飞回了度假地。"萨克斯接着说了喝茶、加代糖和外套等情况,最后问,"为什么?你为什么要故意泄密?"

坐在沙发上的博斯顿往后一靠,慢慢地从口袋里拿出一包抗酸药,笨拙地撕开,把药放进嘴里干嚼。

就像萨克斯也经常干吞止痛药一样。

萨克斯坐到了他对面，普拉斯基则走到窗边看了看完美无缺的草坪。

博斯顿皱着眉说："就算要起诉我，也应该依照反间谍法来办。你们只是州政府，为什么是你们来找我？"

"这事已经牵扯到州法律了。"萨克斯模棱两可地回答道，"我再问一遍，你为什么要泄露特勤令？是因为你觉得这样符合道德？你觉得你的机构在滥杀美国公民？"

他莫名其妙地苦笑一声："你真以为会有人在乎那些？难道杀掉奥拉基[①]会让奥巴马难过吗？任何人都会觉得这是该做的事，只有那位检察官不这么想。"

"所以呢？"萨克斯追问。

博斯顿把脸撑在手上，过了一会儿才说："你们太年轻了，你们俩都是。你们理解不了。"

"先说说看。"萨克斯坚持要问。

博斯顿抬起头，眼里闪着光："NIOS成立的第一天，我就在那里任职了。我当过军队里的情报人员，也参加过CIA。史锐夫·梅茨格那小子还在剑桥和纽黑文参加宴会的时候，我已经出了无数次外勤，调度线人、完成任务。我们能抵抗粉红革命，我可是起了关键作用的。委内瑞拉的查韦斯，巴西的卢拉，阿根廷的内斯托尔·基什内尔，乌拉圭的巴斯克斯[②]，玻利维亚的埃沃·莫拉莱斯……"他面无表情地看着萨克斯，"我估计你都没听过这些人吧？"

但他也没指望萨克斯回答，自顾自地说了下去："我在中美洲促成了两次政权更迭，在南美也有一次。是我在又脏又破的小酒吧陪人喝酒，贿赂记者，给加拉加斯和布宜诺斯艾利斯的政府中层擦鞋

---

[①]安瓦尔·奥拉基（Anwar Awlaki），美籍也门裔激进派穆斯林教士，在美国受过多年大学及研究所教育，熟谙西方文化，现与美国为敌，擅长在网络上煽动反美情绪，外号"网络本·拉登"。二〇一〇年四月七日，奥巴马政府授权反恐和情报机构在全球范围内追杀安瓦尔·奥拉基。

[②]塔瓦雷·拉蒙·巴斯克斯·罗萨斯（1940—2020），曾任乌拉圭总统。

拍马屁。我不知道去参加过多少次自己部下的葬礼,有的是意外死亡,有的是被谋杀。但他们的身份都得保密,没人能知道他们曾是多伟大的英雄。是我求着华盛顿给经费,是我拉下脸跟伦敦、马德里和东京来的人谈条件……结果,到选 NIOS 局长的时候,他们选的谁?史锐夫·梅茨格。一个臭小子,还有情绪问题。本来应该是我来当的。我努力了这么多年,我才配得上!"

"所以你发现梅茨格在莫里诺的事情上捅了娄子之后,就打算利用这件事来拉他下台,对吗?所以才故意泄露情报,梅茨格完蛋之后自己好上位?"

博斯顿恼怒地低声说:"我来管的话,绝对比他好上一百倍。"

普拉斯基问:"你怎么能通过测谎的呢?"

"哈,那不就是入门课程第一章第一节而已吗?懂吗?这就是我要说的。这行当可不只是摁几下按钮,玩玩电脑游戏就行的。"他又往后一靠,"唉,去你妈的,赶紧该逮捕逮捕,有什么程序快走完。"

## 87

"正在扫描。"耳机里传来轻声细语的声音,"没侦测到传输,没有信号。"

也没必要这样说悄悄话吧?毕竟他们现在正躲在斯宾塞·博斯顿家远处的一片树林里,远在任何人的听力范围之外。

"收到。"雅各布·斯万确认道,觉得自己的语气有些好笑。

没侦测到传输,没有信号,这是好事。如果周围还有其他警员来参加逮捕行动的话,巴特雷特应该能监测到。雇佣兵巴特雷特平常很沉闷,像鼻涕虫一样迟钝、不会说话,但他对自己的装备器械了如指掌,运用起来得心应手,甚至能从铅盒子里检测出微波或者电磁波信号。

"有任何目视目标吗?"

"没有,就他们两个,那个女警——叫萨克斯的——还有个穿制服的一起。"

没问题,斯万想,只有他们两个,没支援。博斯顿虽然是泄密者,甚至可能是该死的叛徒,但他会暴力拒捕的可能性并不大。他也许会用地狱火导弹炸死在也门的目标,或者在狂热信奉天主教的某个南美国家散布谣言,说某位政客是同性恋,以此毁掉对方的前途。但在个人生活里就不一样了,他也许连枪都没有一把。两个纽约警察逮捕他绰绰有余了。

斯万行动起来，慢慢接近博斯顿的房子，并且注意着避开窗户。

他检查了一下自己的格洛克，确认装好了消音器，还有备用弹夹，反过来装在军裤口袋里，方便取出直接安装。在他的多用途腰带上，当然是他心爱的旬刀。最后，他把诺梅克斯攻坚面具拉下来戴好。

附近有一支社区绿化服务队，刚锯倒了一棵树，现在正在把它锯成小块。电锯的轰鸣声非常吵，斯万觉得特别幸运，因为噪声可以掩盖自己袭击的声音。尽管他和他的队伍都有消音器，但屋里的警察也有可能在被打死前反应过来，进行反击。

他询问道："请告知情况。"

"已就位。"巴特雷特说。紧接着，小队的另一名成员也发出相同的报告。他是一名肩膀宽阔的亚裔，自从队伍汇合以来只说过一句比较长的话——纠正斯万对他姓氏的发音。

他姓"徐"。

"听起来像英语里的'鞋'。"

要是我就改名字，斯万暗暗地想。

"报告房屋内部扫描情况。"斯万对巴特雷特说。

电子器械专家用红外探测器和ＳＡＲ扫描后，很快回答："一共三人，都在一层。一人在前门右侧，距离门六英尺到八英尺远。坐着。另一人也在前门右侧，距离门四英尺到五英尺远，坐着。一人在前门左侧，四英尺到五英尺远，站着。"

斯万又问："房屋四周有没有目视可确认目标？"

"没有。"阿鞋回复道。博斯顿邻居家的房子都在红外探测范围外，但现在那里静悄悄的，门也关着。现在才下午，小孩都应该在学校，父母在上班或者在商场采购。

电锯又适时发出轰鸣。

"行动。"斯万下了指令。

另外两人表示收到。

巴特雷特和斯万会攻进前门，阿鞋负责攻后门。他们会迅速强攻，毫不手软，一进去马上开火。这一次，阿米莉亚·萨克斯死定了，绝不只是跟莱姆一样落下残疾这么简单。要是她早点配合，起码还能留一条小命。

斯万把背包留在灌木丛里，踏上了草坪，弯腰前进。巴特雷特走在他前面二十英尺，也戴好了面具。两人点点头互相示意。

离房子只有五十英尺了。四十英尺。

他们扫视着窗户。两人从侧面接近，根据之前的观察，里面的人不可能看到。

三十英尺。

注意观察周围花园、房屋。

没人。

很好，很好。

二十五英尺。

他计划——

一阵龙卷风突然袭来。

强大的气压来得太突然，让他几乎无法呼吸。

什么，什么，怎么了？

纽约市警察局的一架直升机突然出现，降下高度，盘旋在花园上空。

斯万和巴特雷特呆在原地。直升机摆向一侧，两名特警端着大火力的自动武器瞄准着地上的两人。

锯木的电锯。妈的，是警方叫来的，为了掩盖直升机的声音。

该死。

竟然是个陷阱，他们早就知道我们会来。

# 88

"放下武器!脸朝下趴着!否则我们就开火了!"

直升机上一个扩音器传出喊话声。也可能是地上传来的,分不清。

很大声,这绝不是虚张声势。指挥官肯定说到做到。

斯万发现巴特雷特立马就照做了,不只把武器扔到了一边,还高举双手扎扎实实地趴到草坪上。斯万四下观察,发现旁边一所房子二楼的窗户打开了,里面有一名狙击手,他的射击范围肯定能覆盖到阿鞋所在的位置。

高空又传来喊话:"站着的那个!马上放下武器,原地趴下!立刻照做!"

斯万踌躇着。

他看了看房子。

他把枪丢在地上,趴下,嗅到了青草辛辣的气味。这让他想起查特酒,他曾经在做甜点的时候用过。查特酒做成果冻,里面放进水蜜桃块。这是泰坦尼克号头等舱菜单的第十道,也是最后一道。他手中紧握着一个钥匙扣,听着直升机慢慢降落,他按下了遥控器上左边的按钮,然后又按住右边按钮三秒钟,闭上了眼。

他刚刚藏的背包爆炸,力度比他预想的还强烈,房子的玻璃窗被震得粉碎。这个炸药是为了应对这种意外情况准备的,只要争取到时间让敌方转一下头就好。但这个炸药有点太猛了,它在树林边缘炸出一个巨大的火球,差一点就擦到直升机身上,炙热的气浪把直升机掀得猛地一偏。虽然飞行员及时控制住了机身,但这一晃已经让飞机上的警员无法再瞄准。

斯万迅速跃起,从趴着的巴特雷特身边冲过,掏出烟雾手榴弹,往破了的窗户里一扔。手榴弹爆炸了,他紧接着穿过火烟跳进屋里。

摔进屋里的斯万撞到一张咖啡桌上,把一些糖果碗、小雕塑和相框撞到地上摔碎了。他在地上一个翻滚,隐蔽起来。

最开始的爆炸让博斯顿、萨克斯和另外那个警察都吓了一跳,当手榴弹掉进客厅的时候,他们慌忙乱跑,显然是害怕又一次爆炸,没想到那是烟幕弹。

人质。斯万只能想到用这个办法来拖时间,争取逃离目前的险境。剧烈咳嗽着的博斯顿最先遇上了斯万,他朝斯万挥出一拳,但混乱让他的攻击有气无力。斯万迅速反击,重击他的喉咙,打得他整个蜷成一团。

"阿米莉亚!"疯狂喷烟的手榴弹另一侧传来一个声音,是那个年轻警察。"他在哪儿啊!"他又叫道。

斯万又遇上了那个女警,正一边咳嗽一边眨着泪汪汪的眼睛,还努力地四下观察。她手上握着一把格洛克。斯万在外面的时候来不及拿回自己的枪,只好准备直接抢她的。他记得女警走路有时会跛脚,还想起之前窃听她电话的时候她谈到过的健康问题。女警站起身想瞄准斯万,但疼痛袭来,让她漂亮的脸蛋皱成一团。斯万抓紧机会飞扑上前,在她开枪前把她撞倒在地。

"阿米莉亚!"同一个声音又传了过来。

两人扭打在一起,萨克斯比斯万想象的强壮好多。萨克斯大吼:"罗恩,闭嘴!别再出声了!"

她是想保护他。要是斯万抢下了她的枪,就会朝罗恩发出声音的方向开枪。

斯万狠狠地锤了她耳朵一拳,萨克斯咳出肺里的化学烟雾,也奋起反击。斯万打了她肋骨一拳,想扣住她喉咙,但被她挡开了手,自己头上还挨了她一击。

萨克斯大喊:"罗恩快出去!出去求援!就我们几个在这里没用!"

"我去找人!"一阵脚步声向室外跑去,后门打开了。

斯万给了她一肘,又朝她太阳穴出拳,但她灵巧地避开了——这一拳要是打中了绝对能改变战局。萨克斯成功击中了他的肾脏附近,疼痛直窜他的牙关。斯万坚持控制着她的持枪手,左拳打在了她脸上。她闷哼一声,痛苦地蹙起眉。

斯万再次想起萨克斯的伤病,于是果断地用自己的膝盖撞向她的,立马见效。她疼得发出一声惨叫,一时间维持不了警惕。斯万马上前扑去够她的枪,只差一点点了。只差几英寸了。

他又向她的关节踢去,这次她叫得更加凄惨,握枪的手更是抓不稳了。斯万信心十足地伸手抢枪。

但在他的手刚刚擦到枪表面的时候,萨克斯就及时反应过来,往后一甩,把枪丢到了远处浓密的烟雾里。

可恶……

两人扭打在一起,谁都不敢放松一分。汗味、烟雾味和一丝香水的味道夹杂在一起。他想逼迫萨克斯站起来迎战,因为她膝盖已经受伤,站起来的话必然处于劣势。萨克斯当然也明白,所以死命把斯万拖住,不给他机会起身。

外面有人喊话,叫他出去投降。屋里现在满是浓烟,他们的星级警探又还在里面,攻坚队当然不敢贸然强攻。况且,他们也不清楚斯万有没有携带乌兹冲锋枪之类的自动武器,谁想冲进门来都得考虑自己会不会被打成筛子。

两人扭打得筋疲力尽，满头大汗，咳得停不下来。

斯万突然再次前扑，作势要咬人，吓得萨克斯向后躲闪，斯万却马上抽身，顺利挣脱了萨克斯的控制，翻身一滚，蹲好稳住，面朝她。萨克斯已经痛苦不堪，上气不接下气，跪在地上，一手护着膝盖。剧痛和烟雾让她泪流不止。烟雾中，她的身影像随时会消失的幽灵一样飘忽不定。

一定得抢到那把枪才行。立刻。枪掉在哪里了？记得就在附近。但斯万刚行动起来，萨克斯就紧紧盯住他，目露凶光，握拳的手松开一下之后又重新握紧。她站了起来。

她停了下来，用手按住髋关节，看来那个位置也跟膝关节一样折磨着她。

好机会！趁她被疼痛分神的时候打断她的喉咙！

斯万全速跳过去，张开手刀冲着萨克斯惨白的脖子袭去。

下一个瞬间，多年不曾感受到的痛楚从他的手掌直贯肩膀，他感觉手臂简直要炸开了。

他急忙退缩，茫然地看到鲜血汇成小溪在自己指间流下，这才发现萨克斯目光镇定，手中的小片金属闪出一点银光。

什么……那是什么？

她正稳稳地举着一把折叠刀。原来她刚刚缩手不是为了捂住痛处，而是要抽出折叠刀并弹开。但她也没有主动攻击，是斯万自己用手刀撞上了人家的钢刀。

我的小屠夫……

萨克斯保持着街头斗殴中常见的持刀姿势，慢慢退后。

斯万检查了一下伤势。刀扎进了拇指和食指之间，深可见骨，简直痛得要命。所幸没有切到筋腱，以后不会影响运动。

他也快速抽出自己的旬刀，摆出与对方相似的格斗姿势。但双方的实力可不相似。斯万已经单凭一把刀杀死过数十人；而萨克斯，也许是个神枪手，但刀子绝不是她的惯用和首选武器。斯万冷静地向前移动，保持刀刃向上，好像只是准备解剖一具鹿的尸体。

匈刀的重量、经过千锤百炼的刀身、哑光的质感和刀把的花纹让他感到安心。

他迅猛地出击，低着身子瞄准萨克斯下盘，想象着一刀从萨克斯的肚子划到胸骨，让她皮开肉绽……

但出乎意料的是，萨克斯既没有往后闪避也没有转身逃跑，反而坚守在原地，一样把小刀刀刃向上握着——斯万觉得那应该是意大利产的刀子。她沉着地一边观察着斯万的刀和眼神，一边寻找他身上的薄弱点。

斯万刹住了，稍微后退几步，重新组织攻势。他把左手上滚烫的血甩掉，然后再次快速出击，晃了一个假动作，没想到被萨克斯识破；她轻松避开，顺势反击——高速挥过的小刀差点把斯万半张脸切下来。原来她真的懂行，而且——更麻烦的是——尽管明显还受伤痛影响，但她的眼神没有一丝动摇。

要想办法让她多动动腿，利用她这个弱点。

他一次又一次地佯攻，逼着萨克斯后退或转换重心，以此损耗她的关节。

终于，她露出了一次破绽。

萨克斯后退几步，把刀子反过来用手指夹住刀身——她打算飞刀。

"放下你的刀，"她命令道，忍不住重重地咳嗽了几下，又擦掉眼里的泪水，"趴到地上。"

透过烟雾，斯万谨慎地盯着她和她的刀。飞刀不是一项容易掌握的技术，只有视野清晰的时候才能有效施展。你的刀要平衡得很完美，至少得练习过上百小时才能发挥好。而且，就算直击目标，也很可能只会造成浅浅的轻伤。斯万怀疑，除了影视作品里的虚构角色之外，大概从来没有人真的死于飞刀。正常来说，要用刀杀人就必须准确切开那人的重要血管，让他失血过多而死——即便如此，等他死透也还得花点时间。

"马上照做!"萨克斯大吼,"趴下!"

但话说回来,迎面飞来的刀子还是会扰乱人的注意力,要是对方走点狗屎运,说不定自己一只眼就被扎瞎了。所以,斯万趁着萨克斯调整距离的时候,自己则压低身子不停地左右移动,使暴露面积缩小、游移不定,难以瞄准。

"最后通牒了!"

双方呆立了一瞬间,萨克斯的眼神仍然万分坚定。

她甩出飞刀。

斯万眯眼一躲。

但这一甩没瞄准好,刀子击中了离斯万两英尺远的一个瓷器柜,击碎了柜门的玻璃。柜子里的一个碟子掉到地上摔碎了。斯万马上恢复格斗姿势,幸好萨克斯又犯了一个错误——她没有趁此追击。

斯万放宽了心,重新面对萨克斯。萨克斯虽然上身前倾,做好了准备,但两手空空,而且喘着粗气,咳嗽不止。

她现在是斯万的猎物了。斯万准备找到那把枪,劫持她做人质,跟外面的人谈判以换自己一个逃亡的机会。可以开直升机离开,这点不错。

斯万低声说:"好了,你现在听我命令——"

一个枪口抵到了他的太阳穴上,他朝旁边看去。

那个年轻的警官——显然是叫罗恩——摸了回来。不是吧……不是吧……斯万明白了。其实他根本没跑出去。他一直在烟雾里潜行,直到找到机会控制目标。

萨克斯也根本不是打算凭一次飞刀了结斯万。她只是在拖时间,并且不断制造对话,用声音引导潜藏在烟雾里的罗恩。她最开始叫罗恩离开也是假的,话外之音是完全相反的意思,而罗恩也马上心领神会。

"好了,"年轻的警官冷酷地说,"放下武器。"

斯万清楚，自己要是再轻举妄动，对方绝对会马上让他的脑袋里多一颗子弹。

他环顾四周，想看清楚要把心爱的旬刀放到哪里才不会让它磕出伤痕。最后，他轻轻地把刀扔到了沙发上。

萨克斯走了过来，仍因为疼痛而眉头紧皱。她拾起刀子，看它的眼神里带着一点欣赏的味道。年轻的警官给斯万戴上了手铐，然后，萨克斯伸手抓住斯万的攻坚面具，一把扯掉。

## 89

一辆为残疾人改造过的无障碍面包车穿过各种警车、消防车和救护车,停在了斯宾塞·博斯顿家门外。危险解除之前,林肯·莱姆一直在几个街区之外的待机区域干等。在巴哈马吃过教训之后,他清楚自己还无法使用武器,所以只好尽量避开可能发生的战局。

而且不管他怎么想,汤姆也绝对会把他管得死死的。

简直像老母鸡妈妈一样。

几分钟后,莱姆得以从面包车中解放出来,驾着心爱的轮椅来到萨克斯身边。

他仔细地检查她身上的伤势。她明显浑身都疼,却装出无所谓的表情。但这伪装在莱姆眼里没有一点用。

"罗恩呢?"

"在里面走格子呢。"

莱姆看着冒烟的树木和灌木丛,还有从昂贵大宅里不断冒出的浓烟,苦笑了一下。消防局已经用大风扇吹散了大部分烟雾。

"我没料到他居然还预备了炸弹来转移注意力。对不起,萨克斯。"

对于这一点,他很生自己的气。他理应想到五一六有可能会用上炸弹。

萨克斯只是说:"即便如此,你的计划依然很棒啊,莱姆。"

"嗯,单就结果来看算是还行吧。"他这句回答罕见地有一点谦虚。

莱姆认为,斯宾塞·博斯顿所做的只有泄露特勤令一件事而已。虽然他和莫里诺都跟巴拿马有关系,但即使美军入侵巴拿马的事件里有博斯顿在暗中操作,当年的莫里诺也只是个小孩,不可能和博斯顿认识。巴拿马的事只是巧合而已。

但莱姆觉得,博斯顿可以充当完美的诱饵。不管最大的幕后黑手——五一六的老板——是谁,肯定还是需要把泄密者杀掉。

这就是莱姆找梅茨格帮忙的原因。自从上周末梅茨格听说调查的事以来,他就四处联系跟无人机暗杀项目有关的人,告诉他们要销毁资料,拒绝透露任何消息。收到相关联络的不只NIOS内部的人,还有一些私人公司承包商、军人和华盛顿那边的官员。所以五一六的老板才对案子如此了解。因为梅茨格对NIOS太狂热,死也要保住这个组织,所以简直是一直给相关各方实时更新消息。而幕后黑手,当然就直接把消息都转达给五一六了。

在莱姆的一再要求下,梅茨格一小时前再次联络了所有相关人员,告诉他们泄密者确定为斯宾塞·博斯顿,要求他们即刻销毁任何与他有关的资料。

莱姆推测,幕后黑手很可能紧接着就通知五一六来格伦湾除掉博斯顿。

所以博斯顿就跟萨克斯和普拉斯基一起待在屋里当诱饵。纽约市警察局和纳苏郡警方大批警力迅速在周边部署好,连特警的直升机都到场待命。而叫来绿化服务队,用电锯的声音掩盖直升机的声音,则是罗恩的主意。

这孩子真的上道了。

莱姆看到被捕的五一六手脚都被拷牢,颓坐在博斯顿家的草坪上。他的手打上了绷带,但看着伤势不重。五一六随意地看了看身后的各种工作人员,然后把所有注意力都转移到附近一座小菜园里。

莱姆对萨克斯说:"不知道又要费多少功夫才能查清楚他是给谁打工呢。我估计他不会乖乖配合、供出老板。"

"不用等他讲,"萨克斯说,"我知道他老板是谁。"

"你知道?"莱姆惊讶地问。

"就是哈利·沃克,沃克防御系统公司的老板。"

莱姆笑了:"为什么?你怎么知道的?"

萨克斯对五一六点点头说:"我去他们公司调查的时候,就是他给我带路去找沃克的。对了,他可是个大情圣,特别会说话。"

## 90

他叫雅各布·斯万,是沃克防御系统公司的安全部主任。

斯万曾是军人,但因为他在伊拉克的时候,在审讯中屡次使用过激的私行,于是被踢出军队了——不知道他们现在还用不用这个说法。他用的不是常见的水刑,而是从几个敌军俘虏身上一点点地切下皮肉,甚至身体的其他部分,让他们生不如死。"手法专业,好整以暇。"事后的调查报告员这样写道。

进一步的数据调查显示,他在布鲁克林独居,购买了大量昂贵的厨具,还经常去高档餐厅就餐。他去年进过两次抢救室,一次是枪伤,他自称是自己猎鹿的时候被另一个猎人不小心打中了。另一次是手指上切了个挺深的伤口,他自称是做饭的时候切洋葱手滑切到的。

莱姆觉得,第一次的说法多半是谎话,第二次的倒可能是真的,毕竟他们已经了解到斯万的兴趣是烹饪。

把这四种食材搭配在一起,就可以做出"拼花鹅"餐厅出品的一道十分昂贵的菜了……

一辆车在警戒封锁带旁停下,是一辆老款本田,车身非常破旧,看来亟须保养。

南希·洛蕾尔从车里下来。她穿着白色上衣和一件海军蓝外套,跟那件灰色的是同一个款式。她一边走过来一边用手揉脸,莱姆看了心想她该不会又补了妆吧？

洛蕾尔来到莱姆和萨克斯身边，询问萨克斯的情况如何。

"没事，只受了一点小伤。他的伤严重得多。"萨克斯朝坐在地上的男子偏了偏头，"已经宣读过权利了。他没要求找律师，但还是拒绝配合。"

"他神气不了多久。我们来审一审他，应该还需要你帮忙问话呢，林肯。我们把他带过来这边。"

"不用，"莱姆看看自己坐着的美利驰轮椅，"他们说这家伙在不平坦的地面上也能走得很好。让我来试试。"

莱姆发出指令，轮椅马上灵敏地驶过草坪，来到五一六面前。

南希·洛蕾尔和萨克斯也跟上去。检察官俯视着五一六，说："我是——"

"我知道你是谁。"

洛蕾尔标志性地顿了一下："行。雅各布，我们已经知道哈利·沃克是幕后黑手了。因为沃克一直被莫里诺的保镖西蒙·福洛雷斯勒索，所以他指使你传出假情报，以坑骗NIOS去刺杀罗伯特·莫里诺，然后你就可以趁乱暗杀福洛雷斯。案发当时你就等在南湾旅社，等着无人机来袭击。枪击发生之后，你就赶在急救人员之前闯进一二〇〇号房，把福洛雷斯和德·拉·鲁亚都刺死。然后你又找到福洛雷斯在拿骚雇的律师，将他折磨一番之后杀害，从他办公室把福洛雷斯存作保险的资料盗走——就是沃克极力想隐瞒的丑闻。

"自从我们开始调查之后，梅茨格就不停地给沃克通知最新情况、泄露办案人员的身份，提醒他销毁证据和对相关警方保持警惕。但沃克让你做的还有些别的事——除掉证人和调查人员。你杀死了安妮特·柏德尔、莉迪亚·福斯特和莫里诺的专用司机弗拉德·尼科洛夫——"洛蕾尔看向莱姆和萨克斯，"皇后区的警方在司机家的地下室找到遗体了。"

斯万只是低头看着自己打了绷带的手，一句话也不说。

检察官继续陈述道："你还在拿骚安排了一些线人意图杀害莱姆警督以及与他同行的工作人员……然后还有现在这个情况。"她示意了一下这片刚刚变成战场的社区。

南希·洛蕾尔以白开水一样的声音说出这么多案情，肯定令斯万吃惊了。但斯万只愣神了一瞬间，马上就淡定地说："首先，关于目前这次事件……我们三个都有第三类联邦枪支持有许可证，和适用于纽约的隐蔽携带枪支许可证。其次，我在沃克防御系统公司的工作是涉及国家安全的。我们是因为得到线报，称斯宾塞·博斯顿是一个危险的泄密者，所以我和同伴只是前来查清此事并准备跟博斯顿商量情况。结果瞬间就出现了特种部队威胁我们，他们声称自己是纽约市警察局的人，但我哪能确定呢？根本没人对我出示警官证啊。"

萨克斯忍不住大声笑了出来。

洛蕾尔问："你真的指望我信这一套吗？"

"哈，洛蕾尔女士，最要紧的是陪审团信不信。要我说，他们会信的。至于你刚刚说个不停的其他那些事情，都是你们乱猜的。你们肯定没有任何跟我有关的证据。"

检察官看向了犯罪学专家。莱姆指挥轮椅稍微向前了一点，然后发现斯万正热切地研究着莱姆那无法动弹的手和腿。他眼里透出好奇，但莱姆完全不懂对方在想什么，也不懂他的兴趣点在哪儿。

相对地，莱姆也把五一六上上下下研究了一遍，然后微微地笑了——碰到狂妄自大的嫌疑犯的时候他经常忍不住想笑。"没有任何证据，没有任何证据。"他装作思考了一下，"啊，但我们好像真的有证据，雅各布。我办案向来不太喜欢考虑动机，但这次我们还是想到了几个不错的动机。你杀害了莉迪亚·福斯特之后还想除掉莫里诺的司机，是因为你担心对方会想为什么保镖西蒙·福洛雷斯没有跟莫里诺一起出行。要是他怀疑了，就很可能导致我们调查组也注意到这一点。而你杀害安妮特·柏德尔则是因为她能证明你在案发当天曾在南湾旅社现场逗留。"

斯万怔了一下,但迅速掩饰,歪头装出好奇的样子。

莱姆根本不在意他,只是对着天空继续说:"至于更客观的证物,我们在莉迪亚·福斯特家找到一根棕色的短发。"他看了看斯万的头发,"只要强制采集你的DNA做个对比,肯定能证明是你的头发。对了,我们还在查你给安妮特·柏德尔买的那条项链。你送给她项链是为了吸引梭子鱼啃食她的脖颈,以掩盖你对她施加酷刑并最终杀害了她的痕迹。"

这段话让斯万惊讶得微微张开了嘴,用舌头舔了舔嘴角。

"还有,我们在爱德华多·德·拉·鲁亚的衣物上找到了一些调味料,本来以为是他吃早餐时沾上的,但在了解到你对烹饪颇有研究之后,我就怀疑你应该是在刺杀行动前一晚下厨了。也许你是给安妮特做了一顿晚饭。要是能检查一下你的旅行箱和衣物,看看有没有相似的痕迹,那应该会很好玩。

"说到食物,我们在纽约这边的两个犯罪现场各找到了一些微量证物。这几样东西组合在一起,就让人想到一道有趣的菜品,做这道菜要用到朝鲜蓟、甘草、鱼子酱和香草。不知道你最近有没有看到《纽约时报》上刊登了一份菜谱?我们了解到就是一家叫'拼花鹅'的餐厅出品了这道菜。刚好我们找到一位烹饪方面的专家,可以对这道菜和原料等情况做证。"汤姆要是知道自己被莱姆称作专家,肯定很高兴。

斯万现在完全不说话了,甚至显得浑身僵硬。

"我们目前还在调查你是否有途径获取军用爆炸物,就是在爪哇小憩被引爆的那枚。对了,在爪哇小憩和安妮特·柏德尔住的公寓我们都找到了一些海沙。我们会申请获取你的衣服和鞋子等,检查有没有其他小沙粒粘在上面。当然,你家的洗衣机我们也会检查。唔,我们还有别的证据吗?"

萨克斯说:"还有二冲程引擎的燃料。"

"哦对,谢了,萨克斯。你在其中一个犯罪现场留下了一些这种燃料的痕迹,我估计在你办公室或者在霍姆斯特德空军基地都能找到同配方的燃料,也就能证明你在五月九日前后到过案发现场。尤其要谢谢这种燃料啊,不然我们就一直以为 NIOS 是派了真人狙击手,查不到无人机的事了。抱歉,应该叫 UAV 的。

"跑题了,不好意思。现在,来说说你那把有趣的刀子……"莱姆已经看过装在证物袋里的那把日本刀了,"我们会把它的切口特征跟莉迪亚·福斯特、德·拉·鲁亚、福洛雷斯和巴哈马那个律师的伤口作对比。对了,还有刚刚提到的那位司机。

"还想听?可以啊。我们已经在对你的信用卡、ATM 提款记录和手机使用情况进行数据挖掘,"莱姆深吸一口气,"另外,我们还会传讯沃克公司的技术服务与支持部门,看看他们最近在对什么人做数据挖掘和监视。我的发言就到此为止了,下面有请检察官洛蕾尔?"

又是一次标志性的停顿——这种停顿曾让莱姆心烦气躁,但这次却让他感觉到一丝振奋。洛蕾尔以教官说教的口吻说道:"雅各布,我们接下来的方向你也看得出来了吧?我们需要你对哈利·沃克的罪行做证。你要是配合,我们也许可以帮你谈下一些条件。"

"'谈下一些条件',什么意思?要判多少年?"

"我现在当然说不准,但预计起码要三十年吧。"

"那看来我也谈不到什么好条件吧?"斯万冷冷地瞪回去。

洛蕾尔说:"没事,那我就不拒绝巴哈马警方引渡你的要求了。你可以在那边的监狱里待一辈子。"

这句话让斯万措手不及,但他只是沉默了下来。

技术上来说,目前的工作已经不需要莱姆操心了,但他觉得自己得帮帮忙。"谁知道呢,雅各布?"他插嘴说,语气里带着点调皮,"也许我们的助理检察官洛蕾尔会很乐意帮你通融通融,让你在哪个监狱的厨房里谋个职位呢。"

他耸耸肩说:"我就说说。"

洛蕾尔也加了把火:"嗯,我可以多帮你留意。"

斯万看看冒着黑烟的房子,然后回过身说:"要什么时候商量?"

洛蕾尔没有说话,而是直接伸手从包里掏出一台破旧的录音机。

# 91

"生意比以往难做了——我是说军火生意。"斯万一五一十地说,"我们公司也遇上了问题,因为战争越来越少了。"

萨克斯对莱姆说:"确实,我上次去的时候看见很多厂房设施都废弃不用了。"

"没错,警探。营收掉了六成左右,公司已经陷入赤字。沃克先生过惯了好日子,他的某几个前妻也是,现任妻子当然也一样。她比沃克小三十岁呢。要是没有大把的钱,她大概也不会心甘情愿跟着沃克吧。"

"停车场里的阿斯顿·马丁是他的吗?"萨克斯问。

"对。那是其中一辆,他有三辆。"

"三辆。行吧。"

"但我们在意的当然不只经济问题。沃克坚信——我也一样——坚信我们公司是在为国家做贡献。比如说给无人机加装狙击枪的项目,就为国家的一些工作提供了有力的支持。这也只是众多项目里的一个,都是很重要的工作。我们得保证公司能运营下去。

"国内的订单大幅减少了,沃克先生只好拓展海外业务。但国外其实武器供给量已经很大了,所以结果也受挫了。于是他只好主动创造需求。"

洛蕾尔说:"所谓主动创造需求,就是到拉丁美洲贿赂武装组织和各国国防部长吗？"

"没错。还有非洲和巴尔干半岛。在中东也有一点生意。但在中东要特别小心，可不能被人发现我们把武器卖给了敌对势力，让他们有能力把美军杀得屁滚尿流。至于西蒙·福洛雷斯，莫里诺的保镖，他曾是巴西军队里的。沃克先生在拉美的活动主要在圣保罗周边进行，机缘巧合之下，福洛雷斯对沃克先生的贿赂行为了如指掌。他退伍的时候带走了一大堆证据，这些证据要是公布出来，足以让沃克先生坐一辈子牢了。之后福洛雷斯就开始敲诈沃克先生。

"福洛雷斯以前也认识莫里诺，还很认同莫里诺的工作。于是莫里诺就雇了他来当保镖。我想，福洛雷斯应该也认为这是一个挺不错的掩护吧。他能跟着莫里诺游遍加勒比地区，买各种房产，投资，把钱存进离岸银行，而且当保镖也类似当兵。"他瞥了一眼莱姆，"你说得也对，福洛雷斯的确是觉得五月一日跑来我们的地盘上不太明智，所以才没来。沃克先生也一直害怕事情败露。"

萨克斯问："莫里诺的假情报是你捏造的吗？"

"那可不是假情报，可以叫作选择性提供的情报吧。我只是故意强调了肥料炸弹的几种制作原料。NIOS签发了特勤令，五月九日执行，所以我就去了一趟拿骚，等着看烟火表演。这之后，我们本以为万事大吉了，结果又听说你们开始调查梅茨格和巴里·谢尔斯。于是沃克先生派我尽力阻止你们调查。哦，对了，梅茨格对我的行动毫不知情。他的确吩咐让包括沃克先生在内的所有供应方销毁证据、删除电子邮件，等等，但也仅此而已了。"

"不错，这么多够我们着手办案了。"洛蕾尔说，她示意阿米莉亚·萨克斯，"可以让他暂时到拘留所待着了。"

但萨克斯还有要问的："我去沃克公司的时候，你为什么敢来给我领路？不冒险吗？之前你跟踪我的时候说不定我看到你的长相了呢。"

"是有风险，"斯万只是耸耸肩，"你挺厉害的，好几次化解了我的问题。我是想尽量仔细地观察你,分析你的弱点。"他朝萨克斯的膝盖点点头,"还真让我找到了。要是刚刚在博斯顿家里你没比我多算了一步,也许局面就完全不一样了。"

萨克斯叫来几位穿制服的警官,指挥他们带走斯万。几位警官把斯万拉起来,押着他向蓝白色的囚车走去。但斯万突然停下脚步,回头说:"啊,还有一件事。在我家,地下室里。"

萨克斯点点头表示在听。

"你们去那能找到某人。一个女的,叫卡罗尔·菲奥利。英国来的游客。"

"什么意思?"萨克斯疑惑地眨眼。洛蕾尔花了一点时间来理解这段话。

"说来话长,反正她是在我家地下室。"

"你……她在你家地下室。她死了吗,还是受伤了?"

"没有,没有,没有。她好好的,可能闲得慌吧,我把她手铐起来了关在地下室。"

"你对她做了什——你强暴她了吗?"洛蕾尔问。

斯万好像受到了莫大的冒犯一样说:"当然没有!我为她认认真真地做了晚饭,好吧?给她做了芦笋、马铃薯安娜和我自己改良过的维罗妮卡——纯草饲的小牛身上的上好牛肉,搭配葡萄和加红酒的奶油酱。我订的肉是从蒙大拿州一个特级农场空运来的。全世界最好的肉。但她一点没吃。我也没指望她会吃,只是试试而已。"他又耸耸肩。

"你本来打算对她怎么样?"萨克斯问。

"我真没想好,"斯万说,"没想好。"

## 92

史锐夫·梅茨格接到报告说现场已经安全了,于是便开着公务车从待机区域出来,驶过整洁笔直的道路,去往行政主任的家。

他的好友。

却又是他的犹大。

梅茨格吃惊地看到,自己两周前还受邀前去吃过晚饭的豪宅,现在已经成了一片废墟,很像他在伊拉克见过的断壁残垣,最大的区别是这里还有保养良好的草坪,附近的路边还停着雷克萨斯和奔驰之类的名车。花园里还有树在烧,黑烟从房子的窗户里源源不断地冒出来,飘向高空。想想也知道,这浓烟的焦烟味会渗进墙里,多年都散不去,即使重新粉刷也无济于事。家具和衣物就更不能要了。

"浓烟"也填满了梅茨格的内心。这是他今天第无数次在心里质问:你怎么能做出这种事,斯宾塞?

每每遇到这些胆敢冒犯他的人——像曾经的那个咖啡小贩和这个叛徒博斯顿——梅茨格都会觉得像被老鼠夹"啪"地一下夹到一样,咬牙切齿地想冲上去擒住对方,大吼着敲碎他们的骨头,打得他们七窍流血。彻底把他们击溃。

但他马上想到,博斯顿以往的好生活这就走到头了,作为惩罚这也足够了。他心里的"浓烟"退了下去。

这算不算是好现象啊，费舍尔医生？

应该是。但这次的平静能持续多久呢？为什么人生总要跟这么多事情战斗一辈子，减肥、控制脾气、处理爱情关系……

他把自己的公务员证件展示给现场的警员，猫着腰从封锁带底下钻了过去，走向林肯·莱姆和阿米莉亚·萨克斯。

他跟两人问了好，听他们解释了博斯顿泄露特勤令的动机。原来，博斯顿的动机无关良心和意识形态，也不在于钱，竟然只是因为没当上 NIOS 的局长。

梅茨格呆住了。因为他认为，博斯顿是完全不适合当 NIOS 的局长的。尽管梅茨格瘦骨嶙峋、重度近视，却是个称职的杀手。他能控制住自己心里的"浓烟"就证明了他的能力。反观博斯顿，虽然工作认真仔细，但他拿手的是国家安全方面的事务。在国家政局的赌桌上，他能同时兼任组织者、玩家和庄家的身份。他能在马那瓜①和里约的灰色地带叱咤风云，但杀人他就不在行了，他连枪都没有一把，也不会用枪，就算塞给他一把他都不敢开枪。

NIOS 的存在就是为了终结特定的人的生命，要是博斯顿当了局长会变成什么样呢？

但梅茨格也明白，野心是不讲逻辑的。

他本来打算找博斯顿当面对质。但萨克斯告诉他，博斯顿已经前往拉奇蒙特跟家人待在一起了。他还没有被正式逮捕，因为关于他到底犯了什么罪，甚至有没有犯罪都还有争议。就算有，那也是联邦罪名，州里管不了，所以纽约市警察局在其中的地位也无足轻重了。

在这儿没什么可做的了，于是梅茨格向莱姆和萨克斯草草点头表示道别。

斯宾塞，你怎么能做出……

---

①尼加拉瓜首都。

他兀地转身想回到自己的车上,却差点儿跟五短身材的南希·洛蕾尔撞个满怀。

两人相隔几英寸,都呆住了。

梅茨格没说话,倒是洛蕾尔开口说:"这次算你走运了。"

"这话是什么意思啊?"

"莫里诺改了国籍是案子被撤销的唯一原因。"

史锐夫·梅茨格想知道她是不是无论看谁都这么眼神坚定。很可能。也许除了爱人。在这点上梅茨格好像跟她一样。不知道哪来的这莫名其妙的想法。

洛蕾尔继续说:"你是怎么脱身的?"

"啊?什么?"

"莫里诺真的改换了国籍吗?哥斯达黎加大使馆送来那些文件真的合法吗?"

"你想指控我妨碍司法吗?"

"你确实妨碍司法了,"她说,"这是既定事实。只是我们决定不再追究你的罪名,我只是一定要搞清楚国籍变更文件的实情。"

她的意思是,华盛顿已经跟阿尔巴尼通了电话,下达了指示说不要再追究妨碍司法的事情。梅茨格心想,不会是魔法师送的永别大礼包吧。应该不会的。这事再闹大对谁都没好处。

"关于这个话题我是真的没什么可说的了,检察官。你有疑问,就到国务院去问吧。"

"阿尔·巴拉尼·拉希德是谁?"

看来她至少知道特勤令里面的两个目标:莫里诺和拉希德。

"我不可能跟你讨论 NIOS 的内部事务,你没有知情权限。"

"他死了吗?"

梅茨格不说话,只是垂着淡褐色的眼睛安静地看着对方。

洛蕾尔却继续施压:"你真的能确定拉希德有罪吗?"

"浓烟"猛地沸腾起来,像敲碎鸡蛋壳一样穿透了他的皮肤。他恶狠狠地低声说:"是沃克利用了我,利用了NIOS!"

"是你自愿被利用的。你本来就想对莫里诺下手,正巧收到对莫里诺不利的情报,当然正合你意了,所以你也没有负责任地去验证这些情报的真伪。"

"浓烟"现在形成了大批的龙卷风:"那又怎样啊,检察官大人?不甘心自己最后只赶上一单普普通通的谋杀案吗?不甘心只查到军火公司的老板指挥了几次暗杀?无聊。这可没国家安全部门局长被捕那么劲爆,上不了CNN呢。"

但洛蕾尔并没有被他牵着鼻子走:"拉希德呢?你真的确定关于他的情报不会有一丝错误?"

梅茨格马上不自觉地想起巴里·谢尔斯,也包括梅茨格自己——差点儿把墨西哥的两个孩子炸到天堂。

连带伤害:禁止……

他差点儿忍不住暴揍洛蕾尔一顿。或者恶毒地嘲笑她的五短身材、肥胖的臀部和过浓的妆容,还可以带上她父母的破产和她失败的恋情——最后这点只是梅茨格推理出来的,但他确信事实如此。多年来,在"浓烟"的驱使下梅茨格动用肢体暴力打伤的人好像只有五六个,但用语言暴力伤过的人差不多能凑出一个军团了。都是"浓烟"的错。是"浓烟"让他失去人性。

直接离开好了。

他转身迈步。

洛蕾尔平静地说:"拉希德犯了什么罪?是针对美国说了一些你不爱听的坏话吗?是煽动大众质疑美国的价值观和道德吗?奇怪了,宣扬人们有自由质疑的权利,不正是美国精神吗?"

梅茨格马上停下脚步,回过身狠狠地骂道:"你说起话来真像头脑最低级愚蠢、只会用些陈词滥调的流量博主!"他气势汹汹地直面洛蕾尔,"你到底有什么毛病?你为什么这么恨我们的工作?"

"因为你的行为是错的。美利坚合众国是一个法治国家,不是人治国家。"

"是法治'政府',约翰·亚当斯说过的。你搞清楚了。这是个听起来挺美好的词,但说归说,现实不是那么单纯的。法治政府。行,你想一下:法律效果的实现需要司法解释,需要权力下放,一层层往下。最后就到了我这样的人手里——而我们为了执法就要做出自己的决定。"

洛蕾尔马上回击:"法律可没说可以忽略合法程序、肆意处决公民。"

"我在工作上从不肆意妄为。"

"是吗?你不是仅仅以为某些人要实施恐怖袭击,就把他们全杀了吗?"

"行吧,检察官。那在街上巡逻的警察怎么办呢?他看见一个可疑人员站在阴暗的巷子里,手里拿着疑似是枪的物体,仿佛准备向人开枪。这种情况下,警察是有权射杀嫌犯的对吧?你吹嘘的'合法程序'何在呢?你爱讲的合理搜查和拘捕何在?嫌疑人跟指控方当面对质的机会何在?"

"哈,但不巧的是莫里诺并没有拿着枪。"

"有时候,阴暗巷子里的那家伙可能只是拿着一部手机。但他还是得挨枪子,因为我们选择了授予警察自行判断的权力。"他极冷酷地笑了一下,"你倒说说看,你自己难道没有犯下同样的罪行吗?"

"什么意思?"洛蕾尔毫不示弱。

"针对我的合法程序呢?针对巴里·谢尔斯的呢?"

洛蕾尔皱起眉。

梅茨格继续说:"为了立案,你有没有对我进行数据挖掘,还有对巴里的?你难道没有从某些来源……比如说,FBI,获取到机密信息?你有没有'碰巧'得到了国家安全局的监听资料?"

洛蕾尔尴尬地沉默了一下。不知道她厚厚的粉底掩盖下的脸是不是泛起了难堪的红晕。"在庭审上我将提供的所有证据都绝对可以通过第四修正案的审查。"

梅茨格轻轻地笑了:"我没在说审判的事。我说的是你们在办案过程中未经授权搜集了某些信息。"

洛蕾尔眨眨眼,没再说话。

梅茨格低声说:"懂了吧?我们都擅自解释法律,擅自做出审判,擅自下决定。我们都是走在灰色地带里的人。"

"想再听一句名人名言吗,史锐夫?是布拉克斯顿说的:'宁可放过十个罪人,也好过让一名无辜者受苦。'这就是我在做的事。确保无辜者不会因误判而沦为受害者。但你的系统明显不是这样。"她从破旧的公文包里摸出一串钥匙,"我会一直盯着你的。"

"那我也期待一下在法庭上跟你见面吧,检察官大人。"

梅茨格终于回到自己的车上,在驾驶座坐下,让自己冷静下来,不再回头看。深呼吸。

随它吧。

就这样过了五分钟,他被手机的震动吓醒了。手机屏幕上显示来电的是露丝。

"喂。"

"呃,史锐夫。我听他们说了,斯宾塞的事是真的?"

"恐怕是,迟些跟你细说。不想在开放线路上谈太多。"

"好。哦,我打来不是为了问这个。华盛顿来消息了。"

魔法师。

"他想明天下午跟你通一次话。"

下午?行刑队难道不是破晓时分动手吗?

"没问题。"他回答,"把细节发给我。"他做了一下伸展,有个关节发出"啪"的一响。

"对了,露丝?"

"我在。"

"他语气听起来怎样?"

露丝迟疑地说:"他……听着不是很好。我觉得不是很好,史锐夫。"

"好,我知道了。谢谢你,露丝。"

他挂了电话,看着窗外忙碌的犯罪现场。化学气雾的酸苦味仍在四周弥漫。

烟……

所以说,应该就是这样了。无论莫里诺是否有罪都没关系。华盛顿现在有大把理由关掉NIOS了。梅茨格自己选出来的行政主任竟然是泄密者,选的供应商竟然又有个腐败CEO,会派杀手对无辜民众施加酷刑,甚至虐杀。

全完了。

梅茨格叹了口气,发动车子。对不起,美国。他已经尽力想做到最好了。

## 第七部分　多条信息

五月二十日，星期六

# 93

星期六早上九点,林肯·莱姆在客厅实验室里来回移动,忙着编写案子的证据报告,好为沃克案的审判提供支持,也能为斯万的认罪减刑提供帮助。

他当然也留意到某块大屏幕上显示着他自己的一条日程备忘。

手术:五月二十六日。早九点到医院。
前一天午夜后就不能喝酒。绝对不能。一滴也不行。

看到第二行,他笑了。汤姆加的。

屋里很安静。汤姆在厨房,萨克斯在她自己布鲁克林的家里。她家的地下室出了点问题,要等承包商上门维修。她还约了南希·洛蕾尔今天晚些时候见面,一起喝点东西、吃顿晚饭。

还能讲讲男人的坏话……

莱姆很高兴看到两位女士竟然能击败不可能,成为好友。要知道萨克斯的朋友可不多。门铃响起,然后又是汤姆的脚步声往门廊去了。不久,他领进来一名高个男子。男子穿着褐色西装和白色衬衣,戴着绿色领带,这个配色真是难以形容。

纽约市警察局的比尔·迈尔斯警督。特殊勤务部。谁知道这是个什么部门。

双方互相问候了一番后,迈尔斯盛赞莱姆出色地破了案子:"再过十万年我也看不出这个可能。"

"这个结果让我也很惊讶。"

"确实。真是体面的推理。"

"体面"这个词一般只能形容某事符合社会道德风气,不猥琐,而不能当成"不错"或者"很好"的代用词。但迈尔斯就是喜欢这样说话的人,莱姆也懒得纠结了。迈尔斯突然莫名其妙地关心起气相色谱分析仪来,但无论是当下的气氛还是机器本身,似乎都不至于引起他的兴趣。屋里一阵沉默。

警督突然抬头环顾,发现房间里只有他们两个。

莱姆突然懂了。

"是阿米莉亚的事对吗,比尔?"

唉,要是没说她的名字就好了,感觉有点不吉利。虽然两人都不迷信,但唯独这一点上会有所避讳。他们从不以名字称呼对方。

"对,朗跟你说了,说过我对她的健康状况有意见?"

"说了。"

"那我再说两句吧。"迈尔斯说,"我本来给了她一点时间,让她先把这个案子办完,之后一定要去接受体检。但现在我觉得不能这样了。我读了她和普拉斯基警官逮捕雅各布·斯万行动的报告,医生写了:'疑犯注意到她膝盖疼痛之后对其进行了踢打,致使她的膝盖完全支撑不住。'若普拉斯基警官不在场,她恐怕会当场遇害。还有斯宾塞·博斯顿也可能遇害,甚至可能会有试图攻进屋内的特警队员遇害。"

莱姆直率地说:"但她最后抓到疑犯了啊,比尔。"

"是她运气好,报告里说她在那之后几乎走不了路。"

"她现在挺好的。"

"当真?"

其实不然,但莱姆没说。

"这问题太明显了,林肯。谁都不愿谈,但这是很有问题的情况。她这样是把她自己和很多人推向险境。我特地单独先找你谈。我跟很多人商量过,做了一个决定。我准备提拔她到一个不用出外勤的职位。她可以在重案组里当督查,能获得高级头衔。但我知道她肯定会有抗拒情绪的。"

莱姆怒火中烧。这可是他心爱的萨克斯,比尔竟然用这么掉价的陈词滥调来谈论她。

但他没出声。

警督继续说:"我需要你帮忙说服她,林肯。我们也不愿意失去她——她那么出色。但如果她硬要以这种状况出外勤,局里就留不住她了。让她坐办公桌是唯一的办法。"

要是萨克斯从警察局辞职了她会干什么呢?跟莱姆一样当个自由顾问侦探?那不是她会走的路。她凭借与生俱来的共情能力和顽强不屈的精神,成了极其出色的犯罪现场搜查人员。但她的性格注定她一定要跑现场,而不能像莱姆一样宅在实验室里。而且刑侦鉴识也不是她唯一的专长:要是她不能飙车去人质解救现场或者抢劫案现场,不能当面跟歹徒斗智斗勇,她会很颓丧的。

"你愿不愿意跟她谈谈,林肯?"

最后,莱姆终于应道:"我试试吧。"

"谢谢你。你也知道,这是为了她好。我们都是想要最好的结果,对吧。这样对所有人都好。"

迈尔斯主动跟莱姆握手,然后离开了。

莱姆盯着萨克斯办公常坐的位置,仿佛闻到了萨克斯爱用的栀子花香皂的味道。可能只是记忆里飘出来的一丝幻觉吧。

我试试吧……

然后他把轮椅挪回白板前,检视着一条条的证据,跟往常一样从优雅而神秘的证据里感受片刻的宁静和舒心。

## 94

柴油引擎驱动着一艘一百一十英尺高①的货轮穿过加勒比海。广阔的加勒比海呈现绿松石的深沉颜色，在很久以前曾是海盗和军队的地盘，而如今已经成为顶尖富人的聚居地和游客络绎不绝的景点。

这艘多米尼加货轮已经服役近三十年，在一部底特律 16-149 引擎和一个螺旋桨的推动下，它的航行速度能达到三十节之高，吃水深度是十五英尺，但今天运送的货物比较轻，所以浮得比较高。

船头上竖立着一根高高的桅杆，像统治者一样俯视着夹板上的一切。船桥很宽敞，但上面堆放了大量二手导航仪器，各自被螺栓、胶水或者绳索固定住，乱糟糟的。船舵款式老旧，是带轮辐的木制款。

海盗……

掌舵的人叫恩里克·科鲁兹，五十二岁了，长得矮矮胖胖。恩里克是他的真名，但大部分人都只知道他的假名：亨利·克罗斯，也只知道他是个纽约人，运营着几个非营利组织，其中最大的一个叫美洲学堂基金会。

科鲁兹今天只身一人，因为本该陪伴他的人被美国政府杀死了。就在巴哈马南湾旅社一二〇〇套间。当胸一枪保证了罗贝托·莫里

---
①或宽或长，原文中没有注明。

诺再也不能赴这次约。

科鲁兹和莫里诺已经认识了数十年。科鲁兹的兄弟何塞就是莫里诺最好的朋友，他也是被美国人谋杀的——对，就是谋杀。一九八九年美军入侵巴拿马的战争中，一架武装直升机夺去了他的生命。

那时起两人就立志对美国发起战争。令人深恶痛绝的美国，毫无罪恶感地入侵巴拿马，嘴上说着："哎呀，不好意思，我们突然发现自己一直扶持的独裁者竟然是坏人，要处理一下才行呢。"

两人分别用不同的方式对抗美国。莫里诺性格直率，一直公开表达反美情绪；而科鲁兹则常年用假身份行动，可以方便暗中组织袭击行动，募集资金和收集武器，用在最有用的地方。两人共同组成了这场无名运动的主心骨。

多年来，他们已经策划和实施了多起袭击行动，致使近三百名美国人和其他国家的人死亡。这些人全是向西方扭曲价值观下跪叩头的下三烂：有商人、教授、政要、缉毒局的官员、外交官及其家属。

这些袭击行动被设计得毫无关联，而且规模很小，因此当局从没有把它们联系在一起。但今天的计划则正相反：他们准备向美国的政治、商业和社会的中心发动大规模袭击。莫里诺为此准备了数月：他改换国籍，切断跟美国的所有关系，把存款从美国转移到开曼群岛，在委内瑞拉的荒郊野岭买房，全都是为了这一刻。

而进攻所用的武器就是现在正破浪前行的货轮。

在巴拿马土生土长的科鲁兹很年轻的时候就开始接触航运商贸的行当，并在其中摸爬滚打多年。所以即使是这个大小的货轮，他驾驶起来也得心应手。再说，其实现在掌舵的人也不用懂多少，只要有一队靠谱的船员看着轮机房，再安装好GPS和自动驾驶系统就足够了。电脑承担了单调的工作，正指引着船往目的地驶去，方向是西北偏北。天空清澈蔚蓝，海面吹着稳定温和的风，三尺高的浪花像万花筒一样变幻无穷。

这艘货轮已经失去了原本的名字。科鲁兹辗转通过好几家真实存在但隐秘的公司才买到。现在它的身份信息只剩下注册编号了。多米尼加共和国本来存有它的电子档案,还有纸质档案,记录着各项重要信息,但这些档案现在也被销毁了。

它现在是条完全匿名的货轮。

起航前,科鲁兹考虑过给它命名——为了纪念逝去的好友,可以叫它"洛贝塔",把"罗贝托"稍作修改,显得更像女性名。但最后他决定还是单纯地叫"那艘船"就好了。虽然这艘船只有单调的灰黑两色,已经多处掉漆,还挂上了很多锈斑,但在科鲁兹眼里,它美极了。

科鲁兹眺望着数千米外的几个黑点——他们的目的地。GPS给船只导航系统传去新的路线规划,以抵消风力带来的偏差。新的航向信息传送到船舵上,船自动开始调整方向。科鲁兹感觉到船身微微地转着弯。他很享受庞然大物接受指令并严谨执行的感觉。

舱门打开了,一个男人走了进来。他叫波比·舍瓦尔,皮肤黝黑,身材精瘦,剃光了的脑袋好像一颗子弹的形状。他穿着牛仔裤和牛仔布的恤衫,但两袖被剪掉了,看起来像件背心。他还光着脚。他看看远处的海平面,说:"真难过,你不觉得吗?他没机会看见这一切了。太难过了。"

舍瓦尔是罗伯特·莫里诺在巴哈马的主要联络人。

"也许他在天之灵能看到。"科鲁兹说。他自己并不信这一套,只是想安慰一下信教的舍瓦尔(他戴着一个马毛十字架的项链)。科鲁兹不相信来世。他清楚自己的好友罗伯特·莫里诺确实已经死了,而杀害莫里诺的美国政府更是泯灭人性、丧尽天良的恶魔。

"有别的船只或者我们被监视的迹象吗?"

"没有,没有。什么都没有,一切平安。"

科鲁兹很确定,没人会知道即将发生的事。筹备过程中他们一直极其谨慎。他唯一一次担心，是前几天那名漂亮的红发女警来他办公室问话的时候。科鲁兹最初有些紧张，但他也是见过风浪的人，跟基地组织、光明之路等各种危险分子打过交道，可不会被轻易吓破胆。他先是用"某个白人"（显然是 NIOS 的人）跟踪莫里诺的事实抓住萨克斯警探的注意，然后用随口编出来的"神秘私人飞机"误导她在错误的道路上越走越远。

好一条红鲱鱼①：莫里诺被蓝色私人飞机跟踪。科鲁兹想，要是他知道，肯定赞不绝口。

"小艇准备好了吗？"

"好了，我们弃船前能靠多近呢？"

"两千米最合适了。"

一到达预计的地点，五名船组人员就会爬上一艘高速快艇，往货轮的反方向开，并用电脑监控货轮的后续动向。货轮的船桥上装有网络摄像头，能让他们看到船前方的情况。这样，即使 GPS 和自动导航失效，他们也还能用电脑遥控货轮继续驶向目的地。

两人目不转睛地盯着那里。

"迈阿密漫游者"是美国石油钻探公司在此区域的唯一设施。这名字也起得讽刺：它唯一经历过的旅程就是被以四节的速度从得克萨斯州运到这里，安装好后就再也没动过了。

数月前，罗贝托和科鲁兹共同决定，就以它作为迄今为止最大手笔袭击行动的目标。美国石油钻探公司弄出一些不平等条约，欺负当地人读不懂交易文件，引诱他们稀里糊涂地签了同意书。于是他们顺利地在南美盗走大量土地，让数千人失去家园，但只赔偿给当地人极少的费用。过去几个月，莫里诺在美国境内和其他一些地方组织了多场抗议活动。活动的目的主要有两点，第一是将美石油的罪行公之于众，而第二点是让外界更加觉得莫里诺只是嘴上说得

---

①误导手法的代称。

响亮,不会采取什么实际行动。只要当权者觉得他最多只会弄出一点抗议示威,很快就会对他失去兴趣。

结果很顺利,没有人继续追查那些线索,也就使他们今天的计划——把货轮撞向迈阿密漫游者——顺利隐瞒至今。货轮撞上钻井平台后,船上装着柴油、肥料和硝基甲烷混合物的多个大铁桶就会被引爆,直接炸碎整个钻井平台。

但莫里诺和科鲁兹觉得这样还不够。炸掉一个钻井平台、炸死几十个工人就完事了?这样的行动软弱无力,就像前不久在得克萨斯州的那个人一样。他把私人飞机撞进奥斯丁国税局大楼,只害死了一点人,造成了一点破坏、妨碍了交通而已。

但根本没过多久,"孤星之州"得克萨斯州的首府就恢复了正常的运作。

今天将要发生的事,远比这要惨烈。

在初次爆炸后,货轮会迅速沉没,而它的尾部其实还有一颗炸弹。当船沉到海床附近的深度时,压力计会引爆这颗炸弹,炸毁海底的闸板式防喷器和环形防喷器。一旦失去防喷器,原油便会以每天十二万桶的高速流泄到海水里。这已经是墨西哥湾深水地平线钻井平台事故漏油量的两倍以上了。

接下来,洋流和海风会把石油推向佛罗里达州和乔治亚州东侧的大部分海岸,甚至可能远播到卡罗莱纳州。大量的港口会被迫关闭,航运和旅游业会无限期停摆,还会有上百万人受到沉重的经济打击。

罗贝托曾经这样说:"美国人不是着急要石油来给他们的汽车、空调和资本主义大公司用吗?那我们就给他们送石油。多得他们想不到,多得他们可以溺死在里面。"

又过了四十分钟,货轮离迈阿密漫游者钻井平台只有三千米了。

恩里克·科鲁兹最后一次检查过 GPS,然后跟舍瓦尔离开船桥,向众船员宣布:"大家马上上小艇。"

科鲁兹快步赶到污水横流、臭气熏天的船首货仓，检查主炸弹。一切正常。他定好了引爆预设，又用相同的步骤准备好了第二颗炸弹。

然后他又赶紧回到摇晃的甲板上，往船头方向看去。完美，船正笔直地朝钻井平台驶去。他看看庞大的钻井平台——平台在海面上方至少一百英尺的高处。没见到工人。正常。钻井平台的工人可不会浪费时间在滚烫的金属板上散步。况且这四周连风景都没有。一般他们都会在下层，大部分是在钻探区工作，要么是在休息睡觉，等待自己的下一轮班。

科鲁兹来到货轮边，沿着绳梯下到小艇，加入舍瓦尔和其他船员。

他们发动了小艇的引擎。

小艇驶离前，他张开手，亲亲自己的指肚，再把手按到货轮上的一块锈斑上："这是献给你的礼物，罗贝托。"

# 95

游轮的前甲板上,一群游客正在拍照。掌机的是来自新泽西州的吉姆——区别于克利夫兰州的吉姆和伦敦的吉姆(其实英国吉姆更喜欢别人叫他詹姆斯,但既然是在度假放松,他也不在意了)。

游轮离开百慕大群岛的汉密尔顿几天以来,这群人已经混熟。在第一次鸡尾酒会上,大家聊得起兴,发现相互之间有很多共同点,比如职业一样,家里孩子一样多……甚至连名字都重复率极高。

四位吉姆,两位萨利。

加利福尼亚州的吉姆在船舱里,因为他晕船了,但用了晕船贴片和晕船药都没效果,所以他也无缘合照了。

新泽西州的吉姆让大家排好,站在他说叫"舷缘"的东西旁边。但其实大家都不知道那东西叫什么,甚至他自己也不知道。不过这听起来很像航海人的行话,挺有趣的。

"谁也别唱《泰坦尼克号》的主题曲啊!"

其实已经很多人唱过了,尤其是因为船上的酒吧开到很晚,大家都玩得停不下来。但无论男女,鲜少有人能唱得如席琳·迪翁一样好。

"那里是佛罗里达州吗?"有人问。新泽西州的吉姆觉得,应该是其中一位萨利问的。

他看向那边,见到远方有一条暗暗的线,但可能只是乌云吧。

他说:"我觉得还没到。"

"那是什么?是建筑物哎!"

"啊,那是石油钻井平台。大西洋这个区域的第一个呢。你没看过那条新闻吗?大概一年前的。他们说在拿骚和佛罗里达州之间探到了一点石油什么的。"

"他们?'他们'是谁?为什么人人都喜欢说'他们'。你还拍不拍啊,我的玛格丽特要化了。"

"美国石油公司啦。叫美国石油勘探公司之类的,我记不清。"

"我讨厌这些东西。"芝加哥的萨利说,"你们有见过墨西哥湾的小鸟吗?它们浑身沾满石油。太可怕了,我看哭了。"

"而我们也好几个月吃不上新鲜海虾。"

摄影师吉姆重新让大家排好队,不停按下佳能相机的快门。

咔嚓、咔嚓、咔嚓……

多拍一点,以防有谁碰巧闭了眼。

众人度过假期的证明已被写进硅质芯片,于是大家放松地转身去看大海,漫无目的地聊着天,从晚餐聊到购物,到枫丹白露酒店,到范思哲大宅是不是还对公众开放。

"听说他家有间八人用的大浴室哦?"伦敦吉姆说。

克莱尔马上喝止他。

"哎呀老天!"新泽西吉姆突然惊呼。

"哎!"他的妻子也喝止他。

但在爆炸声传到大家耳中前,他早已再次拿起相机狂拍。所有视线都被远处升起的巨大蘑菇云牢牢吸引住了。

"老天啊,是那个钻井平台!"

"别啊,不要!"

"天哪,谁快去打电话求救啊!"

咔嚓、咔嚓、咔嚓……

# 96

"报告一下损害评估？"

史锐夫·梅茨格问。他穿着蓝色牛仔裤和长袖白衬衫，衣服下摆一边束着一边耷拉在外，显得不修边幅。他紧张地俯视着一台电脑屏幕，盯着上面显示的画面：千里之外的加勒比海某区域，爆炸产生的大量黑烟正盘踞在海面之上。

"完全清除。"他身边一名坐在控制台前的NIOS通信员不带感情地说。这位女干员的头发被用力地梳到脑后，紧紧地扎成一个发髻，看起来头皮都快被扯掉了。

其实从屏幕上的画面也能看到，除了一些浮油和残骸之外，的确是什么也不剩了。

还有浓烟，很多很多的浓烟。

完全清除……

除了梅茨格和通信员，还有两人也来到了这座建在停车场里的地面控制站：林肯·莱姆和阿米莉亚·萨克斯。

莱姆眯起眼睛细细地检查那些漂浮的木屑、塑料碎片和油污。三十秒前，这还是一艘完好的、一百一十英尺长的多米尼加籍货轮，属于罗伯特·莫里诺的好友——亨利·克罗斯，又名恩里克·科鲁兹。这艘船当时正向着美国石油公司在佛罗里达州离岸处的"迈阿密漫游者"钻井平台冲去。

通信员扶了扶耳机，说："收到报告说已经发生了第二次爆炸，主任。是在水下发生的。八百英尺到九百英尺深处。"

过了不久，大家从高清显示屏上看到水面泛起了一点气泡，仅此而已。莱姆想，第二颗炸弹大概是针对井口的。不知道这枚炸弹有多大，但在这么深的水底，爆炸肯定被海水压得毫无威力了。

莱姆透过玻璃墙看向地控站的另一半空间——击杀室。一名男子坐在昏暗的灯光下。就是他刚刚毁灭了那艘货轮，挽救了钻井平台上工人的性命，也让佛罗里达海岸免受灾难之苦。

坐在击杀室里的正是巴里·谢尔斯。他坐在一把破旧舒适的皮革椅子上，上身前倾，面对着五面显示屏，表情看起来很放松，根本不在意另一侧的众人，仿佛他们不存在似的。莱姆觉得这个空间简直就像一个独立的飞机驾驶舱。

谢尔斯的手谨慎地握着操纵杆，时不时操作一下控制面板上的上百个按键、旋钮之类的。

莱姆又看见，那把椅子上竟然还装模作样地安了一条安全带，但谢尔斯没绑，所以安全带落寞地垂在一旁。想必就是个无聊玩笑罢了。

谢尔斯所在的昏暗房间大概是隔音的，这样他就不会被同事——或者像莱姆和萨克斯这样的访客——发出的噪声所干扰。从"天上"给目标人物发送死亡宣告的工作，无疑需要执行者保持最高的专注度。

通信员跟钻井平台连线，询问了一下情况，然后向梅茨格、莱姆和萨克斯汇报："钻井平台和防喷器等设施均未受到损害，也没有任何伤亡，除了有些人耳朵被震痛了之外。"

这也正常，毕竟有一个大型肥料炸弹在离他们不过半英里处爆炸了。

半小时前，莱姆在重审证据的时候，突然感觉事有蹊跷。他打了几通电话了解情况，然后推测到可能有一场袭击即将发生。于是他联系上了梅茨格。随即，NIOS内部和华盛顿方面都因此而爆发了激烈的辩论。若想要求空军出动，则需要五角大楼高层批准，光走程序都要浪费好几个小时。

但很明显，梅茨格手上就刚好有一套解决方案。他找了巴里·谢尔斯帮忙，尽管当时谢尔斯已经决定离开NIOS，只是刚好来总部收拾自己的私人物品。

鉴于情况危急——剩余时间已经要以分钟计算，而且要是袭击成功的话会造成巨大的灾难，谢尔斯才勉强同意帮忙。他操纵一架无人机从霍姆斯特德起飞，悬停在货轮上空。大家发现船员已经上了救生艇，弃船逃走了。谢尔斯用无人机的广播向货轮喊话，要求其调转船头，但当然无人搭理。于是谢尔斯向船头发射了一枚导弹，莱姆推测肥料炸弹应该就安置在那里。

正中目标。

眼下，谢尔斯遥控着无人机追上了船员们所在的小艇。大家在画面上看到了那艘长鼻快艇正劈波斩浪地前行，远离钻井平台和爆炸之处。

谢尔斯的声音从房间天花板上一个小扩音器传进了莱姆的耳朵："UAV481呼叫佛罗里达中心。次级目标已进入射程，我正在尝试瞄准，距离为一千八百码。"

"收到，四八一。请将距离缩短至一千码。"

从电脑屏幕的画面上可以看到正在奔向安全的亨利·克罗斯和众船员。虽然面部表情看不清，但他们的肢体语言明显表现出迷惑和忧虑。他们多半没发现无人机和导弹，于是误以为是炸弹内部发生了什么错误导致提前爆炸。也许他们会想："老天爷啊，说不定炸弹会在我们逃走之前误炸。"

"四八一呼叫佛罗里达中心，我已将距离缩短至一千码。已锁定次级目标船只。以其目前航速，十分钟后将进入哈洛盖特礁掩护范围。请指示。"

"收到。我们正以一般频道向对方呼叫,暂未收到回复。"

谢尔斯平静地答道:"四八一收到。"

莱姆看了看萨克斯,看到她脸上的忧虑,知道她也跟自己一样产生了同样的恐惧:他们是不是将要见证六个人被当场处决的场面?

毕竟这几人是进行恐怖袭击被抓现行,尽管危机已经被化解了。而且,莱姆又想:也许并非六人都是恐怖分子呢?说不定有几个真的是清白无罪的水手,根本不知道船上装了什么,也不知道其他人的计划呢?

突然,梅茨格和洛蕾尔争吵过的内容扎进莱姆心里,令他非常难受。

"四八一,这里是佛罗里达中心。喊话未收到回复。导弹已获批准发射。"

莱姆觉得谢尔斯浑身紧张了起来。

他纹丝不动地坐了一会儿,然后伸手掀开一个按钮上的保护盖。

梅茨格对着桌上一个麦克风说:"巴里,先对他们船头开枪示警。"

谢尔斯的声音传来:"ＵＡＶ481呼叫佛罗里达中心,我拒绝立即发射导弹。请求切换到长距离狙击枪模式。"

"收到,四八一。"

击杀室里,谢尔斯抓起一根操纵杆,眯眼仔细盯着画面上的快艇。他又碰了碰一块黑色面板。经过几秒延迟后大家看到,伴随着诡异的静默,离快艇船头不远处爆开了三朵水花。

船还是继续行驶,但船上的众人都惊慌地四处观察起来。好几个水手看起来很年轻,不过是青少年的模样。

"佛罗里达中心呼叫四八一,据观察,目标航速无任何变化。批准发射导弹。"

"四八一收到。"

有好一会儿,什么都没有发生。然后,快艇突然减速并停了下来,两名水手把手指向天空,尽管他们指的根本不是无人机所在的方向。他们不可能看得见无人机,但显然是想明白了敌人来自天空。

然后,众人几乎同时举起双手投降。

接下来的画面如同黑色喜剧。船身本来就小,又被海浪打得摇晃不停,六个人挤来挤去,导致他们想站稳都很难。但他们又不敢放下双手,害怕天上的死神找上门来。有两人不慎跌了一下,又急忙站起来,唰地重新把手举起,活脱脱像一群跳舞的醉汉。

"佛罗里达中心呼叫四八一。已确认目标投降。海军已指示旋风级海岸巡逻舰'火把号'前去执行逮捕任务。目前距离目标一英里,航速三十节。请在其到达前将次级目标控制在目前位置。"

"四八一收到。"

# 97

巴里·谢尔斯关上击杀室的门,从史锐夫·梅茨格身边走过却故意不看他,径直走到莱姆和萨克斯面前,向两人点头示意。

萨克斯夸赞他控制无人机的技术很好。"哦,不对,应该是无人飞行器。"

"是,长官。"他不带感情地说,澄澈的蓝眼睛看向了别处。也许是因为面前的两个人曾经想以谋杀的罪名逮捕他吧。

莱姆又转念一想,也许不是这个原因,说不定谢尔斯只是很内敛而已。

大概,有他这种本领的人经常都会显得心不在焉。

谢尔斯转向莱姆,说:"长官,刚刚情况紧急,没时间问您,我还是很想知道您是怎么推测出这次袭击行动的。"

莱姆回答:"是因为一些证物有蹊跷。"

"原来如此,我有听人说过您是证物之王。"

莱姆听了,觉得还挺喜欢这名号的。得好好记住。

"准确地说,有问题的证物是煤油,带有支链分子、芳香烃和烷烃……哦,还有一点链环烃。"

谢尔斯呆呆地眨了两次眼睛。

"俗话说就是原油。"

"原油?"

"对。只有极少的分量,是从莫里诺和他保镖的衣物鞋袜上搜集到的。那肯定是他们受到你枪击之前,在南湾旅社外跟人会面的时候沾到的。之前,我怎么没留意这点——毕竟在巴哈马,炼油厂和储油设施都有不少。但后来我想到,那天早上他会面的是商务人士,谈论本地赋权运动、开展运输和农业项目的事宜。我们之前已经知道,几周前就已经有肥料、柴油等物资运到了他组织名下的公司。要是运输和农业项目都还没谈成,怎么会提前买这些东西呢?"

"您凭一点原油就推测出可能有炸弹?"

"我们最初注意到钻井平台,就是因为莫里诺原定于五月十日执行的计划。鉴于莫里诺那么反美,那有可能美国石油公司还真的是个目标——不光是抗议的目标,还是袭击的目标。我认为,他周日或周一特地去跟钻井平台的工人见面,很可能是为了确认最新的安保细节。啊,还有一个疑点,是萨克斯发现的。"

萨克斯接过话头:"莫里诺早前来纽约的时候,不是跟亨利·克罗斯会面,但刻意没带上口译员吗?为什么呢?他的大部分会面都是清白合法的,要是涉及违法,他也不会让口译员给他翻译了。那跟克罗斯的会面呢?如果谈的是正当交易,即使用不着翻译,让莉迪亚一起去又有什么问题呢?所以我不禁猜想,也许他们谈的事不能让人听到。我去询问情况的时候,克罗斯提起了一架蓝色私人喷气式飞机,说莫里诺经常能看见它。但我们在资料库没有找到任何符合描述的资料。很明显,这就是某些人为误导警方调查常用的特定谎话。"

莱姆又把话头接了回来:"已知,美洲学堂基金会在尼加拉瓜设有办公室——正是柴油、肥料和硝基甲烷运出来的地方。这要是巧合那也太巧了。我们仔细调查了克罗斯,发现他的真实身份就是科鲁兹,还了解到他和莫里诺是故交。莫里诺最好的朋友就是科鲁兹的兄弟,死于巴拿马入侵战争。这件事让他开始彻底反美。我们追查到科鲁兹的出行记录和信用卡消费情况,发现他昨天刚从纽约出发去往拿骚。

"我在巴哈马警方的线人查到,科鲁兹和莫里诺一个月前租下了一艘货轮。该船今早离开了港口。当地警方突袭了船只停靠的仓库,找到了爆炸物遗留的微量证物。这对我来说就足够了。我通知了史锐夫,他又通知了你。"

"也就是说,莫里诺到底还是有罪的。"谢尔斯喃喃地说,看了一眼梅茨格。

萨克斯说:"对。你击毙的是个坏人,飞行员。"

谢尔斯继续看着梅茨格,眼里透出复杂的心绪,仿佛在说:"你是对的,史锐夫。你是对的。"

莱姆继续说:"这还不是他唯一的计划。"他跟两人分享了一段信息,那是南希·洛蕾尔第一次来访的时候带来的截获信息。

我计划里还有很多这类信息准备发布……

"巴里,"梅茨格说,"我准备送两位客人出门了。这之后能不能请你到我办公室来谈谈?拜托了。"

一段沉默,简直像洛蕾尔本人。最后,谢尔斯点点头。

于是,梅茨格把莱姆和萨克斯送出门外,并向他们热切地道谢。

来到外面,莱姆驾着轮椅驶下了无障碍通道。马路对面,他家的面包车正在这里等着他,司机汤姆也等在车上。萨克斯走下人行道的时候表情一紧,然后因疼痛而低低地吸了一口气,这一切都被莱姆看在眼里。

她马上偷摸朝莱姆一看,像是怕被他发现自己的情况,然后又赶紧把视线转回前方。

莱姆很心疼,感觉像被她欺骗了一样。

但他也紧接着"撒"了一个谎:他假装什么也没看到。

他们继续向车子走去,但莱姆突然刹住,把轮椅停在了路中间。

萨克斯问:"怎么了,莱姆?"

"萨克斯,我有件事需要跟你聊聊。"

# 98

电话如期响起。

不管别人可能在背后说他什么坏话,魔法师守时这一点无可指摘。

周六下午的 NIOS 总部,上班的人很少。梅茨格坐在办公桌后面,看着他的神奇手机一边闪烁,一边铃铃地响着。听了好一会儿,他想:真像鸟叫声。他心里一直纠结着,要不别接这通电话算了。

这样的话就以后都不用再接了。

"我是梅茨格。"

"史锐夫!这两天怎么样啊?我听说发生了几件趣事?长岛。我以前是那儿的梅多布鲁克俱乐部的会员呢,知道吗?哦,你不打高尔夫,是吗?"

"不打。"

本来他习惯性地想加上"长官",但话到嘴边憋住了。

魔法师突然用诡异、低沉又沙哑的声音说:"我们还在讨论斯宾塞的罪名。"

梅茨格回答:"要是我们动手,是有办法对他立案的。"他摘下自己古板的眼镜,擦了擦镜片,又戴回去。跟英国法律不一样,在美国泄露机密资料并不一定会被定罪,除非当事人是在为别国当间谍、偷窃资料。

"对，嗯，我们当然也有要考虑的要紧事。"

毫无疑问，魔法师是指公关的事。明智的选择大概是别再揪着这个不放，免得媒体写出什么大新闻。

对，嗯……

梅茨格又拿出了指甲钳。但他发现自己的指甲已经剪得没法再剪了。于是他心不在焉地把指甲钳放在桌上当陀螺玩，然后又把它放回了抽屉里。

"对了，还有佛罗里达那件事，办得不错。那条错误情报最后竟然又变成有效的了，挺有趣的。像魔法一样。大卫·科波菲尔，胡迪尼。"

"那群人都被捕了。"

"不错，真不错。"他的语气听起来像在聊好莱坞八卦新闻。魔法师说："嗯哼，我有件事得跟你说，史锐夫。在听吗？"

哦，他要给我宣布死刑了，好极了！

"在。你说。"

"兰利有朋友给我打了个电话，说了些事，是关于某个最近去过墨西哥的人的。"

麦—嘿—哥。[①]

"一个特定的人，"魔法师专门又说了一遍，"记起来了吗？"

"去过雷诺萨镇。"梅茨格说。

"就是那里。好了，你猜怎么着？他现在在圣罗莎度假呢，在蒂华纳附近。"

"是吗？"

"是啊，当然了。而且，显然，他很快还准备送出几件他最拿手的产品。很快。"

原来阿尔·巴拉尼·拉希德是跑到西岸藏起来了。

---

[①] 原文为 "May-hi-co."，为 "Mexico" 的谐音误读。

"他刚被发现跟一些朋友会见了,但这些朋友明天一早就走。所以明天一整天,我们这位老友都会独自待在一所舒适的小屋里。好消息是,当地旅游观光部门很欢迎我们去游玩一遭。所以,我就想看看你有没有空,写一份旅游计划书给我们参考一下?具体细节我已经找人发给你了。"

一份新的特勤令?

不是要炒了他吗?梅茨格很疑惑。

"没问题,我这就着手。但是……"

"嗯?怎么了?"魔法师问。

梅茨格问:"之前那些呢,预算委员会那些?"

一小段停顿之后他说:"哦,委员会已经转向讨论别的议题了。"又停了一次心跳的时间,魔法师严厉地补充道,"要是真出事了,我肯定会跟你说的,不是吗?"

"当然了,您肯定会说的。那还用问。"

"哎,对吧。"

电话挂断了。

## 第八部分　当你移动……

### 五月二十六日，星期五

## 99

到了做手术的日子。

莱姆开着轮椅在医院走廊里快速前进,身后跟着萨克斯和汤姆,正往手术区的等候室去。在等候室里,亲属朋友可以陪着病人,一直到病人被推进手术室挨刀。

"我讨厌医院。"萨克斯说。

"是吗,为什么?"莱姆觉得自己心情不错,"医院职工那么迷人,病号餐那么美味。还有最新的报刊,无数新奇的药水药丸。"他高兴地说着,"双押,抱歉,炫技了。"

萨克斯笑了。

他们到等候室后不过五分钟,医生就踱步进来,跟三人一一握手。医生细心地观察了莱姆的右手臂和手指的运动,然后夸道:"很好,真的非常好。"

"我一向尽力做到最好。"

医生再次对他们宣读大家都知道的事项:手术会持续三小时,也许还会更久。术后在康复观察室要再留观一小时左右。但只要手术一做完,医生就会出来跟等待的人告知手术情况。

最后,医生自信地微笑着,离开他们去洗手、穿手术袍和做准备工作了。

一名漂亮的黑人女护士走进来跟大家做了自我介绍。她穿着有小狗图案的手术袍，笑得很灿烂。做手术对病人来说挺恐怖的，要被弄晕，切开又缝起来。很多医务人员并不在乎病人的这种恐惧，但这位护士不一样，她一直让大家放宽心。最后，她问道："准备好了吗？"

阿米莉亚·萨克斯站起来，俯身吻了吻莱姆，然后跛着脚，跟着护士走进了走廊。

莱姆说："你睡一觉醒来，就会看到我们在观察室等你啦！"

萨克斯回头说："别傻了，莱姆。快回家，破个案子之类的。"

"我们会在观察室等你的。"莱姆说着，自动门已经缓缓关上，挡住了萨克斯的身影。

沉默了一会儿，莱姆问汤姆："你会不会碰巧带着一瓶迷你威士忌？就是去拿骚的航班上拿的那种。"

搭飞机的时候，莱姆一直逼迫汤姆多帮他"走私"几瓶这种酒，只不过后来他才知道，要是坐头等舱，他想喝多少就能喝多少——或者准确点说，他的护理乐意让他喝多少他就能喝多少。

"没带，就算带了我也不会给你半滴。这才早上九点呢。"

莱姆马上拉下脸来。

他又看了一眼大门，尽管已经看不到萨克斯了。

我们也不愿意失去她——她那么出色。但要是她硬要以这种状况出外勤，局里就留不住她了……

没错，在比尔·迈尔斯的坚持下，莱姆跟萨克斯好好地谈了一次。

但是他传达的信息跟迈尔斯警督的意愿有点出入。

对于阿米莉亚·萨克斯来说，无论是在纽约警察局当个坐办公桌的文职，还是提早退休，改当安全顾问都不怎么可能。出路只有一条。莱姆联系了维克·贝灵顿医生，请他找来了市里治疗重症关节炎最优秀的医生。

这名医生表示应该可以帮忙。周六莱姆在NIOS总部外跟萨克斯谈的，就是劝她接受这次手术，以改善她的健康状况……还能抓住继续出外勤的机会。套用迈尔斯的恶劣官腔来说，就是不用萨克斯"文职化"。

因为她患的不是类风湿性关节炎——这种免疫系统疾病会让人全身关节都出毛病——而是退行性关节炎，而且她还很年轻，只要给髋关节和膝关节做一次手术，就能让她再过上十来年的正常生活。再之后，就需要移植关节了。

她纠结了很久，最后还是同意了。

莱姆和汤姆一起待在等候室里，百无聊赖地观察着周围的十来个人：其中有情侣，有独自来的，也有家庭。有的人发着呆；有的人正激动地交谈，但旁人听不清他们在说什么；有人紧张地抖着腿；还有人沉迷在空耗时间的无意义动作里：搅拌咖啡、打开一包又一包小零食、翻看软趴趴的旧杂志或者用手机打游戏、发信息。

莱姆发现，在这里跟在纽约街头完全不一样。这里的人没有一个舍得花万分之一秒去看一看莱姆，因为他在医院里坐着轮椅。在这里，他是正常人。

汤姆问："你跟贝灵顿医生说过取消手术的事了？"

"对，说了。"

汤姆好一会儿没说话。他手里的《时代周刊》微微耷拉着。尽管两人是因为莱姆的病情相遇，但是相处了这么久，汤姆天天都无微不至地照顾着莱姆，他们却从没敞开心扉地聊过各自的私事。每每话题靠近这些方面，两人都会感觉到别扭。起码莱姆是这样的感受。所以他接下来开口向汤姆坦白心事的时候，自己都觉得惊奇："我们在巴哈马的时候，发生了一些事。"

他的眼睛看着一对中年夫妇心虚地安慰着彼此。他们担心的是谁的命运呢？莱姆在心里猜着。年迈的父亲，还是年纪尚小的孩子？

两者的差别有十万八千里。

莱姆继续说："具体是，在我们怀疑是狙击手窝点的那片陆岬上。"

"就是你下水游泳的时候。"

莱姆也停了一会儿,回忆着当时的情景,但不是被水淹没时的恐惧,而是掉进水里前的几个瞬间。"其实我本来应该能轻松推理到那辆车会跟踪而来的。"

"怎么说?"

"记得当时在旁边那个开皮卡、把垃圾扔进沟渠的那个男人吗?"

"实际是头目的那人。"

"没错。他为什么要特地开车到陆岬末端去丢垃圾呢?离那里不到半英里,就在西南路的出口附近,就有一个垃圾场。谁会在扔又大又重的垃圾时还费劲拿着手机聊电话呢?他是在把我们的位置告诉同伙。啊,他还穿着一件灰色T恤,你之前跟我提过跟踪的车里就有一个人穿着灰色衣服。但我全部忽视了。全部线索。我看见了,却又忽视了。你知道为什么吗?"

护理摇摇头。

"因为我拿着那把枪,米夏尔给我的那把。我因此就自以为不用仔细考虑现状了。我觉得没必要运用自己的头脑,反正能开枪搞定一切。"

"结果你没办到。"

"结果我没办到。"

一名医生走了进来,一脸疲惫,身上的手术袍沾了不少血迹。多双眼睛马上焦急地盯向他,就像莱姆家的猎隼看见了胖鸽子一样。医生找到了要找的家庭,走过去跟他们说话。看来是好消息。莱姆继续说:"我经常会想,弄伤我的意外会不会其实让我在办案时变得更敏锐了?让我更全面、更清晰地思考,做出更精准的推理。因为我不得不这样,没有别的选择。"

"而现在你觉得的确是这样?"

莱姆点点头："在巴哈马这次，我的疏忽差点儿害死你、米夏尔和我自己。我不能让这种事再发生一次。"

护理说："那你的意思是说，你上一次做的手术就是你打算接受的最后一次手术咯？"

"嗯，对。你那次逼我看的一部什么电影，有句什么台词来着？我挺喜欢那部电影的，虽然当时我没承认。"

"哪部啊？"

"一个警匪片，很久之前看的。主角说了句'人要清楚自己的极限'之类的话。"

"克林特·伊斯特伍德。"汤姆想了想说，"这话也对，但也可以说，'人要知道自己的长处'。"

"你真是太他妈乐观了。"莱姆抬起右臂，看看上面的手指，又放下手，"这样也足够了。"

"这是你唯一能选的选项，林肯。"

莱姆不解地抬起一边眉毛。

"否则我就失业了，而且再也找不到跟你一样难伺候的人了。"

"我可真高兴，"莱姆咕哝着，"我竟然制定了这么高的标准。"

谈到这儿，话题本身和尴尬的心情都消散了，就像落在滚烫发动机盖上的雪花一样融化。两人沉默下来。

两小时后，通往手术室的门打开了，又一位医生走进来。所有视线再一次集中到他身上。这位正是萨克斯的主治医师，他直接向莱姆和汤姆走来。其他人纷纷回头继续自己的耗时大业。

医生来到莱姆和汤姆跟前，说："一切顺利，她情况很好，已经醒了。她在等你们呢。"

The Kill Room by JEFFERY DEAVER
Copyright © 2013 by Gunner Publications, LLC
This edition is arranged with Gunner Publications, LLC in association with CURTIS BROWN – U.K. Through Bardon-Chinese Media Agency.
Simplified Chinese edition copyright © 2022 New Star Press Co., Ltd.
All rights reserved.

著作权合同登记号：01-2019-4571

**图书在版编目（CIP）数据**

狙击室 /（美）杰夫里·迪弗著；四号译. —— 北京：新星出版社，2022.12
ISBN 978-7-5133-4726-6

Ⅰ. ①狙… Ⅱ. ①杰… ②四… Ⅲ. ①推理小说－美国－现代 Ⅳ. ① I712.45

中国版本图书馆 CIP 数据核字（2022）第 193605 号

午夜文库
谢刚 主持

**狙击室**

[美] 杰夫里·迪弗 著；四号 译

责任编辑：曹晓雅
特约编辑：郑 雁
责任校对：刘 义
责任印制：李珊珊
装帧设计：人马艺术设计·储平

出版发行：新星出版社
出 版 人：马汝军
社　　址：北京市西城区车公庄大街丙3号楼　100044
网　　址：www.newstarpress.com
电　　话：010-88310888
传　　真：010-65270449
法律顾问：北京市岳成律师事务所

读者服务：010-88310811　service@newstarpress.com
邮购地址：北京市西城区车公庄大街丙3号楼　100044

印　　刷：北京美图印务有限公司
开　　本：910mm×1230mm　1/32
印　　张：16.5
字　　数：385千字
版　　次：2022年12月第一版　2022年12月第一次印刷
书　　号：ISBN 978-7-5133-4726-6
定　　价：69.00元

版权专有，侵权必究；如有质量问题，请与印刷厂联系调换。